本居宣長の国文学

田中康二
TANAKA Koji

ぺりかん社

本居宣長の国文学　目次

序論　本居宣長の国文学

序　論　本居宣長の国文学

一、宣長国学と国文学

日本文学の研究史を通覧すると、古くは古代中世の歌学をその発端とし、近世発祥の国学を転機として、近代の国文学研究につながっていくという構図を描くことが可能であろう。そこには時代遅れの前代を克服しながらも、緩やかにその蓄積を継承している点が特徴である。国学は古今伝授を超克して客観的科学的な方法論を身に付けることによって中世歌学を乗り越えた。契沖が導入した「文証」と言われる文献実証主義は、長らく続いてきた「歌の家」から歌学を解放し、古典文学研究の新たな局面を拓いた。そこに賀茂真淵や本居宣長といった国学者が後に続いて国学を発展させていった。そのようにして中世歌学から脱皮した国学は、今度は明治の文明開化、あるいは近代化の渦の中、帝国大学という制度の中を生き延び、西洋から輸入された文献学の方法論や文学史の手法を取り入れて、国文学として再出発した。時代およびジャンルに切り分けられた作品研究は、細分化と専門化の流れの中で、より詳細な研究を生み出すに至った。芳賀矢一や藤岡作太郎といった研究者の尽力により、草創期の東京帝国大学の国文学が形成された。そのようにして、現代に至る日本文学研究は進化してきたのである。(1)

このような考えに立てば、国文学は国学の良いところを受け継ぎ、前近代的なところを切り捨てて成立した学問分野ということになる。そして、国文学の方法の多くは国学に萌芽を持ち、すでに国学で花開いたものであって、それゆえに国学が尊いという結論に達するわけである。つまり、国学は国文学のルーツであるがゆえに偉大であるということである。このような考え方は、生物の進化論と同様で、下等生物であっても高等生物の始祖に当たるのであれば、それなりに意味があると考えるのに似ている。ヒトは万物の霊長であるが、ほ乳類はヒトに近い性質を持っているから生きる価値があるとする思考である。話を元に戻せば、国学は進歩、発展して国文学になったという考えは、いま述べたような進化論の発想に酷似している。試みに進化論的国文学観を図示すると、次のようになる。

国文学←国学←中世歌学

中世歌学が国学を経て国文学へと至るというこの構図は、もちろん時代の推移を加味したものではあるけれども、国文学が研究分野として単線的に進化してきたことを無意識の前提にしている。要するに、国文学は国学のいいところだけを継承し、国学は中世歌学のいいところだけを継承してきたのである。進化とはそのようなものだ。生存競争において、環境に合った者だけが生き残り、結果的に子孫を残すことが許されることを適者生存というが、国文学は国学が生き残るための適者であり、国学は中世歌学が生き延びるための適者であったということができよう。

特にここでは国学と国文学との関係について、本居宣長の業績が国文学の成立に果たした役割に限定して考えてみたい。本書で扱う宣長著作の享受史および国文学研究法の成立史について、その内容をかいつまんで記すことにする。宣長著作、とりわけ古典文学作品の注釈書の享受史については、第一部「本居宣長の著作の受容」で取り上げた。第一章では、古事記の最初にして最大の注釈書である『古事記伝』に対して、富士谷御杖・平田篤胤・橘守部といった国学者が、古事記の内容をすべて事実であると認める宣長の姿勢を批判し、それぞれの原理でそれが「虚構」であると主張する経緯を論じた。近代になっても『古事記伝』は古事記を読む時の基本文献とされた。第二章では、古今集の全文口語訳を目論んだ『古今集遠鏡』に対して、香川景樹や中村知至等は批判し、山崎美成はこれを増補するといった形で受容された実態を論じた。第三章では、新古今集の表現を称揚した『新古今集美濃の家づと』に対して、門弟達との質疑応答をはじめとして、兄弟弟子からの批判、そして石原正明の致命的攻撃および「家づと」比較論をたどり、宣長の注釈書が新古今集研究の契機を作る過程を検証した。第四章では、源氏物語の総合的注釈書である『玉の小櫛』が同時代の国学者、および後世の国文学者に与えた影響を精査し、源氏物語を代表とする文学作品が自律した価値を有するに至るプロセスを検証した。第五章では、歌と文の実作マニュアルである『玉あられ』に対して、江戸派による匿名批評を皮切りにして、『玉あられ』論争とでも称すべき論争に発展していく道筋を丁寧に見た。もちろんそれらのすべてが絶賛というものではなく、批判や非難を受けたこともあったが、おおむね好意的に受け入れられた。そのような姿勢は近代における国文学研究を経て、中等教育国語科の古典教育においても染みわたっている。

また、古典文学作品へのアプローチについては、第二部「本居宣長の研究法の継承」で取り上げた。第一章では、文献学の基礎作業としての「本文批判」がいかに形成されてきたかということを見渡し、国学者の確立した意改による本文改訂が近代以降は採られなくなることを確認した。第二章では、古典文学を全文口語に訳す「俗語訳」という手法を宣長が確立してから、古典作品をすべて逐語的に訳すことが標準化していき、近代以降もそれが継承される経緯を検証した。第三章では、和歌と物語を分けず文学作品を史的に位置づける「文学史」という観点が、通常は近代以降に西洋からもたらされたものであると考えられているが、宣長はすでに文学史的発想を有していたことを検証した。第四章では、文学は感動や他人との共感を伝えるという「物のあはれを知る」説が具体的にどのような文脈で成立し、宣長の門弟達にいかに継承され、近代以降にはどのように享受されたかということをたどった。第五章では、日本語文法に内在する「係り結びの法則」という原理について、断片的には前代からあったものを宣長がいかに巧みに組み合わせ、いかに徹底的に検証したかということを検討し、それ以降いかに修正されながら現代まで受け継がれてきたかを見た。

このような宣長の古典文学注釈書や古典文学の研究法は、近代以降の国文学に継承され、現代の日本古典文学研究のみならず、国語科教育にまで浸透していると言ってよかろう。こういった事実を鑑みれば、国文学および国語科教育は国学、とりわけ宣長国学のＤＮＡを持つ嫡出子であったと見なすことに異論が出ないように思われる。宣長が引いた線路の延長線上に国文学・国語科教育が位置すると見る観点、それが本書で検証しようとした事柄の一つ目である。宣長が見据えた国学風景のはるか向こうには、国文学という山がそびえていた。「本居宣長の国文学」と命名した所以もここにある。

二、宣長国学と詠歌（一）

原則があれば、当然その原則からはずれる例外が存在する。むしろ、例外は原則の信憑性を裏づけるものである。宣長国学にも国文学には進まない道があった。このことは正直に認めなければならない。その最も典型的なものは「道の学び」（古道学）であるが、それはある意味で宣長も意識していた。国学には、国文学につながる「歌の学び」（歌学）とは別に「道の学び」が必須であることを折に触れて主張している。そもそも国学は「歌の学び」と「道の学び」という二つの顔を持つ双面神《ヤヌス》であった。[2] 問題は宣長が意識していたものではなく、宣長の無意識である。宣長が当然と考えていたものの中で、現代の国文学研究者が必ずしも当然とは考えないもの、それは詠歌である。歌を詠むことは国学者の必修科目であり、単なる嗜み以上のものであった。ましてや宣長は歌を詠むことに喜びを感じ、生涯にわたって歌を詠み続けた。一方、近代以降の国文学者はその初期の頃は歌を必修としていたが、しだいに研究に専念するようになった。そして、現代では詠歌から遠く離れたのである。このことに少しこだわってみたい。

たとえば、宣長は和歌の文字余りの句について実に大きな発見をした。それを初めて記したのは『字音仮字用格』「おを所属弁」である。次のごとくである。割注は割愛した。

又歌ニ、五モジ七モジノ句ヲ一モジ余シテ、六モジ八モジニヨム事アル、是《レ》必中《ナカラ》ニ右ノあいうおノ音ノアル句ニ限レルコト也。古今集ヨリ金葉詞花集ナドマデハ、此格ニハヅレタル歌ハ見エズ、自然ノコトナル故ナリ。其例ヲ一二イハバ、源信明朝臣、ほのぐ〵と有あけの月の月影に紅葉吹おろす山おろしの風、コレハ卅四モジアレドモ聞悪《キキニク》カラヌハ、余レルモジミナ右ノ格ナレバ也。又後ノ歌ナガラ、二条院讃岐《ノ》、ありそうみの浪間かきわけてかづくあまの息もつきあへず物をこそおもへ、コレハ句ゴトニ余リテ卅六モジアリ。其中ニ第二句ノわハ喉音ナガラあ行ノ格ニ非ル故ニ、此《ノ》句ハスコシキヽニクシ。其他ノ四モジハ皆右ノ格也。故ニ多ク余リタレドモ、耳ニタヽ、ザルハ自然ノ妙也。然レバオノヅカラニ如《キ》レ此《ノ》格ノアルモ、おハあ行ナル一ツノ証也。

和歌の句の五文字と七文字において、六文字や八文字に詠むことが許される理由について、句の半ばに「あいうお」の文字がある場合に限るという法則を宣長は発見した。証歌として源信明「ほのぼのと有明の月の月影にもみぢ吹きおろす山おろしの風」（新古今集・冬）の歌と二条院讃岐「ありそうみの浪間かき分けてかづく海人の息もつきあへず物をこそ思へ」（八雲御抄）の歌の二首をあげている。信明歌は三十四文字あるけれども、この定格に合致しているために聞きにくくない。二条院讃岐歌は三十六文字あるが、第二句に「わ」が入っているために聞きにくいが、その他は「あうお」が入っているために耳に立たないという。このように証歌を例にして、文字余りの句を検討した上で、「お」があ行であるという結論を導き出すわけである。この前提から結論を導き出す導出過程は論理的というほかはなく、その手続きには一点の曇りもない。『字音仮字用格』「おを所属弁」では、この他にも証拠をあげて「お」と「を」の配置を立証している。非常に学術的な論文と言ってよかろう。

実際に文字余りの句を多く詠んだ西行の歌について、次のように批評している（『美濃の家づと』巻一）。

題しらず　　西行法師

岩間とぢし氷もけさはとけそめて苔の下水道もとむらむ（新古今集・春上・七）

初句もじあまりいと聞ぐるし。此法師の歌、此病つねにおほし。（以下略）

初句「いはまとぢし」が文字余りであり、しかもその句の半ばに「あいうお」がないから「いと聞ぐるし」と批判するのである。「此病」とは文字余りの病である。この歌以外でも該当する歌に対して文字余りの病を指摘している。『美濃の家づと』は主観的な批評が多いが、ここは極めて客観的な指摘であると言ってよい。

このような議論とは別に、宣長は次のような文章を記している（『玉あられ』「もじあまりの句」）。

五もじの句を、六もじによみ、七もじの句を、八もじによむことは、其句のなかに、あいうおの内のもじある時にかぎれることとなり。たとへば〽みにしあれば、〽須磨のあまの、花のいろは、〽きくやいかに、〽いせのうみや、〽しがのうらや、〽風のおとは、〽いはでおもふ、などの如し。七もじの句も、なづらへて知べし。大方古今集よりこなた、此格にはづれたる歌は、をさ〳〵なきを、新古今集のころにいたりて、西行慈円など、これを犯して、みだりにもじのあまれる句を、おほくよまれしより、近き世になりては、殊に多し。右の格にはづれたるは、いと聞ぐるしき物也。そも〳〵古き歌には、五もじの句を七もじに、〽さもあらばあれとよめるさへこれかれあれど、わろからぬは、あまれる二もじ、あもじなる故ぞかし。又古今集に、〳〵日ぐらしの鳴つるなへに日はくれぬ句　とおもふは山の陰にぞ有ける。これらは、ともじ下なる句につく故に、四の句もじあまりにて、三の句は然らず。すべて〳〵云々と思ふ、とつゞく所には、此例多し。かやうなるはともじは、次の句へつくこと也。大かたもじあまりは、右の如くあ　い　う　おの四つの内のもじの、なからにある句にあらずは、よむまじき也。

冒頭の一文は『字音仮字用格』とほとんど同じである。その後は『字音仮字用格』よりも多くの用例を引用して、文字余りの句に共通する特徴、すなわち句の半ばに「あいうお」の文字があることを実証している。用例を引用する際にも「あいうお」の文字が一字多く入る句をそれぞれ二例ずつ順に掲出するという念の入れようである。この法則に反する歌を多く詠む西行と慈円への批判を記すのは『美濃の家づと』と同様であるが、一句に二文字多く詠んでもそれが「あいうお」であれば問題ないとする例や、「と」で受ける引用句の直下に「あいうお」の字余りがあるものは「と」を次の句に付けて考えるとうまくいくという例などは、『玉あられ』においてはじめて出された指摘である。いずれも文字余りの句が成立する原理について詳細に検討したものであり、論証の手続きも的確で、指摘も示唆に富むものである。ジャンルが細分化した現代の専門の立場から見れば、さしずめ語学研究の成果を文学研究に適用する試みということになるだろう。宣長はこのような純粋学術的な知見を応用して「おを所属弁」を導き、西行歌を批判した。われわれはその論理的手続きの確かさに感服せざるを得ないが、『玉あられ』「もじあまりの句」の最後の文言に注目してみたい。文字余りの句に「あいうお」の文字が句の半ばにない歌は詠んではならない、というのである。この文言は意味深長である。もちろん、これはついでに出した話題と軽くいなすことができるかもしれない。それが証拠に、末尾にひと言だけしか述べていないではないか。しかしながら、『玉あられ』は歌を詠み、文を書く者に対する指南書を目指して記された書物である。そこに書かれていることはすべて詠歌と作文のための指南なのである。そういう文脈にあることを考慮すれば、この章段もまた詠歌のための手ほどきとして書かれたと考えるのが妥当であろう。

　以上見てきたように、宣長において、和歌における文字余りの句が許される条件について、音韻学的見地へと発展する道筋と、実際の詠歌に応用するという立場の二つがあった。この純粋学術的な知見と詠歌の極意という、相反する二つの事柄を宣長はいかにして両立していたのだろうか。

　この問いは、実は倒錯している。宣長にとって最も重要なことは歌を詠むことであって、その他のことはすべてこれに付随することだった。宣長は二十代ですでにそのことを悟り、『排蘆小船』の中で記している。人は神代から誰もが普通に歌を詠んできたが、時を経て歌を詠まないことを恥と思うこともなくなり、歌を詠む者はそれらの同志だけでつるんで、歌を詠まない者と接触することも避けてきたという。そうして次のように述べるに至る。

　鳥虫ニ至ルマデモ、折節《ヲリフシ》ニツケテ、ツレ〴〵ニ曲折アル言ヲ出シ、ヲノレ〳〵ガ歌謡ヲナスモノヲ、人間トシテ一向ヨム事アタハザルハ、可恥ノ甚シキニアラズヤ。ヨマデモ事タルト思フハ甚アヂキナシ。又無益ノ事也トテ、己《レ》ガヨマザルサヘアルニ、人ノヨムヲサヘ譏リニクムハ、風雅ヲ知ラザル木石ノタグヒ、人情ニウトキ事、イハムカタナシ。人情ニ通ジ、物ノコヽロヲワキマヘ、恕心ヲ生ジ、心バセヲヤハラグルニ、歌ヨリヨキハナシ。春タツ朝ヨリ、雪ノ中ニ歳ノクレユクマデ、何ニツケテモ、歌ノ趣向ニアラザル事ナシ。カクノゴトキ風雅ノオモムキ、面白キアリサマヲ、朝夕眼前ニ見ツヽ、一首ノ詠モナクシテ、ムナシク月日ヲ送ルハ、此世ニコレホド惜キ事ハナキ也。

鳥や虫でも時に歌を詠むのであるから、人と生まれて歌を詠まないのは甚だしい恥ではないかという。また、歌を詠むことを無駄だと考え、歌を詠む者をそしるのは「人情」を知らない者であるという。そして、古今集仮名序等に基づきながら、歌の効用を存分に謳うという立場を表明するのである。春の始めから冬の終わりまで、朝から夜まで、「歌の趣向」でないものはない。それなのに一首も詠むことなく生涯を終えるのは、実に惜しいことだというのである。

このように歌を詠むことに対する特別の思いは、その後、本格的に学問研究に打ち込み、相応の成果を上げた後も変わることがなかった。いやむしろ歌を詠むことの効用について意を強くすることになった。『石上私淑言』の中で、歌は「物のあはれを知る」ということから発生するとした上で、古今集序に言及して次のように述べている。

> これらを物のあはれしる也といふいはれは、すべて世中にいきとしいける物はみな情《ココロ》あり。情あれば、物にふれて必おもふ事あり。このゆへにいきとしいけるものみな歌ある也。其中にも人はことに万の物よりすぐれて、心もあきらかなれば、おもふ事もしげく深し。そのうへ人は禽獣よりもことわざのしげき物にて、事にふるゝ事おほければ、いよ〳〵おもふ事おほき也。されば人は歌なくてかなはぬことはり也。

歌が「物のあはれを知る」ために存在するものであれば、人以外の生物でも歌を詠むのであるから、歌を詠むことがなければ人は生きていくことができないという。物に感じて歌を詠むのであれば、鳥や獣よりも豊かな表現手段を有する人は、なおさら歌がなくては堪えられないというのである。

また、このような和歌観は晩年になっても変わることがなかった。『うひ山ぶみ』で次のように記している。

> すべて人は、雅《ミヤビ》の趣をしらでは有《ル》べからず。これをしらざるは、物のあはれをしらず、心なき人なり。かくてそのみやびの趣をしることは、歌をよみ、物語書などをよく見るにあり。

「雅の趣」を知ることが最も重要であり、それを知るためには物語を精読することとともに、歌を詠むことが必須であるというのである。これは「もののあはれを知る」説に基づいて歌の効用を説くという立場の再説である。『石上私淑言』巻三には次のような文章がある。

又をのれはよまねど才有《ザエ》てふるき書《フミ》の心をさとし、昔の歌の詞をよく〳〵学びこゝろえたる人はいかにといふに、それもさる事にはあめれど、なをむかしの歌の意をうる事浅し。みづからよむにつけてこそ、ふるき歌ひとつ見るにも心のつけやうこよなく深くて、真《マコト》の味のよくしらるゝ物なれ。すべて歌は人の心のそこよりいでたるものにて、只なにとなくはかなき一言にも、かぎりなきあはれのこもれることもあるわざなれば、一わたり聞えたるばかりにてはうはべの事にて、猶ふかき心は見えがたかるべきわざなるをや。

自らは歌を詠むことなく、学才があって古書の意味を理解し、昔の歌の言葉を十分に学修した人についてはどう考えるかと問う。これに対して、それも大したことではあるが、と留保するが、それでは古歌の意味を悟ることは難しいと切って捨てる。自ら歌を詠むからこそ、古歌を見る目も養われ、古歌の真の味わいがわかるものだという。自分で歌を詠むことをしなければ、うわべだけの理解にとどまるというのである。

このように歌を詠むことを重視する立場は、むろん宣長によって始まったわけではない。賀茂真淵の教えの中にすでにそのような考え方が潜んでいた。『にひまなび』の中で、学びの階梯を次のように述べている。

先づ古の歌を学びて、古風の歌を詠み、次に古の文を学びて、古風の文をつらね、次に古事記をよく読み、次に日本紀をよく読み、（以下略）

国学を修得する手順として、古歌を学ぶだけでなく古風の歌を詠むこと、そして古文を学ぶだけでなく古風の文を綴ることを課している。これは学んだことを実践することによって、学びの内容がより定着するという効率の側面もあるが、歌文を創作することが古代人と同化する最も近道であるという考えに基づいている。真淵は万葉風の歌を詠んで万葉人と同化しようとした。門弟に対しても、国学を修めるために古風歌を詠むことを奨励した。そのように歌を学ぶことだけでなく、歌を詠むことが真淵国学の理念だったのである。その理念が宣長にも受け継がれたと言ってよかろう。

国学者にとって歌を詠むことがいかに重要なものであったかということがわかる。

三、宣長国学と詠歌（二）

宣長にとって、歌を詠むということがどれほど重要なことであったかということと、歌を研究するということもまた大切であることを確認した。要するに、詠歌と研究とは切っても切れない密接な関係を構成するものであり、お互いに一方がなければ成立しないものであった。おそらくそのことは国学が中世歌学から引き継いだ特質と言ってよい。ともすれば古今伝授などを引き合いに出して、中世歌学と国学の違いを強調することが多いが、国学が中世歌学から引き継いだことは意外と多いのである。それにひきかえ、国文学はそういった伝統を引き継ぎそこなったということができる。歌を詠むことと文学研究をすることが断絶してしまった。そのことによって見えなくなったものがある。

歌を詠むことは国学者にとって必修の科目であった。とりわけ宣長国学にとって、第二節で見たように、詠歌は必要欠くべからざる科目である。たとえば、『うひ山ぶみ』総論の冒頭は次のような文である。

世に物まなびのすぢ、しな〴〵有て、一《ト》やうならず。そのしな〴〵をいはば、まづ神代紀をむねとたてて、道をもはらと学ぶ有《リ》。これを神学といひ、其人を神道者といふ。又官職儀式律令などを、むねとして学ぶあり。又もろ〳〵の故実、装束調度などの事を、むねと学ぶあり。これらを有識の学といふ。又上は六国史其外の古書をはじめ、後世の書共まで、いづれのすぢによるともなくて、まなぶもあり。此すぢの中にも、猶分ていはば、しな〴〵有べし。又歌の学び有《リ》。それにも、歌をのみよむと、ふるき歌集物語書などを解《キ》明らむるとの二《タ》やうあり。

「物まなび」（学問）の分野にはさまざまあって一概には言えないが、神学・有識学・歴史学とともに、「歌の学び」があるという。その「歌の学び」にも二様あって、「歌をのみよむ」ことと「ふるき歌集物語書などを解《キ》明らむる」ことであるという。この箇所について、「歌の学び」には詠歌と研究（歌集・物語の解明）の二種類がある、と解釈してよいだろうか。

　そもそも『うひ山ぶみ』は国学の入門書として、また宣長学の入門書として読み継がれ、古典全集に収録されることも少なくなかった。だが、意外にというよりはむしろ、案の定これを研究したものは多くない。そのほとんどが原文のみの採録なのである。それも当然であって、『うひ山ぶみ』は明快な論理に意味明瞭な内容、そして的確な表現などが相まって、ほとんど注釈する必要のない文章だからである。そういった中で、口語訳を付すものもある。冒頭近くにある当該箇所の口語訳を以下に引用する。

○佐佐木治綱（古典日本文学全集34、筑摩書房、一九六〇）

　また「歌の学問」というのがある。それにも、歌ばかり詠む方法と、古い歌集、物語などを解釈する方法との二様《ふたよう》がある。

○石川淳（日本の名著21、中央公論社、一九七〇）

　また歌の学というのがある。それにも歌だけをよむのと、古い歌集とか物語の書などを解釈するのとふたとおりある。

○河上徹太郎（日本の古典21、河出書房新社、一九七二）

　また歌の学もある。それにも、歌だけよむのと、古い歌集や物語類を解釈するのと二通りある。

○白石良夫（本居宣長「うひ山ぶみ」、講談社、二〇〇九、初版は右文書院、二〇〇三）

　また、歌の学びというものがある。それにも、もっぱら歌を作るだけと、古い歌集や物語などを研究するのと、ふたとおりの学問がある。

それぞれ微妙なニュアンスの違いはあるが、大きく異なるところはない。その中で、佐佐木治綱の訳に「方法」とある。それは「二やう」が「歌の学び」の下位分類あるいは下位ジャンルであることを示唆する。そのことを裏付けるものとして、白石良夫氏の注釈がある。次にあげる通りである。

実作と研究。ふるく歌の学問は、歌を詠むためにあった。宣長も実作と研究は不即不離だとする。しかしながら、研究が精緻になれば、二つが乖離してくるのは自然の趨勢である。とくに古学による古典研究の深化がそれを助長する。各論（オ）「さまざまよきあしきふり」でも詳しく述べる。

ここで「歌をのみよむ」が「実作」を指し、「ふるき歌集物語書などを解《キ》明らむる」が「研究」を指すことは明らかである。すなわち、「歌の学び」には「実作」と「研究」という二種類があるということである。一般的に考えれば、この解釈は穏当であるということになる。だが、少し違和感をおぼえる。それは「実作」と解釈される箇所が「歌を詠む」ではなく、なぜことさらに「歌をのみよむ」としているのか、ということである。しばらくこのことを考えていきたい。

「のみ」について、宣長は『玉あられ』「文の部」の中で次のように述べている。

のみとは、たゞ其物其事ばかりにして、ほかの物ほかの事のまじらざるをいふ詞なるを、近きころの人の文には、其意ならで、たゞ語の勢ひに、のみといひとぢむること多きは、漢文にならへるひがこと也。大かた皇国の語には、さやうにのみといひて、とぢむる例はなきこと也。古き歌に〳〵たゞ一夜のみ、〳〵たゞ一人のみ、などとぢめたるあれど、これらは、一夜に限り、一人にかぎりて、二つなきをいへるにて、たゞ語の勢ひに添《へ》たるにはあらねば、別事《コトゴト》也。

「のみ」の用法について、「其物其事ばかりにして、ほかの物ほかの事のまじらざるをいふ詞」（限定）であることを明示した上で、「語の勢ひ」（強調）という漢文に倣った誤用が多いという。古歌の用例を検討して、限定の用法が一般的であるとしている。このように宣長は「のみ」が限定の用法で用いられ、それが「ほかの物ほかの事のまじらざる」や「二つなき」という含意があることに執拗に言及しているのである。このような知見を携えて『うひ山ぶみ』の用例に戻れば、「歌をのみよむ」が意味するものは、歌だけを詠む、あるいは歌を詠むだけである。もちろん、先に見た口語訳はすべてそのように訳している。しかしながら、それらは「歌を詠む」の意で解釈していると思われる。それでは宣長が「のみ」に込めた意味を見逃すことになりはしないだろうか。

結論を先に言えば、「歌をのみよむ」とは歌を詠むだけで、歌集や物語を解明することはしない、という意味である。つまり、詠歌専門である。「其物其事ばかりにして、ほかの物ほかの事のまじらざる」とは、「のみ」がそういう含意を有する語であることを示している。とすれば、もう一方の「ふるき歌集物語書などを解《キ》明らむる」とは、古歌集や古物語などを解明する、と訳すだけでは不完全な解釈であると言わざるを得ない。それでは研究専門となってしまう。もしそうであるならば、「ふるき歌集物語書などをのみ解《キ》明らむる」とでもするのが適当であろう。ここではやはり、歌を詠むことに加えて古歌集や古物語などを解明する、と解釈しなければならないのではないか。

宣長の意図を『うひ山ぶみ』の生成過程という観点から見てみよう。『うひ山ぶみ』は三度の改稿を経て成稿するが、該当箇所を抽出すると次のようになる。掲出本文は推敲後のものを採用した[3]。

〔初稿〕又歌ヨムコトヲモハラトシテ、歌書ヲ学ブスヂアリ。コレ又一ツ也。コノ歌学ニ又オノヅカラ二ヤウアルガ如シ。一ツニハモハラ歌ヲヨムコトヲノミスルト、歌ブミヲ明ラムルト也。

〔再稿〕又歌ブミヲ学ビ、モハラ歌ヲヨムアリ。コレ歌学ト云。此歌学ニ又オノヅカラ二ヤウアリ。ヒタスラ歌ヲヨムコトヲノミワザトスルト、歌書ニ見ヘタル事ヲ明ラムルト也。

〔三稿〕又歌の学びあり。それにも歌をのみよむと古き歌集物語書などを解き明らむるとの二やう有。

三稿の推敲後はほぼ版本と同じである。初稿と再稿とで試行錯誤の跡がうかがえるが、最終的に「歌をのみよむ」となる言説は「モハラ歌ヲヨムコトヲノミスル」（初稿本）や「ヒタスラ歌ヲヨムコトヲノミワザトス」（再稿本）のように、「ノミ」という語によって、詠歌・実作を専門とすることが強調されていることがわかる。となれば、もう一つの「歌の学び」は、詠歌・実作だけではなく「歌ブミ・歌書・古き歌集物語書」を解明することを指すことになるだろう。

さて、この箇所について、白石良夫氏も指摘するように、宣長自身が再説している。『うひ山ぶみ』では総論の後に、注釈のような形態で各論を展開している。その中で、（オ）「後世風の中にもさま〴〵よきあしきふり〳〵あるを」の注釈箇所の末あたりで、次のような議論を展開している。

さて又はじめにいへる如く、歌をよむのみにあらず、ふるき集共をはじめて、歌書に見えたる万の事を、解《キ》明らむる学《ビ》有《リ》。世にこれを分て歌学者といへり。歌学といへば、歌よむ事をまなぶことなれども、しばらく件のすぢを分て然いふ也。いにしへに在《リ》ては、顕昭法橋など此すぢなるが、其説は、ゆきたらはぬ事多けれども、時代ふるき故に、用ふべき事もすくなからざるを、近世三百年以来の人々の説は、かの近世やうの、おろかなる癖《クセ》おほきうへに、すべてをさなきことのみなれば、いふにもたらず。然るに近く契沖ほふし出てより、此学大《キ》にひらけそめて、歌書のとりさばきは、よろしくなれり。

『うひ山ぶみ』総論の冒頭を受けて、歌を詠むだけでなく、古歌集や歌書の中身を解明する学問があるという。それを「歌学」と称するのであるが、「歌学」とは通常は「歌よむ事をまなぶこと」であるというのである。そして、ここで「歌学者」と呼ぶ前者の代表として顕昭をあげている。その説は未熟なところも多いが、時代が古いから信頼できる説もあるという。それにひきかえ「近世三百年以来の人々」の説（古今伝授）は全く信頼できない。そこから契沖讃美へと向かうわけであるが、顕昭をその代表とする「歌学者」とは、歌を詠むことに加えて、古歌集や歌書万般を解明する者を指す。また、「歌よむ事をまなぶ」とは、先の引用で「歌をのみよむ」とされていたものと同じである。つまり、『うひ山ぶみ』総論冒頭近くの一文は、ここで再説され、「ふるき歌集物語書などを解明《キ》らむる」者の代表が顕昭ということになる。顕昭は当然歌を詠んだ。その上で歌書研究をおこなったのである。

さらに、注釈箇所でこれに続く文章は、このことをより一層明確な言いまわしで表現している。次の通りである。

さて歌をよむ事をのみわざとすると、此歌学の方をむねとすると、二やうなるうちに、かの顕昭をはじめとして、今の世にいたりても、歌学のかたよろしき人は、大抵いづれも、歌よむかたつたなくて、歌は、歌学のなき人に上手がおほきもの也。こは専一にすると、然らざるとによりて、さるだうりも有《ル》にや。さりとて歌学のよき人のよめる歌は、皆必《ズ》わろきものと、定めて心得るはひがこと也。此二すぢの心ばへを、よく心得わきまへたらんには、歌学いかでか歌よむ妨《ゲ》とはならん。妨《ゲ》となりて、よき歌をえよまぬは、そのわきまへのあしきが故也。然れども歌学の方は、大概にても有べし。歌よむかたをこそ、むねとはせまほしけれ。歌学のかたに深くかゝづらひては、仏書からぶみなどにも、広くわたらでは、事たらはぬわざなれば、其中に無益の書に、功《テマ》をつひやすこともおほきぞかし。

「歌の学び」には「歌をよむ事をのみわざとする」と「此歌学の方をむねとする」という二種類があるというのだ。「むねとする」とは、主として行うということであって、それだけを行うということではない。「のみ」と「むね」とは用法が異なる。この違いに注意すれば、前者は歌を詠むだけの者の意、後者は歌学を主とし、詠歌を従とする者の意となる。後者は決して歌学だけに専念し、歌を詠むことを全くしない者ではないのである。なるほど、顕昭がそうであるように、歌学者に下手な歌詠みが多いとされる。だが、それは歌学が詠歌の妨げになるのではなく、歌学そのものに問題があるからであると宣長は言う。ただ歌学の方面は一通りのところで済ませておけばよいとし、最後には、歌書研究を主とする「歌学」よりも、詠歌に専念する方が大切であると述べるに至る。ここでも歌を詠むことがいかに重大なことであるかということを宣長は主張するのである。それはともあれ、この各論部分は総論を詳説したものであるから、ここで「二やう」として分類されていることは、総論冒頭の「二やう」と一致するはずである。つまり、総論冒頭における「歌の学び」の「二やう」とは、詠歌を専門にするものと、詠歌のほかに古い歌集や物語などを解釈するものの二通りという意味になるだろう。決して詠歌という「実作」と、歌学という「研究」の二種類があるわけではないのである。

それではなぜこのような誤読をしてしまったのか。一つは宣長の文章が内容の曖昧さの割に、表現が妙に明晰だからである。そのまま現代語に移し替えても、何等違和感を与えない文章だからである。[4] 宣長の著作の中には、このような問題を孕んだ文章は他にもあるに違いない。それはある意味で、宣長の側の問題である。

誤読が発生する原因をもう一つ指摘することができる。それを白石良夫氏の注釈に沿って考えてみよう。白石氏はこの後、「実作と研究」をともに重んじた宣長に言及し、「不即不離」としている。たしかに、この指摘は正しい。しかしながら、この二つが乖離することに言及し、よりによって「古学による古典研究の深化」が「実作」と「研究」の連動を阻むというのである。これは先述した各論における顕昭や「近世三百年以来の人々」を指すのであろうが、それは中世歌学の人であって、「古学」の人ではない。『うひ山ぶみ』において「古学」とは国学に他ならないのである。これは明らかに誤読である。また、「実作」と「研究」の乖離などということを宣長はひと言も言っていない。このような過誤が生まれるのは、ひとえに「研究が精緻にな」るということが生み出すイメージであると推定される。研究が精緻になると、実作に専念する者と研究に専念する者に二極分化するというイメージである。しかしながら、国学者は研究を深化させはしたが、歌を詠むことは決して怠らなかった。研究が精緻になって詠歌と歌学が専業化するのは、近代以降の国文学である。この国文学におけるイメージが宣長の文章に投影されて、実作と研究との乖離という像が浮かび上がったのであろう。同じことが本文解釈にもあてはまる。宣長が提唱する「歌の学び」に、歌学を専門にして歌は一切詠まないという領域があろうはずがない。詠歌と歌学とは、国学者にとって二者択一の選択肢ではなく、兼修すべき学芸だったからである。このような誤解は享受者側の問題である。歌を詠まなくなった近代以降の国文学者の問題である。

宣長国学にとって何が一番大切であったかということは、もう言うまでもないだろう。

四、宣長国学と詠歌（三）

ここで目先を変えて、宣長が自著に名付けたユニークな名称について考えてみたい。宣長の著作には「玉の小櫛」や「美濃の家づと」など、雅やかな書名が付けられているが、そういった名前は必ずしも宣長だけに限ったことではない。近世の国学者の著作の書名は趣向を凝らしたものが多く見られる。たとえば、契沖の著作を例に取ると、次の如くである。

万葉代匠記―師匠筋に当たる下河辺長流に代わって注釈を著した。
厚顔抄―徳川光圀から日本書紀の和歌の注釈を命じられ、頑迷固陋も顧みずに応じた。
古今余材抄―万葉集を注釈するための余った材料を用いて作った。

また、北村季吟の著作名も意匠を凝らしたものである。

湖月抄―紫式部が石山寺に籠もり、琵琶湖に映った月を見て須磨巻を構想した。

文段抄―徒然草を章段に分割し、各段の意味を明らかにする。
春曙抄―枕草子初段冒頭の一文が「春は曙」。

このように命名の由来は区々であるが、それぞれに由緒が書名に表れていて興味深いものとなっている。しかしながら、こういった書名と多くの宣長著作の書名とは決定的に異なる。根本的に命名の意図が異なるのである。それはどういうことかといえば、宣長著作の書名は大和言葉で構成されているものが圧倒的に多いということである。漢語ではなく大和言葉である。もちろん自著の書名から漢意を排するという意図を読み取ることもできるが、それは必ずしも第一義的な理由ではない。それよりも重要なことは、それが歌ことばになり得る書名だということである。歌ことばになるためには、大和言葉であることが必要条件であろう。要するに、宣長は書名を詠み込んだ歌によって、著書の作意を表したのである。

ということで、ここからは出版された宣長の著作の中で、歌に詠まれたものを問題にしたい。まず、処女出版となった『草庵集玉箒』（明和五年五月刊）であるが、「玉箒」という書名は稲掛棟隆の序文に「かの諺解難註の塵《チリ》あくたにうづもれし草のいほりはききよめつる心もて、玉ばゝきとつけてん」と説明されている。香川宣阿『草庵集蒙求諺解』と桜井元茂『草庵集難註』が垂れ流した悪弊を掃き清めるという見立てで命名されたという。宣長はこれよりさきに『梅桜草の庵の花すまひ』という戯作風の注釈を著しており、『諺解』と『難註』を対象にした批判を行っていた。『玉箒』はこれをバージョンアップした注釈である。宣長はこの書名を詠み込んだ歌を序文等に置くことはしていないが、刊行後に次のような贈答歌を交わしている。

　おのがかきたる玉箒といふふみをみて、大円上人もとより
玉はゝき手にとるからにわきかねし草の庵の道もまよはず
かへし

　　君が手にとるとしきけば玉箒みじかき程を見んもはづかし

大円上人は伊勢度会郡海蔵寺の住職で、宣長の門弟である。大円が称賛し、宣長が謙遜するという構図である。この贈答は明和五年十二月中旬頃に交わされたものと推定される。(5)「玉箒」は、あらかじめこのような歌を詠むために付けられた書名であるかのように思われる。この贈答がきっかけというわけでもなかろうが、このあと宣長は書名を詠み込んだ歌を著作に披露するようになる。一通り見ていくことにしたい。

たとえば、本書でも取り上げる『てにをは紐鏡』（明和八年十月刊）には、次の歌が掲げられている。

　　てらし見よ本末むすぶひも鏡三くさにうつるちゞの言葉を

後に「係り結び」と呼ばれる「てにをは」の法則を整理した一覧表が『てにをは紐鏡』であるが、この歌の第三句「ひも鏡」が書名となっている。この第三句に書名を詠み込んだことには理由があって、この第三句がタイトル部分に大書され、その他の句は細書されているのである。あたかもこの歌に詠み込まれるために付けられた書名であるかのごとくである。つまり、この歌とタイトルとは切っても切れない関係であるということである。なお、刊行はされなかったが、『てにをは紐鏡』を改訂した『夕のおひ風』という一覧表も「雲霧もはるゝ夕のおひ風にとまりたどらぬ和歌の浦船」という歌を掲げ、「夕のおひ風」を大書してタイトルとするという趣向を取っている。内容だけでなく、書名とタイトル掲示の手法も踏襲しているということができよう。

以下、書名が歌に詠み込まれた例を刊行の順に引用しておく。

○『玉くしげ』一冊、古道論、寛政元年十一月刊

　　身におはぬしづがしわざも玉くしげあけてだに見よ中の心を

○『玉あられ』一冊、語学書、寛政四年春刊

　　玉あられまなびのまどに音たてておどろかさばやさめぬ枕を

○『手枕』一冊、和文小説、寛政七年春刊

かはすまもはかなき夢のたまくらになごりかすめる春の夜の月（光源氏）

○『玉勝間』一五冊、随筆、寛政七年六月刊（第一編）

言草のすゞろにたまる玉がつまつみてこゝろを野べのすさびに

○『菅笠日記』二冊、旅日記、寛政七年七月刊

ぬぐもをし吉野のはなの下風にふかれきにけるすげのを笠は

○『新古今集美濃の家づと』五冊、注釈書、寛政七年十月刊

これをだに家づとにせよいせの海かひはなぎさのもくずなりとも（歌稿）

○『古今集遠鏡』六冊、注釈書、寛政九年正月刊

雲のゐるとほきこずゑもとほかゞみうつせばこゝにみねのもみぢ葉

○『美濃の家づと折添』三冊、注釈書、寛政九年三月刊

家づとに残れる花もをりそへつおなじ山路の末をたづねて

○『源氏物語玉の小櫛』九冊、注釈書、寛政一一年五月刊

そのかみのこゝろたづねてみだれたるすぢときわくる玉のをぐしぞ

○『うひ山ぶみ』一冊、初学者指南書、寛政一一年五月刊

いかならむうひ山ぶみのあさごろも浅きすそ野のしるべばかりも

○『神代紀髻華山蔭』一冊、注釈書、寛政一二年春刊

神ぬしのうすの山かげかつら蔭見ればたふとき神代しおもほゆ（再稿本）

○『後撰集詞のつかね緒』一冊、注釈書、享和二年五月刊

つかねてぞそれとも見ましあやめなくかりみだりたる言の葉ぐさは

○『枕の山』一冊、歌集、享和二年夏刊

いねがての心のちりのつもりつゝなれるまくらのやまと言の葉

○『万葉集玉の小琴』一冊、注釈書、天保九年三月刊

かきならす玉のを琴をこゑしりてよけくあしけくきかむ人もが

これらの著作に付された書名は、著述内容を表す歌に詠み込まれるための命名であって、著作と書名と歌との密接な関係を見て取ることができる。

五、再び宣長国学と国文学

国学が中世歌学から受け継いだ、詠歌と歌学の兼修というファクターは、近代の国文学に至って完全に欠落してしまった。歌を詠む国文学者はいるけれども、それが歌学にフィードバックすることはあまりない。国文学が国学から引き継ぎそこなった事柄である。

国文学は国学から進化（進歩・発展）したわけではない。形を変えただけである。専門という蛸壺にこもって事足れりとするのは、むしろ後退であるということもできるだろう。同じことが国学と中世歌学との関係にもあてはまる。国学は客観性や近代的科学性を身に付けることで中世歌学の因習を払拭したのではない。中世歌学の伝統や思想的雑居性を受け継がなかっただけである。国学が引き継がなかった歌学の蓄積や秘説（古今伝授）は、堂上歌学がこれをしっかりと相続した。[6] そういった観点から国文学・国学・中世歌学の関係を図示すれば、次のようになるだろう。

思想史 ↗ 儒学
国文学←国学←中世歌学
詠歌 ↖ 堂上

もちろんこれ以外にも多岐にわたる影響関係を指摘することができる。ここにあげたのは単なるサンプルに過ぎない。第一節で確認した三者の関係が単線的イメージであるならば、これは複線的イメージということができる。単線的イメージは進化論的国文学観を誘発するが、複線的イメージは多元的共生国文学観を導き出す。現代には国学をルーツに持つさまざまなジャンルが共存する世界があり、近世には中世歌学をルーツとするさまざまな領域があったと考えられる。それぞれに分岐した枝葉は等価であって、そこに上下関係はない。多元的共生と言いながら、国文学・国学・中世歌学の三者をしっかりと中央に置いたのは便宜的な処置に過ぎない。たとえば、世界地図を作る時、どの国でも自国を中心に置いた地図を描く。それと同じであって、大した意味はない。いずれにせよ、国文学は国学から延びた複線の一つに過ぎないということである。

そのように考えれば、宣長問題と称する問題も解消する。一般に「宣長問題」とは、宣長において古代日本語をはじめとする諸研究が、緻密で客観的な実証性を有しながら、その一方で粗雑で狂信的な主観的排外的皇国中心主義を表明したのはなぜか、という疑問である[7]。はなはだ粗っぽく整理すれば、それは知性と情念の分裂ということで理解され、宣長像の分裂という事態を招いてきた。しかしながら、これはそもそもの前提が間違っている。それは片方の側から見える宣長国学に過ぎず、宣長国学に内在し、国文学が継承しなかった要素に気付かないだけなのである。要するに、国学には、客観的学術研究の要素と古代精神の復元を目指すという要素がともにあって、それが不可分の関係にあるにもかかわらず、これをある意味で客観的学術研究に特化した国文学という尺度で測り、裁断するという愚行を犯していると言ってよいだろう。もちろん、このような見方をすることによって、「宣長問題」が解決するわけではない。そもそも「宣長問題」など存在しないということを立証したに過ぎないのである。

このように考えれば、国文学進化論は、研究分野が単線的に進歩するという幻想、さらに言えば今が最も進んでいるという妄想に取り憑かれた者の発想であると言うことができるだろう。それは細部を切り捨てて痛みを感じない者の傲慢、あるいは豊かな可能性から目を背ける者の臆病のなせる業である。

視点を転換してみよう。国文学のルーツは国学ではあるが、国学は数あるルーツの中の一つに過ぎない。その他にも、たとえば芳賀矢一が輸入したドイツ文献学、西洋の文学史に倣って草創期の（東京）帝国大学が目指した、日本文学の史的展開を記述する研究などがある。さらにさかのぼれば、国学も中世歌学だけでなく、契沖が依拠した悉曇学、真淵や宣長が影響を受けたとされる古文辞学などがある。そういった観点から国文学・国学・中世歌学の関係を図示すれば、次のようになるだろう。

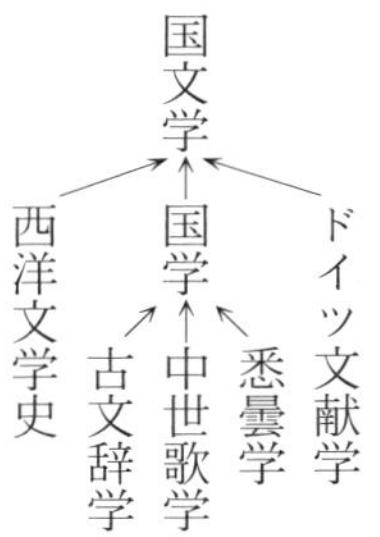

さまざまなルーツを持つ国文学は、国学を主要な源泉としながらも、他領域の学問分野から接ぎ木をして構成された。国学もまたしかりである。このように国文学は国学を、国学は中世歌学を純粋培養したものではなく、異なる系統が交雑することによって生まれた雑種である。まずそのことを認識するべきである。そして、それにもかかわらず、国文学は国学の、国学は中世歌学の嫡出子であることを認識するべきである。[8]

そこで、再び宣長国学と国文学との関係を考えてみたい。宣長国学の中核に詠歌があるということを踏まえると、また別の像が現れる。たとえば第二部第五章では、「係り結びの法則」の成立史について、中世歌学が雑然と指摘していたものを極めて単純明快な法則に仕立て上げ、それが修正を受けつつも、近代の国文学（国文法）に継承されたことを論じた。ここから中世歌学と国学と国文学の三者が一直線に並び、順調に歩を進めてきたように見える。ところが、係り結びはそもそも歌を正しく詠むために究明されたという側面があり、宣長国学の中でもそれは受け継がれ、その子の春庭にも継承されたのである。係り結びは、現代では日本古典語における整然とした言語法則であるとされるが、詠歌の作法としても享受されたのである。このことから目を背けては、宣長が係り結びに見出した本質を見失うことになる。

国文学にとって都合のいいところだけを国学の中に見出すことは、かえって研究の豊かさを削ぐことになるのではないか。そのことを宣長国学と国文学との力学関係が教えてくれるのである。

注

（1）阿部秋生『国文学概説』（東京大学出版会、一九五九年一一月）、および長島弘明『国語国文学研究の成立』（放送大学教育振興会、二〇一一年三月）参照。

（2）拙著『国学史再考――のぞきからくり本居宣長』（新典社、二〇一二年一月）参照。

（3）杉戸清彬「『うひ山ぶみ』の初稿本『濃染《こぞめ》の初入《はつしほ》』――書誌と翻刻――」（『椙山女学園大学研究論集』十二巻二号、一九八一年）参照。稿本はすべて本居宣長記念館蔵。

（4）石川淳は「文章はきわめて自然な表現を取っているから、今これを現代語にうつすのがばかばかしくなるほどやさしい」（『日本の名著21本居宣長』、中央公論社、一九七〇年五月）と評している。

（5）『石上稿』「明和五年戊子詠」中の前後の歌の日付による。

（6）久保田啓一『近世冷泉派歌壇の研究』（翰林書房、二〇〇三年三月）、盛田帝子『近世雅文壇の研究――光格天皇と賀茂季鷹

を中心に』（汲古書院、二〇一三年一〇月）参照。

（7）村岡典嗣『本居宣長』が指摘し、野口武彦・加藤周一・子安宣邦などがこの問題を論じた。古くは同時代の上田秋成が宣長を「尊大の親玉」と攻撃したことに始まる。

（8）鈴木健一『古典注釈入門――歴史と技法』（岩波書店、二〇一四年一〇月）参照。同書は古典注釈という観点から、中世歌学・国学・国文学という流れを要領よくまとめたもので、本書の問題意識と共通点も多い。

第一部　本居宣長の著作の受容

第一章 『古事記伝』受容史

一、本居宣長と古事記

本居宣長が『古事記伝』を執筆するまで、古事記に関する研究はほとんど存在しなかった。古事記が成立したとされる和銅五年より千年以上の間、表舞台に立つことがなかったのである。もちろん、全く忘れられていたわけではない。古事記は日本書紀のサブ・テキストとして読まれていたし、簡素な注釈も作られていた。近世期に限れば、寛永二十一年には版本が刊行され、最初の古事記注釈である度会延佳校訂『鼇頭古事記』も貞享四年に刊行されている。また、契沖は『厚顔抄』において記紀歌謡の注釈をし、荷田春満は『古事記箚記』を著した。賀茂真淵もまた『仮名古事記』に自説を書き留めた。[1] このように、宣長が古事記研究を始めるまでに、研究するための地盤はそれなりに固められていた。

宣長が古事記を入手したのは、京都遊学中の宝暦六年のことであるが、本格的に古事記研究に踏み出すためには、賀茂真淵との出会い「松坂の一夜」を待たなければならなかった。宝暦十三年五月二十五日のことである。大和や山城の調査のために上方に来ていた真淵一行は、伊勢参りのために松坂を通ったが、宣長は真淵が来ていることを知らず、行き会うことができなかった。伊勢からの帰りに再び松坂に立ち寄るはずであると確信し、やっとのことで出会うことができた。もともと万葉集の枕詞研究書である『冠辞考』に強烈な刺激を受けていた宣長は、是非とも真淵の謦咳に接してみたいと思うようになった。その願いがかなったわけである。当日はさまざまな話をしたに違いないが、後に『玉勝間』に記すところによれば、古代研究についての薫陶を真淵から受けたことがとりわけ重要である。(2) 当時六十七歳の真淵は三十四歳の宣長を前途有望な研究者と見込んで、自分の持っているものをすべて教えようと決意した。それから真淵が亡くなるまでの六年余りの間、江戸と松坂の間で文通による指導が行われた。

真淵からは主に万葉集に関する教えを受けたが、それは古事記を読むことにも役立つ有益なものだった。もちろん、真淵が記した『仮名古事記』なども貸与された。それらもまた宣長が古事記研究を進める上で血となり、肉となった。実際のところ、『古事記伝』に「師説」として紹介されるものは、この『仮名古事記』をはじめとする貸与書籍の説である。そのように真淵から古代研究の指導を受けながら、宣長は着々と自らの古事記研究を進めていった。そうして明和四年までに『古事記雑考』と称する冊子を執筆している。これは『古事記伝』一之巻二之巻の初稿と目されるもので、荒削りながらも緻密で実証的な研究の片鱗がうかがえる。

その中で「道テフ物ノ論」に注目してみたい。それは『古事記伝』一之巻の「直毘霊」の初稿である。それが推敲および改稿を経て「直毘霊」になるために、次のような経緯をたどることになる。

〔初稿〕「道テフ物ノ論」（『古事記雑考』巻二所収、明和四年五月以前原形成立）
〔再稿〕「道云事之論」（『古事記伝』再稿本所収、明和五年以降八年以前成立）
〔三稿〕「直霊」（明和八年十月九日成立）
〔刊本〕「直毘霊」（『古事記伝』刊本一之巻所収）

この四種類のテキストは、ほぼ前稿本に基づいて改稿したものと考えられる。つまり、改稿の方向性が単線的にたどれるのである。このテキストは安永三年には鈴屋で講義され、写本は門弟をはじめとして広く流布していた。

そうした中で、門弟ではないが菰野藩士の南川文璞が「直毘霊」を読んで、いくつかの質問をしている。その答えが『答問録』に収録されているが、その中で「やゝもすれば老子の意に流る」という批判に答えているものがある。[3]それによれば、「直毘霊」に記される「神道」が「老子の自然」に似ているという指摘に対して、老荘の「自然」は「真の自然」ではなく「作りごと」であると答え、神道の教えの根幹は「世中は何ごとも皆神のしわざに候」というのである。これは『直毘霊』を貫く根本思想であり、さらに言えば『古事記伝』四十四巻を貫徹する世界観でもあった。そのような考え方は、もちろんこの問答によって芽生えたものでないことは明らかであるが、この問答によって鍛えられ、研ぎ澄まされていったと考えることができる。寸分の疑念を差し挟むことも拒絶する議論は、あらかじめ想定される批判を取り込んでおくことによって完成度が高まるのである。

また、名古屋の門弟田中道麿に貸借された「道云事之論」が道麿と親交のあった、蘐園学派の儒者市川鶴鳴に渡った。鶴鳴は『馭戎慨言』などの宣長著作を見て感服し、『古事記伝』写本も「和学の事は此伝にてつきぬべし」と賛辞を贈っていた。だが、『古事記伝』の総論にあたる「道云事之論」だけは承服できないでいた。安永九年四月頃に鶴鳴は『まがのひれ』を執筆し、「道云事之論」を逐条的に批判したのである。それは田中道麿を通じて宣長のもとに届けられた。『まがのひれ』を見た宣長は、即座に反論書『葛花』を仕上げ、道麿を通じて鶴鳴に示した。安永九年十一月二十二日のことである。[4]その後も総論の推敲は進められ、『古事記伝』一之巻が刊行された寛政二年九月まで続くことになる。もちろん、批判を受けて反論を執筆したわけであるから、多少なりともこの論争は「直毘霊」に影響を与えている。『古事記伝』一之巻「直毘霊」は写本の段階ですでに流布し、それに対する批判書まで書かれ、さらにはそれに対して反論をしていたのである。つまり、『古事記伝』は刊行前から受容されていたといってよい。しかも、反論を執筆する段階でより強靱な議論を獲得したということが重要である。

　このような経緯で『古事記伝』は改稿を重ねて、最終的に寛政十年六月十三日に全四十四巻の清書を完了する。同年九月十三日には『古事記伝』終業慶賀の月見会が鈴屋でおこなわれた。知人や門弟に古事記の神々を題に割り当てて和歌を詠ませた[5]。それから一ヶ月後に宣長は『うひ山ぶみ』を執筆する。文字通り初学者のための入門書である。『うひ山ぶみ』には国学を学ぶ者に対する薫陶が記されるが、最終的には『古事記伝』を読破すべきことが述べられている。そこには次のような自注が付されている。

　みづから著せる物を、かくやむことなき古書どもにならべて挙るは、おふけなく、つゝましくはおぼゆれども、上にいへるごとくにて、上代の事を、くはしく説《キ》示し、古学の心ばへを、つまびらかにいへる書は、外になければぞかし。されば同じくは此書も、二典とまじへて、はじめより見てよろしけれども、巻数多ければ、こゝへはまはしたる也。

古事記や日本書紀とともに読むべきものとして『古事記伝』を挙げているのである。少々は謙遜気味のところもあるが、ここには「古学の心ばへ」を最も詳細に説いた書物であるという自負に満ちている。畢生の大業を成し遂げた直後に執筆されただけあって、国学者としての矜恃がみなぎっていると言ってよい。

　このようにして『古事記伝』は三十余年の歳月を掛けて執筆され、出版されることになった。先に見たように、寛政二年九月に最初の刊行が行われ、上巻については宣長の生前に上梓されたが、中巻と下巻は没後に出版された。最終巻が刊行されたのは文政五年のことである。それは「松坂の一夜」から数えて六十年後のことであった。

二、言霊倒語説による批判――富士谷御杖『古事記灯』

『古事記伝』の最終巻が刊行されたのは文政五年であったが、『古事記伝』に対する批判書はそれよりも前から著され、刊行されていた。その中で最も早いのが富士谷御杖『古事記灯』である。御杖は国学者歌人の富士谷成章の子で、漢学者の皆川棋園の甥に当たる。錚々たる学者の家系である。ただし、御杖が十二歳の時に成章が死去しているので、実質的には棋園の薫陶を受けた。だが、そういった中で御杖は成章が残した『脚結抄』を師として歌学を修めた。そのような経緯で学問を修得した御杖は、文化五年に『古事記灯』を上梓した。実際に刊行されたのは『古事記灯大旨』二巻のみで、本文については部分的に稿本が残存している程度であるから、『古事記灯』は必ずしも完結したわけではない。だが、そこには『古事記伝』に対する強烈な批判意識が見て取れるのであって、『古事記伝』がいかに受容されたのかという問題に対して一定の答えを示してくれるのである。

門弟の山脇之豹の序文（文化五年夏）によれば、次のように成立の経緯とその概要が知られる。(6)

文化のはじめ、冨士谷成元ぬしかたられしは、上つ世の歌ども、言霊を見し事、あまた年を経て、をさ〳〵大和てぶりにおもひいたり、それよりもはら神書に心入れしに、伊勢人宣長が古事記の伝を見て、始てこの記の尊さをしりぬ。されど詞の表こそ、のこすかたなくとかれつれ、神代のくすしき種々を、あやしまれざりしは、なか〳〵青山を泣からすわざなり。おのれ近比、言魂もて見るに、上つ巻のくすしきも、たゞ目の前なる言わざのおやなれば、大かた上つ巻一まきは、神事をむねととき給ひし、吾　大御国の御教ふみとはしるしと、かたられき。

ここには弟子の伝聞という形で、文化初年頃の御杖の証言が語られる。それは上代の和歌研究を皮切りに神道書に沈潜していた時に『古事記伝』に出会い、それまでの日本書紀一辺倒の研究から古事記研究に旋回したというのである。しかし、宣長のテキスト分析の方法が一面的であることに思い至って、独自の方法によってアプローチすることにしたという。御杖が「言霊（言魂）」と呼ぶものについては後ほど触れることにしたいが、ここには『古事記伝』に対する相反する思いがあることがわかる。先達に対する尊敬と、これに満足せず乗り超えてみせたいという気概である。『古事記灯』はそのような思いが元になって生まれた研究書であった。

御杖は『古事記灯大旨』の冒頭で、この序文を敷衍するかのように、自らの『古事記伝』体験を語っている。儒教や仏教に付会して神道書を解釈する風潮に疑問を持ち始めた折、『古事記伝』に出会うことになる。

しかるに近比、伊勢国松坂なる本居宣長、古事記の日本紀にまされる事を見いでゝ、かの皇子の非どもをあげつらへり。げにその論をみるに、いとも〳〵さる事にて、此記はわが御国言のまゝをしるされたる所多きにても、宣長が論あたれるは明らかなる事也。予も此ぬしの恩によりて、力をもいれずしてこの記の正しきをしりぬ。もと神代巻は此記の書ざまにはたがひて、諸本を大成し、その心をえて、かの皇子、からぶみまねびをむねと書たまひし物とみゆ。しかるに古来の神学者、こと〴〵く神代巻にのみよれるが故に、此記の正しきに心つく人もなかりしを、今かくよに其光あらはれたるは、わが御国千歳以来の大幸といふべし。

日本書紀において舎人親王が過誤を犯したことや、古事記には大和言葉が横溢する事実などを指摘したことにより、宣長の論が正しいことを知ったというのである。それは日本書紀が完全な漢文体で記されていることに起因するものであって、歴代の神道家が気付かなかった古事記の正しさを称揚した功績を讃えている。それでは、御杖が『古事記伝』に見出したものは何か。

此神典をみむやうは、　みかどの御はじめはかくのごとくくしびにあやしくおはしゝ、其御するにましませば、たゞかしこみにかしこみ奉りて、その御おもむけにのみしたがひなば、なにばかりの智も無用のものなりとの心にみえたり。これ古事記伝の大意、かつ直毘霊とてかゝれしものゝ意趣なり。

天祖の「くしび」と天孫の「かしこみ」を敬仰し、その意向に従っていさえすれば、何も必要ないということを伝えるのが『古事記伝』だというのである。「智」とは儒教や仏教に淵源する牽強付会の知識である。宣長はこれを激しく攻撃し、完璧に洗浄しようとした。御杖が「なにばかりの智も無用のものなり」と要約したのはそのことである。『直毘霊』は『古事記伝』の総論として置かれた古道論である。御杖の『古事記伝』理解は基本的に正しい。しかしながら、そのことは御杖が全面的に『古事記伝』を尊崇する立場にあることを意味するわけではない。むしろ、御杖が指摘した点こそ『古事記伝』を攻撃するポイントになるのである。御杖はここから一転して『古事記伝』批判へと向かう。

ひとわたりはさるべき事のやうにも聞ゆるが故に、近比よにこの説を信ずる人いと多し。げにおのが智を捨よとなれば、世のさまたげとなるべきいひざまにはあらねど、その説のおこれる所を考ふるに、この神典、いかにみれどもいかに思へども、いとあやしき事のみありて、これをとかむとすれど、その首尾人事に応ぜざるが故に、なか〳〵かゝる事をたづねむは無益の事也。神の御うへははかり知るべからず、たゞ　すめら御おや神たちの、不測の妙事を録して、後のよまで御するゐの御稜威《ミイツ》にかきおかれしものなるべしとぞ思はれけらし。伝のうち、すこしもあやしく心えがたき所々は、かゝる事深くたづぬるはから心なりとみえたり。さらば聞えぬまゝになしおくをば、やまと心とやいはん、いとおぼつかなき事なりや。

古事記に内在する「不測の妙事」を穿鑿することは「から心」であると宣長は考えたという。これもまた宣長が繰り広げた議論を受けており、たとえば、『古事記伝』巻一「書紀の論ひ」に出る次のような言説を踏まえている。

乾坤などいふことは、皇国になきことにて、その古言なければ、古伝説《イニシヘノツタヘゴト》に非ること明らけし。もし古伝《ヘノヘ》ならむには、たゞに天地之道とこそあらめ。但しそはたゞ天地を乾坤と書れたる、文字の異《カハリ》のみなれば、なほゆるさるべけれど、此神《ノ》たちを、その乾坤の道によりて、化坐《ナリマセ》るさまに書れたるは、いたくまことの意に背《ソム》けり。此神《ノ》たちも、たゞ高御産巣日神神産巣日神《タカミムスビノカミカミムスビノ》の御霊《ミタマ》によりてこそ成坐《ナリマシ》けめ、然成坐《シカナリマセ》る理は、いかにとも測知《ハカリシル》べきにあらぬを、かしこげに乾坤の化などいひなすは、漢意《カラゴコロ》のひがことなるをや。

これは日本書紀の冒頭近くにある「乾坤之《ノ》道相参而《テ》化《ス》、所以《ニ》成《セリ》一此男女《ヲ》二」に関する宣長の見解である。「乾坤」は漢籍由来の用語であり、大和言葉ではないから、それは「古伝説」であるとは認めがたい。大和言葉では「天地」というからだ。ただし、「天地」を「乾坤」と言い換えただけならば大した問題ではないけれども、その「乾坤の道」によって男女（伊弉諾尊・伊弉冉尊）が産み出されたと記すのが間違っている、というのである。本当は高御産巣日神と神産巣日神の「御霊」によって生成した神であり、その生成の仕組みは知ることができないことなのに、それを「乾坤」などという儒学の原理によって説明しようとすることが「漢意のひがこと」であるというのである。御杖の言説はそのような宣長の論理をなぞっている。

ところが、御杖はそのことに批判の矛先を向けるのである。わからないことを知らないままにしておくことが「やまと心」なのかと。これは宣長に対する痛烈な批判と言ってよい。御杖が「やまと心」と記したのは、単に宣長の「から心」批判に対するアンチテーゼとして出しただけなのかもしれないが、宣長にとって「やまと心」は最も大切なものであった。還暦の年の自讃歌「敷島の大和心を人問はば朝日に匂ふ山桜花」にも詠み込まれ、自らの自画像に添えた。いわゆる自画自賛である。つまり、「やまと心」とは宣長自身だったと言ってよい。それは「やまと魂」とも称して、宣長の著作に頻出する用語であった。たとえば、『うひ山ぶみ』には次のように書かれている。

道を学ばんと心ざすともがらは、第一に漢意、儒意を清く濯《スス》ぎ去て、やまと魂《ダマシヒ》をかたくする事を要とすべし。

このように宣長にとって「やまと魂」とは古道学を修める上で要となる概念だったのである。「やまと心」もまた同様であって、漢意を排斥することによって獲得されるもの、さらに厳密に言えば、漢意を排斥することによってのみ獲得されるものであった。そういった意味で御杖の「やまと心」の用語法は極めて正しい。宣長の議論を逆手に取っているからだ。要するに、御杖は宣長が神代巻における霊妙な現象を説明しようとしない態度に不満を抱いているのである。

それでは、宣長の成果には敬服しつつも、それに飽き足りないものとは一体何なのか。御杖は次のように述べている。

しかるに宣長、さばかりわが御国のいにしへを明らめ、ふるき言どもその義をきはめ、其師翁の不及を補ひ、過たるをけづられたるいさをいふばかりなきに、わが御国言は、言霊をむねとする事に思ひいたられざりしによりて、たゞわが御国言は、みやびをむねとすとのみおもひもいひもせられたり。

古代日本の研究と大和言葉の解明に尽力した宣長は、師の真淵の不足を補い、過誤を削った功績を称賛しながらも、大和言葉に内在する「言霊」の大切さに気付かず、「みやび」を主としたものとばかり考えるに至ったというのである。それでは御杖が「みやび」よりも重視する「言霊」とは何か。御杖はこれを日本書紀神武紀にある次の言説より導き出すことに思い至った。

初《ハジメテ》天皇草二創天基一ヲ之日也、大伴氏之遠祖道臣《ミチノオミノ》命、帥テ二大来目部《オホクメベ》ヲ一奉レ承二密策一ヲ能以二諷歌倒語一ノ掃二蕩妖気一ヲス。

倒語之用始テ起レリ二乎茲一ニ

神武天皇が即位の後、はじめて統治をおこなった日に、道臣の命が「諷歌倒語」を用いて妖気を掃蕩した。「倒語」の機能はこの時から始まった、というのである。ここでの「諷歌」とは「そへうた」と訓み、古今集仮名序の和歌の六義の最初に言及されたものであり、「倒語」とは「さかしまごと」と訓み、反対語や無関係な言葉を意味する。それらの作用によって、妖気を払ったというわけである。一般的に言えば、これらは呪術的な言葉を操ることによって災いを避けるということと解釈することができよう。神武紀のこの記述に基づいて、御杖は「倒語」を次のように敷衍する。『古事記灯大旨』上「言霊弁」の末尾である。

倒語とは、わが所思の反《ウラ》を言とするにて、詠歌も言語もともに倒語たるべきが故に、諷歌としもまづふたつにいひながら、倒語之用始起乎茲と更におしこめて書たまへるもの也。大かた直言すれば、人の中心にひそめる妖気、忽来りて我にわざはひするを、倒語すれば、その妖気を掃蕩する事、たとへば、不遜にすればかれ我を尊ばず、謙譲にすれば、かれわれを卑まざるが如し。誰とても、たふとばれんをこのまざるものなけれど、多くは直をもてむかふが故に、妖気にのみいやしまるゝ也。もし倒をもてだにむかはゞ、かれが神気、わが罟獲《アミ》におつべき事、かくの如き物なるをや。されば、歌も文も言語も倒語より外に、わが中心を人の中心にはこぶ道はあるまじき事、思ふべし〳〵。

御杖の年来の主張である言霊倒語説がここに展開されている。御杖によれば、「倒語」は詠歌と言語（文章）の両方に通じる原理であり、「直言」（正直な言葉）では人の心の中の邪悪なものが出て災いをもたらすが、「倒語」（反対語や無関係な言葉）ではその邪悪なものを討ち払うことができるという法則である。その例として、不遜な言葉と謙譲の言葉の違いによって、人の受け取り方に正反対の違いが出るという現象を紹介している。これは心理学や人間行動学的にも理にかなった原理であって、言霊倒語説が日本の文化論の中でも異彩を放っている所以である。

このように極めてユニークな言語解析法を駆使して古事記の分析を試みたものが『古事記灯』である。もちろん、言霊倒語説は古事記だけでなく、万葉集や百人一首といった歌集、伊勢物語や土佐日記といった王朝物語・

日記、大祓詞や神楽歌といった神典の解釈にも適用される。古代の言語活動のすべてを言霊倒語という思想で解明しようとする壮大な試みであったと評することができる。(7) この説は極めて高度な論理性を有し、言語論を出発点とした形而上学を構築している点で、日本思想史上、稀有な学説であって、それ自体としては孤高でありながらも、それなりに研究されて来たということができる。(8) 同時代的に見れば、言語論としても優れた成果を上げていると評することもできるが、これを『古事記伝』の受容という観点で見ていくことにする。都合三箇所について検討したい。

まず、一点目は「高天原」の存在についてである。御杖は次のように述べている。

> これ又宣長は実にもたれて、高天原とは神のおはします国にて天にあり、即此国のさまと同じき也、これを有無とうたがふは人の智を用ふる也といへども、なきにたがはぬ事をありといはむに、いかでか天下の人のをしへとはならん。人みな合点するこそ公なる教とはいはめ。宣長ひとへにから人の理をこまかに論ずるをいみたる敝より、かへりて此道の旨にたづねいたる事麁なりけるこそ口をしけれ。

宣長は「高天原」を神がまします天であると主張するが、それは明らかな間違いであるという。それは宣長が儒者の議論を批判するはずみで、「高天原」を天に実在する場所であると強弁したというのだ。『古事記伝』には「天皇の京《ミヤコ》を云《フ》など云る説」としているが、これは宣長が『天祖都城弁弁』において論破した高天原帝都説である。当該書は川北景楨『天祖都城弁』（明和四年十月成）を俎上に載せ、反論を試みたものであり、「高天原」を大和国や豊前国とする先行文献に対して、あくまでもその所在を「天上」であると結論づけたものである。『古事記伝』七之巻においても天照大御神の統治する「高天原」について、古代日本の領土にあるとする先行説を詳細に論破している。御杖にしてみれば、そのような宣長のこだわりがかえって人々の納得を阻害しているというわけである。御杖は「高天原」に関して「なきにたがはぬ事」と明確に述べており、「倒語」という語こそ用いてはいないが、その実在を前提とする『古事記伝』を批判するのである。

二点目は「天浮橋」の存在についてである。これについては、『古事記伝』四之巻を先に見ておこう。

　天浮橋《アマノウキハシ》は、天《アメ》と地《ツチ》との間《アヒダ》を、神たちの昇降《ノボリクダ》り通ひ賜ふ路《ミチ》にかゝれる橋なり。空《ソラ》に懸《カカ》れる故に、浮橋とはいふならむ。天《ノ》忍穂耳《ノ》命番能邇々藝《ノ》命などの、天降り坐むとせし時も、天《ノ》浮橋に立《タタシ》しこと、下に見えたり。

　さて此橋のこと、後《ノ》人の例の漢籍心《カラブミゴコロ》の、なま賢《サカシ》き説どもは云に足《ラ》ねば論《アゲツラ》はず。

「高天原」と同様に、「天浮橋」についても、宣長はその実在を信じて疑わないごとくである。天孫降臨の折にも「天浮橋」が登場することを予告した上で、漢意に冒された説を一蹴している。なお、宣長が排斥した儒者流の解釈は、たとえば新井白石が『古史通』で示した「船」説などを想定していると考えることができよう(9)。宣長はそれを議論の俎上に載せることもしない。それは自説に確信を抱いていた証拠であると言ってよい。これに対して、御杖は次のように述べている。

　橋はすべて絶たる所を通ずる料の物也。されば天神と国人との間を通ずる場所をば天浮橋とはいふ也。浮とは天へも地へもよりかたまらでおはします二神の御身をみせて浮橋とは名づけたとへたる也。これをば実に天より地にかよふ橋とみて、むかしは天と地との間近かりしなど、宣長のいひしはかへす〴〵我国の言語のつかひやうをしらざるが故也。これすべてたとへなり。即此天浮橋といふは身を隠す場所をたとふる也。たとへば先祖の心を子孫につたふる間にたち、又主人と国民との間にたちて、かりにも私意をまじへぬ場所をばみな引すへてたとへたるもの也。されば二神はじめより天神の御心を主として、かりにも私地をすゑたまはざりしことみるべし。かゝる事言語にのぶればくだ〳〵しく成て、しかもその条理みだるべし。此喩をもていへば、簡にしてしかもその理蘊蘊たり。わが国の言を用る事神妙なる事知べし。

御杖は「天浮橋」を「天神と国人との間を通ずる場所」とし、伊邪那岐と伊邪那美が天にも地にも定着していないので、「浮橋」と名付けたという。ここまでは宣長説との差異はさだかには見えないが、宣長が「天浮橋」を実在のものと考えるのに対して、御杖はこれを「たとへ（喩）」と断定するのである。つまり、「天浮橋」とは「身を隠す場所をたとふる也」というのである。先祖と子孫を結び、主人と国民を結ぶ架橋のようなものの比喩として記したというのが御杖の考えである。「わが国の言を用る事神妙なる事」というのは、取りも直さず倒語の機能に言及していると考えて間違いない。

第三として、「天浮橋」の直下にある「その沼矛を指下して画けば」について見てみよう。これについて、御杖は次のように記している。

さしおろすとは即天神の御心をもて国民の不直を正したまひしを云也。画とは字を画するがごとく縦横にかきまはしたまひし也。これ天下をひろく直に導きたまひし形容なり。かつ画といひし事は速に功をみむとしたまひしにはあらで、たゞ天神の御心を国民につたへてゆる〳〵とむかふより、したがひまつろひ来るやうにまちたまひし比喩なり。すべてなに事も功はすみやかにみむとすまじき也。この御をしへにしたがはざれば、成れるものは又崩るゝもの也。小大となく此御をしへにしたがふべき事也。これ天神の御心斗をさしたてゝかりにも私意をくはへ給はぬを指下云々といふ。さて速に服せしめむとてはしたまはぬ也。これをみれば兵などはあさましき事也。

「指下す」は「天神の御心をもて国民の不直を正したまひし」であり、「画」とは「天下をひろく直に導きたまひし」であると御杖は解釈している。この言説は宣長が言うような文字通りの意味ではなく、「天神」が国民を善導する意であり、功を急がないという意味も含意されているという。御杖が「形容」や「比喩」と記すのは、言うまでもなく倒語の別名である。

この三例からもわかるように、『古事記灯』の御杖の解釈は、古事記における言説をことごとく史実であると認定した宣長の解釈を斥けるものであったが、宣長が排斥した儒仏の経典に付会した解釈に先祖返りするものではなかった。言霊倒語説という言語表現理論に裏付けられた、独特の解釈学の成果であると言ってよい。ただし、御杖自身が述べているように、『古事記伝』に触発されて御杖は古事記研究の重要性を認識したのであって、単なる批判のために『古事記灯』を執筆したわけではない。そういった意味で、『古事記灯』は『古事記伝』が産み落とした鬼子であると言うことができよう。

三、神話捏造とその注釈――平田篤胤『古史伝』

平田篤胤には古伝説研究書がいくつかある。古事記に日本書紀や古語拾遺などを取り合わせて編成し直した『古史成文』、『古史成文』の文言の根拠を示した『古史徴』、『古史成文』全篇の注釈である『古史伝』である。いずれも古事記上巻（神代巻）を対象としている。

本居宣長の没後の門弟を自称した平田篤胤は、宣長の著作に心酔して国学研究を始めた。したがって、篤胤の学説は宣長の祖述から始まったと考えてよい。『古事記伝』の享受という点においても事情は変わらない。古事記尊重の態度は、たとえば『古道大意』の次のような言説からうかがうことができる。[10]

> 古事記を以て、有るが中《ナカ》の上《カミ》たる史典《ミフミ》と定めて、日本紀をば、是が次へ立られたもので、仮令《カリソメ》にも、皇大御国の学問に、志の有らん輩《トモガラ》は、努々《ユメ〳〵》此意を、思ひあやまらぬやうに仕《シ》たがよいと、懇《ネンゴロ》に言ひ置《イ》れたで厶。

このように篤胤が日本書紀よりも古事記を第一の古典籍と考えるのは、当然のことながら『古事記伝』の精神を受け継いでいるからである。それは門弟であれば、至極真っ当な方針である。ところが、『霊の真柱』や『古史成文』を執筆する頃から、篤胤は宣長の学説に距離をとろうとした。それは文化八年暮のことであった。『古史徴開題記』には次のように記している。

余《マロ》はし此《ノ》時までは、師《ノ》説には大抵《オホカタ》謬《アヤマ》れる事《コト》なし。上世《カミツヨ》の事は、師《ノ》説の外《ホカ》にたえて、宜《ヨロ》しき説《コト》の出来《イデク》まじき物とのみ、頑《カタクナ》に思在《オモヒタリ》しを、成文の撰定《エラビ》を事始《コトハジ》めつるより、其《ノ》心忽然《タチマチ》にかはりて、師の古事記を採りて、此《ノ》記を専《モハラ》と釈明《トキアカ》し、日本紀をば甚《イタ》く貶《オト》して、彼《ノ》紀には、古事記に見えざる珍《メヅラ》しき貴《タフト》き伝《ヘ》の多かるをも、熟《ヨ》く解明《トキアカ》されざるはいかにぞや。大抵《オホカタ》師《ノ》説は、古事記の非伝《ヒガツタヘ》を見得《ミエ》られし事は、其《ノ》宜《ヨキ》を見得たる如くは委《クハシ》からず。日本紀の宜《ヨロシ》き事を見得られしは、其《ノ》悪《アシキ》を見得られし如くは委《クハシ》からずと、思ひ著《ツキ》たりしは、神の御霊《ミタマ》幸《チハ》ひ坐《マ》せる始なりけり。

『古史成文』編纂の作業の過程で、宣長の古事記偏重主義に疑問を持ち始めたというのである。宣長における古事記の良し悪しに対する認識と、日本書紀の良し悪しに対する認識があまりにも乖離しているという。その時から古事記と日本書紀を先入観を持たずに見る視点を手に入れたのである。『古史徴開題記』は文政六年四月に執筆されたものなので、必ずしも文化八年の時点で篤胤がはっきりと宣長離れを意識していたかどうか疑問である。違和感を言語化するうちに、徐々に気付いたというのが実状であろう。そうして宣長学から脱皮したのである。

篤胤の「古史」研究は宣長学と決別することによって飛翔することになるが、その道は必ずしも一本道ではなかった。試行錯誤の連続であり、行きつ戻りつといった様相であった。たとえば、冒頭の一文をめぐる議論を見てみよう。『古史成文』の巻頭は次の如くである。

古《イニシヘ》天地《アメツチ》未生之時《イマダナラザリシトキ》。於《ニ》㆓天《アマツ》御《ミ》虚空《ソラ》㆒成坐《ナリマセル》神《カミ》之《ノ》御名《ミナハ》。天之御中主神《アメノミナカヌシノカミ》。次《ツギニ》高皇産霊神《タカミムスビノカミ》。次《ツギニ》神皇産霊神《カムミムスビノカミ》。此《コノ》三柱《ミハシラノ》神者《カミハ》。竝独神成坐而《ミナヒトリガミナリマシテ》。隠《カクシ玉ヒ》㆓御身《ミミヲ》㆒矣《キ》。

大枠では古事記により構成された言説と言ってよかろう。ただし、最初のフレーズが古事記とは異なる。これについて、『古史徴』では次のような議論をしている。

此段《コノクダリ》は、古事記に、天地初発之時《アメツチハジメノトキ》。於《ニ》二高天原《タカマノハラ》一成神名《ナリマセルカミノミナハ》。天之御中主神《アメノミナカヌシノカミ》。次高御産巣日神《ツギハタカミムスビノカミ》。次神産《ツギニカミム》巣日神《スビノカミ》。此《コノ》三《ミ》柱神者《バシラノカミハ》。竝独神成坐而《ミナヒトリガミナリマシテ》隠身《ミヽヲカクシ玉ヒキ》也。とあるを元書《モトツフミ》に採《トリ》て記《シル》せるが中《ナカ》に、発端《ハジメ》を古《イニシヘ》天地《アメツチ》と書起《カキオコ》せるは、書紀にならへり。さて元《ツ》書に、天地初発之《ノ》時。於《ニ》二高天原《ノ》一成神云々と有《アル》を、天地未生之時《アメツチイマダナラザリシトキ》。於《ニ》二天御虚空《アマツミソラ》一成坐神《ナリマセルカミ》云々と書《カケ》る由は、彼《ノ》記に右の如くあるは、たゞまづ此《ノ》世の初《ハジメ》を、おほかたに云《ヘ》る文《コトバ》にて、必しも天《アメ》と地《ツチ》との成《ナ》れるを指《サシ》て云《ヘ》るに非ず、と師の言《イハ》れたるが如し。然れども初学《ウヒマナビ》の徒《トモガラ》など、然《サ》る意《コヽロ》を得ずて見《ル》ときは、稚々《ウヒ〳〵》しながらも、既《スデ》に天地有《アメツチアリ》て、其初発《ノハジメ》の時と云《ヘ》る如く、思《ヒ》なさるゝ文《コトバ》なる故に、此時いまだ天地《アメツチ》の無《ナカ》りし時なる事を、慥《タシカ》に心《コヽロ》得《エ》しめむとの意にて、書紀の神世七代《カミノヨナヽヨノ》段第五の一書に、天地未生之時《アメツチイマダナラザリシトキ》とあるを、師も天地初発之時《アメツチハジメノトキ》とあるよりは委く云《ヘ》り、と言《ハ》れしは然《サ》る言《コト》なる故に、それに替《カヘ》て記せり。

古事記と大きく異なる「古《イニシヘ》天地未生之時《アメツチイマダナラザリシトキ》」について、宣長の古事記本文の解釈を是としながらも、初学者への便宜のために、日本書紀の「一書」を採用して案文したというのである。それは宣長が「天地初発之時《アメツチハジメノトキ》とあるよりは委く云《ヘ》り」と記したことを根拠にしている。つまり、『古史成文』は本文にないものを捏造したのではなく、いくつかの異伝を編成し直したというわけである。全面的に宣長に寄り掛かるのではなく、かといって全面的に批判するわけでもない、ある種の融通無碍な対応ということができる。そのような取捨選択の基準は趣意の貫通ということに集中していると言ってよかろう。

問題とすべきはその後で、「於《ニ》二天御虚空《アマツミソラ》一成坐《ナリマセル》」としているところである。これについて、『古史徴』は次のごとくである。

また於《ニ》二天御虚空《アマツミソラ》一とかける事《コト》は、此《レ》も元《ツ》書に於《ニ》二高天原《ノ》一とあるは、師説の如く、元来《モトヨリ》高天原《ノ》ありて、其処《ソコ》に成坐《ナリマセ》ると云《フ》には非ず、後に天地成《アメツチナリ》ては、その成坐《ナリマセ》りし所《トコロ》に高天原《ノ》成《リ》て、この三《ミ》柱《バシラ》の神、後までその高天《ノ》原に坐《マシマ》す神なるが故に、後の名を始《ハジメ》へ及ぼして、やがて於《ニ》二高天原《タカマノハラ》一成《ナリマセル》とは云《ヒ》伝《ヘ》たるものなり。故《レ》元《ツ》書の如く、於《ニ》二高天原《タカマノハラ》一成《ナリマセル》と有《リ》ては、初学《ウヒマナビ》の徒《トモ》の思ひ誤《アヤ》まるべく思ひて、高天《ノ》原は現《ウツヽ》に国土《クニ》の上方《カミツカタ》に有れば、大虚空《オホゾラ》の上方《ウハベ》なること論《アゲツラヒ》なき故に、次段《ノ》に大虚空中《オホゾラノナカニ》と記《シル》せるに対《ムカ》へて、天御虚空《アマツミソラ》とは記せるなり。

この箇所は古事記においては「於《ニ》二高天《ノ》原一」とあるものであって、それを改変したものである。そもそも高天原がさきにあってそこに神が生成したというわけではなく、神が生成した後に高天原が出来たのであるが、高天原が出来た後までも神が存在していたから、その名称を遡及させたというのである。これは宣長の説であって、本文を矛盾なく解釈するために編み出した論理である。篤胤はこれを本文編成に応用する。つまり、もともとあったのは「虚空《ソラ》」であるから、「於《ニ》二高天《ノ》原一」ではなく「於《ニ》二天御虚空《アマツミソラ》一」としたわけである。このように改変する理由は、冒頭と同じく初学者への配慮である。

このように篤胤は『古事記伝』の師説を援用しながら、それを本文改変の理屈づけに利用するのであるが、そういった態度は『古史伝』を執筆する際に変容する。『古史伝』における当該箇所は「於《ニ》二高天原《タカマノハラ》一」と先祖返りするのである。高天原について次のように述べている。

高天《ノ》原は、名義《ナノコヽロ》、師説に、高とは是も天を云称《ナ》にて、たゞに高き意《コヽロ》に云《ヘ》るとは、少《イサヽ》か異《コト》なり。日の枕詞に高光《タカヒカル》と云も、天照《アマテラス》と同意《シ》、高御座《タカミクラ》も、天の御座と云ことにて、是《レ》等の高も同じ。又高行《タカユク》や隼別《ハヤブサワケ》などは、虚空《ソラ》を高と云へるなり。今《ノ》世にも、天《アマ》つ虚空《ソラ》を然言《シカイフ》ことあり。原《ハラ》とは、広く平《タヒ》らなる処を云ふ。海原《ウナバラ》、野原、河原、葦原《アシハラ》などの如し。万葉《ノ》歌には、国原《クニハラ》ともあり。かゝれば、天をも天原《アマノハラ》とは云なり。さて其《レ》に、高てふ言を添《ソヘ》て、高天《ノ》原とは、此《ノ》国土《クニ》より云《フ》ことなり、云々と有り。此《ノ》説の如し。

『古事記伝』から宣長説を引用し、これを追認する。つまり、語義そのものは宣長説に則って検討を進めているのである。問題は高天原の語義よりも、高天原を本文に採用したことである。それについて、篤胤は次のように述べている。

さてこゝは、天《ツ》日いまだ成らざる時なるに、高天原《ノ》と云はいかにと云に、是も師説に、此《ノ》三柱《ノ》神たちは、天地よりも先立《サキダチ》て成坐《リ》つれば、たゞ虚空《オホゾラ》中にぞ成坐《ナリマシ》けむを、於《ニ》㆓高天原《ノ》㆒としも云《ヘ》るは、後に天地成《リ》ては、其《ノ》成坐《セ》りし処、高天《ノ》原になりて、後まで其《ノ》高天《ノ》原に坐ます神なるが故なり、と云はれたり。然れど此説は信《ウケ》がたし。さるはまづ此《コヽ》に高天原《ノ》とあるは、後に天つ御国の生《ナ》れる処を云には有《ル》べからず。必《カナラズ》こゝは大《オホ》虚《ゾラ》の上方《カミツベ》、謂《イハ》ゆる北極の上空、紫微垣の内を云なるべし。其《ソ》は如何《イカニ》となれば、後に成れるを以て、其《ノ》無き以前《サキ》に及ぼして云ことも、なきにはあらねど、此《コヽ》は決《キハ》めて然るべからず。此《ノ》紫微宮の辺《アタリ》はも、高処《キ》の極《キハミ》にて、天の真区《マホラ》たる処なれば、此《コヽ》ぞ高天原《ノ》と云ふべき処なればなり。

高天原と三柱の神の生成の先後関係について述べる件りであり、『古史徴』にも言及されていた宣長説を紹介している。しかしながら、『古史徴』と異なるところは、この宣長説を「信《ウケ》がたし」と一蹴していることである。つまり、ここでの高天原は、後に出る「天つ御国の生《ナ》れる処」ではなく、「大虚《オホゾラ》の上方《カミツベ》」で北極の上空に位置する「紫微垣の内」を言うというのである。この解釈は『古事記伝』の世界を大きく逸脱している。『古事記伝』だけでなく、古事記の世界をも超越していると言ってよい。というのも、古事記には日と月は出るが、星が登場することはないからである。「紫微垣」あるいは「紫微宮」とは、古代中国の天文学上の概念で、北極星とこれを取り巻く多くの小星座を含む星座のことであって、天帝のいるところと考えられていた。篤胤は高天原を紫微垣に比定したのである。これは漢籍の概念の借用であり、宣長であれば即座に「漢意」であると切って捨てたことであろう。篤胤の古道論は多くの書籍からの折衷によって築かれたものであった。それはともあれ、篤胤が「古史」の冒頭を「高天原」に復するのは、このような根拠に依っていたのである。そうして『古史成文』の本文に言及する。

扨さきに古史成文を撰《エラ》べる時に、此処《コヽ》を於《ニ》㆓天《ツ》虚空㆒と書《カキ》たるは、中々に悪《ワロ》かりき。故《カレ》古事記に依て、今の如く記し改めつ。

『古史成文』の冒頭で「於《ニ》㆓天《ツ》虚空㆒」としたことを改めている。ここで「中々に」と記していることは注目に値する。それは単に試行錯誤の結果、たどり着いたことが悪かったというのではない。なまじっか古事記離れをすることによって、かえって悪い本文になってしまったというのである。換言すれば、『古史成文』および『古史徴』においては、宣長説に従って古事記本文を改変したが、『古史伝』では宣長説に反旗を翻した上で古事記本文に先祖返りしたわけである。要するに、篤胤にとって古事記を尊重することと宣長説を尊重することとは必ずしも一致するものではなかったのである。

このような宣長説に対する離反の吐露は、もちろん本文採用だけに限ったものではない。語釈についても宣長説を激しく批正するのである。とりわけ、宣長が語義追究を諦めたものについて、執拗に拘るのである。ここでは古道論の中核的概念である「天」と「神」を検討したい。まず「天」について、次のように述べている。

抑《ソモ〳〵》阿米てふ名義《ノ》は网《アミ》にて、阿美、阿麻、阿牟、阿麻牟とも活用《ハタラ》く言なり。今見放《ミサク》るところ、︵斯《カク》の如く、四方に向伏《ムカブ》し、広く遠く壁立《カベダチ》たる状《サマ》に見えて、此《ノ》頂上の処すなはち北辰にて、此《レ》より四方に下垂《クダリタレ》たるが、下の方は、大地に障《サハ》りて見えざれど、大凡円形《マロキカタチ》なる事と思はる。然《サ》れば、上下左右なきが如くなれど然らず。北辰の処は上にて、左は東、右は西なり。

「阿米」の意味は「网《アミ》」であって、それが阿美、阿麻、阿牟、阿麻牟のように活用すると断言しているのである。「网《アミ》」とは「罔」の異体字であり、網の意である。つまり、「阿米」とは網のごとく四方に張りめぐらされ、広く遠くに壁を立てたように見えるものであって、その頂点には「北辰」があるという。「北辰」とは北極星である。その北極星から放射状に垂れた、まさに網のようなイメージである。その「网《アミ》」を天のイメージの中核として設定し、「阿米」は阿麻・阿美・阿牟などと「活用」する語であると記している。ここでの「活用」とは、現代ではこれを「派生」という概念で把握している。このことは『古史本辞経』で詳説することになる。もちろん、このような認識は『古事記伝』を踏襲したわけではない。そもそも宣長は「天」について、次のように述べていた。

> 天地は、阿米都知《アメツチ》の漢字《カラモジ》にして、天は阿米《アメ》なり。かくて阿米《アメ》てふ名義《ナノココロ》は、未《ダ》思《ヒ》得ず。抑 諸《モロモロ》の言《コト》の、然云《シカイフ》本《モト》の意《ココロ》を釈《トク》は、甚難《イトカタ》きわざなるを、強《シヒ》て解《トカ》むとすれば、必僻《ヒガ》める説《コト》の出来《イデク》るものなり。

これは『古事記伝』本文の最初の注釈である。宣長は古事記冒頭の文字「天」の解釈を最初から放棄しているのである。「然云本《シカイフモト》の意《ココロ》」とは語源に遡って語意を解釈することである。これに対する批判は、それ以前に行われていた、多くの神道家が儒仏に付会して勝手な解釈を垂れ流していることに対する批判を含意している。篤胤はいわば宣長の禁欲的な解釈法を学問的に後退させたと評することができよう。

そのことは「神」の語義の追究の際にも適用される。篤胤は『古史成文』および『古史伝』において、「高皇《タカミ》産霊神《ムスビノカミ》」を「神魯岐命《カムロギノミコト》」とし、「神皇産霊神《カミムスビノカミ》」を「神魯美命《カムロミノミコト》」であると注釈を付けている。それは『古語拾遺』を根拠にした注釈であって、それ自体は特に問題はない。問題は「神魯《カムロ》」の語義の追究の仕方である。篤胤は「加牟呂」について次のように述べている。

> さて此加牟呂と称《イ》へる言の義《コヽロ》を、縣《ノ》居大人は、神漏伎は、神須倍良袁岐美《カムスベラヲギミ》、神漏美は、神須倍良米岐美《カムスベラメギミ》なりと云はれ、師は加牟呂は神生祖《カムアレオヤ》なり、生祖とは、人にまれ物にまれ、生出《アレイヅ》る始《メ》の御祖なる由なり、と云《ハ》れたり。此説いづれも、理《リ》は叶ひて通《キコ》ゆれど、己が思ふ処は然らず。上に云如く、たゞ加微《カミ》てふ語の活用《ハタラキ》にて、加牟呂とは云《ヘ》るなり。然るは大人たちいまだ加微てふ語《コト》の本 義《モトツコヽロ》を思ひ得られざる故に、其説甚《イタ》く迂《マハリ》遠《ドホ》し。其は加微と云語にやがて御祖たる意の籠《コモ》りたれば、殊に生祖《アレオヤ》など付て云べきに非ず。況《マシ》て呂はたゞ添《ソハ》れる詞なるをや。

「加牟呂」について、真淵の説と宣長の説を引用した上でこれを批判する。篤胤の論点は、「加牟呂」は「加微」の派生語であるから「呂」に意味はないという主張と、そもそも真淵も宣長も「加微」の本義をつかめていないことの指摘である。ここでは真淵は措くとして、宣長は『古事記伝』で「迦微と申す名義《ナノコヽロ》は未《ダ》思《ヒ》得ず」としているのである。篤胤は「加微」には「御祖たる意の籠《コモ》」るとしているのである。このような考え方の違いが更なる解釈の相違を生みだすというのである。篤胤はあくまでも語義を解明することに全力を尽くした。

篤胤のこういった解釈学上の後退ともとれる立場は、実は宣長の言説を根拠にしているのである。先に引用したように、宣長は語義解明の困難さを『古事記伝』冒頭で吐露しているが、篤胤はこの文章を延々引用する。篤胤はそれを受けて次のように述べている。

かくて近きころ古《ヘ》学始まりては、漢意を以て釈《ク》ことの悪きをば、暁《サト》れる人も有て、古《ヘ》意もて釈とはすめれど、其《レ》将《ハタ》説得ることは、猶稀《マレ》になむ有ける。然りとて、将ひたぶるに釈《カ》ずて止《ム》べきにも非ず。考への及ばむかぎり試《コヽロミ》には云べし。其中に正《マサ》しく当れるも、稀には有べきなり。故《カレ》今も、如此《カク》にもや有むと思ひ依れることは云べし、と云《ハ》れつるは実然《マコトサル》語なり。故己《レ》も此説に依て、考《ヘ》の及ぶ限《リ》は試《ミ》に云なり。

宣長は従来からの漢意による牽強付会の解釈を排斥した上で、国学の文献実証主義をもってしても妥当な解釈を得ることは困難であるという。しかしながら、最終的には、そうは言ってもやはりわかる限りにおいて語義解明の努力をすべきとする。篤胤はその最後の言葉に深い感銘を受けて、その方針を受け継ぐことを宣言するのである。もちろん、これは師の言葉を守る門弟の誓いの言葉と受け取ることもできる。宣長が記していることに忠実に従っているからである。だが、それは宣長の言葉の一部であって、全部ではない。宣長の本意はあくまでも漢意を排した実証主義精神を貫くことであって、すべての言葉を解釈することではない。ましてや漢意による解釈を奨励しているわけではない。篤胤は宣長が放棄した語釈をことごとく拾い集め、私意を交えて独自の解釈を施した。篤胤が実践したことは宣長の言葉に都合よく従いながら、宣長の精神に反するものだったのである。

四、「神秘の五箇条」による批判――橘守部『難古事記伝』

伊勢国に生まれた橘守部は、平田篤胤より若干早く江戸に出たが、実質的に学問を始めるのは、文政年間も終わりの頃であった。ほとんど独学で国学を修めたが、とりわけ神典研究に秀でていたと言われる。守部の神典研究には『稜威道別』・『稜威言別』・『神代直語』などがあるが、その代表作は『稜威道別』（天保十三年自序）である。

守部はいくつかの「古記典」（古代を記した典籍）の中で最も優れたものは日本書紀であると考えていた。『稜威道別』巻一「総論上」の中で、次のように述べている。(11)

抑此書紀や、かの時世の習俗《ナラハシ》何くれの事どもをよくも不《ズ》レ顧て、徒《タヾ》にうち見む人はさほどには思ふまじかれど、彼《ノ》私ごと多かりつる帝紀、本紀、本辞ぶり等を避《ケ》て、凡《ソ》十五六代の間埋れ来し本つ旧辞ぶりのみを、如此《カク》まであまた捜索《サグリモト》め給はむには、久しくかゝり給ひしもうべにざりける。信《マコト》に広く厚く足備《リ》はりて、古事記にはこよなく優りにたり。然るに宣長の記伝には其《ノ》恩頼をも思はずして、妄《リニ》漢意也とて譏り貶し、又別に髻華《ノ》山陰と云を作て其文を一々に引出てさへ難じたるなどは、畏さおふけなさは申《ス》もさらにて、むげに古伝の趣意をもしらず、此紀の成れる謂をも悟らぬ無情《コヽロナ》ごとなるぞかし。

日本書紀は私意にまみれた帝紀を避けて、元来の旧辞を博捜したものだから、古事記よりも優れたものであると守部は考えた。本居宣長の『古事記伝』はそのようなことも知らずに、日本書紀を漢意であるとして排斥し、『神代紀髻華山陰』という著書を作ってこれを一々批判したのは、古伝説の趣意を知らず、日本書紀の成立事情をも理解しない暴挙であるというのである。『髫華山蔭』とは、日本書紀の神代紀を対象とした研究書であり、寛政十二年に刊行されている。宣長にとってほとんど唯一の日本書紀研究書である。この『髫華山蔭』について、守部は宣長の日本書紀への批判姿勢を厳しく指弾している。要するに、守部は古事記を「最上《カミ》たる史典《フミ》」とし、日本書紀を「漢籍意《カラブミゴヽロ》の潤色文《カザリコトバ》」によって「古学《イニシヘマナビ》の害《サマタ》げ」ともなる典籍とする宣長を批判し、日本書紀こそが最も優れた「古史典」であると考えたわけである。守部は当時すでに偽撰と目されていた『先代旧辞本紀』や藤原浜成撰とされる天書、あるいは古語拾遺なども参照して古伝説の解釈に活用している。そのあたりの古典籍の取捨選択の態度は宣長とはかなり異なっていると言えよう。

そのように宣長とは異なる立場を有する守部は、神典を解釈する際にも独特の解釈法を構築した。それは「神秘の五箇条」と称して、自著の中で繰り返しこれを解説している。ここでは比較的後半の著作である『神代直語』（弘化三年自序）を引用することにしよう。

一、神典を覗ふに、もとも重き神秘の五箇条あり。其一は旧辞、古事、本辞、本紀と云伝へぶりの差《ケヂメ》なり。其二は神語、古伝説の本義なり。其三は幼語《ナ》、談辞《カタリゴト》の取捨なり。其四は略語《キ》、含語《メ》の弁別《ワキダメ》なり。其五は天、黄泉、幽《カミ》、現《ウツ》、顕露《アラハニ》の奥旨《オクカ》也。はやく此五種の重き秘《ヒメ》ごとを失ひはてしより、古伝の旨を聞知《ル》人なくなり来りしを、余《マロ》若かりし時より悲しき事と思ひしみて、中とし三十年あまりたどりにたどりいたつきなやみ、からうじてはじめて見得て、はじめて悟りて、そのむね稜威道別にくはしく明証《アカシ》つ。

このように、「神秘の五箇条」は守部が苦節三十年の果てにたどり着いた神典研究の境地である。以下、『神代直語』と『稜威道別』によってこれをパラフレーズすることにしよう。古事記の序文に「帝紀を撰録し旧辞を討覈し、偽を削り実を定めて」と記されているように、古伝説は神代から語り伝えられてきた「旧辞・古事」と、そこから部を分けて録した「本辞・本紀」に分類される。すなわち、「旧辞」とは語りの姿を留めるものであり、

「本辞」とは史実的なものである。そもそも文字のない時代から、どうして神代の出来事を伝承してきたのかといえば、文字がないがゆえに暗記して語り継ぐことができたのである。そうして語り伝えてきた事柄は必然的にさまざまな語り口を獲得した。そういった語りの手法の中で、「稚言」とは幼い皇子たちが理解しやすいように、幼児の遊戯やふるまいに喩えて出た表現を言い、「談辞」とは古伝説を語り伝えるうちに言葉の勢いに引かれて添えられた表現を言う。また、用あることを省いたり、ほかの言葉に含めたりすることもある。そのような語り口を用いて古伝説に描かれたものは、天・黄泉・幽の「神典三箇の秘事」と現・顕露の別である。天と黄泉はともに手に触れることはできないが、上下左右の身体を包んで存在し、目には見えないがこの世界に満ちている。天は神のいます所であり、黄泉は鬼のいる所である。天と黄泉は一対のものであり、二つを合わせて幽（幽冥）という。一方、現とは幽の対概念で、天・黄泉・幽に対して用いられる。つまり、現・顕露は人の世界であり、幽冥から現世は見通せるが、現世から幽冥を見ることはできない。ただ、神典によってのみそれを知ることができるのである。

このように体系的な神典解釈法を獲得した守部は、『古事記伝』を批判する場合にもこれを適用した。『難古事記伝』（天保十三年三月序）である。凡例を見ていきたい。

一、此書は、はやくおのれが神典のときごと稜威道別と云を、伊勢人に見せてしに、記伝の旨と異なるをいぶかしみて、いたく難じておこせける其答へにものせし草稿なりき。まこと彼書を難ぜんとならば、猶いくらも有けれど、人の書を難じて何にかはせん、たゞ道の害と成べきふし〴〵を摘出て、嘆きたるのみにぞある。されば今打まかせて見む人のためには、事足べくもあらねど、かの本書道別も嗣て出すべければ、かくながらさしおきつ。

『難古事記伝』は『稜威道別』をめぐる問答に触発されて執筆した論難書であることがわかる。すなわち、神典解釈の仕方が『古事記伝』と大いに異なっているということを起点にして成立したものということである。「伊勢人」が具体的に誰を指すか定かではないが、土地柄から考えて、鈴屋門弟であったことは容易に見当がつく。ある意味で、売り言葉に買い言葉といった経緯で成立したものということである。『稜威道別』との併読を勧めていることから、批判や論難をすることが本意ではなく、神典の正しい理解を促すことが目的であるということである。

次に、『難古事記伝』が対象とする『古事記伝』の範囲は、第三巻から第十七巻までとしている。これについて、守部は次のように述べている。

> 一、かく弁へむには、伝第一《ノ》巻のかたはしより論ふべきわざなるを、今其《ソ》をのぞきつるにも人しれぬ故よしあり。はやくは一巻の総論、直日霊、また書紀を論ひそしれりし条などには、殊に弁へつる事ども多かりけれど、それらの中にはおほやけへのきこえよからぬ事もこれかれありつれば、かの聞驚きしとき、とみに取すてき。其論ひまことは論じばえありて、一部の花とも成べかりしを、今又くはへむも、かの書のためにあしかりなんとて、もはら翁のために除きて、今は三《ノ》巻の本文のはじめより弁へつ。かゝる心尽しをくみしらぬよそ人は、只われはがほに譏るとやおもふらむかし。

『古事記伝』における巻一・巻二は「直毘霊」や「書紀の論ひ」を含んでおり、これを論難すれば「一部の花」と成るべきものであるとしながらも、その部分を省くことにしたというのである。引用文中の「かの聞驚きしとき」とは、『難古事記伝』の草稿を見た人が本書に共鳴して、『古事記伝』を絶版にすべきだと言い出したことを指す。守部は『古事記伝』は絶版にすべき書物ではなく、修正すべき書物であるという認識だったのである。しかしながら、総論に対する論難を掲載すれば、『古事記伝』が絶版の憂き目を見ることになると守部は判断したのだ。それは『古事記伝』総論の中に「おほやけへのきこえよからぬ事」があったからである。つまり、守部が批判したことによって、その部分が顕在化してしまったというわけである。『難古事記伝』の草稿にいかなる禁忌が書かれていたかということは、問題としない。いま注目すべきなのは、むしろ草稿を書き改めてでも『古事記伝』の絶版を避けたいという守部の意向である。守部は『古事記伝』には神典解釈の上で誤りがあると考えたが、それは絶版にすべきというほどの激しいものではなかった。「心尽し」という言葉から『古事記伝』に対する敬仰の心を読み取ることができる。あくまでも修正すべきところがあるという程度なのである。

さて、『難古事記伝』全五巻の検討に移りたい。総じて言えば、守部による『古事記伝』批判は、先に検討した「神秘の五箇条」に基づいて行われている。とりわけ、第三条「稚言談辞弁」が焦点になることが最も多い。それについて、必ずしも初出用例ではないが、守部が概説的に触れているところから見ていくことにしよう。古事記神代二之巻で、天神が伊邪那伎・伊邪那美に国土を修理固成せよと命じた最初の場面である。二神が天の沼矛を下ろしてかき混ぜる。これに対して『古事記伝』四の巻の該当箇所の注釈は次の通りである。

> 指下《サシオロシ》は、かの虚空中《オホゾラ》に如《ク》二浮脂《ノ》一たゞよへる、一屯《ヒトムラ》の物の中へ指下したまふなり。（中略）彼《ノ》矛以て迦伎賜《カキタマ》ふに随《シタガ》ひて、潮の漸々《ヤウヽヽ》に凝《コリ》ゆく状《サマ》なり。即許袁呂《チコヲロ》と凝《コル》と言も通へり云云。此《コヽ》の状《アリサマ》を物に譬《ヘ》ていはば、膏《アブラ》などを煮《ニ》かたむるに、始《ハジメ》のほどは水の如くなるを、匕《カヒ》もて迦伎《カキ》めぐらせば、漸々《ヤウヤウ》に凝《コリ》もてゆくが如し。【但し膏《アブラ》を煮《ニ》むはさることなれど、潮は如何《イカニ》かきめぐらせばとても、凝《コラ》むこといかゞ、と云疑《フヒ》も有《リ》ぬべけれど、此《コ》は産巣日神《ムスビノ》の産霊《ムスビ》によりて、国土《クニ》の初《ハジ》まるべき、神の御為《ミシワザ》なれば、今尋常《ヨノツネ》の小理を以て、左《カ》に右《カク》に測云《ハカリフ》べきにあらず。】

二神が天地の間に立って、「浮脂」の如きものに矛を挿し入れてかき混ぜる場面について、宣長は文字通り二神による国土の修理固成がこのように行われたと考えた。この中で問題は後半であって、潮はどれほどかき混ぜても凝固することはないという事実をどのように考えるかということである。宣長は産巣日神の産霊による神の御為であるから、常識で判断してどうこう言うことはできないと述べている。これは宣長の常套文句であり、いわゆる「不可測の理」である。「不可測の理」を一般化すれば、①神代に関わる「まことの道」には、②「妙理」(微妙《タヘ》なる理)があって、③「尋常《ヨノツネ》の理《コトワリ》」(小さき智《サトリ》)によっては、④「測り知る」ことができない、という四つの要素から成る。キリスト教神学における不可知論に近いものであるが、宣長の「不可測の理」は古事記によって伝えられた古伝説は疑う余地のない事実であるという信念を出発点としている。つまり、古事記に記された事柄はことごとくこれを信じるという立場に基づいた原理であると言ってよい。それは『古事記伝』を貫く最も重要な思想である。(12) 多くの批判の矛先が向けられるのは「不可測の理」に対してである。守部の批判も基本的にそこに集中している。

この注釈に対して、守部は真っ向から反論する。少し長いが該当箇所を引用しよう。

難云、いつまで如二浮脂一物の遺てありとおもへるならん。是より以下には殊にかゝる惑ひ多かれば、わが家の神秘《ヒメゴト》にて輙く言べき事ならねど、神語を解べき大旨を此にいさゝか摘出て諭しおくべし。そもく此古伝説を伝来《ヘ》し古きさたに、本辞と云ると談言《リ》と云るとの二《ツ》の別《キ》あり。又其《ソ》を録《シル》せし書にも、本紀ぶりと旧辞ぶりとの差《メ》ありき。本紀ぶりとは神代よりあり来し事どもの本伝にて、実のみをとりて録せしを云。旧辞ぶりとは皇朝廷《スメラミカド》を始奉《メ》り、広く天下《ノ》の人々の語り伝へたる言のまゝなるを云。此二の中に、旧辞ぶりの方は然か久しき時より天下《ノ》の口に伝へて、はやくより世の稚談《ヲサナガタリ》とさへなり来にたれば、いつとなく稚言又談辞とて、本伝に無き事をも談りそへ来にければ、彼天浮橋のたぐひの事ども多かるなり。されど当昔《ソノカミ》の世の人々は是は本伝ぞ、此は談辞ぞと各其差をよく心得居たりければ、煩はしとも思はず其《レ》が随に語り伝へたるなりけり。さるを、其差を取分つ事をしらずなれる代となりて、なべての人は更にもいはず、此道に携はる学者も、あらぬ疑ひを引出で、つひに埋れこしにぞある。然らばさる幼言、談辞の混淆《ソヒマジラ》ぬ本紀ぶりの方こそ正しかるべきにと思ふやうなるを、古語拾遺序に、自レ有《テ》二文字一浮華競起《ヒル》と云《ヒ》、他国の言にすら書失《ハ》詐也など云《ヒ》けんやうに、書籍と成ては、なか〳〵に家々の私言潤色文《カザリゴト》などを多く書添《キ》て、其実を失ふ弊なんはた多かり。

「浮脂」の件を発端にして、「わが家の神秘」に言及する。それは言うまでもなく「神秘の五箇条」である。その中でも第三条「稚言談辞弁」について詳しく言及している。稚言と談辞とは、古伝説の旧辞の中に伝えられて、それが語り伝えられていた昔には、世の人々は史実と談辞の違いを明確に心得ていたが、そのことが忘れ去られてしまった当世においては、それに携わる学者でさえその認識を共有できなくなってしまった。まして、文字に書き留められてからは、書籍に私意を書き加えることが横行して、ますます真実が失われることになった、というのである。そういった認識の上に立って、正伝としての「本辞」と語り口としての「稚言」や「談辞」とを腑分けし、正説をあぶり出していかねばならないということになる。『難古事記伝』が目指すのは、究極的にはそれらの違いを見極めた上で神典を読み解くことであると言ってよかろう。[13]

ここに例示された「天浮橋」は、この直前にある項目であり、次のようなものである。『古事記伝』の当該箇所とともに掲出しておこう。

亦曰、天浮橋は、天と地との間を神たちの昇り降り通ひ賜ふ路にかゝれる橋なり。空にかゝれる故に浮橋とはいふならん云々。八丁左

難云、例の幼がたりと云ことを知らぬなり。よくも思ひ見よ。梯なくては昇《リ》降りする事あたはざる、世の凡人ならばこそあらめ、彼幽顕の隔をさへ自在《ミコヽロマヽ》に出入せさせ給ふ大神の、さる煩はしき物を何にかはし給はむ。又天降とはたゞ幽顕出入の称言なるを、其言の本をも考へずして、うつたへに彼虚空の上より降り給ふ事と心得たるもいと似げなくこそ。

「天浮橋」については、富士谷御杖も『古事記灯』の中で宣長の説を批判し、「喩（たとへ）」であると認定していたが、守部はこれを「幼がたり」であるとしている。要するに、この世と幽冥界を自在に出入りすることができる神々が、天地の間を昇降するのに梯が必要なわけではないが、子どもが聞いても理解できるような語り口で説明したものと考えるわけである。宣長が古事記に記された出来事のすべてを事実であると考えるのに対して、御杖も守部もこれを批判して、これは事実ではなく虚構であり、別の物にかこつけたものであるという点では共通するものがある。しかしながら、その説明原理が全く異なっていることを我々は認識するべきであろう。守部においては、太古から口承された神典が書き留められるシステムを解き明かし、それを逆にたどることによって、幾重にも包まれた神典の薄皮を丁寧に剥がしていくわけである。そうして、守部は語り口や表現のベールの奥から古代神典を連れ出すのである。

　このような「稚言」や「談辞」に言及したものを二箇所検討したい。まず、伊邪那岐・伊邪那美二神の婚姻の件りである。

> 其は此間《ノ》の事どもは、談辞の中にも、殊に児等の目覚《シ》ぐさに添《ヘ》たる打とけ言どもなるをや。いまの世にも、ある殿の奥むきに昔よりのならはしとて、いはゆる御乳人御伽の扈従など云者等、若君、姫君の寝給ふ迄の間、夜のおとゞに寄集ひて、御咄《オハナシ》と云ことをせるに、或は遠祖の武功、戦場の艱苦、また諸士の忠不忠等のありし事どもを、少しづゝ語りては、聞《キ》厭《アカ》せじとて、其《ノ》中間に可笑《ヲカシ》き言ぐさをとりそへ、大に笑はしむる事ありと云り。それと同じ心ばへ也。

守部は古事記における「稚言」や「談辞」について、戦国時代以降に一般化したといわれる、御伽衆による御伽噺になぞらえて説明している。つまり、祖先の武辺話や処世訓など自らが体験や見聞きしたことを、若君や姫君に向けて寝物語に語る御伽衆の用いた手法だというのである。それは長大な話を飽きさせず、時には笑いを取ることによって最後まで語り聞かせるための趣向であると説明している。そうして、「談辞」というものは話を聞かせるための工夫であって、それ自体としては尊いものではあるが、それを本伝と同じレベルで議論するのは「神典のおもてぶせ」であるとし、そのような愚行は「なべての人の信を失ひて、貴き神道をいよ〳〵埋しむる媒となりなんもの」と断罪するのである。それは古事記の中の記述をすべて事実であると認定した宣長に対する批判と考えて間違いないだろう。

次に二神の国生みの件りにおいて、最初に生まれた「淡道之穂之狭別島《アハヂノホノサワケノ》」について『古事記伝』が「穂之狭の意未《ダ》思ひ得ず」と解釈を放棄していることを受けて、『難古事記伝』は次のように述べている。

> さてかく国の名に人の名を負はせたるも、当昔《ソノカミ》此古辞を稚子に語聞するに、たゞ国といひ、嶋と云のみにては、元より行て見べくもあらず、幼きものゝ耳に疎かりけむから、其間《ノホド》の皇子たち、皇女たちに常に負《ツケ》奉る状の名を付て、心に睦《ムツマ》しめしなり。御面と云《ヒ》、生《ム》と云などに所縁《ヨシ》あるを思べし。

守部は「穂之狭別」の語義には全く注意を払っていない。むしろ、そのような固有名が付与される理由に関心を寄せる。すなわち、この話を聞く幼児が馴染みやすいように名付けただけだというのである。宣長があらゆる用例から古事記に出る固有名詞の意味を追究し、最終的には「意未《ダ》思ひ得ず」と判断を保留したことに対して、守部がおこなったことは、そのような固有名詞が現れる用法を「稚言」の原理に基づいて解釈したのである。ここには方向性の全く異なるアプローチを見ることができる。文献実証主義に基づく語義の帰納と、神典の解釈学に基づく演繹との違いである。この違いは個別の解釈の相違を越えて、古典解釈に関する態度が根本的に異なることを示していると言ってよかろう。

このように、『難古事記伝』は古事記上巻より二一九箇条を選択して抽出し、『古事記伝』の当該条項を抄出した上で、これに論難を加えるという形態を取っている。そのうち、実に六割が神秘第三条「稚言談辞弁」に関わる論駁である。「神秘の五箇条」の中でも「稚言談辞」が最も重要であるということが、数値的にも実証されたと思われる。

五、小林秀雄『本居宣長』

幕末から明治維新を経て、徳川幕藩体制が終焉を迎え、明治天皇を戴く中央集権国家が誕生した。それまでの諸藩による群雄割拠の支配体制が解体したこともさることながら、国を一元的に支配する大日本帝国の統治者が「万世一系之天皇」（大日本帝国憲法第一条）となったことは、『古事記伝』の享受を考える上でとてつもなく大きい。言うまでもなく、明治の近代国家は神武創業を継ぐ「肇国の精神」の横溢する国家であったのであり、幾度となく交えた対外戦争を経て、そのような認識はいよいよ高まっていった。近代国家が成立し、成熟するために古代神話が必要とされたのである。これが近代日本が抱えた逆説である。そのような文脈の中に『古事記伝』を置くと、取り上げるべき註釈書や研究論文は星の数ほどあるが、ここでは一般読書人へのインパクトの強さという一点で、小林秀雄の『本居宣長』を取り上げてみたい。

小林秀雄はフランス文学の翻訳や研究から身を起こしたが、一九二九年に「様々なる意匠」を発表して、評論家として文壇に登場した。戦中戦後も執筆活動を続けたが、一九六五年六月から「本居宣長」の発表を始める。足掛け十一年にわたる当該エッセーは小林最後の長編評論となった。一九七七年に書籍化された時には、同年に刊行された吉川幸次郎『本居宣長』と期せずして競作となり、宣長ブームを巻き起こした。その最初の項の出だしが次のごとくであった。(14)

本居宣長について、書いてみたいといふ考へは、久しい以前から抱いてゐた。戦争中の事だが、「古事記」

をよく読んでみようとして、それなら、面倒だが、宣長の「古事記伝」でと思ひ、読んだ事がある。それから間もなく、折口信夫氏の大森のお宅を、初めてお訪ねする機会があつた。話が、「古事記伝」に触れると、折口氏は、橘守部の「古事記伝」の評について、いろいろ話された。浅学な私には、のみこめぬ処もあつたが、それより、私は、話を聞き乍ら、一向に言葉に成つてくれぬ、自分の「古事記伝」の読後感を、もどかしく思つた。そして、それが、殆ど無定形な動揺する感情である事に、はつきり気付いたのである。「宣長の仕事は、批評や非難を承知の上のものだつたのではないでせうか」といふ言葉が、ふと口に出て了つた。折口氏は、黙つて答へられなかつた。私は恥かしかつた。帰途、氏は駅まで私を送つて来られた。道々、取止めもない雑談を交して来たのだが、お別れしようとした時、不意に、「小林さん、本居さんはね、やはり源氏ですよ、では、さよなら」と言はれた。

古代文学研究者である折口信夫と『古事記伝』をめぐって交わした会話であり、見ようによっては取るに足りないエピソードに過ぎないと言えよう。実際のところ、この逸話はその後、当該エッセーで話題になることはなく、そういう意味で話の枕に置いたものととらえることもできる。しかしながら、ここには『古事記伝』をめぐってなされた、小林秀雄と折口信夫の宣長観の相違といったものがくっきりと描き出されていると言えるのであり、ひいては近代における『古事記伝』受容史の縮図となっていると評することもできよう。

小林は『古事記伝』の中に宣長の本質を見て、ほとんど弁護人の立場に立っていると言ってよい。折口が、ある意味では橘守部を笠に着て『古事記伝』を責め立てるのと好対照を成している。そういった意味で、宣長派の小林に対して守部派の折口という構図を描くことができよう。だが、最後に折口が宣長は源氏であるといった発言に突き当たると、途端にこの構図がおぼろげに感じられるのである。ということは、折口は宣長の本領が古事記研究にあるのではなく、源氏物語研究にあると考えているということなのか、という考えが立ち現れる。このブレをどのように考えればよいのだろうか。即座に答えを出すことができないのである。このように読者の判断を停止させる手法は小林の評論が読者を捉えて放さない魅力であるということもできるが、そのようなレトリックということだけで切り捨てるのは惜しいような気もする。しばらくこのエピソードをめぐって、小林と折口の発言を裏付けにして、その真意を探ってみたい。

まず、小林が戦時中に『古事記伝』を読み、これをどのように認識していたか、ということを辿ってみることにしよう。小林は一九四一年から翌年にかけて、「歴史とは何か」ということについてさまざまな形で発言している。評論も執筆しているし、講演で語ることもあった。そういった中で決まって『古事記伝』に言及するのである。たとえば、「歴史の魂」（一九四二年七月）という講演記録には次のようにある。

本居宣長の「古事記伝」を読んだ時にも同じ様な事を感じました。あの本が立派なのは、はじめて彼が「古事記」の立派な考証をしたといふ所だけにあるのではない。今日の学者にもあれより正確な考証は可能であります。然しあの考証に表れた宣長の古典に対する驚くべき愛情は、無比のものなのである。彼には「古事記」の美しい形といふものが、全身で感じられてゐたのです。さかしらな批判解釈を絶した美しい形といふものをしつかりと感じてゐた。そこに宣長の一番深い思想があるといふことを僕は感じた。僕はさういふ思想は現代では非常に判りにくいのぢやないかと思ふ。美しい形を見るよりも先づ、それを現代流に解釈する、自己流に解釈する、所謂解釈だらけの世の中には、「古事記伝」の底を流れてゐる、聞える人には殆ど音を立てて流れてゐる様な本当の強い宣長の精神は判りにくいのぢやないかと思ひます。のつぴきならない或る過去の形に対する愛情、尊敬を言ふので、凡庸な考証家の頭に、記憶によつて詰つてゐる歴史的な事実の群れといふやうなものを申すのではない。

歴史が因果の鎖として、又は合理的な発展として理解されるといふ事と、歴史の厳めしい形といふものがまざまざと感じられるといふ事とは自ら別事でありまして、例えば、鎌倉時代とは上代の文明形式のどういふ様な崩壊の結果であり、又、どういふ具合に近世の文化形式を用意した時代かといふ様な事を理解するのはやさしい事ですが、鎌倉時代の思想なり人間なりの形を感得するといふ事は難かしい業である。別の言葉で言ふと、歴史を記憶し整理する事はやさしいが、歴史を鮮やかに思ひ出すといふ事は難かしい、これには詩人の直覚が要るのであります。

「歴史」というものの本質について、小林は『古事記伝』を例にして解説している。小林は「美しい形」という言葉を頻用している。歴史や思想というものは、目に見える形を備えていて、目を凝らしてそれを見なければならないというのである。歴史を「因果の鎖」として合理的に解釈するというのは、小林が批判の対象とする唯物史観であるが、そのようなものでは歴史の形は見えないというのだ。そして、人は記憶で頭をいっぱいにして、歴史を鮮やかに思い出すことができずにいるという、得意のフレーズで結んでいる。『古事記伝』には、かつて存在した歴史が目に見える形で再現されていて、それはさかしらな解釈を寄せ付けない、宣長の思想だというのである。その内容は同時期に発表された「無常といふ事」（一九四二年六月）に重なるところが多い。実際のところ、次のような言説があるのである。

「古事記伝」を読んだ時も、同じ様なものを感じた。解釈を拒絶して動じないものだけが美しい。これが宣長の抱いた一番強い思想だ。解釈だらけの現代には一番秘められた思想だ。

表現から内容まで、驚くほど「歴史の魂」に酷似している。このことから当時、小林が『古事記伝』にどのような思いを抱いていたかがわかる。要するに、『古事記伝』は「解釈を拒絶し」たものであって、それが宣長の「思想」であると考えていたわけである。

小林のこのような『古事記伝』観は、おそらく全篇にわたって多用される「不可測の理」に基づいていると考えて間違いない。たとえば、「其《ノ》理は、伝《ヘ》無ければ、凡人《タヾビト》の如何《イカニ》とも測《ハカリ》知べきにあらず」（古事記伝四之巻）などといった形で表され、憶測による解釈を徹底的に斥ける様式である。それは儒学や仏教にこじつけて、無理やりに理屈をつけて説明する「漢意」の対局にある思考法である。小林が『古事記伝』に見出した「美しい形」の源泉はこのあたりにあると考えることができる。

さて、一方の折口は宣長および『古事記伝』、あるいは橘守部について、どのような考えを持っていたのだろうか。便宜上、守部についての言説から見ていくことにしよう。「橘《ノ》元輔源《ノ》守部」（一九一六年十二月）という守部伝である。[15]

守部が目の敵にしてゐたのは、宣長である。併しながら、交渉のなかつた、此先輩に対して、何の怨みもある筈はない。上田秋成が古事記伝兵衛の、田舎のふところおやぢの、と罵つたのとは訣が違ふのである。唯、おのが研究上の対象に、宣長の学説を据ゑて、その反対説を樹てる事に、努めた迄の事なのである。宣長の態度の、宗教的神学的であるのに対して、彼は歴史的批評的の立ち場を定めた。宣長の全体的なのに対して、部分的に、宣長が神秘の楯に隠れる処を、彼は出来るだけ、合理の鋒で突き破つて行かうとしてゐる。其でゐて、常識的であるべき守部よりは、宣長の方が遥かに常識に助けられ、或は煩ひせられてゐる点の多いのは、おもしろい事である。宣長系統の経典ともいふべき古事記に対して、彼は書紀を採つた。さうして、消極的には、難古事記伝を著し、積極的には、「稜威道別」を提供した。又真淵・宣長の棄てゝゐた旧事紀や、倭姫世記の中から、真実を拾ひ出し、古語拾遺を、存在の価値のない物のやうにとり扱うた。其ばかりか、神典に表れた神の性格・職掌についても、思ひきつた異見を立てゝゐる。天照大神・素盞之鳴尊などは、殊に彼によつて、ひどく変つて考へられてゐる。宣長は、守部の研究の目安であつた。敵ではなく、実は恩人であつたのである。

これは守部の宣長観を記した箇所であり、非常に公正に評価していると考えてよい。宣長と守部の相違点を的確に指摘し、「神秘の楯」と「合理の鋒」という卓抜な比喩で表現している。「神秘の楯」とは小林が言う「解釈を拒絶して動じないもの」というのに等しい。また、『難古事記伝』と『稜威道別』といった論難書をも視野に収めている。後進の学者が先達に対して持つ批判精神についても、これを十分に理解し、「敵」ではなく「恩人」に比定しているのは核心を衝いた発言と言ってよい。この他にも守部の著作について適切に批評しており、守部について深く精読していたことがうかがえる。もちろん、守部に精通しているからといって、全面的に守部に荷担していたと断定することはできない。知識と信念とは必ずしも同じではないからである。

それでは、そもそも折口は『古事記伝』に対していかなる考えを持っていたのか。実は折口は『古事記伝』の廉価版に推薦文を書いているのである。次に引用するのはその一部である。（「古事記伝」廉価普及版内容見本、一九三〇年一月）

近頃の読書界の傾向で最喜ぶべき事は、その読者範囲の、世界的になつて来た事である。それは、所謂、学問文芸が、国際的に見られる様になつた事を意味する。かうした潮流の中に、ぽつ〳〵見えそめた兆候は、世界人として読むべき記録文献研究の刊行が計画せられて来た事である。

これも、実は日本の過去の学問文学の地ならしがあつて初めて享受力があつてこそ、円満な効果を挙げ得る筈である。それと共に、実のところ、近時のかうした傾向は、この地ならしの上に出来て来たものと見てもよいのである。この意味に於て、人類普遍の典籍を世界に求める際には、日本人として、少くとも一部の日本書を推薦する権利があり、誇りがあると思ふ。さて、その書物を選ぶ段になると、種々に議論は分れるに違ひない。文学よりするもの、諸家の学問より主張するもの、到底一致し難い事は予期が出来る。けれども、我が国の古典であり、同時に古典の研究書であつて、それが全的に人格を持つて接触したものがさうであらうか。又、文学的のづぬけた感受力を以て直観した研究がさうあらうか。而も、科学的客観態度の完備した書物が、どれ程あらうか、大きな問題である。かう言ふ色々な点を完全に具備した、そして最民族的な題目を取り扱ひ乍ら、それが人道的に推し及ぼさるべき価値を持つて居るものに至つては、残念乍ら私はたゞ一つより挙げる事は出来ない。即、本居宣長先生著すところの『古事記伝』がそれである。

吾々の国の言語が、もし英語であり、仏蘭西語であり、独逸語であつたら、『古事記伝』の価値は、必世界の学者に認められ、それを究明せられた我が古代生活精神が、世界の思想潮流に、ある暗示と興奮とを齎すに違ひないであらう。私どもは、従来の先達諸家が認めて来た以外に、かうした『古事記伝』の新しい使命を感じて居る。

読書界の傾向は世界的、国際的であることが要求されており、世界の人々が読むべき日本の古典は何かということが話題に上っているという。その際、ジャンルや方法論の別を越えて共有できる確かさを備えた日本書とは何か。また、民族的あるいは人道的にも価値を有するものでなければならない。そのような要請のすべてに応えることができる唯一の書物が『古事記伝』だというのである。もちろん、この文章は『古事記伝』廉価版の宣伝文であるから、販売促進のために美辞麗句を並べ立てたという側面は否定できない。しかしながら、ここに記された内容はそれぞれに首肯できる事柄であり、軽薄で皮相的な表現の羅列と切って捨てることはできない。そもそも、『古事記伝』が日本語以外の言語で書かれていたら世界的に認められる書物になっていたであろう、という発想自体が折口固有の価値観ということができ、最後の「新しい使命」は文字通り、これまでにはなかった役割を『古事記伝』に担わせているということができるだろう。つまり、折口は『古事記伝』を国際的にも通用する、日本古典籍史上最高の書物と考えているということである。宣伝文であるという事実を差し引いて余りある敬仰の念が溢れていると言ってよかろう。

次に折口が最後に言い放った「宣長さんはね、やはり源氏ですよ」の真意について、折口の文章に即して考えてみたい。小林が折口邸を訪れた頃に執筆された『国文学』（一九五一年）という書物に、次のような言説がある。

本居宣長先生は、古事記の為に、一生の中の、最も油ののつた時代を過された。だが、どうも私共の見た所では、宣長先生の理会は、平安朝のものに対しての方が、ずつと深かつた様に思はれる。あれだけ古事記が訳つてゐながら源氏物語の理会の方が、もつと深かつた気がする。先生の知識も、語感も、組織も、皆源氏的であると言ひたい位だ。その古事記に対する理会の深さも、源氏の理会から来てゐるものが多いのではないかと言ふ気がする位だ。これ程の源氏の理会者は、今後もそれ程は出ないと思ふ。

『古事記伝』を宣長の代表作と考えながらも、源氏研究の方により深い洞察があったという理解である。それだけでなく、宣長の古典文学の理解が「皆源氏的である」という指摘は示唆に富む発言と言ってよい。人ははじめて出会ったものの中にその典型を見出すといわれるが、宣長にとって日本古典文学とは源氏物語だったというわけである。そのような源氏理解の延長線上に『古事記伝』があると折口は考えたのであろう。折口は宣長を最高の源氏研究者と認めているのである。小林が聞いた折口の言葉はこのあたりに答えを求めるのが妥当であろう。なお、この『国文学』なる書物は、慶應義塾大学通信教育部の教材として出版されたものであり、源氏物語を論じた「色好み論」の一節である。

さて、小林秀雄『本居宣長』巻頭の逸話をめぐって、小林と折口の宣長『古事記伝』観をたどってきた。実際に小林が折口邸を訪問したのは戦後まもなくの頃とされるが、それからしばらくして両者の対談が実現することになる。「古典をめぐりて」という何とも茫漠としたテーマであるが、実際の対談は一九四八年一〇月一八日に行われ、『本流』創刊号（一九五〇年二月）に全文が掲載された。その中に『古事記伝』に言及した件りがあるので、引用することにしよう。

小林　僕は伝統というものを観念的に考えてはいかぬという考えです。伝統は物なのです。形なのです。妙な言い方になりますが、伝統というものは観念的なものじゃないので、物的に見えて来るのじゃないかと思うのです。本居宣長の「古事記伝」など読んでいて感ずるのですが、あの人には「古事記」というものが、古い茶碗とか、古いお寺とかいう様に、非常に物的に見えている感じですな。「古事記」の思想というものを考えているのではなくて、「古事記」という形が見えているという感じがします。

折口　宣長のしたところを見ると、漫然と出来ている「古事記」の線を彫って具体化しようとして努力している。私等とても、そういう努力の痕を慕い乍ら、彫りつづけている。だが刀もへらも変って来た気がする。も一度初めから彫りなおしてもよいのではないかという気もします。

小林は「伝統」を論じる中で『古事記伝』に及んでいる。宣長には古事記の「形」が見えていたという趣旨の発言である。この考え方は小林の中で一貫している。一方の折口はといえば、これは小林の比喩を受けて、独特の言いまわしで宣長をとらえているのである。つまり、宣長が古事記の形を掘り出すために用いた「刀やへら」はもはや古びてしまって、使い物にならないというのである。これは『古事記伝』に対する飽き足りない思いの表明と考えて間違いない。その思いの背後には、橘守部に対する共感や源氏研究を本領とする宣長観などが横たわっているのである。

小林秀雄『本居宣長』巻頭のエピソードをめぐって考えてきたが、小林秀雄と折口信夫のそれぞれの見方は、近代を代表する『古事記伝』観を鮮やかに浮かび上がらせていると言えよう。

六、結語

『古事記伝』はそれ以前に古事記の注釈がほとんどなかった中で登場した。その完成度の高さと文献実証主義の実践という点で奇跡的な注釈書である。『古事記伝』の出現とともに、古事記は古伝説を記した書物の筆頭の位置に躍り出たのである。もちろんそれを攻撃する者もいた。富士谷御杖『古事記灯』は古事記を正典とする点は賛同したが、言霊倒語説という言語表現理論を武器にして、宣長のアプローチを批判した。平田篤胤は『古史成文』から『古史伝』に至る過程で、宣長の厳格で禁欲的な語義解釈に飽き足りず、大胆な解釈を与えた。「古史」というテキストを編み直すという点においても、宣長の原典尊重の意向を無視した。橘守部『稜威道別』および『難古事記伝』は日本書紀を古伝説を記した書物として尊重する立場と、本辞と談辞（稚言）の別をはじめとする「神秘の五箇条」に立脚して、『古事記伝』を批判した。それぞれに論点は異なるが、『古事記伝』の文献学的注釈法を攻撃したのである。もちろん、攻撃を受けたからといって『古事記伝』の価値が失われたわけではない。むしろ、それらの批判が『古事記伝』の欠を補い、『古事記伝』の価値を上げたということもできる。要するに批判書が出たことによって、かえって『古事記伝』の価値がいっそう高まり、批判に耐えうる強靱さがあることを証明する形となったのである。『古事記伝』の受容史は、古事記が正典に返り咲く過程を援護射撃した歴史でもあったと言うことができよう。

注

（1）　このほかに宣長が影響を受けたものとして大山為起の説がある。千葉真也「古事記校訂における為起と宣長――宣長手沢本

古事記上巻」（『相愛大学研究論集』九号、一九九三年三月）参照。

（2）岩田隆『宣長学論究』（おうふう、二〇〇八年三月）第一章「賀茂真淵との邂逅に関する論説」「「松坂の一夜」私見」参照。

（3）安永七年二月付『答問録』（一三）。『本居宣長全集』第一巻（筑摩書房、一九六八年五月）。以下、宣長の著作の引用は同全集による。

（4）拙著『本居宣長の思考法』（ぺりかん社、二〇〇五年一二月）第二部第一章「古道論の議論術――『くず花』の戦略」参照。

（5）この時の歌は『古事記頌題歌集』に集成されている。

（6）引用は『新編富士谷御杖全集』第一巻（思文閣出版、一九九三年八月）による。なお、御杖の著作は同全集より引用した。

（7）東より子「富士谷御杖の神典解釈――「欲望」の神学」（『季刊日本思想史』六十四号、二〇〇三年九月）は、未完に終わった『古事記灯』について、御杖の言説に沿って丁寧に読み解いている。

（8）坂部恵『仮面の解釈学』（東京大学出版会、一九七六年一月）参照。

（9）『古史通』には、「天《ノ》浮橋は、天の字、読んで阿麻《アマ》といふ。即海《ウミ》也。浮橋は連《ネ》レ舟《ヲ》至《ル》レ岸《ニ》をいふ也。ここに天《ノ》浮橋といひしは、連《ツラナル》レ海《ニ》之戦《イクサ》艦《ブネ》をいふなるべし」とある。

（10）引用は『新修平田篤胤全集』第八巻（名著出版、一九七七年一一月）による。以下、篤胤の著作は同全集より引用した。

（11）『新訂増補橘守部全集』第一巻（東京美術、一九六七年九月）。以下の守部著作の引用は同全集による。

（12）拙著『本居宣長の思考法』第二部第四章「「不可測の理」の成立と展開――『古事記伝』の不可知論」参照。

（13）東より子「橘守部の神典解釈――「タブー」の神学」（『日本思想史学』三十五号、二〇〇三年九月）は、守部の神話解釈における総合的アプローチであるが、「稚言」・「談辞」に関しても有効な指摘が多く、御杖との同時代性という点でも示唆に富む論文である。

（14）引用は『小林秀雄全集』十四巻（新潮社、二〇〇二年五月）による。以下、小林の文章は同全集による。

（15）引用は『折口信夫全集』二十九巻「雑纂篇１」（中央公論社、一九七六年九月）による。以下、折口の文章は同全集による。

第二章　『古今集遠鏡』受容史

一、本居宣長と古今集

本居宣長は青年期に医術の修行のために京都に留学するが、その地で学んだことは漢学や医学だけでなく、日本古典文学に関する造詣を深めたことが特筆される。とりわけ、契沖の著作との出会いが宣長の進路を決定した。『百人一首改観抄』との邂逅が宣長に古典文学研究の道に進むきっかけになったごとくであるが、それ以外に『勢語臆断』や『古今余材抄』もまた宣長の目を開かせる契機となった。(1)

ここでは古今集について考えてみたい。閉鎖的で因襲的な伝統を重んじる「古今伝授」について、これを徹底的に批判する立場は生涯崩さなかったが、古今集そのものについては、これを尊崇する態度を持ち続けた。和歌史上の古今集の位置付けについて、宣長は次のように述べている。(2)

延喜ニ至リテ、此道大ニ行ハレ、ハジメテ撰集セラレタル古今集ナルユヘニ、和歌ノ道ニヲキテ、第一ニ古ノ風体ヲミ、ヨキ歌ノサマヲマナブニ、此古今集ヲ以テ規矩トスル事、末代迄カハル事ナシ。

古今集に対しては修学のはじめから、常にこれを尊重する態度をとり続けた。それは晩年に至っても変わりなかった。(3)

此集をば、姑く後世風の始めの、めでたき集とさだめて、明暮にこれを見て、今の京となりてよりこなたの、歌といふ物のすべてのさまを、よく心にしむべき也。

古風である万葉集に対して、後世風である古今集という領分はあるものの、手本とすべき歌集としては古今集を第一と考えていたのである。宣長は賀茂真淵の薫陶により、本格的に万葉集を学ぶことになるが、そうなってからも古今集は歌を詠むために必要不可欠な歌集であるという考えが変わることはなかった。実際のところ、門弟への和歌指導のために古今集を用いている。次のように四回にわたって門弟を相手に会読をおこなったのである。(4)

第一回　明和七年一月二十六日〜明和八年十月八日（式日は八の日の夜）
第二回　安永三年一月二十四日〜安永四年十月十四日（式日は四の日の夜）
第三回　安永九年二月十日〜天明四年閏一月十日（式日は十の日の夜）
第四回　寛政四年十月八日〜寛政七年五月二十六日（式日は不定）

四回の講義は『源氏物語』の四回や『万葉集』の三回に並ぶ回数である。いかに『古今集』を重視していたかがわかる。

そういった古今集への執着を具現化したものが『古今集遠鏡』である。詳しい経緯は次節に譲るが、四回目の講義の前年（寛政三年六月二十日）には、門弟の横井千秋によるたび重なる執筆要請があったごとくである。最終的に刊行されたのが寛政九年正月であるから、随分と時間がかかったものだ。『遠鏡』は古今集所収歌のほぼすべてを口語訳したものであり、歌を丸ごと口語訳するというのは画期的なことであった。宣長自身は初学者が修学する際の便宜を図るという意図を持っていたようであるが、それは単に初学者への便宜に留まらなかった。全文口語に訳すという方法によって、歌の内容がガラス張りとなり、歌の理解の深浅が顕在化したからである。語釈であれば難解な語や曖昧な表現は割愛するなり、適当にお茶を濁すなりすることもできるが、全文口語訳ではそういうわけにもいかない。ペンディングが許されないからである。最初から最後までとにかく訳さなければならないのである。

かつて論じたように、『遠鏡』による功績は古今集を全文口語訳したこともさることながら、雅語を俗語に翻訳するに際して、理論と方法と技術という相異なる三つのレベルで、それぞれにすぐれた成果をあげたことを指摘することができる。(5)翻訳論と翻訳法と翻訳術の三種類のアプローチは、学者としての厳密さと教育者としての配慮、そして歌人としての鑑賞力を兼ね備えた宣長にしてはじめて可能であったということができよう。

以上のように、『遠鏡』の成立と意義をまとめることができるが、本章では『遠鏡』がどのように受容されたのかという観点から考えることにしたい。『遠鏡』は『遠鏡』を見るだけではわからない。物の本質はもちろんそのものの中にあるはずだが、それは簡単に見抜けるわけではなく、それがどのように受け取られるかということの中に見出される場合がある。つまり、受容史の中にこそ物の本質が見え隠れするのである。さまざまな角度から当てられた光によって、おぼろげながら結ぶ像を目を凝らして見極めたい。そのことによって、『遠鏡』の歴史的意義が明らかになるだろう。

二、剽窃疑惑――尾崎雅嘉『古今和歌集鄙言』

宣長が『遠鏡』を出版したのと前後して、類似の書籍が大坂で上梓されている。それは尾崎雅嘉の『古今和歌集鄙言』である。(6)『鄙言』は古今集の序と所収歌を当時の口語に訳したもので、寛政八年正月に大坂の書肆柏原屋与左衛門から出版された。『遠鏡』よりも一年早い刊行である。宣長は『鄙言』が出版されるという噂を聞きつけると、これに剽窃の嫌疑を掛けている。門弟の伊達氏伴からの打診に対して、次のように答えている。

一、御尋之事、古今集ひな詞ハ、遠鏡をぬすみ候物ニ御坐候。万葉緯ハ宜敷物ニ御坐候。伊勢物語闕疑抄ハ細川幽斎作ニ候。さしたる事もなき物ニ而御坐候。

これは寛政八年正月十四日付の書簡である。『万葉緯』や『伊勢物語闕疑抄』とともに『鄙言』にもコメントを付している。『万葉緯』は契沖の門弟である今井似閑による注釈書で、万葉集に関係する古歌を集成し、これに注を付したものである。また、『伊勢物語闕疑抄』は宣長も記すごとく、細川幽斎の伊勢物語注釈である。いずれも世に出てかなり経つ注釈書であり、宣長自身もコメントを付けているように、宣長も所有もしくは貸借している。ところが、『鄙言』は当時、実質的には未刊の書物であった。そのようなものに対して「遠鏡をぬすみ候物ニ御座候」というのは穏やかではない。『鄙言』を見ることもせずに『遠鏡』を盗作したものと判断したのである。宣長のこの判断は果たして正しいのであろうか。

『鄙言』が刊行された直後に、宣長は実子の春庭に次のように書き送っている。寛政八年九月十八日付書簡である。

古今集ひな詞板行出来候よし、植松、すり候を一枚持帰候由ニ而見せニおこし、見申候所、いよ〳〵遠鏡をぬすみ候様子ニ見え申候。遠鏡も板下四冊半程出来、追々遣申候。彫刻も段々出来候よし申越候。

「植松」とは、宣長の門弟で板木師の植松有信である。板木師という同業者ゆえの融通であろうか、書肆から一枚摺ったものを持ち帰って宣長に見せに来たというのである。それを見ると「いよ〳〵遠鏡をぬすみ候様子ニ見え申候」と記している。やっぱり『遠鏡』を盗作していたというのだ。宣長が植松有信から『鄙言』のどの丁を手渡されたのか不明であるが、順当に考えれば第一丁であろう。つまり、巻一・春上の最初である。あまりにも有名な巻頭歌は次の通りである。

ふるとしに春たちける日よめる　　在原元方

年のうちに春は来にけり一とせをこぞとやいはむことしとやいはむ（春上・一）

この歌に対して、『鄙言』には次のような訳が掲載されている。

冬のうちに又春がきた。これでハ、おなじ一年《ネン》のうちの、きのふまでを、去年《キヨネン》といふたものであらふか。やはりことしといふたもので有ふか。

これは『遠鏡』では次のようになっている。

○年内ニ春ガキタワイ　コレデハ　同ジ一年ノ内ヲ　去年ト云タモノデアラウカ　ヤッパリコトシト云タモノデアラウカ

この訳同士における関係性をどのように考えればよかろうか。むろん『鄙言』も『遠鏡』もどちらも当時の京言葉に準拠して訳したものであるから、だいたい同じようなものになったとしても不思議ではない。現代でも注釈書の口語訳同士がよく似ているのと同じである。だが、宣長はこの巻頭歌を見て、『鄙言』は『遠鏡』を参照しているはずだという確信を持ったに違いない。それというのも、宣長はこの巻頭歌の訳出については一家言持っており、わざわざ「例言（凡例）」において次のように触れているからである。

○歌によりて、もとの語のつゞきざま、てにをはなどにもかゝはらで、すべての意をえて訳《ウツ》すべきあり。もとの詞つゞき、てにをはなどを、かたくまもりては、かへりて一うたの意にうとくなることもあれば也。たとへば〳〵こぞとやいはむことしとやいはむなど、詞をまもらば、去年ト云《ハ》ウカ今年トイハウカ、と訳すべけれども、さては俗言の例にうとし。去年ト云タモノデアラウカ今年ト云タモノデアラウカ、とうつすぞよくあたれる。

古語をそのまま逐語訳しても舌足らずな表現になってしまう。それゆえ、適宜言葉を補った方がよい場合がある。そのことを巻頭歌を例に説明しているのである。このような意訳の仕方は自分が編み出したものだ。それを無断で借用するとは言語道断である。宣長の憤りが伝わってくるようである。

また、この巻頭歌には二箇所に傍線が付されている。これも宣長の工夫であって、歌にない言葉を敷衍する理由を次のように説明している。

又かたへに長くも短くも、筋を引たるは、歌にはなき詞なるを、そへていへる所のしるしなり。そも〳〵さしも多く詞をそへたるゆゑは、すべて歌は、五もじ七もじ、みそひともじと、かぎりのあれば、今も昔も、思ふにまかせず、いふべき詞の、心にのこれるもおほければ、そをさぐりえて、おぎなふべく、又さらにそへて、たすけもすべく、又うひまなびのともがらなどのために、そのおもむきを、たしかにもせむとて也。

三十一字で言い足りない言葉を補い、理解の助けのために添え、初学者向けに歌の趣意を伝えるために敷衍したというのである。これは文学研究者としての厳密さと教育者としての便宜に折り合いを付けた絶妙な手法と言ってよい。こういったスタイルも宣長が編み出したものである。単に気の利いた訳語を盗用されたというのではない。口語訳の技法に関する根源的な工夫を掠め取られたのである。宣長が雅嘉に盗作の嫌疑を掛けた根拠はこのあたりにあるのではないだろうか。

さて、さきの書簡には、このあと『遠鏡』出版の進捗状況を書いているところから、焦りの色を読み取ることができる。まがい物に先を越されたのだ。同年十一月十九日付の春庭宛書簡にも同様のことが書かれている。次のようなものだ。

一、古今集ひな詞と申物六冊板本出申候。古今ノ歌を俗語ニ直し候物ニ而、此間一見いたし候へバ、手前之遠鏡を其まゝ丸盗ミニぬすみ候物ニ而御座候。京地ニ而評判ハいかゞ御座候哉。承度存候。遠鏡も冬中ニハ板出来致シ、来春ハ早々板本出し可〻申候。校合ずり差越申候処、板も甚宜御座候。植松殊外いそぎ、細工人卅六人かけ申候而彫申候由申参候。

「六冊」とあるところから、今度は『鄙言』を全冊入手したのである。しかも、一通り目を通したようである。その上で「手前之遠鏡を其まゝ丸盗ミニぬすみ候物ニ而御座候」と記している。『鄙言』は『遠鏡』の丸写しだというのだ。すべてを見てからのことであるから、宣長なりにそのように判断する根拠があったのであろう。興味深いことに、宣長は春庭に『鄙言』の評判を聞いている。春庭は当時、京に滞在していたからである。ますます宣長の焦りの色は隠せない。植松有信も『遠鏡』の上梓を版木職人たちに急がせているごとくである。『遠鏡』が刊行された後、今度は宣長は京大坂における『遠鏡』の評判を気にしている。以下の書簡に示す通りである。

一、古今集遠鏡、やうやく此間板本出来参申候。殊外宜ク出来申候。売本ハいまだ不レ参候。定而近々ニ京大坂などへも本出し可レ申候。（寛政九年五月九日付春庭宛書簡）

一、遠鏡之儀、定而最早京大坂などへも廻り候半と奉レ存候。評判いかゞ御座候哉。承度奉レ存候。いまだ京大坂之評説一向承り不レ申候。（寛政九年七月八日付植松有信宛書簡）

前者には、一日も早く『遠鏡』が販売されることを待ち望む旨の文言が見える。後者には、京大坂において、実際にどのような評判であるのかということを、書林関係者としての有信に打診しているのである。

一般に著作権の侵害ということは今に始まったことではない。それはこのような宣長の例を見れば明らかであるが、現代では著作権侵害の事実認定において、主として二つの要素を犯罪構成の要件としている。すなわち、類似性と依拠性である。似ているということとそれが真似をした結果であるという二つが同時に成立してはじめて、著作権侵害が立証される。酷似していても、一方があらかじめ他方のそれを入手して真似たということが立証されなければ、偶然の一致に過ぎないということになる。また、依拠したことがはっきりしていても似ていなければ、そもそも問題にならない。そのようなものはインスパイアやリスペクト、あるいはオマージュと呼ばれ、現代芸術においても創作上の重要なモチーフとなっている。問題は酷似しており、それが依拠した結果であるにもかかわらず、そのことを言わずにいるということである。

言うまでもなく類似性は似ているかどうか、ということが客観性を伴った判断によることが必要となる。宣長の場合、端的に言えば先に指摘した意訳の手法に関する独自性を指摘することができる。これは宣長のオリジナルであるというわけである。そのほかにも多くの客観的類似性を指摘することができるだろう。では、もう一つの依拠性はどうであろうか。尾崎雅嘉が宣長の著作を入手する可能性はあったのか。

現代でもプライオリティーを証明するために用いられるのは、それが構想段階から丹念に記された記録である。実験日誌や日記などがそれに相当する。宣長の場合も『遠鏡』の稿本というのが残存しているが、それほど年次をさかのぼることができない。それというのも、『遠鏡』は門弟からの依頼で一念発起したものであるが、その時には他にしなければならないことが重なって、なかなか着手できなかったからである。だが、都合の良いことに、そのことを詫びる書簡が残されているのである。

一、かね〴〵蒙レ仰候古今集之義、御余掌申ながら、殊外多用故段々と延引仕り、今ニ得取掛り不レ申、甚延引之段真平御高免可レ被レ下候。其内取掛り、少々ヅ、成共返上仕候様ニ可レ仕候。（寛政三年六月二十日付横井千秋宛宣長書簡）

名古屋の門弟である横井千秋が、再三にわたって「古今集之義」を執筆要請しており、少しずつ取り掛かっているというのである。寛政三年にはすでに着手していたのだ。「古今集之義」が古今集の口語訳であることは、翌年に出された次の書簡との整合性から考えて明らかであろう。

一、兼々蒙レ仰候古今集訳之義、取掛り段々訳し申候。夫ニ付、打聞冬ノ部迄参有レ之候処、其次恋雑ノ部も不レ残御越し被レ下候様ニ仕度候。夫ニ付、春ノ部ハもはや相済申候へ共、又々前後見合せ考申候事有レ之候故、春ノ部も得返上不レ仕候。且又訳ノ義も、追々出来次第入二御覧一申度候へ共、是又全部出来之上ニ而、前後又々考合せ候義多候故、少々も得入二御覧一不レ申候。何様不レ遠内全部出来次第、さし上可レ申候。（寛政四年十月三十日付横井千秋宛宣長書簡）

古今集の口語訳に取りかかっている由である。「打聞」とは賀茂真淵『古今集打聴』のことであり、これを解釈の参考にするというわけである。なお、『遠鏡』は契沖『古今余材抄』と真淵『古今集打聴』を基本文献としている。少しずつではあるが、訳出を進めていることがわかる。翌年には次の文面が見える。

一、古今集遠鏡之儀、仰之御趣承知仕候。此節ヶ様之義もいまだ一向ニ得取掛り不レ申候。（寛政五年五月十六日付横井千秋宛宣長書簡）

寛政五年には「古今集遠鏡」という書名も決まっていたようである。ただし、本格的に取り掛かることができずにいる旨が記されている。だが、この年の秋に急転直下、事態が進展し出す。

近頃ハ春上京後、ひたと古今集訳ニ打かゝり罷在り、記伝ノ下巻へも、いまだ一向ニ得取り掛り不レ申候義ニ御座候。古今集訳清書、半分計出来仕候。大方当月中来月上旬迄ニハ、不レ残出来可レ申候間、出来次第早々入二御覧一可レ申候。左様思召可レ被レ下候。（寛政五年八月十一日付横井千秋宛宣長書簡）

宣長が上京したのは同年三月十日で、帰郷したのは四月二十九日のことである。京では妙法院宮に拝謁した。その間、大坂や名古屋に足を伸ばし、門弟たちと交流した。そのような交流も一段落して、『遠鏡』の執筆に取りかかる余裕が出てきたのであろう。同年の冬には出版計画までもが転がり出す。

一、古今遠鏡愈御蔵板ニ被二仰付一、早速御彫刻可レ被レ成旨被二仰下一、殊更記伝之通り上彫ニ可レ被二仰付一由、別而大慶仕候。（寛政五年十一月十一日付横井千秋宛宣長書簡）

『遠鏡』の擱筆とその後の出版計画によって、宣長は年来の肩の荷を下ろす思いだった。『古事記伝』と同じように上梓するということで安堵した。千秋は『古事記伝』出版の功労者でもあったのである。熊本の門弟長瀬真幸に次のような書簡を送っている。

一、古今遠鏡、漸脱稿仕、此節尾張へ遣し申候。近々上木ニ相成申候積ニ御座候。（寛政五年十一月十五日付長瀬真幸宛宣長書簡）

「尾張」とは尾張藩士を勤めた横井千秋のことと考えて間違いない。稿本を千秋に託したのは、他ならぬ出版のためである。

一、遠鏡板下之儀、外ニ宜キ筆者思召付御座候由、被二仰聞一候御趣承知仕候。いかやう共御もやう次第、可レ然様ニ御取計可レ被レ下候。（寛政六年正月十日付横井千秋宛宣長書簡）

このように宣長は脱稿した『遠鏡』を千秋に託し、これを清書してくれる筆耕を見繕ってもらうことにした。こうして順調に事が運ぶかに思われた。ところが、思わぬところで障りが出た。稿本を閲覧した千秋が、俗語訳だけでは満足せず、注解を挿むことを提案してきたのである。さすがの宣長もこれに賛同することはできず、次のような返事をしている。

一、遠鏡二冊被レ遣、此度返上仕候。右二冊之内、所々御考之御入レ紙一々拝見仕候。惣体此書ハ注ニ而ハ無二御座一。只訳を主と致し候事故、注ハ加へ不レ申、其内格別之事アレバ、たまたまハ注ノ如キ詞も加へ申候へ共、先ハ注ハ加へ不レ申候積り也。心得ニ可レ成事共を加フル時ハ、殊外事長く相成候故、先注ノ如キ事ハ加へ不レ申候。夫故此度之御入紙之分も多くハ略キ申候。其内ニ朱ニ而△印付申候分ハ、細書ニ御書加へ可レ被レ成候。右之印無レ之分ハ、御捨被レ成可レ然奉レ存候。尤細書ニト申候わけハ、此書貴公様御方ニ而御上木被レ成候事故、貴公様御自分ニ御書加へ被レ成候事故、細書ニト申候也。（寛政七年正月二十日付横井千秋宛宣長書簡）

千秋が返却してきた『遠鏡』には、千秋の注解が随所に書き入れられていたのである。宣長はこれが口語訳の書物であると述べ、通常の注釈ではないと強調した。そうはいってもすべてを捨てるのは忍びなく、最小限の注を採用することにしたという。版本に残る千秋注は、宣長の目を通って厳選されたものなのである。このように釘を刺しても千秋の注の増補は収まらなかった。宣長は情理を尽くして加注を控えるように千秋に苦言を呈したこともあった。(7) それに加えて、千秋は寛政七年秋には病気にかかっている。しばらくして快癒したようであるが、還暦に近い年齢での病は十分な静養が必要であろう。出版することが決まったにもかかわらず、製版作業が一向に進まなかったのは、そのような事情が複合的に絡み合った結果であると考えられる。

『遠鏡』脱稿の噂は門弟の間を駆け回っていた。『鄙言』の問い合わせをしてきた伊達氏伴もその一人で、是非見せてほしいと依頼してきたのである。そこで宣長は次のように答えている。

遠鏡御求被ㇾ成度候由、書林へ申付為ㇾ写可ㇾ申旨、御紙面之通致二承知一候。写本出来次第指進可ㇾ申候。（寛政八年三月二十四日付伊達氏伴宛宣長書簡）

書肆に命じて『遠鏡』の副本を作らせようと約束したのだ。同年六月には伊達氏伴が『遠鏡』の写本を落掌する手はずが整った由である。(8) それと同時並行で『遠鏡』の板下も作られていった。板下が全部出来上がったのは寛政八年十月二十五日である。(9)

さて、先述のように『鄙言』刊行のニュースがもたらされ、さすがの宣長も動揺を隠しきれないごとくであった。『遠鏡』の刊行が遅々として進まなかった間、『遠鏡』には写本が作られ、伊達氏伴に渡った。それは『遠鏡』が門弟に必要とされていたことを意味する。版本になる前に写本が流通するのはよくあることと言ってよかろう。

しかしながら、『遠鏡』の副本は一部だけではなかったのである。たとえば、浜田藩士の小篠敏は寛政五年中に、次のようなことを宣長に伝えている。

一、古今集疑問、毎々御面倒奉二恐入一候。古今俗訳相成候事ニ候ハバ、拝借仕度奉レ存候。人々ニ勧申度奉レ存候。私歌よめ不レ申候間、若手之衆ニ勧申度念願ニ御坐候。（寛政五年某月某日本居宣長宛小篠敏書簡）

いまだ「遠鏡」と呼ばれる前の「古今俗訳」の時代の話である。「古今俗訳」を貸してほしいというのである。これは借用依頼の文面であるが、小篠敏が借り出したという証拠は『借書簿』に残されている。それによれば、寛政七年八月二十五日付で貸し出されている。それは村田春海の手にも渡ったようで、春海の宣長宛書簡には次のような文面がある。

遠鏡も、浜田侯ノ御本ヲ、伝ヲ以拝借仕候而、半分程拝見仕候。さて〳〵めづらしき御説ども、欣躍仕候事ニ御坐候。序中相おひノ詞ノコト、恵慶法師家集ニ、子日の所といふ題にて、

ふた葉よりあひおひしても見てしがなけふちぎりつる野べの小松と

此歌ノあひおひ、全相追ノ義と見え申候。益御説ノたしかなる事を奉二感服一候。（寛政八年六月二十五日付宣長宛村田春海書簡）

これによれば、江戸在住の村田春海が『遠鏡』を入手している。それは「浜田侯ノ御本」であるという。浜田侯とは浜田藩主松平康定侯であり、藩士の小篠敏を宣長に入門させ、松坂に留学させる程の好学の大名として著名であった。ということは、「浜田侯ノ御本」とは、小篠敏が入手した『遠鏡』の写本、あるいはその転写本であると考えてほぼ間違いないだろう。このようなルートで門弟外の春海の許に、写本『遠鏡』が流れ着いたということである。

もちろん、春海が写本『遠鏡』を大坂の尾崎雅嘉に渡したということではない。寛政八年六月には『鄙言』はすでに出版されていた。春海の『遠鏡』入手は、当時における国学者同士の情報化社会にあっては氷山の一角だということである。事ほど左様に写本『遠鏡』が何らかのルートで尾崎雅嘉の許に届いたと考えることができる。

もちろん状況証拠を積み上げたに過ぎないけれども、類似性とも相俟って依拠性に関してもグレーと言わざるを得ない。

なお、『遠鏡』と『鄙言』に対する雅嘉の認識を知ることができるものがある。享和二年刊の『群書一覧』である。当該書は二千数百部に及ぶ国書の総合的な解題である。そこに『遠鏡』と『鄙言』についての解題が掲載されている。次のごとくである。

古今和歌集鄙言《ヒナコトバ》　六巻　尾崎雅嘉
古今集の歌を俗語に訳《ヤク》して頭書とす。その意《コヽロ》のもつぱら契沖の余材抄にしたがひ、かたはら顕註密勘の説《セツ》をとれり。注釈《チウシヤク》の書を見てもわきまへがたくする児女《ジヂヨ》の一覧《ラン》して、そのおほむねをさとるべきたよりとす。

古今和歌集両序鄙言　二巻　同上
仮名《カナ》序真字《マナ》序ともに俗語に訳し、故《ユヘ》ある事どもはそれ〲の書を引て同じく俗語を以て注釈《チウシヤク》す。真字序のよみくせは叶《キヤウ》雲《ウン》阿闍梨《アジヤリ》自筆の巻をうつせり。

古今集遠鏡　六巻　本居宣長
此書ももつぱら俗語を以て歌を訳《ヤク》し、所々に一二三のしるしをつけて、その詞を上下に置かへて説《トキ》たる歌有。長歌は訳《ヤク》を省《ハブ》けり。又余材抄打聴《ウチギヽ》等の説をうけがはざる所には、余材わろし、打聴わろしなどことわれり。巻首に木綿苑千秋《ノ》序、次に凡例ありて、数十条の訳例《ヤクレイ》を挙《アゲ》たり。

両書について、その内容と特徴を簡潔にまとめていると言ってよい。一見すれば、両書の適切な解題と思われるが、『遠鏡』解題における「此書も」の「も」が妙にひっかかるのである。もちろん、刊行の順序によって配列されていると考えられるので、類似の書物の二冊目について「此書も」とするのは当然といえる。だが、本節で確認した経緯を背景にすると、何とも割り切れない違和感がある。あたかも『遠鏡』が『鄙言』の類似品として刊行されたという印象を受けるのである。雅嘉からすれば、『群書一覧』の刊行によって剽窃疑惑を払拭することができたのである。なお、『群書一覧』が刊行された時には、すでに宣長は没していた。したがって、宣長は雅嘉の解題は知る由もなかったのである。

以上の検討によって、『鄙言』は『遠鏡』よりも出版の年次は早いけれども、『遠鏡』の影響を受けて成立した著作の最初に位置付けることは見当はずれとは言えないであろう。

三、歌人の評釈——香川景樹『古今和歌集正義』

『遠鏡』が世に出て四十年近く経って、香川景樹が『古今和歌集正義』を刊行した。天保六年秋のことである。同年に刊行された内容は、総論・序と春上下と夏までであり、景樹の生前に公にされたのはこれだけであった。そもそも景樹は地下歌人の家であった香川家に養子入りしたが、故あって離縁した。小沢蘆庵の歌風に傾倒し、弟子入りしたことが旧来の公家歌壇との距離を生んだとも言われている。

この頃には全国規模の結社である桂園派を率いる、押しも押されもせぬ当代歌壇の第一人者であった。しかも、景樹の目指す歌風は古今集である。その上、地下歌人の先達である本居宣長の『遠鏡』は衰えない人気があった。何といっても全文口語訳という画期的手法を取っているからである。そういった諸々の条件を鑑みて、景樹が古今集の注釈書を出さない理由がない。出版するからには、自説を普及させようと企てるであろう。派閥の勢力を拡大させるために最も有効な手段は、先行注釈に異を唱え、これを完膚なきまでに粉砕することである。それによって、先達に靡きかけていた者まで門弟に取り込むことができるからである。景樹が早い段階で賀茂真淵の著作『新学』・『百人一首うひまなび』を対象にして、これを批判する著作『新学異見』・『百首異見』を著したのは、そのような意図があったからである。学術書の出版の目的は自説の流布であると同時に、門弟の獲得という要素を多分に含んでいる。

そのような状況で、景樹がターゲットにしたのは、契沖『古今余材抄』・賀茂真淵『古今集打聴』・本居宣長『古今集遠鏡』の三書であった。だから、『古今和歌集正義』は必ずしも『遠鏡』だけを対象にしているわけではない。また、『古今和歌集正義』は秋上下・冬が刊行されたのは嘉永二年、残りの巻を含めて全巻刊行されたのは明治二十八年のことであった。とりわけ没後の出版に関しては、それらが景樹の説を忠実に伝えるテキストであるかどうかという、根本的な問題がある。そこで、本節では香川景樹の生前に刊行されたものの中から『遠鏡』のみを俎上に載せた歌を取り上げることにしたい[10]。

春上から順に取り上げていきたい。五一番歌である。

やまざくらわがみにくれば春がすみみねにもをにもたちかくしつゝ（春上・五一）

こは峯にさき尾にさきたる花の推なべておぼろに見ゆるをいへり。峯にも尾にも花を立かくしつゝと四五の間に花の言を加て意得べし。

○遠鏡に、山ノ桜ヲオレガカウ見ニクレバ霞ガ一面ニドコモカモ立テカクシテ花ヲ見セヌワイといへるは非也。かく一めむに云々といへば、霞の方主になりて花はいづくにかとたどる意となれり。さては峯も尾もとなくては叶はず。峯にも尾にもと有を聞知べし。

景樹が問題にするのは、第四句「みねにもをにも」である。宣長はこれを「一面ニドコモカモ」と訳している。景樹はまずはじめに「峯にさき尾にさきたる花」と記しているように、ことさらにこの詞章に意を用いる。そして、宣長の解が間違っていることに言及するのである。それはこの歌全体の趣意に関わるものであるという。つまり、「花」が主か「霞」が主かという問題である。宣長のように霞が一面に花を隠しているとすると、霞が主体となって花は客体に過ぎないということになる、というわけである。景樹の論拠ははっきりとしている。第四句は「峯にも尾にも」であって、「峯も尾も」ではないということだ。「峯にも尾にも」である以上、花が峯に、そして尾に咲いているということを含意しているというのだ。それを「一面に」と訳してしまっては台無しで、歌全体の趣意にも反するというわけである。助詞の用法を根拠にして歌の趣意に迫る反論は説得力があり、景樹の解釈の方が妥当であると言ってよかろう。

次に春下・一〇三番歌を見てみよう。

在原元方

霞たつ春のやまべは遠けれどふきくる風は花のかぞする（春下・一〇三）

霞こめたる山本はいと遙かなれど、猶そなたより吹わたる風にはなの香こそは匂へといふ。花は其山に咲たらん物にして、いかで遠きにこゝまではといぶかしむ方によめるが、はかなくてめでたき也。梅は散、桜は咲出らん頃ほひの山野の春色をいとなつかしくうつし出せり。次にふく風と谷の水としなかりせば云々、冬の部にも、此川にもみぢ葉ながる云々、などいへるも、花は深山がくれに咲けん物とし、紅葉は奥山の也とさし定めてよめる、只近わたりの花紅葉ならんずらめど、皆見わたしの打つけ心におさなく思ひ入が歌となれるの雅情也。

○遠鏡に、霞ノ立ツテアル春ノ頃ノ山ハ遠ウ見エルケレドモカクベツ遠ホウナイカシテ吹テクル風ハ花ノ匂ヒガスルといへるは非也。遠けれど遠からず、遠けれど近ければやといふ語調あるべきならんや。遠く見ゆれどゝなくては、さる心は出こぬ事也。即ちとけるに詞には遠ウ見エルケレドモといひなせり。又よし遠からずとも打わたしたる山の花の大やう匂ひくるものならずや。況や長閑き春日ならんをや。

霞が立ちこめた春の山辺は遠いけれども、そこから吹いてくる風には花の香りがするの意である。景樹が問題にするのは第四句「遠けれど」である。宣長はこれを「遠ウ見エルケレドモ」と訳している。しかも、これに「カクベツ遠ホウナイカシテ」と付け加えているのである。これは逐語訳ではなく、ここには明らかに宣長の解釈が含まれている。景樹が指摘するのはそのことだ。和歌原文に「遠く見ゆれど」とでもなければ、このように解釈することはできないというのである。遠いけれども遠くなく、遠いけれども近いからでもあろうか、という解釈は無理があるからだ。景樹は宣長のこの解釈をきっぱりと否定する。花は山に咲いているものなのに、どうしてここまで遠いのに花の香りがするのか、と不思議に思うと詠むのが、はかなくてすばらしいというのである。

しかも、そのように解釈するにはそれなりの根拠がある。景樹は古今集歌を証歌として立証する。「吹く風と谷の水としなかりせば深山がくれの花を見ましや」（春下・一一八・紀貫之）と「この川辺もみぢ葉流る奥山の雪げの水ぞ今まさるらし」（冬・三二〇・読人不知）を取り上げて、この歌との着想の共通点を指摘するのである。すなわち、花や紅葉は本当は近場のものであるにもかかわらず、花は「深山がくれに咲けん物」であるとし、紅葉は「奥山の」ものであると思い込んで詠むのが、目の前の光景が歌に変わる「雅情」であるというのである。つまり、近くのものを遠くであるかのごとき体裁で詠むという歌の詠み方があったのであり、元方歌もそのような趣向で詠まれた歌であると解すべきだと景樹は主張するのである。ということは、景樹は花が遠くにはなく、近くにあるということを認める点で、大局的には宣長と同じということになる。だが、それを露骨に解釈に反映させることに疑義を呈するのである。遠くにあるのに、風が花の香を運んでくる、という不思議さ自体が趣意だからである。景樹の批判のポイントは、宣長の理に落ちた解釈なのである。

このように表現の細部に徹底的にこだわりながら、筋を通す解釈を用意し、しかもそのための証歌も周到に準備した。そこには、しなやかな鑑賞眼に裏付けられた、景樹の歌人としてのセンスが光っているといってよかろう。

第三として、春下・一〇五番歌を見ることにしたい。

題しらず　　　よみひとしらず

鶯のなく野辺ごとに来てみればうつろふ花にかぜぞふきける（春下・一〇五）

是より六首は落花をむすべる鶯の歌也。鳴野べ毎に来て見ればといへるを思ふに、旅ゆく人などのよめりしならん。花の散ぬ野もなく、鶯なかぬ里もなき弥生の春色思ひやるべし。

○遠鏡に、二の句のごとにといふ詞は下の句へかけて心得べし。来て見ればへはかゝらざる也といへるは非也。鳴のべごとに来て見ればといへる、引はなつべき句調ならんや。調べをしらぬの甚き者也。さりとも引つらねては聞えずはこそあらめ、さて事もなき歌なるをや。

景樹の宣長批判のポイントは、第二句「野辺ごとに」がどこに掛かるかという点である。『遠鏡』には「下の句へかけて心得べし。来て見ればへはかゝらざる也」と記されている。ただし、これは宣長の注ではなく、横井千秋の注である。参考までに宣長の訳をあげておくと、「鶯ノナク野へ来《キ》テ見レバ　ドコノ野《ことに》モ〳〵　ウツロウタ花ヲ風ガ吹テチラスワイ　鶯ガ惜《シ》ガーツテナクノハダウリヂヤ」となっている。景樹が批判するのは「句調」や「調べ」を理解せず、「野辺ごとに来てみれば」を引き離して「野へ来テ見レバ　ドコノ野モ」と口語訳する宣長の解釈であることは間違いないが、それだけではなく、この歌の焦点がどこにあるかという問題であると考えられる。つまり、宣長が口語訳の末尾に敷衍した「鶯ガ惜《シ》ガーツテナクノハダウリヂヤ」という解釈は、この一首が鶯の視点で詠まれた歌であるという認識に基づいている。これに対して景樹は、この一首を「旅ゆく人」が詠んだという観点から歌を解釈すべきことを提唱しているのである。歌の調べを歌の解釈に適用するという手法もさることながら、何に焦点を当てるかという点の方が本質的であろう。そのような視点の違いを顕在化させたものが、歌の調べという、歌人の資質に関わる要素であったということは、宣長と景樹の注釈の根本的な相違を考える上で極めて重要な事柄であると言ってよかろう。

第四として、春下・一二四番歌を見てみることにしよう。

よしの川のほとりにやまぶきの咲りけるをよめる　　つらゆき

吉野川きしの山ぶきふくかぜにそこのかげさへうつろひにけり（春下・一二四）

岸なる山吹を吹かぜはさる水底までは至らぬを、同じく底のかげさへ散にけり、こはいかでとをさなくいへり。

○遠鏡に、吉野川ノ岸ナ山吹ヲ見レバ風ガ吹テチルガ其風デ川ノ水ガウゴクニヨツテ底ヘ移ツタ影マデガチツタワイといへるは非也。岸なる山吹はちらずはこそ、水のうごきに影は散たりともよみなすべけれ、本の花の散んには底の影も一つにちらん事論なし。水のうごくうごかぬを待べけんや。かつしか聞んには三四句のあひだに浪めく事なくては詞もたらざるをや。

吉野川の岸の山吹に風が吹くと、水底の影までもが散っているの意である。景樹は水底に映った姿が散るという趣向を「をさなくいへり」と評する。これは中世歌論に頻出する評語であり、理想に近い詠み方を評する語として用いられる。[11]景樹は岸の山吹と水に映る花の姿とがともに散る光景を「同じく」と記している。ところが、宣長は「川ノ水ガウゴクニヨツテ」という言葉を敷衍した上で、水底の影までが散ったと解釈しているのである。景樹が指摘するように、岸の山吹が散っていないのであれば、川波のために水底の花が散ったと言えるけれども、もとの花が散ったのであるから水底の花までも散ったというのは道理である。波が立つ立たないは関係がない、もしそうであれば、「波めく事」が詠み込まれていなければ駄目だという景樹の判断は正しい。宣長の敷衍は蛇足に過ぎなかったということである。

第五として、夏・一六八番歌を取り上げることにしよう。

みな月のつごもりの日よめる

夏と秋とゆきかふ空のかよひぢはかたへすゞしき風やふくらん（夏・一六八）

みな月はもとより熱暑にかれて水なきの名也。水なき河をみなせ川など云に同じ。さる水無月のつごもりいとあつき日しも、あすなん秋のふん月也ときくに、今夜しか秋と夏と行かはゞ、其秋の立くらんかたへは、やがて涼しき風や吹らんと秋涼をまちわぶるこゝろより、くれなん空をしかもおもひやれる也。

○遠鏡に云、今晩クレテユク夏ト来ル秋トイキチガウ空ノ通リ道ハソノ夏ノ通ツテユク片一方ハマダ暑ウテ秋ノトホツテクル片一方ハスヾシイ風ガフクデアラウカイと云るは非也。此歌は只涼しきをのみねがひて思ひやりたる炎熱の情思ふべし。夜といはで日とあるにも心を付べし。されば暑き方には其意なければ、片一方ハマダ暑ウテの一句不用也。しか引とりたる訳解に例せば、最初にア、暑イ事哉などおきて、末の余意に其涼イ風ガコ、ニモハヤクフイテコイデとか何とか有べし。只秋夏交替の上をことわりたるものと思へるは其意を得ざるものにて、いはゆる歌をときころすの罪のがれざるに似たり。

夏の終わりの日に、空の上では季節がすれ違うというユーモラスな趣向を詠んだ歌である。景樹は詞書の指し示す意味から説き起こし、今日の「熱暑」という見地から詠まれた歌であると規定する。そうすると、『遠鏡』が下句の訳として「片一方ハマダ暑ウテ」とする解釈は不要ということになる。宣長もここには傍線を付しており、意図的に敷衍しているのである。景樹にすれば、その敷衍は蛇足なのである。景樹の論拠は二点ある。一つ目はこの歌は「熱暑」を厭い、「秋涼」を待ちわびる思いから詠まれたものであるという点、二つ目は詞書に「つごもりの日」とあって「夜」ではないという点である。前者は先に見たので、後者を問題にしよう。景樹は「夜といはで日とあるにも心を付べし」と述べているが、なぜこのようなことに言及しているのかを考えてみたい。すなわち、六月晦日の夜であれば、宣長が想定しているように、この歌は「秋夏交替の上をことわりたるもの」と考えることもできるが、そうではないからである。「今晩クレテユク夏」と訳しているように、宣長は明らかにこの歌を六月晦日の夜のことと考えている。景樹の批判はそこにある。景樹は丁寧にも宣長の訳を添削し、最初に「ア、暑イ事哉」と始めて、末尾は「其涼イ風ガコ、ニモハヤクフイテコイデ」と結ぶことを提唱している。景樹は宣長が定めた土俵に上がってしっかりと勝負しているのである。潔い態度と言ってよかろう。最後に宣長の解釈を「歌をときころすの罪」と断じるのは手厳しい表現ではあるが、あらゆる観点から見て、景樹に軍配を上げざるを得ない。

景樹は『遠鏡』における訳や解釈を俎上に載せて、これを表現に対する繊細な感覚で見直すという方式で修正した。歌学者としての宣長に対して、歌人としての景樹という構図である。古今集を最も優れた歌集と考えた景樹の気迫が勝ったということもできよう。

四、簡便な増補版――山崎美成『頭書古今和歌集遠鏡』

『古今集正義』の出版から八年後、山崎美成『頭書古今和歌集遠鏡』が世に出た。天保十四年である。『頭書』は判型は小本、二十巻全八冊、天保十四年十月に丁子屋平兵衛ほか七書肆より刊行されている。第一冊巻頭と第八冊巻末に山崎美成の序跋が置かれている。『頭書』には『遠鏡』の「例言」から本文まで、巻頭の横井千秋の序文を除いて、すべて収録されている。本文の頭書には注釈が記されている。『頭書』はほぼ全面的に『遠鏡』を支持する姿勢を貫いていると言ってよい。「頭書」とは『遠鏡』を補強するために付された注釈のことである。そのことは末尾に付された跋文に明らかである。

此遠鏡は鄙言《ヒナコトバ》もてうつしとかれたること、まことに詞をみやびに証《アカシ》を引いでたらん注釈《チユウサク》よりははるかにまさりて、童児《ワラベ》にもとみにわきまへさとり易《ヤス》く、今さらおのれなどが言《コトバ》を容《イ》るべきことかは。枕詞序語は歌をとくにくだ〳〵しとて聊もいひ及ぼされず。されば猶便《タヨ》りよからんことをおもひて、くさ〴〵の書《フミ》どもより頭書を加《クハ》へたるは、諺《コトワザ》にいふ蛇《ヘビ》に足《アシ》をゑがけるの誚《ソシ》りあらんか。天保みづのとの卯ふみ月よししげ又しるす。

俗語訳は注釈よりもすぐれたものではあるが、『遠鏡』には「枕詞序語」についての説明が一切無い。それゆえ、蛇足のそしりを受けることを覚悟の上で、注釈書から抜き書きをしたというのである。つまり、『頭書』は『遠鏡』をほぼ丸ごと収録した上で、プラスアルファとして注釈を加えたものということになる。

　それでは、付け加えられたものはいかなるものなのか。美成はそれを「くさ〴〵の書《フミ》」と記すが、その実態を確かめてみることにしたい。すべての歌に頭注が付されているわけではないが、頭書欄に書き込まれた注釈の九十九パーセントが賀茂真淵『古今集打聴』であることが確認された。しかも、ほとんど文言も代えずに引用しているのである。ということは、ひとことで言えば『頭書』は、『遠鏡』に『打聴』を加えたものということになる。つまり、『頭書』は宣長の口語訳に真淵の注釈を加えた便利な作りである。そういう意味で、『頭書』は『遠鏡』受容史の上で、最も原書を尊重した注釈書であると言えよう。もちろん、当初の宣長の意図は、初学者のために注釈に代えて口語訳を付けたところに重点があるのであるから、極力排除した注釈を復活させるようなことは、あるいは『遠鏡』の精神に反するかもしれない。だが、簡便な注釈があるほうが絶対的に便利であるはずだから、注釈書としては完備している。『遠鏡』にも随所に宣長や千秋の注釈が付されていたことは銘記しておくべきであろう。

　ここで、『頭書』に書き込まれた『打聴』の注釈に言及しておく。『頭書』は文字通り頭注形式の注釈書であり、小本という判型から考えても書き入れられるスペースは限られる。『頭書』の実態を見れば、『打聴』から抜き書きしているものは次のごとく分類できる。

(1) 本歌や典拠の指摘
(2) 難解箇所の通釈
(3) 主に延言・約言による語釈
(4) 冠辞（枕詞）・よせ（縁語）・掛詞の指摘

以上のように、一首の歌を読む上で口語訳のほかに必要不可欠と判断される項目について、きわめてコンパクトにまとめたものが多いことを指摘することができる。単に抜き書きしただけと言われればそれまでだが、頭書スペースという規格に合う注釈を抜き出すのは、案外自分で注釈を付すのと変わらないくらい難しいものである。それは他人の文章の適切な要約が困難であるのと同じである。『頭書』が頭書欄に絶妙な注釈文を含んでいるのは、著者の山崎美成の学力レベルの高さに関わる問題かもしれない。いずれにせよ、宣長の口語訳と真淵の注釈という組合せによって、『遠鏡』は新たな読者を獲得したと言ってよかろう。残存する版本の多さがそのことを雄弁に物語っている。おそらく、口語訳という方法に拘泥した『遠鏡』よりも、適切な注釈を適宜取り入れた『頭書』の方が初学者にとって便利な注釈書だったのであろう。それは宣長が古道論を百首の歌に詠み込んだ『玉鉾百首』よりも、これに注釈を加えた稲掛大平『玉鉾百首解』の方が流布したことと同断である。[12]

さて、『遠鏡』は先行注釈として契沖『古今余材抄』と真淵『古今集打聴』を対象にして、適宜批判を加えている。だから『打聴』の注釈は、必ずしも『遠鏡』に全面的に合致するわけではないのである。九十九パーセントにも上る『打聴』の注釈はいかにして『遠鏡』と共存しているのか。まず、歌本文に異同がある場合は、「打聞には」として本文異同を明記している。それは実質的に二首に過ぎない。次に、『遠鏡』が『打聴』の説を批判している場合であるが、その箇所については『打聴』の注釈はすべて不採用となっている。あくまでも『遠鏡』に寄り添って採不採の判断を下しているということである。それは極めて合理的な判断であって、『頭書』の中で破綻することはない。注釈書として、整合性のある処置と言えよう。

次に、『頭書』に記された『打聴』以外の書き入れに問題を移そう。十例ばかりの箇所を整理すると、次の三つに分類することができる。

（1）宣長説の紹介（一例）

（2）真淵説の引用（四例）

（3）美成説の披露（二例）

『頭書』があくまでも宣長の著作を基盤としているものであることを考えれば、（1）宣長説の紹介があるのは当然と言える。だが、それは意外に少なく次の一例のみである。

しき島の大和とつゞくるよし、くはしく石上私淑言に見えたり。

これは「しきしまの大和にはあらぬ唐衣ころも経ずして逢うよしもがな」（恋四・六九七）についての注である。宣長自身はこれについて、上句を序詞として訳を省略するという処置を取っている。訳出という点ではそれで十分かもしれないが、和歌研究という点では物足りない気もする。美成はそのように考えたのであろう。この直前には、『打聴』から「上は序にて、しきしまは大和の地名也。しきしまの大和といひて、日本の惣名にいひなして唐とはつゞけたり」という注釈を抜き書きし、その後に当該の一文を続けているのである。ちなみに『石上私淑言』は宣長の生前には刊行されることがなかったが、文化十三年になって大平門の斎藤彦麿によって江戸（須原屋茂兵衛・英平吉）で刊行されている。美成の師である小山田与清が序文をしたためているところから、美成にとって『石上私淑言』はなじみ深い研究書だったと思われる。なお、当該箇所は刊本『石上私淑言』巻二にある。

次に、(2) 真淵説の引用に言及したい。それは次の四例である。

○若草はつまといはん冠辞也。春のわか草はめづらしくうつくしまるゝものなれば、夫婦《メヲ》にたとへたり。(春上・一七)

○あし引は山といはん為の冠辞也。あしび木のしび木は繁《シ》み木《キ》の謂也。さて山はさま〴〵あれど木の繁きをめづればすべて山の冠辞とはせしならん。(春上・五九)

○うつせみとは世といふ冠辞なり。こは顕《ウツ》しき身《ミ》の命顕《ウツヽ》の身の世とつゞける也。古今集のころに下りては即蝉《チセミ》のもぬけに譬《ヘ》てはかなき意にもいひなしたり。(春下・七三)

○ひさかたとは天《アメ》、雨、月、みやこなどいふ冠辞也。天のかたちはまろくてうつろなるを瓠《ヒサゴ》の内のまろくむなしきにたとへて瓠形《ヒサカタ》の天といふならんとおぼゆ。久かたのひかりのどけき春の日にてふは、空のひかりといはんがごとし。(春下・八四)

この四例はいずれも冠辞(枕詞)に関する注釈であり、「冠辞也」の後ろは『冠辞考』からの引用である。『打聴』の該当箇所には、「冠辞考を見るべし」などといった文言があるものもある。美成は真淵の指示に従って『冠辞考』を参照し、それを『頭書』に引用したものと思われる。美成は、真淵―春海―与清―美成とつながる県門国学者であったので、真淵の指図は特別のものと考えたことであろう。

第三として、(3) 美成説の披露を考えてみたい。繰り返し述べたように、『頭書』は宣長の口語訳に真淵の注釈を組み合わせたものであって、基本的には宣長と真淵の説が記されるだけである。そういった中で、二箇所だけ山崎美成本人のものとして披露された説がある。次の通りである。

○成案ずるに、ひさかたの説は久老が万葉考の日刺方《ヒサスカタ》の意といへるがまされるやうにおぼゆ。(春下・八四)

○成案に、熟字を一義に用ふること和漢ともにその例いと多し。左伝賜《ニ》二諸侯一使二臣妾一之唯命とあるは、臣と妾とふたつにあらず。源氏物がたりの雨夜の品定めの条に、なつかしきつまこと頼《マ》んといへるも、妾のことにて、子の義にあらず。また令義解、随園随筆にも説あり。猶委しくは金杉日記にいへり。今は概略を云《フ》のみ。（秋上・二二四）

「成」は美成と考えて間違いない。八四番歌はさきに（2）真淵説の引用のところで言及したものの続きであり、正確に言えば美成のオリジナルではない。真淵門弟の荒木田久老『万葉考槻乃落葉』の説（「日刺方」）を紹介し、これに賛同の意向を表明しているに過ぎない。引用のパッチワークのピースの一つに過ぎないと考えることもできる。だが、「成案ずるに」という編者が顔を出すのはそれなりの理由があるはずである。というのも、ここは「ある説に日《ヒ》刺方《サスカタ》の意といへり」として処理しておいてもよいところである。やはり、『冠辞考』を引用しつつ、これを訂正した『万葉考槻乃落葉』の方がよりすぐれた見解であると判断したがゆえに、その判断を編者の責任のもとに表明したのだと思われる。ここには美成の国学に対する真摯な態度がうかがえる。

そういった国学者としての本領が発揮されたのが二二四番歌に関する注釈である。これは「萩が花散るらむ小野の露霜にぬれてをゆかむさ夜はふくとも」の第三句「露霜」に関して、『打聴』に「露霜は所によりて露と霜と二つなるもあれど、こゝのさまにいへるは、秋更て露ながら霜をかねていふこと、万葉にみゆ。その時はつゆじもと霜をにごりてよむ例也」とあるところを引用した後で、自説を展開するという次第である。要するに、二字熟語は両字がともに意味を有するのではなく、上の字のみに意味があり下の字はただ添えるだけの役割だということである。『金杉日記』には、「妻子」（楽府・源氏物語）「臣妾」（左伝）「風雨」（易）「岩木」（うつほ物語）の四例を出して考証している。それらの例に共通する要素として、如上の属性を抽出している。なお、『金杉日記』の当該箇所は天保八年正月三日条であり、この頃の美成の関心のあり所を知ることができる。[13] ともあれ、『頭書』のこの箇所は珍しく美成が全面的に顔をのぞかせるところであり、いわば美成の肉声が注釈本文からうかがえるところであることを指摘しておくことにしよう。

以上検討したように、『頭書』は『遠鏡』に『打聴』を交えたものであるが、例外的にそれらの書籍以外からも適宜引用しているのである。それは『古今集遠鏡』受容史という観点から見れば補足に過ぎず、美成本人も言うように蛇足に過ぎないかもしれない。しかしながら、この『頭書』によって『遠鏡』は普及の次の段階に歩を進めることになったのである。近代になってからも『頭書』は文庫本サイズの二冊本として出版された。それは時として、本家の『遠鏡』を凌ぐ勢いであったと言ってよいかもしれない。

五、後進による総力批判——中村知至『古今和歌集遠鏡補正』

『頭書古今和歌集遠鏡』が出版された翌年に『古今和歌集遠鏡補正』が世に出た。天保十五年のことである。上下二冊より成り、『遠鏡』の中から五十五首を取り上げてコメントを付すというものである。(14) 本書の趣旨は見返し題の左側に次のように記されている。

> 此書は源知至大人教授のいとまに、古今集遠鏡の訳語のたらざる所あるをば補ひ、又漢の故事をよめる歌の解もらされたるをば、悉く儒書仏書の中より揚て出所を明らかにし、いさゝか誤あるをば正して大人の友に見せられしを乞得て、今たび梓にゑりたるになん。初学の人々、遠鏡を見る人、必読《ン》ずばあるべからざるの書なり。

源知至は俗姓中村、庄内藩士で、同じく庄内藩士の白井固の門弟である。白井固が足代弘訓の門弟であるから、鈴屋派の系譜に属する。その中村知至が古今集を講義するかたわら、『遠鏡』の訳出の間違いを正し、漢籍に基づいた注釈を補ったものである。ただし、この注釈には他にも多くの人物が関わっており、必ずしも知至の単著とはいえない。そのあたりから確認していきたい。まず第一に、知至の師である白井固に「鏡の塵」という注釈書があったごとくであり、その自序が『補正』に掲載されている。次の通りである。

本居大人の古今集遠鏡を見るに、げにちかくうつされて、はたくちぶりなど心せられたる、いとめでたく、初学のとく心えやすくおぼゆるものから、ゐなかうどの都ことばにならはぬけには、とみに聞とりがてなるふし〴〵なきにしもあらねば、見るまゝにかいしるして、猶ものしれらん人にとはんとて也。さるはまがのひれとかのまが〳〵しき心ならで、歌学のためにこの鏡をいよ〳〵あきらかに見まほしくてなん。

ことさらにちり打かくる遠鏡はらひて見せん人もこそまて　源固識

白井固が『遠鏡』の中の過誤を指摘することと、宣長が用いた当時の「都ことば」のニュアンスを正しく伝えるという二つの意図があるという。『遠鏡』の解釈の不備については後続する論難書が争って問題にするところであり、とりわけ特徴があるわけではない。むしろ、興味深いのは後者である。宣長が準拠した当時の「都ことば」は「ゐなかうど（田舎人）」には不明なところがあるというのである。これは社会言語学的な問題であるが、当時は地方による方言はことさらにきつく、その上階層によって用いる言葉も異なる。そのことを指摘していることは銘記すべきことである。それはともあれ、この「鏡の塵」に基づいて知至が『遠鏡』批判を記したのである。

それ以外にも足代弘訓や吉田令世、あるいは橘守部、天野政徳なども『補正』に参加している。そのことを守部は、次のように序文に記している。

もちの夜の月も、むら雲かゝりては、さやかならず。ますみの鏡も、ちりひぢゐては、あきらかならず。古鈴屋老翁のみがき出られたる、遠鏡なりて、千とせのむかしの、遠き世の歌の意も、中空の雲をはらひて、隈なき月を望むがごとなり来しは、偏に老翁がいさをになむ。しかはあれど、後より見れば、猶その鏡にも、のこる塵ひぢなきにあらじと、ゆふ月夜、出羽国の庄内県、青雲の、白井【源固《カタシ》】の翁、その塵をいさゝかきよめて、すなはち鏡の塵と、名づけたる一巻を、をしへ子、天地の、中村知至にあたへられぬ。知至ぬし、其心ざしを嗣て、猶遺れる塵を掃ひそへて、二巻となしたるをば、今は廿とせあまりのむかし、足代弘訓ぬしに、訂さしめて、一たび定りぬ。その後又、かの遠鏡に引漏せりし、故事によれる歌のかぎり、其出る所の書どもを、詳に引そへたるをば、わが里へも齎来て、守部にもよみ聞せられき。そをこたび、書屋が乞けるまに〳〵、ゆるし与へられぬとなり。かゝれば今はをさ〳〵残るちりもあらずして、更にみがける、ますみかゞみにむかふがごとく、はれし夜の月に望むがごと、なりぬらむかし。

天保十四年五月　　　東都　池室　橘守部

この序文によれば、白井固―中村知至―足代弘訓―中村知至―橘守部の順に手を加えたことが知られる。それを書肆の要請で上梓に踏み切ったというわけである。このような経緯を経て成立した『補正』は、重層的に『遠鏡』への批判的言辞によって構成されている。前節で検討した『頭書』がほぼ全面的に『遠鏡』を支持する立場で書かれているのに対して、『補正』は終始、批判的な態度で臨んでいると言ってよい。近接した時期に出された『遠鏡』関連書に有機的なつながりがあるのか、それとも単なる偶然なのか、詳らかにしないが、相次ぐ出版はそれだけ『遠鏡』の影響力が大きかったことを意味すると考えられる。『補正』を順に見ていきたい。

まず、春上・二番歌を見てみよう。

春立ける日よめる

袖ひぢてむすびし水の氷れるを春たつけふの風やとくらむ（春上・二）

○袖ヲヌレシテスクウタ水ノ氷テアルノヲ　春ノ来タ今日ノ風ガ吹テトカズテアラウカ

知至ひそかにいふ。訳のことばげにちかくうつされたるものから、もとより初学の心あさからんものにものせられたらめば、猶ときたらぬこゝちにこそ。袖ヲヌラシテスクウタ水とばかりにては、初学の心にむかし人のいかなることのならはしにか、さるわざはなせしなど〵おもひて、作者の心を汲とりがてなるもありぬべし。このうたの、夏すぎ秋さりたるも、いつしかに冬さへ暮て春立来り、ひと〵せのとく過しおもひを細にしらしむべきには、

去年ノ六七月ノ頃ニハ涼ミナガラノ手ナグサミニ袖ヲモヌラシテスクヒナンドセシ水ノ　冬ニ成テハ氷ツテアルノヲ　最早春ノ来タ今日ノ風ガ吹テ解スデアラウカ　サテモ〳〵年ノ過ギ来ルノハ造作モナイモノヂヤマア

この歌に対する知至の批判は、歌の解釈そのものではなく、その解釈をいかに訳出に反映させるかということにある。「袖ヲヌラシテスクウタ水」という逐語訳では初学者には舌足らずで不親切だというのである。そのままでは古来の慣わしがあり、何かいわくありげに見えるというわけだ。私訳を試みているのは、初学者への弊害を取り除くためなのである。これは宣長が『遠鏡』で実践しようとした試み、すなわち初学者に対する配慮を重んじる精神を補足しようとするものであり、批判的に継承する意図がうかがえる。末尾に「サテモ〳〵年ノ過ギ来ルノハ造作モナイモノヂヤマア」などと、歌にない言葉を敷衍して歌全体を流れる「作者の心」を代弁したのも、単なる非難ではないことを雄弁に物語っていると言ってよかろう。この嘆息にも似た心の声は、『遠鏡』の随所に挿まれる宣長の訳の延長線上にあるものだからである。ここに『補正』の基本的方針を読み取ることができる。この後に見る『遠鏡』批判は、そのことを前提に認識する必要があるだろう。

次に、春下・一二七番歌である。

　春のとく過るを読る　　　躬恒

梓弓春立しより年月のいるがごとくもおもほゆるかな（春下・一二七）

○古歌ニ梓弓春トツヾケテ読デアルガ誠ニ月日ガ早ウ立テ　矢ヲイルヤウニ思ハル、　春ニ成テカラマダ

何ノマモナイニ　サテモ〳〵早ウ立タヿカナ

とし月といへるは、まことはとしの暮の歌なればなるべし。春の暮の歌にては此詞いかゞ聞ゆ。

私に云、此梓弓といへるは、たゞ冠辞にして下の張と射るとを相むかへたる也。さのみ古事をふみてよめりともみえず。ことさらに古歌に云々などあるべきにあらず。かく冠辞を訳する時は前後の［一］［三］などせし例にたがひて、初学のまどふ事になん。又年月とあれば実は歳暮の歌なるを、誤て春につらねたりとするもいかゞ。作者躬恒撰者の一人にして己が歌を誤りて異部にいるべきや。よし後にあやまり入しとせんも、前のことばがきをもあやまりとせんか。凡詩歌の上には格調によりて理路にわたらざること常に多し。かゝはれりといふべし。

守部云、歳暮の歌とするはかゝはれり。我国の詞には相つらねていひならへることは、上下の語一つは用ありて、一つは用なきもの常に多し。古き文どもを見てしるべし。

「私に云」とは中村知至の言である。知至の論点は二つあり、一つ目は「梓弓」の機能であり、二つ目は歳暮の歌かどうかである。一点目は梓弓に続く詞章が古歌を踏まえて詠まれていることに対する反論である。たしかに、『遠鏡』原文では「古歌ニ」や「春トツヾケテヨンデアルガ」などの部分には傍線が引かれており、敷衍した文脈であることが明示されている。だから、必ずしも歌の表面に出す解釈ではない。つまり、踏まえられた先行歌があり、そのような歌が潜在的に存在するということを言っているに過ぎない。だが、そのことを割り引いても、あえてそのような歌を記す必要があるかどうか、疑問である。知至が批判するのは、「梓弓」が枕詞（冠辞）であることを指摘して、訳出しないことを指示しておきさえすればよいということである。それが初学者への配慮だというわけである。

次にこの歌を歳暮の歌とする説であるが、これを初めて指摘したのは『古今余材抄』である。契沖は拾遺集や古今和歌六帖には歳暮の歌として収録され、躬恒集にも師走の歌としている。宣長はそのことを根拠にして、第三句「年月」と詠んでいるのに結び付けて歳暮の歌としているわけである。これに対して知至は、躬恒が撰者であるから部立てを間違うはずがないし、詞書から見ても春部であると反論する。歌は「格調」が大事であって「理路」には深入りしないものだと言うのだ。そうして、「理路」にこだわった宣長の判断を「かゝはれり」と断じる。この「かゝはれり」とする評語は『補正』に頻出するものである。欄外に設けられた橘守部の評においても、追い討ちを掛けるようにそのことを「かゝはれり」と評している。歌の格調を見失って、理路に拘泥する姿勢を非難するのである。

同様の批判は秋上・一八四番歌にも見える。

木の間よりもり来る月の影みれば心づくしの秋はきにけり（秋上・一八四）

○木ノ枝ノ間カラモツテ来ル月ノカゲヲミレバ　広ウミルトハチガツテ　少シヅヽホカ見エネバ　サテ〳〵シンキナモノヂヤ　是ヲミレバ今カラ惣体モノゴトシンキナ秋ガ来タワイ

師云、訳のことわりとみに心得がたくおぼゆ。こゝはまた初秋の歌なれば、落葉などはせぬものから、夏木立のしげりたりしも今は秋といふきざしには、おのづから木の葉もすき、かつは月の光も少しはたがひて、さやかなるかたになり、木の間よりもり来るかげを見て、今よりはやうやくに心づくしなる秋かよと、はつかなるごとに感じて、行末をさへ縁におもひやりてよめるなるべし。さらば今秋になりてきら〳〵しくさやかなる月も、広う見るとちがつて、少しづゝほか見えねばにては、木の間といふにふかくかゝはれるにあらずや。

守部いふ、月に心をつくすのみにして、木の間といふは夏の頃は月にかゝらぬ樹も、秋と成ては月にかゝれる所などより、すぐに木の間とはいへる也。されば木の間と云を軽く見べき所也。新訳見得たり。

一八四番歌における初句「木の間」をめぐる議論である。宣長は上句を敷衍して「広ウミルトハチガッテ　少シヅヽホカ見エネバ　サテ〳〵シンキナモノヂヤ　是ヲミレバ今カラ惣体モノゴト」という説明を付け加えている。『補正』はこれに反論する。この歌は初秋の歌であるから、落葉はしないものの夏木立の繁茂というわけでもなく、秋の兆しが感じられるような風情であるということが大事であって、「木の間」という表現を拡大解釈し、木の葉に遮られてあまり月が見えないことが「心づくし（シンキ）」を助長するととらえるのは「かゝはれる」というのである。和歌を解釈する際に、和歌の言葉に徹底的に寄り添って、そこから新機軸を打ち出そうとする宣長を、辞句に拘泥し過ぎると切って捨てるわけである。守部もこれに対して「木の間と云を軽く見べき所也」と述べて、賛同の意を表明している。守部は「木の間」よりも「月に心をつくす」ということが歌の趣意であると考えているのである。なお、「師」とは白井固であり、この項目全体が固の見解であることを意味している。このことから、理路に拘泥する姿勢への非難は中村知至の発案ではなく、すでに白井固が評釈した時から始まっていたことがわかる。

第四として、秋上・二三〇番歌を取り上げてみよう。

女郎花秋のゝ風に打なびき心ひとつを誰によすらむ（秋上・二三〇）

〇女郎花ガ秋ノ野風ニナビクガ　誰ニ心ヲヨセテアノヤウニナビクヤラ

心ひとつはたゞ心といふことなり。

私に云、かくてはいかにぞや聞ゆ。又心ひとつはたゞ心といふことなりとは、いかなる故にか、しり得がたし。われおもふに、秋の野風といふに吹かたのさだめなきけしきをいひて、かくさだめなく打なびくは実情のうすき事よ、人は真情のたゞ一つなるものなるを、其たゞひとつなる心をあまたの人になびきよする本心や、など女のうへにとりなして歌とせる也。さればまた例の、

アノ女郎花ガ　秋ノ野風ノ吹マヽニ　ソチラコチラト誰ガ方ヘモ上《ウ》ハベニバツカリ打ナビキ気ノシレヌウハ気ナ女ヂヤ　サレド人間ノ実ナ心ハ唯一ツナルモノヲソノ本ノ心ハ誰ニヨスルデアラウ

かく見る時は、ひとつはたゞ心といふにはあらざるべし。こゝろひとつをの、をもじ、なるものを、のをの如くおもく見べきなり。

天野政徳云、新説宜なり。

守部云、宣長解たらず。新説見得たり。弘訓の両点宜也。心ひとつはおもひ一つといふがごとくして、ひとつといふに用あり。

この歌は訳と注釈にそれぞれ論点が一つずつある。『遠鏡』はこの歌を基本的に叙景歌と解釈し、俗語訳においてもそれが反映している。これに対して知至は「女のうへにとりなして歌とせる」という。すなわち、女郎花に浮気な女の面影を見て、それを二重写しにこの歌を解釈するのである。もちろん、そこには女郎花が女、風が男という見立てが存在するごとくであるが、それは古今集成立当時にはすでに共有されていた。そのことを明示すべきというのが知至の反論の一点目である。二点目は『遠鏡』の注釈部分で第四句「心ひとつ」を単に「心」と言い換えているところである。これに対して知至は「たゞひとつなる心をあまたの人になびきよする」と解釈し、「ひとつ」と「あまた」という歌には顕在化しない対比があるということを想定する。そうして、この隠れた対比を踏まえた上で、第四句を「唯一ツナルモノヲ」と訳出し、逆接的に接続させるのである。

　知至が指摘するこの二点は問題としてつながっている。つまり、女郎花が風に靡く姿の背後に多くの男に靡く女の姿をだぶらせるからこそ、「心ひとつ」という表現が重要になってくるからである。『遠鏡』が実にあっさりとした訳になってしまったのは、宣長の認識が歌のイメージの幅と奥行きを小さく見積もってしまったからである。知至の私訳の紙背にはそのような主張があったと思われる。なお、これに対しては天野政徳や橘守部、そして足代弘訓もまた賛同している。とりわけ、守部は「ひとつ」という言葉に「用（効果的な働き）」があると述べている。

『古今和歌集遠鏡補正』は編者である中村知至一人の著作ではなく、知至を中心とした歌学者の総力を結集して『遠鏡』を批判したものである。中には批判のための批判のようなものもあるが、それは『遠鏡』が批判するに値する偉大な注釈書であることを意味している。それはまた宣長の次世代による『遠鏡』受容の姿でもあるのである。

六、一点突破の批判――中島広足『海人のくぐつ』

中島広足は肥後藩士にして、長瀬真幸門の国学者歌人である。真幸が宣長門であるから、宣長直系の国学者ということになる。だが、広足は近世後期から幕末にかけて、危機の時代を縦横に活躍した活動家という側面もあり、さまざまな人物と積極的に交流している。それゆえ、宣長の孫弟子であるという事実は余り重く見ない方がよい[15]。中島広足は『遠鏡』に対してまとまった形で批判をしているわけではない。だが、折に触れて宣長説を修正したり、反論したりしているのである。ここでは嘉永三年刊『海人のくぐつ』の一項を見てみたい。対象となるのは古今集・冬・三一五番歌に対する『遠鏡』の訳および注釈である。

冬の歌とてよめる　源宗于朝臣

山里は冬ぞさびしさまさりける人めも草もかれぬと思へば（冬・三一五）

○山里ハイツデモサビシイガ　冬ハサベツシテサビシサガマシタワイ　人ノコヌ事ヲ人目ガカレルト云ヂヤガ　今マデハタマ〳〵見エタ人目モカレル　草モ枯《レ》タニヨツテサ　かれぬと思へばは、たゞかれぬればといふに同じ。思に意なし。此例多し。

宣長のこの解釈に対して、広足は「○とおもへばといふ詞」という項目で、次のように反論している。

今按に、此説はひがことなるべし。此歌にては、思へばといふ詞眼目也。そは人めもかれ、草もかれはてぬる冬の、身にしみてさびしくおぼゆる意也。此思ふは、必しもふかくおもひめぐらす意にはあらず。たゞ身にしみてしかおぼゆるをいへる也。もし人こゝろなからんには、人めのかれても、草のかれても、さびしくもあるべからず。山里のいつもさびしき中にも、人めも草もかれて、ことに冬のさびしくおぼゆる心、やがておもふといふ詞にあたれるなり。よく味ふべし。是を訳せんには、やがて、草モ枯タト思ヘバサ、として、こともなかるべし。

広足は、この歌の中で「思へば」という表現が一首の「眼目」であるとした上で、これを「草モ枯タト思ヘバサ」とでも訳出するのがよいと対案を提示する。広足の主張の勘所は、「思ふ」という語には、「ふかくおもひめぐらす意」と「たゞ身にしみてしかおぼゆる」意と二つあって、この歌では後者に当たるというのである。つまり、「思ふ」には「思考」の側面と「感情」の側面の二面があるということであろう。たしかに語義および用法を検討すれば、「思ふ」には「思考」と「感情」の二面があり、ここは上句の「冬のさびしくおぼゆる心」に通底する「思へば」であるから、訳出が不可欠であるとする議論には説得力がある。

広足の反論の周到な点は、ほかの多くの用例を吟味しているところである。しかも、広足は用例をすべて古今集から取って、反証を挙げている。

さて例おほしといはれたる、其例ども、皆此おもへばといふ詞眼目なる事、左にあげたる歌どもを見てしるべし。

〽古今ゆくとしのをしくも有かなますかゞみ見る影さへにくれぬとおもへば

遠鏡、此結句の訳には、此ヤウニオイクレテイクト思へば云々、と思といふ言をそへられたるを見るべし。

〽同 物ごとに秋ぞかなしきもみぢつゝうつろひ行をかぎりとおもへば

〽同 秋風にあふたのみこそかなしけれ我身むなしくなりぬとおもへば

此二首の訳にも、思へばといふ言をそへられたるよろし。さてはじめの歌の訳のあたらぬをしるべし。

広足が挙げた例では末尾の「思へば」に対して、宣長はこれを省略することなく訳出しているのである。これらの歌は、三句切れ（二句切れ）＋「と思へば」により構成され、意味的には倒置型という点でも、三一五番歌と共通性がある。この三例は「をし」や「かなし」といった感情の「思へば」なので、上句との連関により訳出が不可欠であるとする主張は正しい。そして、そのことを宣長自身が実践しているとする議論は導出過程の批判としても正しく、反証として完璧と言ってよいだろう。論敵の用いた証拠を逆用するのであるから、宣長が読めば、これにどのように反論するか、興味深いところである。

広足が用意周到なのは、ここで終わるのではなく、古今集以外にも用例を求めて、広く古典和歌の詠み方として定式化しようとする点である。次のような用例を並べている。

〽六帖 入日さす時ぞかなしきむらとりのおのがちり〴〵なりぬとおもへば

〽後撰 さゝがにの空にすがけるいとよりもこゝろぼそしやたえぬとおもへば

〽同 ちはやぶるかみな月こそかなしけれわが身しぐれにふりぬとおもへば

〽拾遺 有明のこゝちこそすれさかづきに日影もそひていでぬとおもへば

〽後拾遺 おもふこと今はなきかなでしこの花さくばかり成ぬとおもへば

これらの歌、おもへばといふ語を、はぶきても聞ゆるやうなれど、さては余情なくなりて、歌のあぢはひをうしなへり。かゝれば此語は其歌の眼目なる事をしるべきなり。さて右の歌どもは、おほかた畢ぬのぬ

よりと〻受て、既に然る事をいへる也。【うつろひ行を云々、一首はあらかじめいへることばなり。】

古今和歌六帖や後撰集をはじめとする勅撰集から用例を挙げ、それらの歌の「と思へば」の受けるものの共通点として、「畢ぬのぬ」の存在を指摘する。つまり、完了の助動詞によって結ばれている事柄（既に然る事）を受けているというのである。このことは、すでに起こってしまったことを取り返しの付かない事柄として認識し、これを身にしみて思い出すという定式が和歌の詠み方にあったということを意味する。割書の「うつろひ行を云々」とは、先に引用した古今集・秋上・一八七を指し、「と思へば」の受ける中身に完了時制はないけれども、すでに確定した事柄であることを強調しているのである。つまり、「と思へば」には、完了した事柄を受けるという属性があるという法則の確認である。

広足はこれ以外にも「と思へば」の受ける内容について追究し、次のように述べている。

また、未だ然らぬ事をおしはかりいふ意より、と〻受たるは、ことに多きを、そはおもへばといふ語の要ある事、あらはに見えたれば、たれもうたがふことなかるべし。

古今 〽かつ見れどうとくもあるかな月かげのいたらぬ里もあらじとおもへば

同 〽みわの山いかにまち見むとしふともたづぬる人もあらじとおもへば

同 〽君がおもひ雪とつもらばたのまれず春より後はあらじとおもへば

同 〽せみの声きけばかなしな夏ごろもうすくや人のならんとおもへば

同 〽しら川のしらずともいはじそこきよみながれてよ〻にすまむとおもへば

同 〽万代をまつにぞ君をいはひつる千とせのかげにすまむとおもへば

これらの歌には、遠鏡の訳に、すべて、思ヘバ、存スレバ、料簡ナレバ、などいふ語をそへられたるは、其意のあらはなるが故也。

「と思へば」は、完了した事柄だけでなく、未確定の事柄についても受けるという。それは推量の助動詞「む・じ」によって結ばれる事柄を受けて、未確定の事柄に思いを馳せ、そのことがある種の感情と響き合うという定式をうち立てるのである。このように多くの用例から一定の用法を抽出することは、宣長の批判からスタートしてはいるが、宣長の精神を受け継いでいると言うことができよう。

ところで、宣長が『遠鏡』の中で「と思へば」の訳出無用論を展開しているのは、本節冒頭に取り上げた三一五番歌だけではない。次のように、一三〇番歌において、すでにそのことに言及しているのである。

春を惜みてよめる　　　　もとかた
をしめどもとゞまらなくに春霞かへる道にしたちぬと思へば（春下・一三〇）

○春ヲ惜ムケレドモ　モウシ－ヨセントマリハセヌ　春ハモウタツテイヌル道ヘ旅ダチシタレバ　トマラヌハヅヂヤ　霞は、たつの縁にいへる也。結句は、たゞたちぬればといふ意にて、思には意なし。すべて思又いふといふ詞を、そへていへる例つねに多し。思へばを、春の思ふと見たる説は、わろし。

通釈は省略に従うが、宣長は結句を「旅ダチシタレバ」として、「と思へば」の訳出を割愛した理由を説明している。この歌は「と思へば」が用いられた古今集の初出歌である。それにもかかわらず、広足はこの歌ではなく、三一五番歌を取り上げて反論を始めている。それだけではなく、この歌はとうとう最後まで用例に引かれることすらないのである。このことは考える意味がある。

この歌の場合、「と思へば」が受けるのは「たちぬ」なので、広足の分類に従えば、第一の範疇に属する。だから、そこに引かれていても不思議ではない。むしろ、当然用例として引用されるべきものと考えられる。だが、そのようになっていないのは、この歌は広足が「たゞ身にしみてしかおぼゆる」と述べる感情の歌ではないからではないだろうか。つまり、「春霞かへる道にしたちぬ」というのは、春が帰路に発つ道に霞が立つという掛詞を用いた理知的な表現なのである。そういう意味で、この「思へば」は「ふかくおもひめぐらす意」、すなわち思考的側面で把握されるものである。広足の論理に従えば、思考的側面の「と思へば」は必ずしも訳出を必要とするものではないということになる。広足がこの歌を用例からあえて外したのはそのような経緯があったと考えることができる。一見筋が通っているように見える広足の宣長批判も、このようによくよく検討すれば論理の綻びが見えるのである。もちろん、このことは広足の『遠鏡』批判の瑕疵ではあるが、致命的な欠陥とまではいえない。大筋の法則は正しいのであり、例外に対する説明を省略したに過ぎないと判断してよかろう。

七、結語

『遠鏡』は宣長没後もさまざまに受容され、いろいろと批判や修正を受けながらも読み継がれた。その平易な口語訳と適切な略注によって、幕末維新期を越えても古今集が読まれる時には座右に置かれることが多かった。桂園派の残党が御歌所歌会を席捲していたことも幸いして、依然として古今集が歌人にとって正典であった。ところが、正岡子規が登場し、「歌詠みに与ふる書」(明治三十一年二月)を連載し出してから事態が一変した。「貫之は下手な歌よみにて古今集はくだらぬ集に有之候」という発言は、大変な反発を受けるとともに強烈なインパクトを与えた。ある種のパラダイム・チェンジが起きたのである。古今集に取って代わって、万葉集が正典となった。万葉集はあたかも近代国民国家統合の象徴として機能したのである。[16]

もちろんその後も古今集は読まれ、研究もされた。金子元臣が『古今和歌集評釈』を刊行したのは、明治三十四年一月であった。何度も修訂を繰り返して増刷されたのであるから、世の中に受け入れられたと考えて間違いない。その総論に『遠鏡』は「良好の書」として紹介されている。近代に入っても享受されたということである。

そして基本的にはその精神は受け継がれ、厳密に解釈しながらも、初学者のために口語訳を付すというシステムは現代に至るまで踏襲されることになるのである。

注

（1）『玉勝間』二の巻「おのが物まなびの有しやう」（『本居宣長全集』第一巻、筑摩書房）参照。以下、本章所引の宣長の文章は筑摩版全集による。
（2）『排蘆小船』〔五九〕。
（3）『うひ山ぶみ』（オ）。
（4）岩田隆「本居宣長年譜」（『宣長学論究』、おうふう、二〇〇八年三月）参照。
（5）拙著『本居宣長の思考法』（ぺりかん社、二〇〇五年一二月）第一部第五章「俗語訳の理論と技法――『古今集遠鏡』の俗語訳」参照。
（6）伊藤雅光「「古今集遠鏡」・「古今和歌集鄙言」間の剽窃問題について」（『国語研究』四十五号、一九八二年二月）参照。
（7）寛政七年正月二十日付横井千秋宛宣長書簡。
（8）寛政八年六月二十八日付伊達氏伴宛宣長書簡。
（9）寛政八年十月二十六日付本居春庭宛宣長書簡および「著述書上木覚」。
（10）滝沢貞夫編『古今和歌集正義』（勉誠社、一九七八年一二月）「解説」参照。なお、『正義』の引用は天保六年刊本によったが、清濁と句読点は適宜付した。
（11）『毎月抄』に俊恵の「ただ歌はをさなかれ」という文言が記されており、近世歌論においても頻繁に言及されている。
（12）拙稿「国学研究にとって和歌とは何か――本居宣長『玉鉾百首』をめぐって」（『江戸の文学史と思想史』、ぺりかん社、二〇一一年一二月）参照。
（13）『金杉日記』は『続燕石十種』第三巻（中央公論社、一九八〇年九月）に所収されている。
（14）山本淳「中村知至著『古今和歌集遠鏡補正』の訳文について」（『山形県立米沢女子短期大学附属生活文化研究所報告』三十三号、二〇〇六年三月）参照。なお、引用に際して石川裕子他「中村知至『古今和歌集遠鏡補正』翻字と解題」（『文献探究』四十六号、二〇〇八年三月）を参照した。

（15）白石良夫『江戸時代学芸史論考』（三弥井書店、二〇〇〇年一二月）および岡中正行『中島広足の研究』（私家版、二〇一一年一一月）参照。

（16）品田悦一『万葉集の発明——国民国家と文化装置としての古典』（新曜社、二〇〇一年二月）参照。

第三章　『新古今集美濃の家づと』受容史

一、本居宣長と新古今集

本居宣長は歌学を志した最初期から晩年に至るまで、一貫して新古今集を最も優れた歌集であると考えていた。賀茂真淵に入門し、万葉至上主義を教え込まれた後も、変節することがなかったのである。古風歌（万葉風の歌）も申しわけ程度に詠んでいるが、後世風歌の方が圧倒的に多い。[1] 新古今集の研究や門弟への指導も熱心におこなっている。

宣長の最初のまとまった著作とされる『排蘆小船』に、新古今集に関して次のように述べている。[2]

　サテ新古今ハ、此道ノ至極セル処ニテ、此上ナシ。上一人ヨリ下々マデ、此道ヲモテアソビ、大ニ世ニ行ハル、事、延喜天暦ノ比ニモナヲマサリテ、此道大ニ興隆スル時也。凡歌道ノ盛ナル事、此時ニシクハナシ。歌ノメデタキ事モ、古ヘノハサルモノニテ、マヅハ今ノ世ニモカナヒ、末代マデ変ズベカラズ。メデタクウルハシキ事、此集ニスギタルハナシ。

万葉集をはじめとして八代集に至る和歌史を見渡した上で、新古今集を至高の歌集であると断定しているのである。そこでは新古今時代が最も和歌が隆盛を極めた時代であったということと、この時期に詠まれた和歌が史上最も優れた和歌であったという二点に言及している。また、『排蘆小船』の執筆と前後して、宣長は版本『新古今集』（宝暦八年十月）、加藤磐斎『新古今増抄』（明和二年十一月）、東常縁『新古今聞書』（明和七年正月）を購入している。(3) 本格的に新古今集の研究を始めていたことがうかがえる。新古今集に関する造詣はこうして深められていったのである。始発の段階で築かれた、このような和歌史観は終生変わることがなかった。宣長晩年の入門書『うひ山ぶみ』では次のように述べている。

　新古今集は、そのころの上手たちの歌どもは、意も詞もつゞけざまも、一首のすがたも、別に一《ツ》のふりにて、前にも後にもたぐひなく、其中に殊によくとゝのひたるは、後世風にとりては、えもいはずおもしろく心ふかくめでたし。そも〳〵上代より今の世にいたるまでを、おしわたして、事のたらひ備りたる、歌の真《マ》盛《サカリ》は、古今集ともいふべけれども、又此新古今にくらべて思へば、古今集も、なほたらはずそなはらざる事あれば、新古今を真盛といはんも、たがふべからず。然るに古風家の輩、殊に此集をわろくいひ朽《クタ》すは、みだりなる強《シヒ》ごと也。おほかた此集のよき歌をめでざるは、風雅の情をしらざるものとこそおぼゆれ。

新古今至上主義は『排蘆小船』の時から基本的に変わりはない。一つ異なっているのは、新古今集を批判する「古風家の輩」に対して反論している点である。「古風家の輩」とは、広義には万葉集を信奉する派閥であるが、端的に言えば賀茂真淵のことを指すと考えて間違いない。真淵の薫陶を受けなかったのではなく、それを自らの中に取り込んだ上で歌論を構築したのである。その結果、新古今集を最上とする強靭な歌論となった。

新古今集に対する尊崇の念は、和歌史の研究にとどまらず、門弟への教育指導の面でも発揮された。次のように宣長は通しで二回、鈴屋で講義をおこなっている。(4)

第一回　明和三年三月二十八日―明和六年十二月四日（八の日の夜）

第二回　天明七年一月十六日―寛政三年十月十八日（六の日の夜）

この二度目の講義に出席していたのが、美濃国大垣の門弟、大矢重門であった。重門がこの講義に出席したことが、『新古今集美濃の家づと』の成立に大きな役割を果たしたのである。『美濃の家づと』の自序に次のように記されている。

大矢重門が物まなびに、美濃国より来居て、何くれととひける事どもの中に、此集の歌どもの心ばへをなん、ことにこまやかにとひたづねたるに、さとしあげつらひたる趣を、おなじくは国にかへらむ家づとに、書しるしてえさせよとこへるまゝに、かきてあたふ。

この序によれば、重門が美濃国に帰る時の「家づと（土産）」に持たせたのが『美濃の家づと』であった。また、『石上稿』にはこの時に詠まれた歌が収録されている。

大矢重門がみのの国に帰るに、新古今集の抄をかきてあたふとてそへける歌

これをだに家づとにせよいせの海かひはなぎさのもくずなり共

これは寛政二年三月頃に詠まれた歌と考えられる。[5] その詞書から当初は「新古今集の抄」と称していたことがわかる。名称はともあれ、『美濃の家づと』の原形は寛政二年三月に成立していたのである。それが最終的に寛政七年十月に刊行されるまでに、いくつかの問題が起きた。門弟の加藤磯足宛の書簡には次のようにある。

一、新古今みのの家づと之義、大垣重門段々望ニ付、愈開板之積りニ而、則大垣ニ而板下被二相認一候筈ニ御坐候。重門ニも病中之義ニ御坐候へバ、右之世話出来可レ申哉いかゞ。無二心元一奉レ存候へ共、段々所望故致二許諾一候義ニ御座候。何分遠方之事故彼方之様子相知れ不レ申候。乍二御世話一可レ然様ニ被レ添二御心一、御相談被二成遣一可レ被レ下候。重門病中之事故、返々無二心元一奉レ存候。惣体開板之事書林まかせニ致し置候而ハ、甚不都合之事共御坐候義ニ御座候。返々宜様御相談被レ下度奉レ頼候。（寛政四年閏二月二十四日付書簡）

重門の希望によって刊行することは決まったが、当の重門自身が病気のために板下作製が捗らなかったというの

である。そのために事態が進捗していないことに、宣長は苛立っている様子である。書肆に任せっきりにしておくと、いつまでたっても出来ないので、こちらで主導権を取ることを提唱している。磯足はこの件で宣長の相談相手であったごとくであり、当初からこのような文面の書簡を受け取っていた。なお、磯足は版本『美濃の家づと』に序文を寄せている。

寛政五年になっても、あまり進捗していない。

一、新古今註、上木いまだ出来不ㇾ申候。まだよほど間とり可ㇾ申候。（寛政五年正月二十三日付辻守瓶宛書簡）

宣長の苛立ちが伝わってくる文面である。ところが、寛政五年も下半期には重門も板下の作業に復職できたようである。次のような書簡がある。

一、家づと板下漸一巻出来ニ付被ㇾ遣、一見いたし候処、甚きれいニ出来申候而致二大慶一候。筆者近来多用ニ付はかどり不ㇾ申候段、一巻づゝ出来次第、追々彫刻ニ御掛り可ㇾ被ㇾ成候。板下全部出来を待候而彫刻ニ掛り申候而ハ、又々彫刻もはかどり申間敷、左様ニ而ハ全部板行出来之期ハ、いつとも難ㇾ計候。左候ヘバ、板下一巻ヅヽ出来次第、追々彫刻ニ御掛り被ㇾ成可ㇾ然奉ㇾ存候。

一、右板下相考申候而、句読幷ニ濁りなど付申候。且又少々書改可ㇾ申処々三ヶ所有ㇾ之、付紙致し遣申候。

（寛政五年九月二十一日付大矢重門宛書簡）

たった一巻ではあるが、板下の出来に満足している様子が文面からうかがえる。句読点や清濁などを付すなど、若干の修正は要するが、おおむね下板することを許容している。しかしながら、今度は宣長の側の事情により板下確認に支障が出ているごとくである。『古事記伝』の追い込みのために時間が取れないことが大きいと考えられるが、それ以外にもこの時期には複数の書籍出版を抱えていたことも要因と考えられる。[6] いずれにせよ、脱稿から出版までに時間がかかったが、『美濃の家づと』は単なる歌集の注釈ではなく、宣長の美意識の反映でもあったのであり、宣長にとって会心の自信作であったと考えられる。

二、師弟問答――柴田常昭・稲掛大平・芝原春房

『美濃の家づと』は寛政二年三月には一通り成立していたが、それが刊行されたのは寛政七年十月のことであった、その間の事情は前節で見たとおりであるが、出版に時間がかかった分だけ、刊行前の稿本が門弟の目に触れる機会があった。門弟が『美濃の家づと』を見て、これに対して疑問を持ち、その疑問を書き付けたが、それを入手した宣長は丁寧に回答したのである。そのようなものが三種類存在する。次のごとくである。

（1）柴田常昭問・宣長答『美濃の家づと疑問評』
（2）柴田常昭問・稲掛大平答『同疑問評論の評』
（3）芝原春房問・宣長答『芝原春房が疑問評』

この三種類の師弟問答を検討して、鈴屋社中における『美濃の家づと』の享受の有り様を見てみたい。

（1）柴田常昭問・宣長答『美濃の家づと疑問評』

宣長の門弟である柴田常昭が寛政三年正月に『美濃の家づと』の稿本を対象として『新古今集美濃の家づとの疑問』を執筆した。検討の対象は春上所収の十一首に過ぎないが、宣長説を詳細に分析して、丁寧に批評し、率直な疑問を記したものである。これに対して宣長が評を加えたものが『美濃の家づと疑問評』である。『美濃の家づと疑問』には柴田常昭の序文が付いており、常昭の執筆意図を知ることができる。次のごとくである。

これはゆめ師の説をもどきて、みづからの言をたてんとにはあらず。近き比上田秋成などいふもの、師の説を破らんとひまをうかゞへば、もし百にひとつもふかく心をもちひ給はぬかたはしもあらば、とがめ出つゝ

いひほこらん事のにくければ、つたなきをわすれておどろかし奉るなり。しかはあれどやつがれがかくおもふは、はふ虫の大空をかける鳥を見て、つばさあるをもえしらぬはかなき心から、いとあやふがり居たらんなどにやひとしかるべき。あなかしこ。

常昭は師説を反駁するためにこのような論難書を執筆したわけではない。他人が本書を見て論難する前に、あらかじめその難点を知らせておこうとしたのである。秋成の件りは藤貞幹『衝口発』を発端にして展開した『呵刈葭』論争を指す。とりわけ、天照大御神が太陽であるとした古伝説を信じる宣長に対して、あらゆる観点からこれを否定した秋成という構図である。[7] この論争は宣長および鈴屋社中からは、秋成が難癖を付けてきたと見えるというのである。常昭とすれば、秋成の二の舞は踏まないというわけである。本節で検討する、鈴屋社中による批判書は常昭の精神を継いでいると言ってよい。

それでは、『美濃の家づと疑問』および『同評論』はどのようなものか。巻一・春上の巻頭歌を俎上に載せて考えてみたい。まず、『美濃の家づと』における宣長の注釈を見てみよう。

春たつ心をよみ侍ける　摂政太政大臣

みよし野は山もかすみてしら雪のふりにし里に春は来にけり（春上・二）

めでたし。詞めでたし。初句はもじ、いひしらずめでたし。のともやともあらむは、よのつねなるべし。

詞に対する絶賛から始めているが、注釈のポイントは「みよし野は」の「は」文字である。「みよし野の」や「みよし野や」というのであれば平凡である、というのである。簡潔な表現ながら、要点を押さえた指摘と言ってよかろう。これに対して常昭は次のように記している。

常昭云、のともやともあらんはよのつねなるべしとあれども、のといひては、みよしのの山とつづく故に初句はひたすら山へのみかゝる也、さては下の里といふ事、吉野をはなれての他処《アダシトコロ》にもなりぬべし。たとへばよしの山も霞たるまゝに、此里《ノ》にも春は来にけりといふ意にて、吉野山のみゆる地《トコロ》ならば、いづこの里にもなりぬべし。やといはんにはさる難は見えねど、山のやとかさなりて聞よくもあらず。よりてこゝは誰《ガ》よむにも、必みよしのはとよむべくこそおもはるれ。みよし野はといへるは、ひろく吉野を指ていひ置て、さてその吉野は、山も霞て里にも春は来つといへる意なれば、みよし野はとことわり置べき也。山家をよめる歌に、山里はといひ出たる歌どもも、今と同じ格おほかり。作者の粉骨にはあらざるべし。いひしらずめでたしとあるは意得ず。

初句「みよし野は」について、「みよし野の」と「みよし野や」をそれぞれ具体的に検討している。「みよし野の」とした場合、山は吉野山であるが、里は必ずしも吉野の里にはならないからである。また、「みよし野や」とした場合、次の山と「や」の音の重なりが耳障りであるという。だから「みよし野は」でなくてはならない、というのであるが、ここからが宣長と見解が異なるところである。誰が詠んでも「みよし野は」としか詠み得ないものであるから、宣長がいうように「いひしらずめでたし」とするのは間違いであるというのである。この批判に対して、宣長は次のように記している。

スベテ皆御考《ヘ》ノ如シ。故ニはモジノメデタキ也。山里ハナド云ハツネノ事ニテ、誰モヨメドモ、みよし野は山もトハ人ノエイハヌ事也。此歌ヲ見テコソ、必はト云ベキ所也ト心ツケドモ、此歌ヨムトキニアタリテ、はトハエイハヌ所也。

「スベテ皆御考《ヘ》ノ如シ」というのは、常昭が検証した「みよし野は」に関する議論全体を指す。それを宣長はすべて肯定するのである。その上で「故ニはモジノメデタキ也」として『美濃の家づと』の主張を繰り返すのである。常昭の導出過程における議論は論理的に正しいが、その結論とするところは間違っているというわけである。要するに、この歌において「みよし野は」でなければならないと思うのは、この歌を検討した結果であって、この歌を詠む時にそのように詠むことはできないというのである。つまり、ここは「みよし野は」以外には考えられないが、誰もが「みよし野は」と詠めるわけではない、そこがすばらしいというわけだ。宣長は常昭の議論を尊重しながら、その結論には同意しない。むしろ、常昭の議論を逆用して自説を補強していると言ってよいであろう。それは『美濃の家づと』の注釈（注疏）のようなものなのである。

（2）柴田常昭問・稲掛大平答『美濃の家づと疑問評論の評』

稲掛大平は父の代から宣長の古参の門弟であり、この後寛政十一年には本居家に養子入りした人物である。宣長没後には、失明した春庭に代わって本居家を相続した。すなわち、大平は宣長に最も近い門弟ということになる。稲掛大平の『美濃の家づと疑問評論』は、常昭の議論を逐一詳細に検討する。そうして基本的に『美濃の家づと』を支持する立場を取るのである。『美濃の家づと疑問評論』には稲掛大平の跋文（寛政三年三月四日付）があり、大平の見解が吐露されている。『美濃の家づと』について、次のように述べている。

此集の歌はしも、あるが中にいみじう高くかすかなるがおほきに、それに打あひて師のちうしやく、はたいと高くことすくなに歌のさまさだし給へるも、いとかすかに上手めいてなんかい給へれば、大かた見ん人、ふとはわきまへがたかめるに、ましていとあさはかなる初学どものいかでかさだかにはさとりうべからむ。つねにねんごろにさとし給へるをだに、ともすればひが心得するならひを。

新古今集は高雅な歌が多いのに加えて、師宣長の注釈は簡潔に記している上に専門的な言葉遣いなので、慣れている者でも理解するのが難しいが、初学者には無理かもしれない、というのである。そのような『美濃の家づと』の難点を克服するためには、これを解説するものが必要になる。これに続けて大平は言う。

されど、こたび柴田ぬしのこの書出《カキイデ》られたるをちく〳〵を見れば、さもやとおもひよる事もあり、又いかにぞや覚ゆるふしぐ〳〵もまじれるに打かたぶかれて、いとゞうかみたる事どもいひならべたる、いとをこがましけれど、よしやとてかくなん。さるは、いまだしき人の注尺などは、むげにうべなひがたき事有《り》と見る〳〵も、物にかいつけてろんじなどせん事は中々なることもこそと、よそ人のそしりをはづかしくかしこき師の名をさへくたさん事と、つねに口ふたがる心ちして、さるわざもえ物せぬを、これはいみじきひがことなりとも、まだいといふかひなしやと師の見、わらひ給はんばかりよと、中々心やすくて、かくおふけなきことどものかい出られたるなりけり。

柴田常昭の『美濃の家づと疑問』は、なるほどと納得できるところもあれば、不審に思うところもあるのが不思議で、いい加減なことを並べるのはおこがましいことであるが、仕方がないと思ってこのようなものを作った。それというのも、未熟な者の注釈は全く同意できないことがあると思っても、物に書き付けて反論するようなことはかえってよくないと、他人から誹りを受けるのを恥ずかしく思い、また畏れ多い師の名声までも汚してしまうことだと、あきれて物も言えなくなる気がして、そのようなこともできないでいたが、たとえこれがひどい間違いであっても、まだ取るに足りないことでもあるまいと思って、師が笑いながらご覧になるだけだと、かえって気楽な思いになって、このように差し出がましいことを書き出した、というのである。かなり持って回った言い方であるが、そのことが偉大な師とその許にいる門弟との間の微妙な関係を如実に物語っているということもできよう。具体例を確認することにしたい。先に『美濃の家づと疑問評』で検討した春上巻頭歌を見てみよう。次のごとくである。

疑問ニ、のといひては下の里と云こと、吉野をはなれて他所の里にもなりぬべしト云《ヒ》、又、やと云たらんには、歌の意にはさまたげなけれども、山のやにかさなりて聞よくもあらずト云、又、こゝは必たがよまんにも、はといふべき所也トイヘルモ、又作者の粉骨にはあらざるべしト云ルモ、一ワタリサル事也。サレド論ズル所ミナ僻言也。家づとニ、のともやともあらんは云々　トアルヲ、イカニ心得ラレタルニカ。是ハ此歌ニ正シク指当テイヘルニアラズ、大ヨソニシテイヘル意味也。俗ニイハバ、の共や共あるのならば、よのつねなるべしト云意也。ソモ〳〵家づとニ、はもじめでたしトアルハ、みよしのは山もかすみてトイハデハ叶ハヌ所ニシテ、而シテ自然《ン》ト口調ノ絶妙ニスグレタルヲ云也。のト云テモやト云テモヨキ所ヲ、作者ノハタラキニテはト云タランヲ、めでたしトホメタルニハアラズ。凡テ師ノメデタシ〳〵ト常ニイハル、ハ、口調ノイサ、カモトゞコホリナキヲ最第一トハセラルル也。今試ニ此歌ヲ打返シ〳〵数遍吟ジミルベシ。三十一字ノ間、露バカリモトゞコホル所ナク、吟ズルガ中ニ腹中モスガ〳〵シクナル意地セラル、也。めでたしト云ハ、カヤウノ境界ヲ云ナルベシ。

大平は丁寧に『疑問』の論理を追いながらも、批判の言葉は辛辣であり、「論ズル所ミナ僻言也」という。『美濃の家づと』が「のともやともあらむは、よのつねなるべし」というのは、この歌において初句を「みよし野の」や「みよし野や」と詠む可能性があったにもかかわらず、それを選択しなかったのではなく、一般論として示したに過ぎないというのである。「みよし野は山も」と詠むことは掛け替えのない語法であって、さまざまな選択肢の中からこのフレーズを選んだのではないという。この議論は宣長の評と共通するところである。そのあとの議論はひたすら宣長の注釈を称賛することに費やされている。

以上で見たように、常昭の『疑問』や大平の『疑問評論』は結果的に『美濃の家づと』の指摘を裏付けたり、補強したりしていると言うことができよう。他の十首においても、事情は変わらない。もちろん、中には大平が『疑問』の説に賛同するものもあるが、大局的に見れば、常昭や大平は宣長をバックアップするために筆を執ったと見なすことができる。

（3）芝原春房問・宣長答『芝原春房が疑問評』

芝原春房は津在住で、寛政二年に宣長に入門している。柴田常昭とも親しく、当該書を執筆したのは常昭との関係があると思われる。孤本とされる静嘉堂文庫蔵本が常昭の『美濃の家づと折添疑問評』と合綴されていることもその裏付けとなる。ともあれ、『芝原春房が疑問』は新古今集三十四首を対象にして、これに自説を記し、加えて『美濃の家づと』に対する意見を述べている。その多くは本歌や類歌に関わる指摘である。宣長のコメントを含めて検討したい。

夏・二六三の西行歌について、まず『美濃の家づと』を見てみよう。

よられつる野もせの草のかげろひて涼しくくもる夕立の空（夏・二六三）

下句詞めでたし。初句は、夏の暑き日影に、草葉のよれしゞみたるをいふ。かげろひてといへるにて、はじめ日影の甚しかりしことしられ、すゞしく曇るといへるにて、おのづから、草葉のもとのごとくのびて、こゝちよげなるほど見えたり。

下句を称賛するところから始めているが、そのあとは各句の解説に意を用い、最終的に一首の趣意を説くことに及んでいる。これに対して春房は次のように記している。

家隆卿、夏の日をたがすむ里にいとふらむすゞしくくもる夕立のそら、いづれかさきなりけむ。

家隆の「夏の日を〜」の歌を指摘し、その先後関係についての疑問を呈している。先後はさておき、「涼しく曇る夕立の空」という下句が共通していることは重要である。宣長はやはりそのことを重視したようで、次のようなコメントを書き入れている。

此家隆卿ノ歌ハ何ニアリヤ、オボエズ。必引テ論ズベキ歌ナリ。

自分が称賛した下句が共通する歌に関心を示し、『美濃の家づと』に引用すべき歌と認定しているのである。この歌は『六百番歌合』に載る歌であり、西行歌に影響を受けた歌とされる。なお、「涼しく曇る」は『詠歌一体』に制詞とされている。宣長はその歌の典拠がわからないまま、参照すべき歌であると認めたわけである。

次に秋下・四四五を見てみよう。『美濃の家づと』は次の通り。

千五百番歌合に　　　慈円大僧正

鳴しかの声にめざめてしのぶ哉見はてぬ夢の秋のおもひを（秋下・四四五）

二の句いうならず。秋の思ひをしのぶといふこと、いかにいへるにか、こゝろえず。

宣長はこの歌の批判のみを記している。これに対して春房は次のように述べる。

上の句は、古今集、山ざとは秋こそことに悲しけれしかのなくねにめをさましつゝ、の歌により、下の句は、見はてぬ夢のさむる也けりの歌によりてよみ給へるなるべし。されどよろしからぬ歌なるよしは、師の御説に委しくしるし給へり。

このように、ともに古今集の二首を本歌として提示する。これは『美濃の家づと』には指摘されていないものである。それを踏まえて、歌の評価については宣長説に従う意向を示している。宣長はこれに対して「此二首モ引テヨキ歌ナリ」と、春房の本歌の指摘を承認するのである。

このように、春房の指摘は先行歌の指摘が大半を占めるが、宣長はおおむねこれに賛同の意を表している。宣長はその末尾に次のように書き込んでいる。

御考出の歌どもの内、家づとに必引べき歌多し。おのれ考へもらせる也。返□《タカ》もくはへまほしけれど、今ははや彫刻も出来よりたれば、せんかたなし。いと残念〳〵。

最後の言葉から、春房の指摘した歌をどれほど切実に入れたかったかということがわかる。また、彫刻が出来ているということから、この問答がいつ行われたものであるか、おおよそ寛政六、七年頃であることがわかる。いずれにせよ、この問答もまた『美濃の家づと』を補正するものと考えられ、鈴屋社中の『美濃の家づと』に対する考え方がわかるものと言ってよかろう。

三、批判者たち――村田春海と荒木田久老

『美濃の家づと』が刊行されると、これを見た者から批判が噴出した。批判の急先鋒は江戸派の村田春海である。春海は賀茂真淵の門弟なので、宣長とは兄弟弟子ということになる。春海が『賀茂翁家集』を編纂し、加藤千蔭とともに『万葉集略解』を執筆する際には、宣長の協力を仰ぎ、宣長もそれに応えている。そういった意味で、江戸派と鈴屋派は真淵門から出た兄弟学派であると言ってよい。しかしながら、実際の兄弟が同じ血族であるがゆえに相争うように、兄弟弟子あるいは兄弟学派は往々にして骨肉相食む争いに発展することがある。争いの中核には継承の正統性ということがある。宣長と春海とは真淵門の正統性に関して絶対に譲れないものがあった(8)。それが期せずして『美濃の家づと』の出版を契機に顕在化したのである。

稲掛大平が『八十浦之玉』という歌集を編纂するにあたって、春海に協力を要請した。真淵門の歌人の歌を収集するのに便宜を図ってくれというわけである。これに対して春海は返事を送った。寛政十二年三月二十八日のことである。春海は真淵門弟の歌よりも真淵の歌論に触れて、宣長がこれに従わないことに言及する。次のごとくである(9)。

　おもふに鈴の屋の大人、今は世にならぶ人なう学の道にかしこうおはして、あゐよりもあをしと誰もゆるしきこえたるに、歌の事はひとりおぼしうるかたありて、あがたゐのをしへにはさらにしたがひたまはで、おのれと一つの門をこそたてたまひにたれ。

真淵門の中で突出して学問がすぐれていることは認めるが、歌については真淵の教えを全く汲んでいないというのである。つまり、真淵の歌風や歌論は万葉集を中心として、三代集あたりまでの姿や調べを標準とするもので

あって、宣長が好む新古今集のような後世風は真淵の最も嫌うところであるというわけである。万葉集はよいとして、三代集まで含めたことは、後に大平から師説の歪曲であると責められるところであるが、春海は宣長の新古今主義には承服できないものがあった。[10] とりわけ、春海が批判するのは題詠が盛んになり、巧みに詠むことばかりに傾注する悪癖が蔓延した後世の風潮である。そのような風潮を助長するのが『美濃の家づと』であるというわけだ。春海は六首の歌をあげて、新古今時代の悪弊を指摘するのである。その中から新古今・春上・五七の源具親歌を取り上げて、批判の有り様を検討したい。まず、『美濃の家づと』を引用する。

百首歌奉りし時　源具親

難波がたかすまぬ波もかすみけりうつるもくもるおぼろ月夜に（春上・五七）

いとめでたし。詞めでたし。二三の句と四の句とのかけ合、いとめでたし。とぢめのには、うつるもくもる朧月夜なる故に、かすまぬ波も、おぼろ月よにかすみけり、といふ意なり。

絶賛と言ってよいほど「めでたし」を繰り返している。宣長にとって大変すぐれた歌という認識である。「百首歌」とは『正治二年院第二度百首』をさすので、間違いなく題詠である。これを踏まえた上で、春海は次のように述べている。

此歌は、題詠にのみ心なれたる人はたくみなりとて誰もめづる歌に侍れど、よく見れば、まことのけしきをうつしたる歌には侍らず。一わたりうち見ては、詞のあやたくみにてめづらかなれど、たゞそのかすまぬ波のかすむやうに見ゆるゆゑをあながちにこまやかにことわりたるのみにて、なには江のおぼろ月夜のさま、げにさぞあらんとおもひやられて、人のこゝろをうごかすばかりのふしは侍らず。古の人の気色をうつしいへる歌は、ふと見ては、たゞなにともなきが如くに侍れど、其歌につきて、其所のさまの、げにさもこそとおもはれはべるなり。かの、こゑうちそふる沖つ白波などいへるは、其浦和のさまを、今も見る心ちのし侍るにはあらずや。

春海によれば、これは題詠の弊害が出た歌で、実景を写した歌ではなく、理屈を述べただけの歌だというのである。春海はそのことを「住の江の松を秋風吹くからに声うちそふる沖つ白波」（古今集・賀・三六〇・凡河内躬恒）と対比して論じている。つまり、その光景が目の前に見える躬恒歌と比較して、具親歌は言葉遣いは巧みだけれども、人の心を動かす力はないというのである。古今集歌を持ち出して比較するのは春海の歌論の反映であって、宣長の新古今集歌観を的確に批判することになっているかは必ずしも明らかではない。しかしながら、この春海の批判を背景に置くと、『美濃の家づと』における称賛は、少なくともこの歌の特徴を顕在化させていることに気付くのである。要するに、具親歌はそれぞれの句が言葉の綿密な連関性の中で成立しているということである。

大平もそのことに気付いたのか、春海への返事の末尾に、『美濃の家づと』の論難があれば見せてほしいということを記している。春海は再度の大平宛書簡（寛政十二年十月七日付）の末尾に、それに答えて次のように書いている。

新古今集の歌どもあげつらへるものあらば見せまゐらすべきよしいひおこせ給へれど、ことさらにさる事しるしおけるものも侍らず。さいつ頃美濃の家づとをもて来侍りて、鈴のやの大人のあげつらひ給へることゞもを問ひ侍る人の侍りし時、春海がなにくれとことわりいへることを、わらはなるものにしるさせおきつるものなん侍れど、そはかりそめに物し侍りて、いとみだりがはしう侍れば、人に見すべきものとも思ひ侍らず。されど其うちには、一つ二つ聞えまほしき事も侍れば、今ことさらにぬきいでゝ物し侍るべきを、いとなくてこゝろにもまかせ侍らねば、こたびは聞えさせ侍らずなん。

春海は新古今集歌の評釈は特にないと断りながらも、『美濃の家づと』に関して論評したのを童が筆写したものがないわけではないが、それはかりそめのもので人に見せるために整理したものではないので今回は見送る、と述べている。これは体よく断りを入れるための方便とも見えるが、同じような文面の書簡を羽生田貴良に送っていることから、『美濃の家づと』批判書が存在したことは、ほぼ事実であると認定される。(11) それは『ささぐり』と命名された書物である。

『ささぐり』は春海による『美濃の家づと』の論難書であって、『織錦斎随筆』には「美濃の家づとの難」というタイトルで収録されている。(12)「ささぐり」の名称の由来は、貴良宛書簡に載る「家づとを何ぞと見ればささぐりのささにはならぬ木の実なりけり」という歌によって明らかとなる。要するに、『美濃の家づと』を読んだ副産物として成立した書物ということである。

『ささぐり』は『美濃の家づと』を対象として、その中から十七首の歌を抄出し、批判を加えたものである。『ささぐり』には初稿と最終稿の存在が確認されているが、便宜上最終稿を対象にする。少し具体的に検討したい。まずは春上・三の式子内親王歌である。

百首歌奉りし時、春の歌　　式子内親王

山ふかみ春ともしらぬ松の戸にたえ〴〵かゝる雪のたま水（春上・三）

めでたし。詞めでたし。下句はさら也。春ともしらぬ松とつゞきたるも、趣の外のあまりのにほひなり。

やはりこれも絶賛である。特に下句を称賛している。これに対して春海は次のように批判している。(13)

雪の玉水、よからぬ詞也。古きみやび詞にくらぶれば、かゝるたぐひの、後の世にいひ出たる詞はいやしげにこそおぼゆれ。

春海は宣長が称賛した下句の「雪の玉水」を「よからぬ詞」としている。しかも、「古きみやび詞」と比較して「いやしげ」と判断するのである。「古きみやび詞」が何を意味するか、具体的にはわからないが、春海の論調からすれば、古今集の歌ことばを想起していると考えてほぼ間違いない。

同じようなことは秋上・三九六の寂蓮歌にも当てはまる。『美濃の家づと』は次の通り。

　　月前松風　　　　寂蓮

　月は猶もらぬ木間もすみよしの松をつくして秋風ぞ吹（秋上・三九六）

　めでたし。月の影はもらぬ松の木間迄も、こと〴〵く残さず、秋風は吹渡ると也。松をつくして、おもしろし。

称賛のことばから始めて、通解を施している。問題となるのは第四句「松をつくして」である。「こと〴〵く残さず」の意であるが、これを宣長は「おもしろし」と評価する。これに対して春海は次のように言う。

　松をつくして、例のこの比の口つき、いやしげなり。

春海はやはり宣長が称賛した第四句「松をつくして」を「いやしげなり」と批判している。宣長も春海も本歌を指摘していないが、この歌は「木の間より漏り来る月の影見れば心づくしの秋は来にけり」（古今集・秋上・一八四・読人不知）を踏まえていると考えられる。月影が漏れてくる本歌に対して、月影が漏れてこない当該歌という対比がうかがえるが、『新古今増抄』によれば、「松をつくして」は本歌の「心づくし」を踏まえているという。このことを前提にすれば、春海は「松をつくして」を古今集の歌ことばである「心づくし」にくらべて「いやしげ」と判断したということになる。つまり、春海はあくまでも古今集を基準に判断するというわけである。

　このような古今集に準拠して新古今集を裁断するという手法は、春海が詠歌の手本の中心に古今集を置いていたからというだけではない。実は宣長自身が新古今集を古今集との比較の上で評価していたのである。たとえば、春上・九六の通具歌について、『美濃の家づと』は次のように述べている。

　　千五百番歌合に　　　　通具卿

　いそのかみふるののさくらたれうゑて春は忘れぬかたみなるらん（春上・九六）

〵植けん時をしる人ぞなきとあるを、誰うゑてととれり。春はと切て、心得べし。忘れぬは、植けむ古へを忘れぬなり。これらは、古今集の中の、よき歌のたぐひ也。

通具歌が「石上布留の山辺の桜花植ゑけむ時を知る人ぞなき」（後撰集・春中・遍昭）を踏まえて詠まれた歌であることを提示し、本歌取りの内実に言及するのであるが、問題は最後の一文である。末尾の「古今集の中の、よき歌のたぐひ」という言いまわしは、新古今集よりも古今集の方が圧倒的にすぐれている、ということを含意している。そうであるとすれば、古今集的であるということは褒め言葉となり、逆に古今集に比べて劣るというのは非難の言葉ということになるだろう。春海が、『美濃の家づと』が「めでたし」と評価した歌ことばを取り上げて、古今集の歌ことばと比較した上で劣ると裁断したのは、宣長の論理に従って宣長を批判するという戦術を採ったということなのである。

さて、春海以外にも『美濃の家づと』に疑問を抱いた者がいた。賀茂真淵の門弟荒木田久老である。久老は伊勢神宮の神官であるが、国学者としては万葉集の研究に秀でていた。万葉集を基調とした歌を詠んだ。いわば真淵の衣鉢を継ぐ活動をしたわけである。万葉集尊重を信条としつつも、古今集を中心とする歌論を持っていた村田春海よりも、久老の方がはるかに真淵の精神を受け継いでいたといえるのである。そういった意味で、久老は居住地も近い宣長に対しては複雑な思いを抱いていた。久老は次のように述べている。(14)

近ごろ宣長が顰に効《ナラ》へる徒、歌の風致はつゆ弁《ヘ》ずして、たゞいさゝかの難を見出むことをむねとせり。歌は一首の風致、詞のしらべを第一としてよしやあしやを論ずべきを、理《コトワリ》を先きにして歌を評するは、風詠の趣をしらぬひが言也。

歌というものは「一首の風致」や「詞のしらべ」を第一とすべきなのに、宣長は「理」を先にして歌を評価するというのである。そのような和歌観から、先行歌の難点を問題にするという弊があると久老は述べている。具体例として『美濃の家づと』を問題にする。「歌の風致の論」と称する項目は二首の新古今集歌とその注釈を問題にしている。まず、春上・五の俊成歌である。『美濃の家づと』は次の通り。

入道前関白右大臣に侍ける時、百首歌よませ侍けるに、立春のこゝろを　皇太后宮大夫俊成
けふといへばもろこしまでもゆく春をみやこにのみとおもひける哉（春上・五）
二三の句、かの大弐三位が歌とはやうかはりて、くちをし。立春の歌に、ゆく春とはいかゞ。三月尽の歌にもなりぬべし。これらもよさまにたすけていはばいふべけれど、今《ノ》人のかくよみたらんには、たれかゆるさん。などたつ春とはよまれざりけむ。

これに対して、久老は次のように述べている。

既に宣長、俊成卿の歌に、けふといへばもろこしまでゆく春を、といふ歌を難じて、行春とは春の暮行をいひて、春の来れるはたつ春といふべき理なりといへり。実《ゲ》に理《コトワリ》はさることなれど、右の歌はわが東方よりたつ春の、彼土《カノクニ》まで行及ぶ意なれば、この一首の趣、必行春といはではえあたらぬ歌なり。右は理をさきにして、一首の風致をわすれたる論なり。

「行く春」は晩春であるから、春のはじめの場合は「立つ春」という宣長の主張を「理はさることなれど」と受けながらも、「行く春」でなければならない歌であるとしている。「行く」は時間の移動ではなく、空間の移動であるというのがその理由だ。宣長の判断は「理をさきにして、一首の風致をわすれたる論」であるというのである。

もう一首は秋下・三六三の定家歌である。『美濃の家づと』は次の通り。

西行法師すゝめける百首歌に　定家朝臣
見わたせば花も紅葉もなかりけり浦のとまやの秋の夕暮（秋下・三六三）

二三の句、明石《ノ》巻の詞によられたるなるべけれど、けりといへる事いかゞ。其故は、けりといひては、上句さぞ花もみぢなど有て、おもしろかるべき所と思ひたるに、来て見れば、花紅葉もなく、何の見るべき物もなき所にて有けるよ、といふ意になればなり。そも〳〵浦の苫屋の秋の夕《べ》は、花も紅葉もなかるべきは、もとよりの事なれば、今さら、なかりけりと、嘆ずべきにはあらざるをや。我ならば〴〵見わたせば花ももみぢもなにはがたあしのまろ屋の秋の夕暮などぞよまましとぞ、ある人はいへる。

宣長は名高い定家歌を批判し、その上添削まで施してしまったのである。[15] これに対して久老は次のように記している。

また定家卿の歌に、見わたせば花も紅葉もなかりけり、とよみ給へるは、なかりけりとつよくいひ捨たる所に風致有て、浦の苫やのさびしさも、見るがごとく身にしみていとめでたきを、宣長この歌を論じて、上を花ももみぢもなにはがたとかへたるは、いとよわく一首の風致を失へり。下をも芦のまろ屋とせる、難波がたに芦を取出たるはよし有て聞ゆれど、浦の苫屋のさびしからむさまにはいたくおとれり。

著名な定家歌を改作した歌に対して、久老は「いとよわく一首の風致を失へり」や「いたくおとれり」として批判する。むろん全面的に論駁しているわけではなく、「難波潟」に「芦」を取り合わせたことは評価しているのである。しかしながら、「浦の苫屋」の「さびしさ」を歌い上げた原歌には比較にならないというのである。歌の「風致」を重視する立場からの反論である。久老はこれに続けて次のように記している。

歌ちふものは、この風致に言外の余情あるをめでたしとすべきなり。この風致といふことをしらで、たゞ理のみを先にして、縁語言葉のいひくさりを求て、自らよむにも他の歌を評するにも、此風致をわすれたるぞ多かりける。縁語詞のいひくさりを専《モハラ》とせる歌は、必丈《タケ》みじかく余情なくてめでたからぬものをや。

歌は「風致」に「言外の余情」があるものをすばらしい歌とすべきであると断言する。歌を詠む際にも、歌を解釈する際にも「理」のみによって見るのはよくないというのである。ここで久老が「縁語言葉のいひくさり」を重視する姿勢を批判していることに注目してみたい。「縁語言葉のいひくさり」のために「余情」が消失するというのである。これは久老が一般論として展開していることであるが、『美濃の家づと』を俎上に載せた文脈であることを考慮すれば、『美濃の家づと』の注釈内容を踏まえた言説と考えることができる。すなわち、『美濃の家づと』の中で宣長が重点的に取り上げたのは、「縁語」や「言葉のいひくさり」（掛詞）であって、決して「余情」ではなかった。そしてそのことは『美濃の家づと』の特徴であって、同時に『美濃の家づと』のウイークポイントでもあった。このことは非常に重要な指摘であるが、それは次節で取り上げることになるだろう。

以上検討したように、真淵門の兄弟弟子である村田春海や荒木田久老の批判は、宣長の新古今主義や「理」を先行させるという歌論に対する批判が反映したものであるといってよかろう。

四、門弟の反逆──石原正明『尾張廼家苞』

宣長が没しておよそ二十年後、『美濃の家づと』に本格的に取り組んだ書物が刊行された。石原正明の『尾張廼家苞』（文政二年九月刊）である。『尾張廼家苞』は『美濃の家づと』が対象とした六九六首に、正明が増補した二二一首を加えた、計九一七首の注釈を収める。[16] 正明は寛政四年に宣長に入門した正真正銘の門弟であり、江戸では塙保己一に入門し、温故堂で『群書類従』編纂に尽力した国学者でもあった。すでに享和四年には『百人一首抄』を上梓しており、満を持して『尾張廼家苞』を世に送り出したのである。書名からも明らかなように、『尾張廼家苞』は『美濃の家づと』を内容的に強烈に意識している。

正明が『尾張廼家苞』で目論んだことは、大きく分けて二つある。『美濃の家づと』が見誤った事実誤認を訂正することと、『美濃の家づと』が見落とした新古今集歌の魅力を発掘することである。まず前者について考えていきたい。自序で次のように述べている。

此姿は文治より建保までの諸先達の後、地をはらひて見えず。為家卿なん当時の名匠にて、世にゆるされたる歌よみながら、秀逸抜群なる歌は一首もなく、只ぢはふに凡様なるのみにて、縁の詞など取あつめ上下かけあはする事をしおぼえて終身一律の全き瓦なり。さるわざはまねびやすきけにや、末代この風のみ多し。本居先生は古学者にて、万葉以下の書に熟してめでたき才覚なれば抜群の論もあるべきを、かのかけ合などいふことになづみて此集をしも論ぜられたることなれば、たらひの水もて四大海の潮を論ずるごとく、いたく堺を隔て気概くだりたり。上下のかけ合、縁の詞の配当を規矩にしたるは為家卿の創立なれど、なを為兼卿にあらそはむと、為世卿の執したる事にて、此集の縦横磊落なるに日を同じていふべき事にあらず。

文治（一一八五〜一一九〇）から建保（一二一三〜一二一九）までの、いわゆる新古今集の同時代歌人が多くいる中で、そのような諸先達には目もくれず、宣長が見据えたのは為家だというのである。為家は定家の息で、御子左家の正統的継承者である。しかしながら、正明も言うように、詠歌に関しては「秀逸抜群なる歌は一首もな」いというのが世評である。ところが、歌の家の権威と歌論において秀でたものがあったがゆえに、二条派として継承者が多く現れた。宣長もその一人であるという。そのような和歌観をもって新古今集を論じることはできないと正明は主張するのである。

宣長が和歌を評する際に最も重視したものは、「かけ合」「よせ」「縁の詞」であった。それは『美濃の家づと』の中で最も指摘の多いものと言ってよい。たとえば、春上・六一の良経歌を見てみよう。

帰雁　　　　摂政

わするなよたのむの沢をたつかりもいなばの風の秋の夕ぐれ（春上・六一）

めでたし。詞めでたし。沢と稲ばとは、春と秋との田のさまにて、よくかなへり。三の句もは、今はたちてゆくともの意なり。風は、古歌に〽秋風に初雁がねぞ聞ゆなる、〽秋風にさそはれわたるなど有て、よせあり。はてにをもじをそへて心得べし。或抄に、たのむを秋をわすれず来むことを頼むといふ義也といへれど、其意はなし。

例によって歌ことばのすばらしさを指摘した上で、春の沢と秋の稲葉の対応に言及している。さらに二首の古歌(古今集と後撰集)を引用して、秋風と雁の「よせ」であるというのである。このような指摘は『美濃の家づと』に横溢している。これに対して正明は次のように反論する。

秋風と雁とをよみあはせたる歌は千万多かれど、さりとて風を雁の縁の語とはいひがたし。たゞ稲葉ふく風のあはれなる也。畢竟はたのむの沢の春の哀をみすてゝ行雁でも、稲葉の風の夕ぐれの秋の哀はわすれずきたれといふ事也。かく沢を春季とさだめ、風を雁の縁とあながちにいはるゝは、縁語上下かけ合たりといはんとの事なめり。抑縁語を上下におけと云教は、上下の句をはなれ〴〵にせじとの料にて、むげの初心を教る法也。よき歌は縁の詞の配当にはよるまじ。此事今時の通弊なり。

先行歌において一緒に詠まれることが多いからといって、「秋風」と「雁」が縁語であると認定することはできない。縁語や上下のかけ合といった、言葉同士の照応にのみ注意を促すのは初心者への指南としてはよいが、秀歌を論じる際には無効である、というのである。

このような宣長の「かけ合」に対する並々ならぬ執着は、歌の見方を誤らせていると正明は考えた。「霜まよふ空にしをれし雁がねの帰るつばさに春雨ぞ降る」(春上・六三・藤原定家)について、宣長の解釈を批判して次のように述べている。

此先生の歌に、すむかげもあたの大野の花の露色なる月に秋風ぞふく、とよまれたり。上下ひゞきあふ事をほめらるゝ也。されど此歌のよきは風調のよき也。かけ合にはあらず。此比の歌は新奇をつとめて変幻万差なり。一隅を守りたる物にあらず。

『鈴屋集』（巻二・七二二）に収録される宣長歌を俎上に載せて、宣長の和歌観が詠歌にも反映していることを鋭く指摘している。そして、そのような和歌観で新古今集歌を裁断することを非難するのである。このように宣長が固執する「かけ合・よせ・縁語」を正明が是正する例は枚挙に暇がない。

このような宣長の和歌観は歌を解釈するだけにとどまらず、改作するという暴挙に及ぶことになる。春上・四〇の定家歌である。

大空は梅のにほひにかすみつゝくもりもはてぬ春の夜のつき（春上・四〇）

二三の句は、霞める空に梅香のみちたるをかくいひなせるなり。四の句は、たゞ古歌の趣をとりて、春の月のさま也。梅のにほひ、かけ合たる詞なき故に、はたらかず。此句をのぞきて、たゞかすみつゝにても聞ゆればなり。或人の云、〽大ぞらはくもりもはてぬ花の香に梅さく山の月ぞかすめる、などあらまほし。

それぞれの句の解説をするのであるが、第二句「梅のにほひ」が下句にかけ合の詞がないから浮いているというのである。この句がなくても趣意はわかるとまで記している。そうしてこの歌の改作に及ぶ。これについて、正明は次のように述べている。

此或人は物にくるふか。さばかり千古の秀逸をあやしき歌によみ直したるよ。いとかしこきわざ也。直したる歌はいふにもたらねど、筆のついでにすこしいはゞ、もとの歌は梅のにほひにてはかすまぬを、いひなしにて梅のにほひにかすみつゝと、たしかにことわりたる故、くもりもはてぬといふ事きこえたるを、なほしは大空はくもりもはてぬ花の香にとふと打出たり。しかふと打出ては花の匂ひにくもらぬは勿論ならずや。畢竟上句無理也。上に花の香といひ、下に梅咲などいひて、上下かけ合たりとおもふめりな。或人のまどひはいかゞはせん。先生のこゝにのせられたる意をしらず。

天下の秀逸を改作するなど言語道断であるというわけである。この改作が宣長の手になることを正明は知らないごとくである。たとえそのことを知ったとしても、正明は批判の舌鋒をゆるめることはなかったであろう。

このような解釈、さらには改作が行われる背景に、宣長の「かけ合」に対する並々ならぬ執着があったことを正明は認識していた。そのことは『美濃の家づと』が取り上げていない歌に対して、次のようにコメントしていることからもわかる。

上に神なびといひ、下に山といへるなど、如法にかけ合たる歌なるを、みのゝ家づとにはなどもれにけむ。（秋下・五二五・八条院高倉）

下句は、山川の水の浅きにて、紅葉の色の深きにたゝかはせたり。いとめでたくたゝかひたるを、みのゝ家づとになど漏に剣。（秋下・五四〇・二条院讃岐）

要するに、正明が把握した『美濃の家づと』の特徴は、新古今集歌における「かけ合・よせ・縁語」の指摘なのであって、それを解説するのにふさわしい歌が割愛されていることに疑問を呈しているのである。また、正明は「かけ合」が新古今集にとって、さほど重要な意味を持たないと確信していた。『美濃の家づと』に不掲載の「わが門の刈田の閨にふす鴫の床あらはなる冬の夜の月」（冬・六〇六・殷富門院大輔）について、次のように記しているからである。

今時の歌よみならば、初句かげさえてなどいふべし。しかいはざる故、此集には入し也。かけ合になづむべからざる事をさとるべし。

この注釈は二つのことを表現している。この歌が「かけ合」を重視しなかったから新古今集に入集したということと、この歌が「かけ合」を用いていないから『美濃の家づと』が黙殺したということである。さきの『美濃の家づと』不掲載歌も含めて、宣長の「かけ合」重視の姿勢には終始、批判的であり、時には皮肉とも受け取れるような言い回しで『美濃の家づと』を攻撃していると言ってよいであろう。

このように「かけ合」を重視する和歌観をどこから宣長が獲得したかということに関しても、正明は明確な解答を持っていた。自序でも指摘しているように、為家流の歌論の影響である。

天と空とかけ合たりとてかくいはるゝか。其かけ合といふ事は為家卿の無骨にて、歌をくみたつる術也。此集の比は自在なれば、たてゝ照応を云べからず。（春上・二・後鳥羽院）

四の句は月のうつる事なれば、此比の人は別に縁の詞をもとめざりし也。必かげ、てるなど縁の詞をいるゝは為家卿の流也。（羇旅・九八三・鴨長明）

旅ゆく人は野山くぬがぢも草木を分る道なりければ、露分るとよめり。かやうの事、たしかに野山草木とあるべきは、為家卿よりの規矩なり。ほのかなるは縦横にて、此集のころの気骨也。（羇旅・九八八・西行）

例のかけ合の事なれど、かくの如きも立まじるが此集より上の風也。一々かけあふは為家卿の愚案也。（雑上・一五二〇・慈円）

為家の頃から盛んに推奨されるようになった「かけ合」重視の歌論を、新古今集歌の注釈に適用することの愚を正明は説いているのである。この他にも為家流の悪弊を論じた注釈は散見される。もちろん為家自身もそのようなことを歌論『詠歌一体』の中で指摘している。(17)

一、歌にはよせあるがよき事。

衣には、たつ、きる、うら。舟には、さす、わたる。橋には、わたす、たゆ。かやうの事のありたきなり。その具足もなきはわろし。かくはいへども、事そぎたるがよきなり。あながちにもとめあつめて、数をつくさむとしたるはわろき歌也。たとへば、いとには、よる、ほそし、たゆ、ふし、ひくなど、みな読み入れたるは、秀句歌とて見苦しき也。よせなき歌も有り。事により様にしたがふべき也。

こういった歌論は宣長が見た歌学書の中に多く見られる。それらの歌論は宣長の血となり、肉となっていたのである。二条派地下歌人としてスタートし、賀茂真淵に入門した後、万葉集を修学しながらも、詠歌は後世風を詠むことをやめなかった宣長の面目がうかがえる。そしてその歌論および歌風は為家流をさらにくだって、頓阿流にまで流れ着いた。正明はいみじくも次のように指摘している。

月といふもじをかくさまにはたらかせんとする、草庵風の一癖なり。（冬・五九四・源通具）

しかいひてもきこゆれど、いはゆる草庵体にて、器小也。（冬・七〇五・寂蓮）

「かけ合」に意を用いることを「草庵風・草庵体」と名付けるのであるが、それは宣長が草庵集を詠歌の鑑として重視していたことを踏まえている。宣長には『草庵集玉箒』、『続草庵集玉箒』という注釈があり、先行する草庵集の注釈書を批判しつつ、独自の解釈を展開した研究書であった。当該書は宣長の処女出版であることからも、草庵集重視の姿勢がうかがえるであろう。晩年の国学入門書『うひ山ぶみ』においても、草庵集への熱い思いがしたためられている。(18) そういった宣長の歌論を見透かしたかのように、正明の宣長評は核心を衝いている。そういった意味で、『尾張廼家苞』は歌集の注釈の形態を取った宣長論と言ってよいのである。門弟の中から本格的に宣長の業績を相対化する者が登場したことは僥倖である。師匠の業績を絶対視することから抜け出すことによって、学問のステージが一段上がったからである。それは鈴屋派にとってもよいことであったと言ってよかろう。

さて、『尾張廼家苞』で正明が試みた二点目に話を移そう。それは新古今時代の歌における魅力の発掘である。宣長がそれをとらえ損なったと正明は考えたのである。自序において、次のように述べている。

さるは新古今集のころの歌は、一首の口調をめでたくとゝのふる事を本意として、詞のうへに心をのこして、余韻を深くこめ、一首のつゞけざま幽玄にして、あらはに浅まなる所なく、なさけをふかうし、語勢をいたはり、たけ高くも、しめやかにも、つよくも、やわらかにも、百般の姿あり。たゞしほ〱くだ〱とするをきらひて、詩人のいはゆる雄偉、流暢、豪壮、新奇といふしらべを常にはおもひためり。かの新奇なるあまりに、こまやかに理をいはゞ、すこしいかにぞやとおもはるゝふしなきにしもあらねど、それはた瑕ありとも玉とならん事を願ひて、全き瓦をおもはざりし物也。

新古今時代の歌の特徴とその魅力を簡潔にまとめている。そこには「余韻」や「幽玄」や「たけ高し」などといった、いわゆる中世歌論の用語を中核として、歌の風体にはさまざまな姿があるという。これらは『毎月抄』に記された「和歌十体」などに基づいた見解であろう。このように新古今時代の歌には、一つの歌風に定めることのできない、さまざまな特色があると記しているが、それは各歌の注釈の中でも語られる。次にあげる通りである。

此比の歌人は、変幻自在なる中にかやうなるも一つの姿にて、いとまれにはある事なれど、それを此集の本色とはいかでかいはん。（冬・五六一・藤原雅経）

かやうの歌のまれにまじる事は、此ころの人、英雄は誰といふ事なくしかり。もと縦横なるより出て、百般の姿によみ出る故なり。（冬・六一八・慈円）

此比の歌は変幻百出にて、一途をまもりてはいひがたし。（賀・七四六・藤原良経）

めづらしき事にはあれど、千変百出の中の一つの趣なり。（恋五・一三八九・藤原俊成）

「変幻自在」や「千変百出」という言葉で表現しようとするものは、新古今集の画一性ではなく、むしろ多様性である。それらを一元的に理解することは実状に反する。このように種々様々の歌の姿が新古今集には収録されているというのである。

それでは新古今集における「百般の姿」とはいかなるものか。『美濃の家づと』が見落とし、『尾張廼家苞』がすくい上げた歌の姿を見てみたい。便宜上、「余情」と「余韻」について用例を検討したい。まず、「夢にても見ゆらむものを嘆きつつうち寝る宵の袖のけしきは」（恋二・一一二四・式子内親王）をめぐる議論を見てみよう。宣長は「上二句、下とかけ合う《ヒ》とし。二の句を、見せばや人にといひて、とぢめををとかへば、たしかにかけ合べし」と批判し、改作に及んで「かけ合」を創出しようとするのであるが、正明は次のように反論している。

　上二句は、夢になりともみえそうな物であるがといふ事、夢にもみえぬかして、しらぬ貌をしてゐるといふ余情あり。（中略）かくいひてもきこゆれど、詞迫切にて意尽たり。みゆらん物をとしては、詞のうへも風流に、余情かぎりなき物をや。

第二句「見ゆらむものを」のままで十分に「余情」が漂うということを主張している。また、宣長の改作もそれなりに認めながらも、やはり元歌の有する「風流」や「余情」に軍配を上げているのである。

同じことは「余韻」についてもあてはまる。「帰る雁今はの心有明に月と花との名こそ惜しけれ」（春上・六二・藤原良経）をめぐって展開された議論を見てみよう。宣長は二三句について、「今はといへるも、心といへるも、下句に正しくあたらず」と記している。これに対して正明は次のように述べている。

　すべてよき歌は月花の景物にも余韻をふくめておもはせたる物也。さるは詞のうへにはなけれども、打よめばそれとしらるゝやうによみなしたるなり。この歌は有明の月に花をむすびたれば、弥生廿日ばかりの事也。さては雁もかへらではえあらぬ時節故、今はの心あるなり。下句に正しくあたらずとはいかゞ。すべてさる風韻には心をとめられず、心ぐるしき事也。

宣長があくまでも言葉の照応（かけ合）にのみ関心を持ち、それがない場合には低評価となり、最悪の場合には改作をした。正明は「詞のうへに」それがないからこそ「余韻」が生まれるということを実証したわけである。正明が「余韻」のほかに、「風韻」や「気韻」という用語で表すのは、そういった言葉には現れないものが肝要であると考えたのである。正明が「先生はかけ合にのみふけりて、風韻を思はれず」（春下・一四七・藤原良経）と批判するのも、そのような文脈であった。

こういった正明の新古今観は、もちろん新古今集歌に即して成されたものではあるが、同時に正明自身の和歌観の反映でもあった。『年々随筆』六（文化元年刊）において、正明はすでに次のような和歌観を披露していた。[19]

和歌の第一義は、余情と余韻とにあり。余情とは、年をへていのるしるしは初瀬山をのへの鐘のよその夕暮、樒つむ山路の露にぬれにけり暁おきのすみ染の袖、のたぐひなり。上の歌は、よその夕ぐれにて、我にはあはずして人にあふ事をおもはせ、次の歌は、暁おきのにて、わかゝりしほどは、をとこに別るゝとて、涙に袖をぬらしたる事をきかせたり。余韻とは、一首打よみおはりて、後まで其さま、心にしみ、めにうかぶやうにて、なごりあるこゝちするをいふ。道のべの草の青葉に駒とめてなほ故郷をかへりみるかな、白雲のたえまになびく青柳のかづらき山に春風ぞふく、などの類なり。上の歌は、故郷を顧みて、駒とめたらんさま、心にしみてさらぬこゝちし、下の歌は、絵にかきたらんやうなるけしき、めにうかびてうせぬこゝちす。そのめにのこり、心にのこるが余韻なり。これを高しとしてねがはざるは闡提なり。歌よまむ人に、かならず此境にいたるべき仏性はある物なり。心つよくおもふべし。

「余情」と「余韻」が和歌にとっていかに肝要であるかということを、用例を検討しながら語っている。引用された四首はすべて新古今集歌である。[20]つまり、新古今集は正明の和歌観や詠歌理念に合う歌集であったというわけである。これらの歌に即して「余情」や「余韻」といった和歌表現の理念を説くのであるが、それは新古今集の評釈ではなく、あくまでも正明の歌論の中で成された言説であるということは注目すべきである。繰り返しになるが、正明の和歌観は新古今集歌によって裏付けられるものであったということである。ただし、これらの四首はすべて『尾張廼家苞』で扱われている。とりわけ「余情」や「余韻」という用語で論じられることはないが、それぞれにその魅力が語られている。微妙に和歌観が変容してはいるけれども、『尾張廼家苞』は正明の歌論が反映した注釈書であると考えて間違いない。
以上のように、『尾張廼家苞』は『美濃の家づと』を土台にして構築された注釈書であるが、その偏向を訂正しながら、自らの歌論の発露として執筆されたと考えることができよう。[21]

五、「家づと」比較論――林重義『美濃尾張家苞倶羅倍』

石原正明『尾張廼家苞』が出版されて、新古今集注釈史は新たな段階を迎えた。『美濃の家づと』が言葉の正確な意味において相対化されたからである。そして、次の段階として、宣長『美濃の家づと』と正明『尾張廼家苞』を比較して論じるという観点で注釈書が著されるようになった。ひとことで言えば、「家づと」比較論である。

その中で最も早いものは市岡猛彦『新古今集もろかづら』（文政八年十一月刊）であろう。猛彦は宣長の門人で名古屋における鈴門の中心人物の一人であった。そのことは両家づとに対する見方を決定していると言うことができる。当該書の自序には次のように記されている。[22]

師の美濃家づとは、此時代の上手たちの歌を抄出して、勝劣などさだしおかれたり。見てよろしきこと多し。これを難じたる尾張の家裹てふ書は、此集のこまかなる処を得ざるいまだしき論多くて、いたく劣れり。

「見てよろしき」宣長注釈に対して、「いまだしき」正明注釈という評価である。ただし、これはあくまでも全体の印象である。実際のところ、『もろかづら』は具体的に両注釈を比較検討しているわけではない。新古今集から二百首余りを選んで収録しているに過ぎず、簡単な注釈すら付していないのである。したがって、猛彦が両「家づと」に対して、いかなる具体的な見解を持っていたのか、ということは茫漠としていると言わざるを得ない。しかし、たとえ漠然とはしていても、「家づと」比較論を展開した著作が早い段階で成立していたということは押さえておいてよい。

福住清風によって著された『新古今をられぬ水』（天保六年三月序）も、両「家づと」を基盤にした注釈である。自序には次のようにある。[23]

これはしも、尾張の家苞又は美濃家裹の折添の注釈にいかにぞおもはるゝ歌どもをものしたる書なれば、猶合せみて考ふべし。かれにゆづりてこれにはもらしたることゞもゝ多かり。さて此其の歌の詞をはぶきて、其意を余韻にふくめたるなどは、ことに解しがたくて、とかく人のいふことなれど、その時の人々のあらたにしいでたるふりにはあらず、ふるくもよめる例あり。こゝにあぐるをみてしるべし。

『尾張廼家苞』とともに『美濃の家づと折添』の名を挙げている。後者は新古今時代の歌人の歌を勅撰集から選釈したものであるが、新古今集歌の注釈ではない。だが、実質的には両「家づと」を俎上に載せたものと考えて間違いない。一例を見てみよう。たとえば、「玉ぼこの道行き人のことづても絶えてほどふる五月雨の空」（夏・二三二・藤原定家）の注釈は次のごとくである。

本歌、恋しなばこひもしねとや玉鉾の道行人のことづてもせぬ、この歌、家づとに、何のせんもなく五月雨には似つかはしからずとあるはいかゞ。道行人のことづてもたえてといへるにて、道のたえたるよしはしられたり。言伝ものもゝじに心をつけてみるべし。道のたえたるは五月雨の日数ふるまゝに、何橋などのたえたるをいふ。道のたえたるが五月雨の情なれば、似つかはしからずなどいふべき歌にはあらず。

宣長が本歌を活かしきれていないことを指摘するのに対して、清風は第三句「ことづても」の「も」の字に注目し、橋が落ちて道が絶えたことを類推させる働きに言及する。そして、道が絶えたことは「五月雨」と因果関係にあるとして、宣長の説に反論するのである。もちろん、『尾張廼家苞』を俎上に載せる注釈もあって、両「家づと」を念頭に置いた注釈書であると言えよう。

近代に入ってからも、「家づと」比較論は続く。飯田年平『石園歌話』（明治十七年八月成）は、文字通り歌論書であるが、その末尾に新古今集歌五十一首の評釈が掲載されている。(24) 自序は次の通りである。

　上件の事どもをかきすさぶほど、美濃・尾張の両家苞をつらつら見るに、ついでにその歌のいかにと覚ゆるふしぶし、又両家苞の説のさしもあらじとおもふ処々を論じて、をこがましくもかく書つけて、しりへにそふる事となりぬ。猶さるべき人の添削をも乞ひて後考へ定むべし。

年平の注釈は、歌そのものに疑義をおぼえたものと、両「家づと」に疑義をおぼえたものとに分類することができる。その中で後者について一例見ておきたい。「うらみずや憂き世を花のいとひつつ誘ふ風あらばと思ひけるをば」（春下・一四〇・俊成女）の注釈は次のようなものである。

　初句、正明がうらみずやはあるべきの意といへるはひがことなり。しかしかならずやといひてやはの意になるやもじとは同格にあらず。さる例もなし。此歌花の世をいとひてちりし事を嘆息する趣意なるを、正明の説の如くにて、ただちるをうらむといふまでの事なり。さらばいとひつつさそふ風あらばなどは、何の料にいへりとかせんと、あやしく解きあやまれるものかな。さて初句のやは傍書のよのかたよろしかるべし。

年平は初句「うらみずや」の「や」文字の解釈をめぐって、正明が反語の「やは」の意にとって解釈することを批判して、歌全体の趣意が痩せ、本歌取りの詞章が無意味になってしまうと主張する。後半は『尾張廼家苞』も同意見であるが、これをさらに敷衍した議論を展開しているととらえることができる。

このように、『尾張廼家苞』が出版されてから、両「家づと」を踏まえた注釈が現れた。だが、本格的に両「家づと」を比較する注釈は、『美濃尾張家苞倶羅倍』の出現をもって新しい段階を迎えた。『家苞倶羅倍』は林重義による注釈で、明治三十五年十一月に出版された。重義は下総出身の歌人で『類題清風集』に入集している。

『家苞倶羅倍』には、同年五月の自序があり、そこには次のように記されている。

おのれ一日書肆にいたり、本居氏の著せる美濃の家苞を繙き、新古今集の歌の意味深きをしり、購ひかへりてよく視るに、その解釈のすぢに意に通はぬふしぐ〵のいと多かるは、おのれがまなびの浅かりしゆゑと身をせめ、人にもたゞしたり。かくて友人某の書写されたる石原氏の著せる尾張の家苞をみるに、その解釈おのれの意と仝じきものいと多かれば、老の身のつかれも忘れて幾たびとなく繰かへし彼の韋編三たび絶の思ひありき。されどかりものをくりかへしみるの心苦しさに、おのれも写しとらばやとおもひたち、さて写しゆくまにく〵いつしか二書の説のよしあしをくらぶるやうになりもて行。勢ひおのれの卑見をもいはでえへぬ事とはなりぬ。つらく〵思ふに国語活語の霊妙なる活きの其深き処を速にさとり、和歌和文の優美なるおもむきのそのひそめるおくを早く探らむには、こゝらある書どものうち、新古今集をおきて何かは是にまさるものあらむ。いまやかゝる愛たき書を彼のさかしたつ外つ国人にはやく学ばれて、其解釈をもしや彼らより受るにも至りなば、其恥何とかいはむ。あはれ我が国家の為に末頼もしき初学の人々、早く斯の書を繙き、国文国歌の道を進みたまへかし。

これによれば、『美濃の家づと』を買い求めて一通り見たが、合点のいかないところが多々ある。そこで今度は『尾張廼家苞』を見たところ、『美濃の家づと』で疑問に感じたところが多く解決されていたというのである。韋編三絶のごとく『尾張廼家苞』を熟読するに至り、今度は本腰を入れて二書を比較し、私見も交えて仕上げたのが本書である。序中の「国語活語の霊妙なる活き」というのは、いわゆる活用研究のことで、重義には『国語活語早まなび伝授書』（明治三十六年十二月刊）の著作もある。また、「外つ国人」の件りは、日露戦争前夜の国情を鑑みれば、伝統的古典文学に根ざした排外的ナショナリズムを読み取ることもできるが、それはあくまでも時局に照応する発言であって、重義自身の思想・信条とは別次元の問題と考えるべきであろう。

ともあれ、『美濃の家づと』が厳選し、『尾張廼家苞』が補足した歌すべてにコメントを付した注釈書であって、文字通り本格的な「家づと」比較論であるといってよい。まず、その概要を整理して、統計的に表すことにしたい。両「家づと」に対する評価は、大きく分けて四つのパターンに分類することができ、それぞれに該当する数値を添えると、次のようになる。『美濃尾張家苞倶羅倍』は『尾張廼家苞』に掲載された歌も対象としているが、両書を比較するという目的のために、総数は『美濃の家づと』に掲載された六九六首とすることにした。なお、重義は『美濃の家づと』を「甲」、『尾張廼家苞』を「乙」と称している。

A、甲勝ち（乙負けを含む）　四四首
B、乙勝ち（甲負けを含む）　二九六首
C、甲乙引き分け
　ア、同論　一八八首
　イ、甲乙ともによい　二〇首
　ウ、甲乙ともによくない　一二首
　エ、代案を提示　三一首
D、裁定なし　一〇五首

これを見れば、重義が裁定を下したもののうち、過半数が乙勝ち（石原正明『尾張廼家苞』）であることがわかる。これは考えてみれば当然であって、批判書は批判する対象の論点に照準を絞って攻撃するからである。どうしても先に出たものの方が分が悪いものである。もし『尾張廼家苞』を受けて宣長に反論する機会が与えられたならば、やはりその反論の方が有利なはずである。したがって、『家苞倶羅倍』における「乙勝ち」の多さは問題にする必要すらない。むしろ、不利であるはずの「甲勝ち」が一定の割合で存在することの方が驚くべきであるとている。

言ってよかろう。たとえば、冬・五九七の具親歌について見てみよう。『美濃の家づと』は次のような注を付している。

千五百番歌合に　　　　具親

今よりは木葉がくれもなけれどもしぐれに残るむら雲の月（冬・五九七）

今よりはといふ詞は、木葉がくれのなきへかゝれるのみ也。下句までへかけては見べからず。下句は、時雨故に、むら雲の残れる月といふ意にて、木葉は残らねども、村雲の残りて夫にさはる月也。

宣長が指摘する点は二つあって、一点目は初句「今よりは」が下句へはかからないということ、二点目は四句「しぐれに残る」のは「むら雲」であるということである。これに対して『尾張廼家苞』はそれぞれに反論する。

木の葉がくれはなけれども、今はよりは時雨の村雲に残る月といふ事なれば、むねと下句へかゝれり。されど木葉がくれのなきも、今よりの事なれば両方へかけてみるべきものなり。

残るとは月の事也。語勢を味ひみるべし。木葉にかくれし月が落葉後も時雨の村雲に残りて猶くまなしとはいひがたしと也。

「今よりは」は上句と下句の両方へ係ると考えるべきと述べ、「残る」のは月であるとしている。この両者を『家苞倶羅倍』は次のように裁断する。

甲はむら雲の残れるなりといひ、乙はのこるとは月のことなりといふ。一首の意は、今よりは木の葉がくれはなけれども、時雨の空に村雲がのこりて雲がくれに月がなるとなり。甲の説よろし。然れども初句今よりはゝ二句木の葉へかゝり、木の葉の縁は四句残るへかゝるをいはざりしは何故か。乙の説、月が村雲に残るといふ事うけがたし。

まず「残る」の主語について、宣長説を支持して「むら雲」であるとする。正明が「月が村雲に残る」とした説は肯定できないというのである。正明が、残るのは村雲ではなく、月であるとした理由は「語勢」であるというのだが、村雲説を覆すほどの説得力は持ち得ていない。重義はそのことに言及しているのである。なお、一点目の「今よりは」の係り所については、宣長説に疑義を呈しているけれども、それは宣長が重視した「縁」（よせ）による結び付きに意を払わなかったことへの不審からであった。要するに宣長の側に立った批判であると言えよう。この他にも「甲勝ち」とする裁断は少なからずあり、説の当否については先入観を持たずに対処していたと推察される。

さて、『家苞倶羅倍』は『美濃』と『尾張』を比較し、これを公平公正に評価したものと言うことができる。たとえば、「風通ふ寝覚めの袖の花の香にかをる枕の春の夜の夢」（春下・一一二・俊成女）をめぐる両「家づと」の議論を次のように裁いている。

甲は桜にはうとしといひ、乙はいかでかさくらにうとからんといふ。いづれも一理あり。かゝる例はことば書などにも依ることあり。一概に論ずべからず。梅の歌を花とのみよみたる例もあり。古今集、人はいさ心も知らずふるさとは花ぞ昔の香に匂ひける。

第三句「花の香」について、梅か桜かということを問題にしている。宣長は梅であるとし、正明は桜であるとする。これに対して重義は、それぞれに「一理」あるから、「一概に論ず」るべきではないというのである。和歌の解釈を一義的に決定することによって、作品に内在する豊穣な可能性を切り捨てる危険性を回避することに成功したと言えよう。なお、現代の注釈では、当初は梅花の意で詠まれたが、新古今集に収録されるにあたって桜花に読み替えられ、そのことによって「異なった華麗な展開を遂げ」たとしている(25)。このように両書の意見が対立する場合でも、一方に与するわけではなく、それぞれの良さを指摘するのである。

甲は初句のはもじを調のうへにてほめ、乙は二句のもゝじをことわりのうへにてほむ。こはいづれもほむべ

きてにをはにして、甲乙の評優劣なし。（春上・一・藤原良経）
甲は細密を述べ、乙は幽邃を説く。（春上・二六・藤原秀能）
此歌、かけ合に風調に、甲乙の説いづれもよろし。（春上・六三・藤原定家）
必の説、甲は幽玄、乙は厳確。（秋上・三〇六・七条院権大夫）

このように『美濃』と『尾張』の議論の分かれるところについて、両者の良いところを指摘しているのである。一刀両断に決めてかかるのではなくて、すくい取れるものはすくおうとする姿勢は注釈史においては重要である。判断は次の代にゆだねればよいからだ。なお、これらは先の分類ではCイに該当し、二〇首を数える。

もちろん、議論には方向性を異にして袂を分かつ類いもあれば、土俵に乗ったために泥沼にはまることもある。ここでは西行歌をめぐる議論を見てみることにしよう。宣長が西行歌に対して厳しい見方をしていたことはよく知られているが、とりわけ字余りの句の多さについて批判している(26)。

五もじの句を、六もじによみ、七もじの句を、八もじによむことは、其句のなからに、あいうおの内のもじある時にかぎれることなり。たとへば〽身にしあれば、〽須磨のあまの、〽花のいろは、〽きくやいかに、〽いせのうみや、〽しがのうらや、〽風のおとは、〽いはでおもふ、などの如し。七もじの句も、なずらへて知べし。大方古今集よりこなた、此格にはづれたる歌は、をさ〳〵なきを、新古今集のころにいたりて、西行慈円など、これを犯して、みだりにもじのあまれる句を、おほくよまれしより、近き世になりては、殊に多し。右の格にはづれたるは、いと聞ぐるしき物也。

宣長にとって文字余りの句には、半ばあたりに母音を含まねば成立しないという鉄則が存在した。それは古歌の原則であった。それを乱す者は著名な歌人であっても許せない、というわけである。このような非難は『美濃』にも、「初句もじあまりいと聞ぐるし。此法師の歌、此病つねにおほし」（春上・七）や「三の句、もじあまりいと聞ぐるし、例の此ほうしの、わろきくせなり」（冬・六〇三）などと散見される。ここでは春上・七九番歌を見ておこう。『美濃』は次の通りである。

西行

よし野山さくらが枝に雪ちりて花おそげなる春にもある哉（春上・七九）

ちりてといへる詞、花のかたへひゞけり。下句、此集のころにては、此法師のふりなり。

「下句」とは結句「春にもある哉」の字余りを指す。[27]「此法師のふり」を指摘せずにはおられないのである。これに対して『尾張』は次のごとく反論する。

げに此下句は上人の常調也。されど二三の句にいとよく相応してちからあり。軽易に過たる歌に非ず。

西行の癖を認めた上で、これに反論を試みるのである。これに対して『家苞倶羅倍』は「甲乙の評者よ、作者の誰たるに拠りて歌の優劣を論ふなかれ。この歌、下句も頗豪壮の風調なり」と評している。西行歌であるという点で適正な議論ができず、隘路に入り込んでしまったというわけである。同様のことは冬・六九七番歌にもあり、『家苞倶羅倍』は「甲乙ともに其人によりすききらひありて其歌を論ず。故に其説穏当をかくはをしむべし」と注意を促している。このような例を見れば、論争書の辿りがちな道が顕在化する。それは注釈史や受容史における泥仕合という側面であって、論争が陥りやすい蹉跌を言い当てていると言ってよかろう。

このように両者を公正に評価したり、論争の問題点を指摘したりすることは研究史的には重要な位置付けであることは間違いない。だが、そのことが『家苞倶羅倍』の最大の功績というわけではない。やはり『家苞倶羅倍』における最も重要な意味は、『美濃』や『尾張』を検討した上で、両者に納得できない場合に、これに代わる解釈を提出したことであろう。先の分類ではCェに該当する。ここには三一例を数えるが、もちろんそれらのすべてが『美濃』や『尾張』を止揚して出来した解釈とは到底いえない。中にはそのいずれよりも後退していると見なさざるを得ないものもある。だが、長い注釈史の蓄積の前では前進と後退は必ずしも判別できない場合もある。ましてや両書のみを対象にしている『家苞倶羅倍』においては、異説を捻り出すことは至難の業なのである。違いを出そうとして先祖返りすることはよくあることだ。事ほど左様に、注釈を前進させることは難しい。たしかにそのことは新古今集注釈史という点では興味深いことである。しかしながら、そういったことは『美濃の家づと』の受容の歴史を扱う本章から逸脱するテーマなので、割愛せざるを得ない。

六、結語

『美濃の家づと』は草稿の段階において、門弟たちが入手し、これを回し読みをした。さらには宣長に質問をぶつけてきたのである。柴田常昭をはじめとする門弟である。刊行されてからも批判にさらされた。村田春海や荒木田久老などといった、鈴屋派と敵対するグループの領袖が先頭に立った。そういった経緯の中で、最も大部な物が石原正明『尾張廼家苞』である。正明は宣長の門弟であるが、その筆鋒は鋭く、『美濃の家づと』を粉砕した。その後は二つの「家づと」を比較する注釈が多数出現した。近代になって出版された林重義『美濃尾張家苞倶羅倍』が決定版であるといえる。

新古今集は古今集をはじめとする三代集にくらべて、少なくとも近世中期までは必ずしも研究が進んでいるとはいえなかった。そういった中で、『美濃の家づと』は宣長の和歌的志向によって世に問われたのである。その後は賛否両論の渦巻く中で受容された。宣長が推進した新古今風は、賀茂真淵が広めた万葉風とともに、近世後期の歌壇を席捲した。かつては勅撰集を数えた三代集が和歌史の常識であり、現代でもそれは変わりないが、それとともに、万葉集・古今集・新古今集を「三大集」と称して、その歌風が国語科中等教育の中で教えられている。その知名度は三代集を凌ぐほどである。どうして新古今集がこれほどまで重視されるようになったのか。そのルーツをたどっていくと、『美濃の家づと』に行き着くことになるのである。

注

（1）宣長が生涯に詠んだ歌のうち、古風歌の占める割合はたかだか五パーセントに過ぎない。
（2）『排蘆小船』〔五九〕（『本居宣長全集』第二巻、筑摩書房、一九六八年九月）参照。以下、本章所引の宣長の文章は筑摩版全集による。
（3）拙著『本居宣長の思考法』（ぺりかん社、二〇〇五年一二月）第一部第四章「先行注釈受容の手法――『美濃の家づと』の注釈法」参照。
（4）岩田隆「本居宣長年譜」（『宣長学論究』、おうふう、二〇〇八年三月）参照。
（5）『石上稿』の直後の歌が寛政二年四月一日であることを根拠とする。
（6）『古今集遠鏡』初稿の脱稿も同年九月である。
（7）日野龍夫「上田秋成――『呵刈葭』に見る近世最大の論争」（『日野龍夫著作集』第二巻、ぺりかん社、二〇〇五年五月）参照。
（8）拙著『村田春海の研究』（汲古書院、二〇〇〇年一二月）第三部「村田春海の歌論」および第四部「反江戸派の歌論」参照。
（9）引用は天理大学附属天理図書館蔵『稲掛のぬしへまゐらする書』に拠る。以下の大平宛書簡も天理図書館蔵本に基づく。
（10）春海の主張は大平との論争を経て歌論『歌がたり』において展開される。
（11）拙著『村田春海の研究』第三部第一章「歌論生成論――『ささぐり』の成立とその位置」参照。
（12）拙著『村田春海の研究』第五部第一章「随筆論――『織錦斎随筆』の成立」参照。
（13）引用は『新古今集古注集成』近世新注編1（笠間書院、二〇〇四年六月）よりおこなった。
（14）『信濃漫録』「歌の風致の論」。引用は『日本随筆大成』第一期十三巻（吉川弘文館、一九七五年二月）に拠る。
（15）鈴木淳「本居宣長『美濃の家づと』における定家歌の改作」（『国学院雑誌』七十九巻六号、一九七八年六月）参照。
（16）雑下・一八四三の清輔歌が『美濃の家づと』では取り上げられるが、『尾張廼家苞』には欠落しているために、一首の誤差が生じている。なお、寺島恒世「新古今注『尾張廼家苞』について――注釈の基本的態度――」（『山形大学紀要（人文科学）』

十四―三、二〇〇〇年二月）は『尾張廼家苞』を基礎的、総合的に研究した論文として価値が高い。本節は当該論文によって得られた知見に基づく。また、同「気韻の和歌―新古今注『尾張廼家苞』の要諦」（『江戸の〈知〉――近世注釈の世界』、森話社、二〇一〇年一〇月）も『尾張廼家苞』の特徴と魅力を縦横に論じて有益である。なお、本章で引用する『尾張廼家苞』は『新古今集古注集成』近世新注編2（笠間書院、二〇一四年一〇月）によった。

(17) 引用は『日本歌学大系』第三巻による。なお、当該歌学書は宣長が師事した近世二条派において基本文献とされていた。『近世歌学集成』上・中（明治書院）参照。

(18) 『うひ山ぶみ』には「まづ世間にて、頓阿ほふしの草庵集といふ物などを、会席などにもたづさへ持て、題よみのしるべとすることとなるが、いかにもこれよき手本也。此人の歌、かの二条家の正風といふを、よく守りて、みだりなることなく、正しき風にして、わろき歌もさのみなければ也」とある。

(19) 引用は『日本随筆大成』第一期二十一巻（吉川弘文館、一九七六年五月）に基づき、版本で校訂した。

(20) ただし、一番目の「年をへて」は上句に異文があり、「年も経ぬ祈る契りは初瀬山」である。

(21) 正明は宣長の注釈全般に対して批判したわけではなく、『古今集遠鏡』については高く評価している。『尾張廼家苞』にも「先生の注さくは古今集の遠かゞみなどやうに心ゆきてのみあるを、此書はいかなる事にか、物隔てかゆき所をかくこゝちのみぞする」（春下・一七三・宮内卿）とあり、『年々随筆』三には「大かた注さくをよみては、ねぶたうのみなり行に、これはいとけうありてめさむる心地す」と記している。

(22) 引用は『増補国語国文学研究史大成7 古今集 新古今集』（三省堂、一九七七年一一月）に基づき、版本で校訂した。

(23) 片山享「福住清風『をられぬみづ』について」（『甲南国文』三十三号、一九八六年三月）参照。引用は同「校本「をられぬみづ」稿（一）〜（五）」（『甲南女子大学研究紀要』二十二号〜二十七号、一九八六年三月〜一九九一年三月）よりおこなった。

(24) 尾崎知光「『石園歌話』覚え書」（『愛知淑徳大学論集』十九号、一九九四年三月）参照。なお、引用は当該論文よりおこなった。

(25) 久保田淳『新古今和歌集全評釈』一（角川学芸出版、二〇一一年一〇月）参照。

(26) 『玉あられ』歌の部「もじあまりの句」。

(27) 注25に同じ。

第四章　『源氏物語玉の小櫛』受容史

一、本居宣長と源氏物語

本居宣長が源氏物語に出会ったのが正確にいつの時点であるかということは必ずしも明らかではないが、今井田家に養子入りし、「今華風」と号した二十歳頃には、『源氏物語覚書』という覚書を著し、源氏に対する関心が高かったことがうかがえる。京に留学した宝暦二年には『箒木抄』を書写し、翌年には『弘安源氏論義』を書写している。そうして古典文学研究の研鑽を積む中で、次のような源氏物語観を披露している（『排蘆小船』〔五一〕）。

倭文ハ源氏ニ過ル物ナシ。源氏ヲ一部ヨクヨミ心得タラバ、アッパレ倭文ハカヽルヽ也。シカルニ今ノ人、源氏見ル人ハ多ケレド、ソノ詞一ツモ我物ニナラズ、今日文章カク時ノ用ニタヽズ。タマ〳〵雅言ヲカキテモ、大ニ心得チガヒシテ、アラレヌサマニカキナス、コレミナ見ヤウアシク、心ノ用ヒヤウアシキユヘ也。

和文を執筆するための実用書として源氏物語は意味があるというのである。そのように源氏を他の古典文学と同等の扱いをしていた宣長が、源氏中心主義にシフトするのは、おそらく『湖月抄』を購入し、精読を始めた宝暦七年八月からであろう。翌年から門弟を相手に講義を始める。生涯を通じておこなった四回の講義は次の通りである。(1)

第一回　宝暦八年夏〜明和三年六月三十日（式日二日・六日・九日）
第二回　明和三年七月二十六日〜安永三年十月十日
第三回　安永四年正月二十六日〜天明八年五月十日
第四回　天明八年六月二日〜寛政七年四月二十九日（藤末葉まで）

四回の通読は門弟からの要請という要素もあったであろうが、宣長の志向が源氏に合致していたことを意味している。第一回の講義を始めた頃には『安波礼弁』と『紫文訳解』を著し、宝暦十三年六月には『紫文要領』をしたためた。(2) そこから安永六年七月以前にこれを改題、改訂して『源氏物語玉の小琴』とし、さらに寛政年間には『源氏物語玉の小櫛』一の巻・二の巻とした。(3) 宝暦年間に一旦は完成を見た『紫文要領』が三十年の歳月を掛けて『玉の小櫛』として刊行されたことの背景に、『古事記伝』の執筆という要素が絡んでいたことは言うまでもない。たとえば、そのことを『玉の小櫛』六の巻の末尾（若紫巻の後）に次のように記している。

上件《ノリツ》五巻は、思ひとりたる事ども、をさ〳〵のこさず、しるしいでつるを、次々なほそこらの巻々、末いと長きを、事しげき身には、えたへずなん有ければ、しばしこゝにとぢめてむとす。さるはいと〳〵くちをしく、いふかひなきわざとは思へど、我身七十ちかくなりて、いとゞけふあすもしらぬ、よはひの末に、むねと物する、古事記のちうさくなどはた、いまだえ物しをへざるうへに、何やくれやと、むつかしくまぎるゝことどもはた、いと多くてなん、思ひの外に、今しばしながらふるやうも有て、心もほけず、いとまもあらば、又々もおもひおこして、すぎすぎしるしもつぎてんかし。

年齢が七十近いこと、『古事記伝』も完成していないこと、万事多端であることなどを理由に以下の巻の注釈を簡素にすることを宣言している。

とはいえ、改題・改訂を経て出版まで漕ぎ着けた背景には、やはり源氏物語に対して並々ならぬ思い入れがあったことを指摘することができる。古学への志とは別に源氏物語に対する情熱があったのである。ただし、情熱だけではどうにもならないこともある。門弟から源氏物語注釈の貸し出しを依頼された折に、次のような返事をしている。

一、源氏物語玉の小櫛之義ハ、いまだ出来不レ致、わづか計ならでハ出来不レ申候。此物語注釈多く御座候内、先ハ湖月抄を御覧可レ被レ成候。（寛政五年五月二十三日付千家俊信宛書簡）

おそらく『古事記伝』執筆および出版に手間がかかるために、後回しにせざるを得ないというわけであろう。仕方がないので、次善の策として『湖月抄』を参照するようにアドバイスをしているのである。

このように沈滞していた『玉の小櫛』刊行が劇的に変わる重要な出来事があった。すでに指摘されていることであるが、浜田藩主松平周防守康定が宣長の源氏講釈に感銘を受け、『玉の小櫛』の出版を強く所望されたという事情があった。[4] 次のような書簡がある。

一、愚老先年、源氏物語の玉の小櫛と申物を書かけ置申候処、近頃周防守殿右之書を板行被レ致度由にて、何とぞ早々書立申候様に被レ申候に付、近来とりかゝり、一ぺん草稿出来申候。右の書の大体は、先づ源氏物語の大意幷作者何かの事、又年紀の図、人々の年紀の考、異本挍合の事、注釈共の論など書申候て、物語の注は桐壺、帚木二巻、右之通此度板行致可レ申と存候。周防守殿序も願置申候。右に付貴君の御序も一篇入れ申度候間、何とぞ御案じ被レ下候様に致度候。序は枕詞など多く入れ、随分文章花やかなるが宜候間、其御心得にて奉レ頼候。（寛政八年九月二十三日付藤井高尚宛書簡）

長年の出版計画が殿様の一声で軌道に乗ったのである。『玉の小櫛』の構成も大意幷作者何かの事（一・二の巻）・年紀（年立）の図（三の巻）・異本校合の事（四の巻）・注釈（五から九の巻）と具体化している。浜田藩主の件は『玉の小櫛』に収録された藤井高尚の序文にも記されている。

此めでたき玉の小櫛を、こたみかくとり出たまふよしは、うごきなき石見の国、しき浪よする浜田の里をしらせたまふ、色かへぬ　松平の君の、かしこくもきこしめし及びて、ねんごろにとひ給へるに、此翁の君しも、めかりしほやきとかいふらむやうに、いとまなくて、あらたまの年久しく、とりも見たまはざりけるを、くしげの中よりさがし出て、あかづけるをのごひきよめて、奉り給へるを、おなじくは世にひろめて、天のしたの人のたからとなしてんと、ありがたくおもほしよりて、せちにそゝのかしたて給へるになんありける。

ほかの多くの著作と同様に、門弟からの強い要請によって上梓に踏み切ったというわけである。そこから今度は『玉勝間』の出版作業と重なっていた。『学業日録』によれば、寛政八年九月十八日に清書（板下作成）を始め、寛政九年九月四日に板下を書き終えている。板下執筆と並行して校合刷の確認作業も進めた。九の巻の再校の確認を終えたのは寛政十年七月のことである。ただし、誤植等の確認作業のため、すぐに版本が流布することはなかった。再校校了から十ヶ月後の寛政十一年五月にようやく下板し、待望の版本が流通することになった。

以下本章では、『玉の小櫛』の享受を通して宣長の源氏学が果たした役割を検証したい。

二、先師著作の補遺――鈴木朖『源氏物語玉小櫛補遺』

『玉の小櫛』は同時代、そして後世においてどのように受容されたのか。一の巻「おほむね」・二の巻「なほおほむね」に記された「物のあはれを知る」説については、本書第二部第四章を参照されたい。『玉の小櫛』の注釈部（五の巻から九の巻）を直接の対象とした研究書を見ていきたい。まずは『源氏物語玉小櫛補遺』である。鈴木朖が『源氏物語玉小櫛補遺』を執筆するきっかけとなったものは、『玉の小櫛』自体にある。『玉の小櫛』巻の七巻頭には次のような文章が記されている。

末摘花よりつぎ〳〵の巻々よ、又々もとは思ふものから、そはいとたのみがたきわざにしあれば、としごろ考へ出つる事どものあるところ〴〵、こゝかしこと、書つけおきつるかぎりを、今とりあつめて、いさゝかながら、かつがつしるしつぎてんとす。はやくの注釈ども、ときひがめたる事共、見過しがたくおぼゆるふしぐ〳〵は、いと〳〵おほかれど、いかゞはせむ。はじめ五巻に、ものせしにならひて、見む人、さる心して、注釈どもは見よかしとぞ。

末摘花巻からは以前の書込を集成して仕上げ、新たに注を施すことをしないと宣言している。この方針を受けて、七の巻以降は明らかに簡素な注釈になっている。もちろん、宣長も昔におこなった注釈内容がよくないことは承知していて、若紫巻までの注釈を標準にしてほしいという、何とも頼りない希望を記している。それは前節でも触れたように、『玉の小櫛』に関わっている時間がなかったからである。

宣長自身は意に満たない『玉の小櫛』でも、やはり門弟への便宜のためには、最後までやり遂げなければならない。そういった思いは、『玉の小櫛』の末尾に置かれた次の歌に込められている。

なつかしみ又も来て見むつみのこす春野のすみれけふ暮ぬとも

この歌は「春の野にすみれ摘みにと来しわれぞ野をなつかしみ一夜寝にける」（万葉集・巻八・山辺赤人）を踏まえて、不本意ながら不十分な注釈を擱筆する心残りを表している。「春野のすみれ」とは紫のゆかり、つまり源氏物語のことを意味する。時間がなくてここで終わるけれども、源氏が慕わしいので注釈し残したところは再び取り組むことにしよう、といったところか。最後の最後まで『玉の小櫛』への未練を捨てきれないごとくである。捲土重来を期すという意気込みが見え隠れする。

このように『玉の小櫛』が注釈として未完成であることは、自他ともに認めるところであった。結局、宣長自身が『玉の小櫛』に再度取り組むことはなかったが、その志を継ぐ者が現れた。門弟の鈴木朖である。朖ははじめ漢学者に入門したが、後に宣長の門を敲き、主に国語学の方面で業績を残した。その朖が『玉の小櫛』の後を継ぎ、『源氏物語玉小櫛補遺』（文政三年春刊）を執筆、出版した。[5] 朖の奥書は次のごとくである。

故鈴屋大人の玉小櫛は成はてざる書にて、後の補ひをまたるゝ心なる事、奥書にいはれたるが如し。おのれ今其志をつぎてかく物しつるも、猶たゞかたそばにて更にたらへりとはいふべくもあらず。元よりをぢなきが上に、暇もなき程のしわざにしありければ、猶後の人の補ひ又正しをまつ心にてぞ。

宣長の意を汲んで、これを増補することを志したという。なお、本書自体もさらに増補を期待する旨述べているが、これは謙辞と考えるのが穏当である。有り体に言えば、師の著作の補遺を著すことの言い訳と言ってよかろう。増補にはそれなりに自信があったと思われる。

それでは、具体的に『源氏物語玉小櫛補遺』（以下『補遺』と略称）の中身を見ていくことにしよう。『補遺』は上下二巻より成り、玉蔓巻までが上巻で初音巻からが下巻となる。上巻には二四一箇所、下巻には二四〇箇所にわたる注釈が収録されている。そういった『補遺』の注釈内容を『玉の小櫛』との関係で整理すると、（1）師説の追認、（2）誤謬の訂正、（3）対案の提示、（4）遺漏の指摘、（5）注釈の補足、という五種類に分類することができる。順に見ていきたい。

（1）師説の追認

朖はさまざまな面において宣長からの期待も大きく、その期待に応えるべく努力した。『補遺』においてもそれは明確に表れている。朖は宣長と同様、細かい本文校訂について吟味する。たとえば、「げによくこそと」（篝火、二丁ウ）について、宣長は「ともじ衍なるべし」としているが、朖はこれを受けて、「小櫛にいはれつるごとく、一本にはともじなし」と追認している。これについて、宣長がどのような根拠に基づいているかということは不明であり、おそらくは係り受けの不自然さがその理由であろうと思われるが、朖は異本という客観的な証拠を提示しているのである。ここからは単に師説を盲信するというのではなく、師説を補強しようという意思を読み取ることができる。

また、「なよびかにおかしき事はなくて云云」（箒木、一丁オ）について、朖は次のように論じている。

> 是は巻々にある歌をおとしめいへると同意にて、源氏の君の事をかくいふは、即作者の卑下にて、この物語の作りざまの、つたなくおかしからぬよしを、下にことわりたるなり。かたの丶少将の物語、又いせ物語などのふりとは、かはれるよしなり。されどそは、心ありてわざとしか作りたるものにて、物のあはれを深くして、見る人のことにふかく感ずるやうにせんためなる事、小櫛の初の、大むねの所にとかれたるが如し。

箒木巻冒頭における源氏の毀誉褒貶の噂について、世間の評判に反して本当は地味であったことを「作者の卑下」と評している。だが、それも作者の下心があって、読者に「物のあはれ」を知らせるためであるというのである。ここで朖は注釈部を追認するのではなく、『玉の小櫛』一・二の巻にわたる「大むね」に言及し、これを称揚するのである。たとえば、それは次のような箇所を指している。

> 此物語は、よの中の物のあはれのかぎりを、書あつめて、よむ人を、深く感ぜしめむと作れる物なるに、此恋のすぢならでは、人の情の、さま〴〵とこまかなる有さま、物のあはれのすぐれて深きところの味《ヒ》は、あらはしがたき故に、殊に此すぢを、むねと多く物して、恋する人の、さま〴〵につけて、なすわざ思ふ心の、とり〴〵にあはれなる趣を、いとも〳〵こまやかに、かきあらはして、もののあはれをつくして見せたり。

このように注釈部を追認するだけでなく、総論部についても評価の対象としているのである。

（2）誤謬の訂正

『補遺』が『玉の小櫛』の「補遺」である以上、『玉の小櫛』が犯した誤謬を指摘し、これを訂正することが不可欠である。たとえ敬仰する師の説であっても、そこに過誤があればこれを是正しなければならないのである。『補遺』において、宣長説に言及する箇所で最も多いのはこの項目である。朖は師説の誤謬を訂正することが、むしろ師説の価値を高めることを確信していたのであろう。

たとえば、「女みこたちなども」（花宴、十二丁ォ）について、『補遺』は次のように記している。

小櫛に云云とあれど、いかゞあらん。天子臣下の子をみことの給ふ事ありや、いとおぼつかなし。

「云云」とは何か。もちろん当該箇所における『玉の小櫛』の注釈である。それでは『玉の小櫛』はどういう注釈内容なのか。次のごとくである。

みことあるは、姫宮たちのごとく聞ゆれども、こゝのやうを思ふに、なほ右大臣の御むすめたちの事とこそ聞えたれ。源氏君の御姉妹としては、事のさまおだやかならず。

「女みこたち」を内親王とした旧説に異議を申し立て、宣長は「右大臣の御むすめたち」と解釈している。朖はこれに反論しているわけである。見てわかるとおり、『補遺』の書き方は『玉の小櫛』本体を前提になされている。言い換えれば、『玉の小櫛』を座右に置いて読むべき書という認識なのである。要するに、『補遺』は『玉の小櫛』に従属する注釈書ということができよう。

（3）対案の提示

朖は宣長の門弟として、誤謬を訂正することが学問を進展させるという理念のもとに『補遺』を著したが、誤謬と言い切ることができない微妙な注釈に関しては、これに対案を示している。たとえば、「そこらつどひ給へる人の」（榊、四十二丁ゥ）について、『玉の小櫛』は次のように述べている。

これは、つどひたる人のとあるべき文なり。中宮をおき奉りて外は、皆女房のみなれば、地の詞に、給ふといふべき例にあらざれば也。

これに対して『補遺』は次のように記す。

小櫛に云云とあり。朖按ふに、つどへ給ふにてもあるべし。

地の文における敬語法の不備をいかに解消するかという観点から、宣長は敬語を割愛するという選択をし、朖は「つどふ」を自動詞から他動詞に変更することによって、問題を解決しようとした。いずれも問題の所在の認識という点では共通しているが、具体的な処理の方向性が異なる。両説併記の理由がここにあるといってよい。

また、「波風にさわがれてなど《ン》」（明石、二丁オ）について、『補遺』は次のように述べる。

一本になんとゝあるを、小櫛によしとせられたれど、今思ふに、など《ン》もあしくはあらじ。

『玉の小櫛』四の巻の校異において、宣長が「なんと」を採用していることを否定するのではなく、「など《ン》」とする対案を提示するのである。このような処置は、判断を後世に委ねるという意向を反映したものと見なすことができる。必ずしも過誤といえない箇所に対して、穏当な処置であるといえよう。

（4）遺漏の指摘

朖は寛政四年に入門し、宣長から教えを受けたが、講義等で宣長から直接聞いたことを記していることもある。たとえば、「あやしと見たてまつり給へるを」（桐壺、八丁ウ）に次のようなことを書いている。

こゝに脱あるべしと、故大人にさきにきゝたるを、小櫛にはもらされたり。

これは『玉の小櫛』にない注釈を宣長からの伝聞により遺漏を埋めようとした箇所と言える。このような指摘はここだけであるが、『玉の小櫛』の注釈部にない宣長説が補われているところはまだほかにもあるかもしれない。

（5）注釈の補足

『玉の小櫛』には指摘されていないが、宣長の精神を受け継いで記したと思われる種類の注釈がある。一つは（A）「ど・ば・も」などのてにをはの訂正であり、もう一つは（B）俗言による解説をあげることができる。

（A）てにをはの訂正

宣長はてにをは研究を推し進め、係り結びの法則を明確に定式化した。その成果は『てにをは紐鏡』や『詞の玉緒』として公にされた。宣長はそういった文法を文学作品の読解に用いたのであるが、それと同時に本文の誤写の推認にも応用するようになったのである。文法法則に反する用法は改めなければならないというのである。たとえば、「おぼしこりにけると」（空蟬、二丁）について、『玉の小櫛』は次のように記している。

るは、りを写し誤れるなるべし。すべて後の世の人は、古詞づかひの、定まり有しことを、えしらずして、けりといふも、けるといふも、たゞ同じことと心得たるから、なほざりにして、りとるとを、たがひに写し誤れることおほし。心すべし。

これは活用形に関する誤謬を指摘した箇所であり、宣長が得意とする議論である。その誤謬は誤写に起因するものであるという判断から、これを原状回復する方向へと向かう。異文のあるなしにかかわらず、文法法則に依拠して改変するのである。このような改変は『補遺』に頻出する。「何がし此寺にこもり侍るとは」（若紫、十一丁ウ）に対して「るはりを誤れり」と指摘するのをはじめとして、「すけせしめたてまつりてしに侍る」（夢浮橋、七丁ウ）に対する「るは、例のりをあやまれるなり」まで、十箇所以上の指摘がある。必ずしも全部を認めるわけにはいかないが、文法法則を根拠にして改変するという信念が受け継がれ、応用されたと考えることができる。

また、宣長は文の係り受けについて、非常に厳密に考えていた。それゆえ、係りと受けとの関係によって、「ど」と「ば」とは厳密に区別しなければならないと考えたのである。たとえば、「くれかゝりぬれど」（若紫、七丁ウ）について見てみよう。『湖月抄』の本文は次の通り。

くれかゝりぬれど、をこらせ給はずなりぬるにこそはあ《ン》めれ。はやかへらせ給なんとあるを、だいとこ、御ものゝけなどくはゝれるさまにおはしましけるを、こよひはなをしづかにかぢなどまいりて、いでさせ給へと申す。

これについて、宣長は次のように注釈している。

　どはばの誤なるべし。日も暮かゝりぬる故に、人々、云々 はやかへらせ給なんと申す也。然るを後の人、おこらせ給はずへかけて、ばにては聞えずと思ひて、さかしらにどと改めたるか。さらでもどとばとは相誤れること多し。こゝの文は、どにては、中々にとゝのはざること也。其故は、くれぬれどといふは、地の詞、おこらせ給はず云々 は、人の申す詞なれば、其堺に、詞なくてはとゝのはず。よく味ひ見べし。

ここで宣長は「くれかゝりぬれど」の部分がどこに係っていくかということに焦点を絞って、「ど」ではなく「ば」でなければ「とゝのはざる」と述べているのである。なぜそのように判断するかといえば、それは「くれかゝりぬれど」は地の文であり、「おこらせ給はず云々」は会話文であるから、係り受けの関係から考えて順接の「ば」でなければならないというのである。この判断の当否については、議論のあるところであるが、[6]「ば」と「ど」という文脈を左右する助詞に注目するところが宣長注釈の特徴でもある。

　このような係り受けに従って、字句を改変することは腴もおこなっている。たとへば、「おもひいづれど」（野分、八丁ゥ）について見てみよう。

　そらのけしきもすごきに、あやしくあくがれたるこゝちして、何ごとぞや、又わが心に思ひくはゝれるよと、おもひいづれど、いとにげなきことなりけり、あなものぐるおしと、とざまかうざまに思つつ……。

空の景色のおそろしさのために気もそぞろになってしまって、これまでのことを振り返ったり反省したりするという場面である。ここについて、腴は次のように述べている。

　どはばを誤れるなり。何事ぞやとあやしみて、さて思ひ出て見れば、といふ意なり。

この処理は必ずしも異本などの根拠に基づく改変ではなく、純粋に文脈の読解に依拠した改訂である。それは文の係り受けといった文脈読解に基づく改訂であり、宣長の精神を受け継いだ注釈と言ってよかろう。

(B) 俗語による解説

宣長は俗言による注釈を重視した。全首全文俗語訳をおこなった『古今集遠鏡』がその代表であるが、それ以外にも俗語による注釈が散見される。たとえば、「あさましきまで」(桐壺、六丁オ)について、「此詞は、よき事にも、あしき事にもいひて、俗言に、けしからぬきものつぶれたことなどいふ意也」と記している。このように俗言による言い換えを記した例は枚挙に暇がない。それは宣長の語釈の有力な方法であった。朖もこれを引き継いで俗語を用いた語釈をしている。たとえば、「そこはぢにこそあらめ」(空蟬、五丁オ)に対して「持は、今俗にいふせきの事なり。唐《モロコシ》の碁の書に見えたり」という注釈を記している。俗語訳は朖にとっても重要な古語解釈の方法であった。『補遺』刊行の翌年に朖は『雅語訳解』を刊行している。それは平安朝の物語等から抽出した「雅語」をイロハ順に立項し、これに俗語を配置するという形式である。「ぢ」の訳語には「碁にぢとあるは今いふせきなり」とある。この訳は『補遺』から切り出したものである。つまり、『雅語訳解』は『補遺』の俗語訳の部分を抽出して発展させた辞書ということができよう。今試みに『補遺』と『雅語訳解』とに共通する被注語を抜き出して、双方を対照させると次のようになる。

被注語	玉の小櫛補遺	雅語訳解
けしきばみ〔末摘花〕	俗に気持があるといふ意の詞なり。	ケブラヒヲシラセル　キモチヲミセル
くはや〔末摘花〕	こゝにての意、俗にそりやといふ詞のごとし。	是《コ》ハヤの転也。俗にソリヤといふがごとし。

心ゆかぬな《ン》めり〔紅葉賀〕	心ゆくとは、俗に存分なといふことなり。	存分ナ　ムネガハレル
つみふかき身のみ〔須磨〕	つみは前世の罪にて、俗に因果なる此身といふ意なり。	因果ナ身ノ上
あぢきなし〔薄雲〕	俗にらちもないと云が如し。	ムヤクナ事ヂヤ　ラチモナイ
おほな〳〵かはらけとり給云々〔少女〕	こゝにては、俗に随分奇特にといふが如し。	分相応ニ
はなはだひざうに〔少女〕	ひざうは、今俗に法外といふ意ときこゆ。	非常也。法外なる事にもいふ。
花におれつゝ〔胡蝶〕	おれはおろけのつまりたるなり。俗にうつゝぬかしてといふがごとし。	おろけてのつまりなり。タボケテ　ウツヽ、ヌカシテ
人もうんじ給ぬべければ〔槇柱〕	うんずは、俗にあいさうつかすといふが如し。	アイサウツカス　セイキラス
つれなうて〔槇柱〕	俗に、何くはぬ貌してゐて、といふにあたる。	シラヌカホシテヰル　ジイツトシテヰル　ドウヨクナ　ジヤウガコワイ
かたへはきほひあつまり給ふ〔上若菜〕	かたへはゝ、俗に一ツはといふに同じ。	ヒトツハ
万の事につけてめであさみ〔下若菜〕	あさみは、浅ましがりのつまりたるにて、俗に興をさまし、きもをつぶすといふごとく、めでおどろく事をいふなり。	キヨウサマス　アキレル　驚くにも感ずるにもいふ。あさましがる也。

ひさしうえためらひ給はず〔柏木〕	ためらふは、俗に見あはすといふが如し。	ミ合セル　チ、ウスル
鳥のせうえうの物〔夕霧〕	せうえうは、川せうえうなどのせうえうにて、俗に殺生といふにあたれり。せうえうしていけどりたる鳥をいふなるべし。	ユサン　河せうえうハウヲ殺生也。

見て明らかなように、『雅語訳解』は『補遺』で検討した注釈の中から俗語訳に関するものを再利用して構成していることがわかる。もちろん、『雅語訳解』は収録語数が約一四〇〇語であるから、ここに引用したのはそのほんの一部に過ぎない。しかしながら、『雅語訳解』が研究史上はじめて、俗語によって古語の意味と用法を解説した辞書であることを斟酌すれば、それに先立つ『補遺』の果たした役割はおろそかにはできない(7)。しかも、それは『玉の小櫛』の補遺でありつつ、『古今集遠鏡』の精神を受け継ぐ注釈書であることも注目に値することである。

以上見てきたように、『補遺』はさまざまなレベルにおいて『玉の小櫛』を補い、宣長の古典文学研究を推し進めようとする注釈書であると言ってよかろう。

三、後進の挑戦――橘守部『湖月抄別記』

橘守部は伊勢国に生まれたが、学統としては特にこれといった師匠を持たず、独学で国学を修めた。その学問の本領は神話研究にあったが、平安朝の物語や和歌の研究にも業績を残した。天保五年十二月序の『湖月抄別記』もその一つである。「湖月抄」の名はあるが、それは『湖月抄』をテキストとしたこと以上の意味はなく、守部自身が「此書湖月抄別注とは名づけたれど、まことは源注拾遺玉ノ小櫛の別注のごときなり」（序）と記すように、契沖『源註拾遺』と宣長『源氏物語玉の小櫛』を対象とした注釈書である。桐壺・帚木の二巻のみであるが、そこには守部の『玉の小櫛』観が垣間見え、さらには平安朝文学研究の要諦が記されていると言っても過言ではない。桐壺巻では一〇六箇所、帚木巻では一一六箇所にわたって加注している。ここでは、その中から（1）『玉の小櫛』批判、（2）語源研究への進展、（3）パラフレーズの模索、という三点に絞って『湖月抄別記』の特徴を観察したい。

（1）『玉の小櫛』批判

『湖月抄別記』は『源註拾遺』と『玉の小櫛』を俎上に載せた注釈書であるが、とりわけ『玉の小櫛』に対する批判は厳しい。あたかも一連の宣長著作批判の一環であるかのごとくである。[8] 守部の『玉の小櫛』批判は多岐にわたっているが、宣長が文脈理解の観点から本文の誤脱を想定し、これを補おうとする態度を批判するものを見てみることにしよう。桐壺巻の末あたり（三十一丁オ）に対する注釈である。

心のうちには、たゞふぢつぼの御ありさまを、たぐひなしとおもひ聞えて、さやうならん人をこそみめ。にるものなくもおはしけるかな。おほいどのゝ君、いとおかしげにかしづかれたる人とはみゆれど、こゝろにもつかずおぼえ給て、おさなきほどの御ひとへごゝろにかゝりて、いとくるしきまでぞおはしける。

光源氏が継母にあたる藤壺に理想的な女性像を見出し、心にさざ波が立ち始めるというシーンである。「こゝろにもつかずおぼえ給て」に対して、宣長はつぎのように記している。

此上に詞たらず脱《オチ》たるにや。その故は、さやうならん人をといふより、人とは見ゆれどといふまでは、源氏ノ君の心を、直《タダ》にいへる語、心にもつかず云々 は、物語の地よりいへる語なれば、かならずその堺に、云々《シカジカ》といふ詞なくては、とゝのはず。さるは後の人の、写すとて、おとしたる物か。はたもとより紫式部が、とりはづして誤れるものか。此たぐひなること、巻々にをり〱ある也。

物語にはいわゆる草子地の文と会話文・心内文があり、それらは明確に区別されているはずである。合理的に考えて、それらを峻別するために「云々《シカジカ》と」という語が置かれるべきである。それがないのは後人の誤写か、著者の錯誤かのどちらかであるというわけである。このような判断に基づいて、宣長は源氏物語の本文をしばしば改変した。守部はこれに対して草子地の特殊性という観点から次のように批判する。

大かたは冊子地にうつる所は隔てたる詞あるべきなれど、悉くしかせんも煩わしき事もある故に、をり〱は其句中にこめおく事もなどかなからん。こは結ぶべきてにをはを結び切ずして下へいひつゞけ、又詞に皆までいはで省きおく事のあるたぐひ也。こゝはおはしけるかなとあるかなの嘆息に、源氏君の心をこめて其次の詞より直に冊子地の詞也。かなの下にとやおぼすらんなど含めてきくべし。その故は、源氏の御心より大いどのゝ君又かしづかれたる人とは見ゆれどなどは、いかでか宣はん。共に皆冊子の地より云詞とあらはに聞えたるものをや。よく味はへて詞のいひなしを聞しるべきにこそ。

守部の見解としては、後世の誤写や著者の誤記ではなく、草子地の特殊性であるというのである。このような源氏物語において、地の文と会話文・心内文の境界が不分明な点について、後に中島広足によって「うつり詞」という概念で認識されることとなり、その考え方は近代の物語研究に継承されることになる。(9)

もちろん、この他にも個別具体的な例について『玉の小櫛』における宣長注を批判していくのであるが、『玉の小櫛』に注のないものにも言及するのである。たとえば、桐壺巻冒頭近くの「めをそばめつゝ」について、守部は次のように記している。

そばめとは、そば〱しと云、そばと同じ。そばとは、凡て稜《カド》ある物を云。（中略）枕《ノ》冊子に、木はといへる中に、そばの木、はしたなきこゝちすれどもとあるも、そばと云名を、そば〱しきよしにいへる詞なり。

されぱめをそばむと云も、目を引立て物を見るより云ひて、俗に目角をたつると云と、同じ心ばへなる詞なり。小櫛は、いかに心得られたるにか、此言に注せず。

このように守部は「そばめ」について用例を挙げつつ、その語義を推定するのであるが、「小櫛」はこれを全く取り上げていないと批判するのである。『湖月抄別記』が単なる源氏物語の注釈であれば、先行注釈を訂正したり、独自の自説を積み上げることだけで十分であろう。先行注釈が取り上げていないことを指摘する必要はいささかもない。『湖月抄別記』が「小櫛」を名指して批判する必要はないのである。あえて「小櫛」が注釈していないことをあげつらうのは、「小櫛」に必須の箇所への着目がないことを顕在化させるためであろう。つまり、わざわざ「小櫛」を非難することが目的の一つであったということである。そういった意味で、『湖月抄別記』は一連の宣長批判の文脈で把握する必要があるだろう。

（2）語源研究への進展

次に宣長の古語の解釈の方法について、明確に反旗を翻したことを指摘することができる。そもそも宣長は「語釈」について、いかなる考え方を持っていたのか。たとえば、『古事記伝』三之巻において、古事記冒頭の「天地《アメツチ》」に関する解釈について、次のように述べている。

天地は、阿米都知《アメツチ》の漢字《カラモジ》にして、天は阿米《アメ》なり。かくて阿米《アメ》てふ名義《ナノココロ》は、未思《ダヒ》得ず。抑諸《モロモロ》の言《コト》の、然云《シカイフ》本《モト》の意《ココロ》を釈《トク》は、甚難《イトカタ》きわざなるを、強《シヒ》て解《トカ》むとすれば、必僻《ヒガ》める説《コト》の出来《イデク》るものなり。

「天地」の「天《アメ》」について「名義《ナノココロ》は、未思《ダヒ》得ず」として、最初から語義の追究を放棄しているように見える。しかしながら、「名義《ナノココロ》」とはいわゆる「語義」ではなく、「語源」を意味するものだったのである。それは続く文に「然云本《シカイフモト》の意《ココロ》」とあるからだ。要するに、つねに語源に基づいて言葉の意味を説き明かそうとすると、無理が出て間違った考えが発生するというのである。宣長はこのことを『うひ山ぶみ』の本文（ツ）「語釈は緊要にあらず」の注釈の中で、次のように詳述している。

語釈とは、もろ〳〵の言の、然云本《フ》の意を考へて、釈《トク》をいふ。たとへば天《アメ》といふはいかなること、地《ツチ》といふはいかなることと、釈《ト》くたぐひ也。こは学者のたれもまづしらまほしがることなれども、これにさのみ深く心をもちふべきにはあらず。こは大かたよき考へは出来がたきものにて、まづはいかなることとも、しりがたきわざなるが、しひてしらでも、事かくことなく、しりてもさのみ益なし。されば諸の言は、その然云《フ》本の意を考《へ》んよりは、古人の用ひたる所をよく考へて、云々《シカジカ》の言は、云々の意に用ひたりといふことを、よく明らめ知るを、要とすべし。言の用ひたる意をしらでは、其所の文意聞えがたく、又みづから物を書《ク》にも、言の用ひやうたがふこと也。然るを今の世古学の輩、ひたすら然云《フ》本の意をしらんことをのみ心がけて、用る意をばなほざりにする故に、書をも解し誤り、みづからの歌文も、言の意用ひざまたがひて、あらぬひがこと多きぞかし。

古事記冒頭の「天地」を例として、「然云《フ》本の意」を解くことは学者が真っ先にしたがるけれども、必ずしも追究しなければならないことではない、というのである。「然云《フ》本の意」は知らなくても不便はないし、知っても大して益するところがないという。それでは宣長は語義を理解するためにどうすればよいと考えているかといえば、「古人の用ひたる所」を知ることが重要であると主張するのである。「古人の用ひたる所」とは「用法」と言い換えることが可能であろう。用例を知らなければ、古書を理解することもできないし、自ら文章を執筆したり、歌を詠んだりすることもできないというわけである。要するに、宣長は「語源」の探究よりも「用例」の博捜と「用法」の分析が重要であると言っているのである。「語釈は緊要にあらず」というフレーズは、語義探究の断念を示唆するものではなく、語源研究の限界を指示するものだったのである。

さらに宣長は『玉勝間』八の巻「言の然いふ本の意をしらまほしくする事」（四一三）を記して、あるべき

「語釈」の方法の周知を徹底した。次のような文である。

今の世古学をするともがらなど殊に、すこしとほき言といへば、まづ然いふ本の意をしらむとのみして、用ひたる意をば、考へむともせざる故に、おのがつかふに、いみじきひがことのみ多きぞかし。すべて言は、しかいふ本の意と、用ひたる意とは、多くはひとしからぬもの也。たとへばなか〳〵にといふ言はもと、こなたへもかなたへもつかず、中間《ナカラ》なる意の言なれども、用ひたる意はたゞ、なまじひにといふ意、又うつりては、かへりてといふ意にも用ひたり。然るを言の本によりて、うちまかせて、中間《ナカラ》なる意に用ひては、たがふ也。又こゝろぐるしといふ言は、今の俗言《ヨノコト》に、気毒《キノドク》なるといふ意に用ひたるを、言のまゝに、心の苦《クルシ》きことに用ひては、たがへり。さればこれらにて、万の言をも、なずらへ心得て、まづいにしへに用ひたるやうをさきとして、明らめしるべし。言の本にのみよりては、中々にいにしへにたがふことおほかるべしかし。

ここでは「然いふ本の意」（語源）と「用ひたる意」（用法）の相違について言及する。「なかなか」という言葉の語源は「こなたへもかなたへもつかず、中間《ナカラ》なる意」であるけれども、用法は「なまじひにといふ意」また転じて「かへりてといふ意」であるという。また、「こゝろぐるし」は元来は「心の苦《クルシ》きこと」であるが、一般には「気毒《キノドク》なるといふ意」に用いるという。この二例で明らかなように、言葉は語源よりも用法を重んじることが語義研究としてすぐれていると宣長は考えたのである。

このように宣長が繰り返し繰り返し「然いふ本の意」（語源）を探究する研究に警鐘を鳴らすのは、それなりに理由がある。日本古典文学に関する先行語義研究が語源研究に偏重していたこともさることながら、漢学・儒学における語義研究が必然的に語源研究に頼らざるを得ないという事情があった。漢学・儒学は外国語研究であるから、用例を博捜し用法を抽出することには限界があったわけである。宣長はそういった語義研究は「漢意《からごころ》」であるとして、厳しく糾弾した。宣長の「語釈は緊要にあらず」には、このような経緯があったのである。

これに対して守部は真正面から異議を唱える。桐壺巻冒頭近くの「いとあつしくなりゆく」について、守部は次のように述べている。

拾遺云「日本紀に、彌留をアツシキと訓み、又篤癃をアツエヒと訓るに合せて思へば、病の軽きを薄しと云ひ、重きを厚しと云にや。小櫛云、身よわく病あるをいへり。拾遺に云云《シカぐ》といへるは、物語にては協はず」とあり。凡てかやうに云ひのがれおくが、彼の小櫛の心ぐせなりけれど、そはなかなかにひが心得なり。その故は、たとひ時代に依て転る事ありとも、其本より解きさだめずして、いかでか末々の転用を明らむる事あたはん。身よわく、病あるをいふとは、きのふけふのうひ学びも、察して知べき処なれど、さやうに解んは、只推量といふものにて、学者の釈にはあらず。今拾遺の説に就て弁へむに、大病をあつしといふは、物にあまた見えて論なし。

契沖が『源註拾遺』で日本書紀の訓みに基づいて「病の軽きを薄しと云ひ、重きを厚しと云」と推定したものを宣長は採用しない。物語には適用できないというのがその理由である。これに対して守部は、宣長の処理を言い逃れであるというのである。守部によれば、後世に転用されることがあっても、「其本」(語源)を解明することによって、その語の用法もまた解明することができるというわけである。さらに守部は宣長の注について、初学者にもできる「推量」であって「学者の釈」ではないという。激越な批判であると言ってよかろう。

それでは守部はいかなる理念によって、語義解明の方法として語源探究を位置づけようとしたのか。守部はそのことを「猶いぶせさをかぎりなくの給はせつるを」(桐壺、八丁オ三行)の注釈の中で語っている。

凡て詞の転るはおのづからにして転るわざなれば、いかさまに転り活きゆくとも、其故なくすぢなき方に転じゆくものにあらず。是につきても言語を解くには、先づ其言の本源より解そむべきわざにぞある。本を究めて末の解ざる事ある事なし。然るに本居氏の此物語の釈ざまは、上にも往々いひたれど、後世の儒者の小説物をさたすめるふりに擬はれたるなれど、そはものにこそよれ。此物語や、今は凡そ八百五十年来の古書なるものを、物語書といへば古今をいはずいたく変転せるものとして、語釈もとゞかざるさまにあなづり貶せるは、いとおふけなきわざなりかし。仮令今世の俚言といふとも、凡て人の口より云ほどの言に、むげに其の所縁《ユエ》なき言のあらんやは。守部が今かく言の意をかにかく云を、さる説にならへる輩は、うるさき方におもふべけれど、元来言の本義をたづねんものともおもひたらぬは、其言語を重みせざる心ぐせより起るわざなりければ、うるさかりなんとはしる〳〵かくはいふ也。

守部には、言葉はたとえ「変転」しても、しかるべき道理に従って転じるはずであるから、語源を解明するところから始めるのが筋であるという信念があった。それゆえ、語源（本）を知れば語義（末）がわかると考えたのである。このように「言の本義」から語義を解明する手法は、宣長および宣長門下とは真っ向から対立するものであるが、それは必ずしも宣長が批判した牽強付会な旧注に逆戻りすることを目指したわけではない。あまりにも禁欲的であるがために、語義検証が窮屈になってしまう弊害から抜け出そうという意図があったと思われる。宣長が切り捨てたものの中に重要なことがあると気付き、それを拾い上げようとしたのである。そのようなことは宣長門流にはなかなかできないことであろう。

（3）パラフレーズの模索

『湖月抄別記』には『源註拾遺』や『玉の小櫛』とは無関係に、守部独自の趣向を組み込んだ注釈法が見える。その最も特徴的なのは、難解な文脈について言葉を補ってパラフレーズするという行き方である。左に列挙しよう。

①凡て此あたり詞すくなにして、初学の輩には聞とりがたかめるさまなれば、此間十行許詞を添て左に注すべし。〔いとよう似たりしゆゑかよひて見え給ふも云云〕

②なほ此条より八行の間、いかゞくちをしからぬといふまで、何れの註にても行とゞかず。又ひが説も多く、文のつゞきもきゝとりがたきさまなりければ、くはへ言してさとすべし。〔かたりもあはせばやと〕

③此段実にきゝとりにくきつゞきがらどもなりければ、上の詞より例の卑言をくはへてさとす也。〔たのもしげなきうたがひあらんこそ〕

④猶さても初学のほどの耳には、聞とりにくきさまなれば、例の卑言をそへてさとす也。〔手をゝりて云云の歌〕

⑤今此説にもとづきて、次に省る語どもをそへてさとさむに。〔はかなき花もみぢといふも云云〕

⑥此条も耳近き詞にして、何とかや文義の聞とりにくげなるさまに見ゆ。故例の卑言をくはへてしらす也。〔このさがなものを云云〕

⑦今三葉の神無月の比ほひと云より、十行許のあひだ例の卑言をくはへてさとすべし。〔この人のいふやう云云〕

⑧さて此段、古注もたがひ、小櫛の釈もひが事にて、何れにもよりがたかれば、此行より八九行の間、例の卑言をくはへてさとす也。〔伊予の介はかしづくや云云〕

⑨かくて以下の文ども、きのふけふより見そむらん人には、聞とりがたげに見えたれば、例の打まかせたる卑言どもをくはへてさとす也。〔まことに心やましくて云云〕

以上のように、原文のままでは聞き取りにくいので、「初学の輩」に対する配慮として適切な「卑言」を添えたというのである。また、いずれの注釈でも了解が難しいと述べていることも注目すべきである。つまり、守部は古典文学作品を理解し研究する際に、注釈という方法が無力であると諦観した。それを補完するために「卑言」によるパラフレーズを編み出したわけであるが、それは守部による古典文学作品への方法的模索であったということができよう。

具体例を検討しよう。比較的短い⑤を原文とともに掲出すると、次のごとくである。

〈原文〉はかなき花もみぢといふも、をりふしの色あひつきなくはかぐ〱しからぬは、露のはへなくきえぬるわざなり。さるによりかたき世ぞとはさだめかねたるぞやといひはやし給ふ。

〈卑言〉はかなき花もみぢといふ〔と〕も、をりふしの色あひつきなくはかぐ〱しからぬは、露のはえなく消〔て見え〕ぬわざなり。〔まして妻とすべき女は大かた何事もたらはではかなひがたし。〕さるにより〔て上のをり〱えらぶ事の〕かたき世ぞとは定めかねたるぞやと〔きんだちとも〲〕いひはやし給ふ。

要所要所に言葉を忍ばせて文章表現の理解に資することを目指している。補う言葉は助詞などの些細なものから、動作主体といったもの、あるいは文脈理解上あってしかるべきと考える言説を大胆に補う場合もある。このような補足によって、格段にわかりやすくなったと言ってよかろう。

ところで、⑦の末尾に次のような言説が記されている。

さて右の内、他はたゞ文義をくみしらせんまでにくはへし詞どもにて、本文の方にさる言どもを省るにはあらず。雅文と俗文との差《ケヂメ》のみなり。

添加した言葉は本文に省略された言葉ではないというのである。この指摘は重要である。というのも、添加した言葉は原本復元のためではなく、原文理解に資するためだからである。また、守部は言葉の添加を「雅文」と「俗文」の違いに求めている。このこともまた重要である。つまり、雅文を雅文のままで理解することは至難の業であって、言葉を加えることによって俗文的にする必要があるというのである。これは必ずしも語彙レベルの問題ではなく、より一段高い文体レベルの問題である。その証拠に添加された言葉は俗語ではなく、純然たる雅語だからである。雅語を添えて文脈を敷衍した文章が初学者向けであるというのはわかりにくいが、それが「俗語」的であるというのは示唆的であると言ってよかろう。

なお、守部は「卑言」を添加するという方法を応用し、『土佐日記舟の直路』を刊行した。天保十三年のことである。それは原文を活かしながら、随時あるいは適宜言葉を差しはさむことによって、古典文の理解を促進するという方法であって、宣長が編み出した全文俗語訳の手法とは異なる啓蒙化と言ってよい。この手法は近代期以降は継承されることはなかったが、古典文学が一般に普及する際に辿った道の一つとして銘記すべき事柄であると言えよう。

以上のように、『湖月抄別記』は主に『玉の小櫛』に基づきつつ、これを批判することを念頭に置きながらも、新たな注釈法を模索したという面もあり、単なる未刊の注釈書の一つとして済ますには惜しいほど豊富なアイデアが含まれているのである。

四、私淑者の飛翔――萩原広道『源氏物語評釈』

萩原広道は宣長没後に生を受け、大国隆正に弟子入りするが、独自に国学を修め、宣長に私淑した一人である。宣長の『てにをは紐鏡』『詞の玉緒』の当否を検証し、係り結びの法則に修正を加えたことでも有名である。[10]広道が『源氏物語評釈』を出版したのは嘉永七年（文久元年）のことである。病没したために花宴巻で中絶しているが、『源氏物語評釈』は近世源氏研究の中でも白眉と評されている。[11]『源氏物語評釈』はそれまで絶対的テキストとして広く利用されてきた『湖月抄』に代わって、源氏物語の本文を提供したという点が特筆される。つまり、それ以前の源氏物語注釈は『湖月抄』に基づいて、その丁付けに従ってこれに上書きする形で注釈が蓄積されてきたのであるが、『源氏物語評釈』は新たに本文を提示することにより、源氏物語をそれ単独で読むことができるテキストとして出版したのである。幕末に刊行されたことも含めて、近世における源氏物語注釈の総決算の意味合いがあると言ってよかろう。もちろん、源氏物語の本文を提供したことだけが『源氏物語評釈』の功績ではない。それ以外にもさまざまな成果を残しているが、ここでは『玉の小櫛』との関係という観点で整理してみたい。

まず、広道は総論下「此物語注釈どもの事」において、諸注釈を解説する中で『玉の小櫛』を次のように評している。

さて其次に、本居《ノ》翁の玉《ノ》小櫛あり。此書は物語といふものゝすべてのやうを論ぜられたること、いとこまやかにして、昔より其類《ヒ》あることとなし。中にも作りぬしのこゝろしらひどもを、此物語の中に何となくかすめていはれたるを見出て、巻々のさる所々を引あつめて其よしを注せられたるなどは、かけても思ひ及ばぬかうがへなるに、物のあはれをしる事、物語のむねとあることなるよしをいはれたるなども、昔よりの注どもにたえていはれぬ事にて、いとめづらかにめでたきこと、上《ノ》条にかつ〴〵引出ていへるがごとし。猶其委しきよしは、彼《ノ》書の一二の巻にいひ尽されたれば、今はそれにゆづらひて略きたることゞも多し。かならず別《コト》に見るべき也。

先行諸注釈とは違って、『玉の小櫛』の要諦は物語概論にあると広道は見ていた。それは『玉の小櫛』一の巻から二の巻に及ぶ「大むね」に記されている。広道はそれを「作りぬしのこゝろしらひ」と「物のあはれをしる事」の二点に要約している。前者の「作りぬしのこゝろしらひ」とは『玉の小櫛』に「作りぬしの本意」という語で示されたものであり、それらは物語の内部にちりばめられていると宣長は考えた。それを源氏物語の各巻にあるさまざまなシーンの中から抽出して、そこから作者の物語観を読み取ろうとしたのである。とりわけ宣長は螢巻に著者の物語論の本質があると見た。『玉の小櫛』一の巻には次のようにある。

さて紫式部が、此物語かける本意《ホイ》は、まさしく螢巻にかきあらはしたるを、それもたしかにさとはいはずして、例のふる物語のうへを、源氏君の、玉かづらの君に、かたり給ふさまにいひて、下心に、この物語の本意をこめたり。

このように宣長は、作者紫式部が螢巻における源氏と玉鬘の対話の中に、物語というものの本質を忍ばせたものと確信したのである。特に次に引用する源氏の台詞の中に物語の本質が原寸大で表現されていると考えた。

さてもこのいつはりどもの中に、げにさもあらむと、あはれを見せ、つき〴〵しくつゞけたるはた、はかなしごととしりながら、いたづらに心うごき、らうたげなる姫君の、物思へる、見るにかた心つくかし。

宣長はこの箇所について、次のように注釈を入れつつ、解説している。

物語は、おほかたつくりこと也とはいへども、其中に、げにさもあるべきことと思はれて、作り事とは知《リ》ながら、あはれと思はれて、心のうごくこと有と也。いたづらにとは、作り物語を見て、心をうごかすは、何のかひなく、いたづらなればいふ。古今集の序に、絵にかけるをうなを見てといへる、是也。らうたげなる姫君の云々は、古物がたりに、さるさまを絵に書たるを見る也。心つくも、心うごくと同じやうの心ばへ也。下心、げにさもあらんと、あはれを見せといへる、これ源氏物語のまなこ也。此物がたりは、しか物のあはれをしらしむることを、むねとかきたるもの也。

物語は虚構であるけれども、虚構であることを知りながら読者の心をうち振るわせるものであること、それが源氏物語の眼目であるというのである。「下心」とは先の引用にもあったように、表層の物語内容とは別に作者の意図を指す用語である。つまり、物語の中にその物語の意図が込められているのであるから、漢籍による勧善懲悪や儒教や仏教による善悪是非の判断といった尺度をあてはめるのは間違っているというわけである。

それでは、源氏物語に書かれた「下心」とは何なのか。それが広道が指摘する二点目の特徴「物のあはれをしる事」ということになる。これについては『源氏物語評釈』の総論「物語の心ばへ幷物のあはれを知るといふ事」に次のように取り上げられている。

物のあはれを知るをよしとし、しらぬをあしとしたる事も、小櫛にくはしくいはれたれば、必《ズ》見るべし。この事のすぢを知ざれば、此《ノ》物語見ても、其深き心ばへをしるによしなし。実《マコト》にこの物のあはれを知るといふ事物語ぶみのむねとある事は、この本居先生《ノ》ぞはじめて見いでゝ、委しく説述《トキノベ》られたるにて、いとも〱心ことにめでたき考になん有ける。

宣長が「物のあはれを知る」説が物語の要諦であることを見破り、それを詳しく論述したことを広道は絶賛しているのである。広道は「物のあはれを知る」説に関しては、『玉の小櫛』を参照することを指示して、あえて詳述することは避けているが、逆にそのことによって広道がいかに「物のあはれを知る」説を全面的に支持しているかがわかる。『玉の小櫛』には補足説明が必要ないくらい精緻な議論が展開されていると見ているのである。こういった「物のあはれを知る」説を広道は源氏物語の叙述の中に見出し、これを注釈の中で指摘している。次の通りである。

・かくかすかなるすまひするわび人ははかなきをり〱の木草の花又は空のけしきなどによそへても物のあはれを思ひしりたるさまをとりなしなどして、そのこゝろざしの傍よりも推量られたるこそ哀ならめと也。（末摘花、さやうなるすまひする人は云々）

・空のけしきさへをりからの風流なる物の感《アハレ》を見しりがほ也と也。（紅葉賀、見しりがほなるに）

このように宣長がうち立てた「物のあはれを知る」説を源氏物語の各場面に適用し、宣長の精神を受け継ぐ意志を表明したのである。

さて、広道が賛同したのは、むろん『玉の小櫛』の総論部だけではない。注釈部においても注釈の精神とその方向性を支持したのである。前出「此《ノ》物語《ノ》注釈どもの事」の続きを見てみよう。

さて巻々の注釈のやうも、さき〲の抄どもとはことかはりて、めでたき説どもの多かる中に、てにをはの格《サダマリ》、詞のはたらき様《ザマ》などは、此《ノ》翁の世に出られざりしほどは、いとたど〱しきことなりしを、はじめて委く考へ明らめられしほどのことなれば、語《コトバ》のうつりざま、はたらきざま、てにをはの係結《カヽリムスビ》などの脉《スヂ》、いと〱こまやかにして、みやび言のつかひざまは、此ふみにて始てあきらかになれりとぞいはまし。

各巻の諸注釈について、助詞や助動詞の規則、活用、係り結びなどといった、宣長が解明した文法法則に関する指摘が詳細ですばらしいと称賛する。また、雅語の用法が『玉の小櫛』によってはじめて明らかになったと評するのである。文法研究と注釈とは宣長国学を牽引する車の両輪なので、そういった意味で広道の指摘は核心を突いていると言ってよい。具体的に見ていくことにしよう。

広道が『玉の小櫛』の説を踏襲する場合、『玉の小櫛』の説をそのまま引用するだけのもの、引用した上で自らの「釈」の中でこれに賛同するもの、そして「釈」の中に『玉の小櫛』の説を要約して追認するもの、という三種類がある。一つ目はたとえば、「いづれのおほん時にか」（桐壺、二丁オ）について、広道は『玉の小櫛』が付した注をそのまま引用している。

此物語はすべて作り物語にて今《ノ》世にいはゆる昔ばなし也。さる故に昔いづれの御時にかありけん、かゝる事の有しといへるにて、此詞一部にわたれり云々。

冒頭からしてそうであるが、『玉の小櫛』の注釈を丸ごと引用することにより、宣長説を踏襲することが最も多い。これは総論で述べていた事柄を裏付けるものと言ってよかろう。

次に、二つ目について、「げに後におもへば」（帚木、三十二丁オ）をめぐる議論を見てみよう。これを含む源氏物語本文は次の通りである。

さるべき節会《せちゑ》など、五月《さつき》のせちにいそぎまいるあした、なにのあやめも思ひしづめられぬに、えならぬねをひきかけ、九日《こゝぬか》のえんにまづかたき詩の心をおもひめぐらし、いとまなきおりに、きくの露をかこちよせ、などやうのつきなきいとなみにあはせ、さならでも、をのづからげにのちにおもへば、おかしくも、哀《あはれ》にも、あべかりけることの、そのおりにつきなく、めにもとまらぬなどを、おしはからずよみいでたる、中々心をくれてみゆ。

雨夜の品定めのうち、左馬頭が女性談義の中で、かしこぶって時宜に合わせた趣向の歌を詠もうとする女の話を持ち出す。その女は自ら詠んだ歌を後になって振り返って、ああでもこうでもすればよかったと後悔するのは後の祭りであるというのである。会話文であることを差し引いても文脈が錯綜している観が否めない。これに対して『玉の小櫛』は次のような注釈を付している。

其歌を後に見て思へば也。げにとは、其歌に同心していふ也。さてこは、後に思へばげにと、うちかへして心得べし。さて又此所の語、さならでもおのづからと、後に思へばとは、二つに分てかへるにて、後に思へばさならでもといふ意にはあらず。かくてそのさならでもおのづからと、後に思へばとの二つを合せて、おかしくも云々と受《ケ》たる語にして、後に思へばおかしくも云々ともつゞき、又さならでもおのづからおかしくも云々ともつゞく意也。すべてかやうのところ、言のいひざま、てにをはなどを、こまかにわきまへて、すべての語の意を心得べし。よくせずはまぎれぬべし。

宣長はこの錯綜した文を「げに」の係り受けという観点から整理する。つまり、「げに」は「後におもへば」に係るのではなく、それを越えて「をかしくも、あはれにも」に係っていくと考えた。その上で「さならでも、おのづから」と「後におもへば」とが全くの並列関係にあって、それがともに「をかしくも、あはれにも」に係るというのである。この注釈に対して、広道は次のように論究している。

この玉小櫛の説まぎらはしきがごとくなれど、よく文脉《ノスヂ》を見得られたるもの也。くりかへし見てあぢはふべし。さてかくても猶いとなみにあはせとある語少しおちゐぬこゝちす。もしくは此下に詞脱たるか。試にいはゞなどといふ辞など有しを、上のなど〻重《カサナ》るやうに思ひてさかしらにけづりたるにや。

ここは一部留保しているように見えるが、全面的に宣長の文脈理解を支持している。その上で私案を添えているのである。たしかにこのように込み入った文脈を説明する注釈は丸ごと引用するほかないだろう。

三つ目について、「をりふしの色あひつきなく云々」（帚木、二十一丁ゥ）における議論を見てみたい。当該箇所は頭中将が妻選びの基準を話す中で、女を時節を過ぎて散る花紅葉に見立てる場面である。

花紅葉もそのをり〳〵の色あひはかぐ〳〵しからぬはすこしの光映《ハエ》もなく、いろの消はて〻興なきわざ也といふ意なり。露は花紅葉をにほはし出る物なる故に、いさ〻かの事をつゆといふ詞にかねていへるたくみ也。新釈にたゞ少ばかりの意にのみとかれたるはわろし。さてこれは本妻とすべき女のたとへなること、玉《ノ》小櫛にいはれたるがごとし。

物語の筋は省略するが、『玉の小櫛』に述べられた説を要約して提示し、これを追認しているのである。このような要約追認の注釈は少なからずある。このように文法、語法、語義などに関して、広道は宣長の見識に全幅の信頼を置いているごとくである。

さて、前掲の「此物語注釈どもの事」の続きを見てみることにしよう。

しかのみならず、大かたの書の見やう、人《ノ》情のおもぶくさまを、深く考へて物せられたりと見ゆること多くして、其説どもいとおだやかに、強説《シヒゴト》と聞ゆることはいと〳〵稀也。すべてもの〻ちうさくのみにはあらず、何事の説にても、人《ノ》情のおもぶく末々をこまかにさぐりて、其世のさま、作りぬしの意はいふもさら也。今の人の打きく所までも、深く思ひはかりて物せざれば、理《コトワリ》は理として、げにさなりとはうけあへぬものなるを、此翁の説はさる事までゆきたらひて、げにとおぼゆる事はなはだ多し。

文章表現上の語法や文法だけでなく、「人情のおもぶくさま」への洞察が行き届いているというのである。たとえば、宣長は『玉の小櫛』二の巻「くさぐ〳〵のこゝろばへ」の中で次のように述べている。

此物語、源氏君をはじめて、よき人としたる人のうへの事は、何事も、めでたきさまにほめたるに、そのよみ給へる歌のみは、ほめたる所一つもなくして、其人の他事《コトコト》のよきにあはせては、歌はあしきやうにいへることのみ、ところどころ見えたる。そは此物語の中の人々の歌は、みな紫式部みづからよめるなれば、ほむれば、われぼめになるゆゑ也。

源氏物語の中で詠まれる歌は、総じて地の文での評価が低い。「よき人」が詠んだ歌でも例外なく褒めることがないというのである。その理由として、作中の歌はすべて紫式部が詠んだ歌だから、褒めれば自慢になるからであるという。具体的に見てみよう。「かやうのすぢなども」（夕顔、二十一丁ウ）における『玉の小櫛』の注である。

かやうのすぢとは、歌よむことをいへり。心もとなきは、未熟なるよし也。さてかくいへるは、実に此歌のこゝろもとなきにはあらず。例の紫式部がひげ也。諸抄此意を得ず、ひがことなり。

これは夕顔が詠んだ「さきの世の契り知らるる身のうさに行く末かねて頼みがたさよ」に対する「心もとなかめり」という評語に対する分析である。旧注は地の文にある自己卑下の評語を額面通り受け止めて、良くない歌として解釈しているというのである。このことは確かに機転を利かせなければわからない事柄であろう。宣長が指摘するまで、そのことに着目した注釈が皆無であったことからもわかる。広道が高く評価するのは、このような物語の見方や読み方なのである。この他にも先行注釈が見出せなかった観点がある。広道はそういった点を宣長注釈の精髄であると考えた。

そうして広道は、各注釈を総括して次のようにまとめている（「此物語注釈どもの事」）。

然れば此《ノ》物語いできてよりこのかた、注といふ注の中には、この玉《ノ》小櫛にまさる物はひとつもなく、作りぬしのしたにおもはれたることを見得られたりとおぼゆる事も、またこの小櫛に過たるなんなかりける。これはあながちにほむるやうなれど、他《ホカ》の抄どもとくらべ見て、よく〳〵味ひしるべき也。

ほぼ絶賛と言ってよい。これまでに出た注釈の中で最もすぐれた物であるという認識を示している。師弟関係のない間柄を結ぶものが何であったのかは別にして、広道は宣長に私淑したということができよう。

もちろん『源氏物語評釈』は『玉の小櫛』をただ単に称賛ばかりしているわけではない。宣長を批判することもあれば、説の軌道修正を求めることもあった。一例だけ確認しておこう。「もとの品時世のおぼえ打あひ」（帚木、七丁ウ）について見てみたい。これは雨夜の品定めで左馬頭が自らの理想的な女性像を披露する台詞の発端である。

此段は上が上の品をいひてそれをば打おき、次に下が下の中にも思ひの外にめづらしき事あるをいへり。反対の文法なり。玉小櫛にこれをも中の品のうちなりといはれたるはいさゝかたがへり。

広道はここで話が上々品の女から下々品の女へと移る展開であるとし、これを「中の品の一種」（「うちあひてすぐれたらむも」の注釈）とした宣長を批判する。宣長説を盲信するのではなく、是々非々の態度で臨むのである。

ただし、ここの話題を「下品」としたのは広道だけでなく、『花鳥余情』や『湖月抄』もまた「下の品の人」としている。しかしながら、広道が「下が下」とするのは理由がある。それはそれまでが「上が上の品」を話題にしており、それとの関係で「反対の文法」で「下が下」に及んだと考えるのである。この「反対の文法」こそが源氏物語研究史上、空前の読解法であって、『源氏物語評釈』が単なる近世期の注釈の集大成で終わらない特質でもあった。「反対」について、凡例に次のように述べている。

これは其事の反《ウラ》うへに相対《ヒカ》ふをいふ。たとへば雨ふると日てると、夜と昼となどのごとし。其《ノ》事同じからずといへども、表裏《ウラウヘ》に相対ふをもて反対といへり。

人物や事柄が逆の関係を持つ「対」を「反対」と称する。それは同じ程度の対である「正対」と対極を成す。このような物語を分析するための用語を「法則」と呼んでいる。「伏線」や「抑揚」のように漢籍由来の批評語もあれば、「草子地」のような源氏物語注釈史上の用語もあり、都合二十一の「法則」を設けている。これらの用語を縦横に駆使して源氏物語を評論していくのである。

広道は総論「此物語に種々の法則ある事」の中で、次のように記している。

まづ一部にわたりて一部の法則《ノリ》あり、一巻ごとに一巻の法則《ノリ》あり、一段《キリ》ごとに一段の法則あり、一章《クダリ》ごとに法則あり、一句《コトバ》ごとに法則ありて、いさゝかなる事の末々まで、あやしきまでたらひたる法則あり。その一部にわたる法則といふは、時世年月の移《ウツ》るを経《タテ》とし、人《ノ》事のゆきかはるを緯《ヌキ》として、物語の趣《キ》を作りなすに、時世年月の移りゆく経《タテ》のかたにては、上《ノ》条にもかつゞいへるがごとく、まづ桐壺《ノ》帝の大御代其次に朱雀院の帝の御代、其次に冷泉院の帝の御代、其次今上としるしたる帝の御代、と定めおきて、其《ノ》中間《ナカラ》に必《ズ》物語のなき空《ムナ》しき年をおかれたる、これ法則《ノリ》なり。

大は物語全体から小は一文に至るまで、ことごとく「法則」が備わっているという。それは物語世界の中で緊密に連動して働いていて、しかも物語の時間と空間、および自然や人物、出来事などをすべて支配しているとするのである。そのようにして緊密な物語構造を分析することによって、期せずして旧説を葬り去ることもあった。たとえば、次の如くである（「此物語に種々の法則ある事」）。

さて又須磨のうつろひは、源氏《ノ》君のしばしの衰へをかゝん為なるを、はやく若紫《ノ》巻に其端をあらはして、北山にて良清に明石《ノ》上の事をかたらせたる、これその伏案にて、遠く須磨明石の巻をかくべき結構《シタガマヘ》の法也。これを見ても、かの石山寺にて、須磨明石の巻より作られたりなどいふ、旧説の妄《ミダリ》なるを笑ふべし。

若紫巻に明石の姫君のことを語る場面を設定しているのは「伏案」(伏線)であり、須磨・明石巻を書くための「結構」であるという。つまり、源氏が須磨へ流浪を余儀なくされることは、すでに若紫巻の段階でほのめかされていたことであるから、紫式部が石山寺に籠もって湖に映る月を見て須磨・明石巻を構想したという伝説が荒唐無稽であると論証するのである。もちろん、そのこと自体は広道がはじめて指摘したことではない。たとへば、『湖月抄』「師説」に「これは須磨明石をかくべき帳本なり」と記していることからも裏付けられる。しかしながら、個別の箇所において行う注釈と、これを物語全体に適用する評論とは根本的に異なる。広道の源氏物語の構造分析は、花宴巻で中絶したことを差し引いても、近世期に出た源氏研究の最高峰であるということができよう。

このような「法則」は広道の独創というわけではない。安藤為章『紫女七論』や賀茂真淵『源氏物語新釈』などがすでに物語の「文法」について言及している。また、その多くが漢籍、とりわけ白話小説の批評語によって占められていた。曲亭馬琴が読本を創作する際に設定した「稗史七法則」と重なるところも多い。それは批評だけでなく、創作にも活かされた。それゆえ広道は馬琴が絶筆した未完の『開巻驚奇俠客伝』を書き継ぐことができたのである。しかしながら、広道が拠り所とした法則は漢籍に基づく思考法であり、宣長が最も忌避し、排斥しようとした漢意であった。そういう意味で『源氏物語評釈』は『玉の小櫛』という藍から出た青であったということができよう。

宣長に私淑し、『玉の小櫛』に依拠しながらも、広道は注釈法を徹底しつつ、種々の物語法則を創設することによって、宣長から飛翔した。それは近代の文学研究を先取りするものであったと言ってよかろう。

五、結語

宣長にとって源氏物語はいかなる意味があったのか。宣長の業績はすべて『古事記伝』に収斂されるという考え方がある一方で、宣長国学の真髄は源氏物語研究にあるとする見方もある。宣長が相応の時間を掛け、相当の労力を傾けて源氏研究に当たったことは確かである。それは門弟、門外の区別なく、後進の研究者に十分に伝わった。宣長以後においては『玉の小櫛』をいかに受容し、いかに反論するかということが、源氏研究を発展させる試金石になったと見ることもできる。

それでは幕末維新期を越えて、『玉の小櫛』はどうなったのか。近代になって、外国文学研究の方法が導入され、源氏物語も作品論や作家論、あるいは準拠論や構想論などの緻密で論理的な研究が取り入れられた。そして、それぞれに新たな成果を導き出したと言ってよい。しかしながら、それらの多くは宣長が『玉の小櫛』の中で試みた研究の延長線上にあると言える。それゆえ、源氏物語研究史上、『玉の小櫛』の果たした役割はとてつもなく大きなものとなっているのである。

注

（1）岩田隆「本居宣長年譜」（『宣長学論究』、おうふう、二〇〇八年三月）参照。

（2）これに先行して『源氏物語抜書』を記している。杉田昌彦『宣長の源氏学』（新典社、二〇一一年一一月）第二部第四章「『源氏物語抜書』から『紫文要領』へ――評論的源氏研究の形成過程」参照。

（3）源氏物語の年立については、『源氏年紀考』から『源氏物語年紀考』・『源氏物語年紀図説』を経て『源氏物語玉の小櫛』三の巻「改め正したる年立の図」「巻々のとし立」が成立した。杉田前掲書第二部第五章「宣長の『源氏物語』年立研究――

竹川巻・紅梅巻の前後関係をめぐって」参照。

（4）康定は浜田藩士の小篠敏を松坂まで遣わし、宣長の講義を受けさせもした。岡田千昭『本居宣長の研究』（吉川弘文館、二〇〇六年一月）第八章「『源氏物語玉の小櫛』の出版事情」参照。

（5）奥付には「文政三年庚辰春新刻」とあるが、森嘉基の序文は「文政四年八月」の年記を有する。

（6）拙著『本居宣長の思考法』（ぺりかん社、二〇〇五年一二月）第一部第一章「本文批評の作法――『草庵集玉箒』の本文批評」参照。

（7）俗語訳成立史上における『古今集遠鏡』および『雅語訳解』の位置については、本書第二部第二章「俗語訳成立史」参照。

（8）守部の『古事記伝』批判については第一部第一章「『古事記伝』受容史」参照。

（9）拙著『本居宣長の思考法』第一部第一章「本文批評の作法――『草庵集玉箒』の本文批評」参照。

（10）広道の著作『てにをは係辞弁』については、本書第二部第五章「係り結びの法則成立史」参照。

（11）野口武彦『「源氏物語」を江戸から読む』（講談社、一九八五年七月）参照。

第五章　『玉あられ』受容史

一、「玉あられ」というジャンル

本居宣長は『古事記伝』をはじめとする古典文学作品の注釈を行うのと並行して、国語学に関する研究を進めた。宣長の語学研究は大別して二つの範疇に分類される。第一は『てにをは紐鏡』『詞の玉緒』を代表とする文法研究、とりわけ係り結びの研究である。万葉集や八代集を主な素材として、膨大な数の和歌をデータ化し、係り結びの法則を定式化した。そもそも係り結びについては、中世歌学や近世堂上歌学において、その一端はもちろん知られていた。だが、これを文献実証主義に基づいて実証し、単純な法則にまで洗練させたのは宣長の功績である。係り結びの研究は、近代的な国語学研究の幕開けを示していた。この研究の延長として、用言の活用に関する研究を位置づけることができる。第二として、『字音仮字用格』『漢字三音考』に見られる、日本に渡来した漢字の字音に関する研究である。前者は漢字の字音にどのような仮名をあてるのが正しいか、ということを、やはり膨大な古書の用例に照らして考究したものである。後者は漢字音のうち、古くに伝わった呉音・漢音とその後に伝来した唐音について検討したものである。このような二つの系列に分類される宣長の国語学研究は、それぞれにすぐれたものであり、現代の古代日本語の研究の基盤を創ったと言っても言い過ぎではないだろう。それらの宣長の著作は筑摩書房版『本居宣長全集』の第五巻にまとめて収録されている。その当該巻の中に『玉あられ』が収録されているのである。

『玉あられ』は広い意味では語学に関する業績ではあるが、如上の二系統とは一線を画する研究書である。その違いをひと言で言えば、二系統の語学研究はあくまでも古代語を後世とは異なる言葉として客観的に考究するアプローチであり、『玉あられ』は対象とするのは古代語であるが、それを用いて和歌を詠み、和文を書く時に必要な知見を過不足なく提示するという、実践的アプローチである。誤解を恐れずに抽象化すれば、純粋研究と実作応用の相違ということができるだろう。それゆえ、それらの受容のされ方も自ずと異なることになる。二系統の語学研究は、宣長説を先行研究として踏まえつつ、あらたな見解を付け加えながら修正され、近代以降も厚い研究史を形作っている。その一方で、『玉あられ』は古語を用いて歌を詠み、和文を作るということを常とした近世期には、主に国学者や歌人の間で大いに称揚されたが、近代以降にはそのような需要がなくなり、顧みられることもなくなった。そういった意味で、『玉あられ』は歴史的役割を終えた書物ということもできるが、近世後期における受容史は、国学という学問が有する本来の特徴を考える上で大いに意味があると言えよう。『玉あられ』という書物は、当時のジャンル意識では、ある面で歌学書とも言えるし、考証随筆にも分類できる。また、語学書の性格も有している。しかしながら、それらのどれにもぴったりとあてはまることがない。『玉あられ』の刊行は、新たに「玉あられ」というジャンルを作り出したというのが実情に近いのではないか。

そこで本章では『玉あられ』の近世後期における受容史を検討するが、その前に『玉あられ』の成立、刊行の経緯、およびその意味を明らかにしたい。『玉あられ』は歌の部と文の部の二部構成で、助詞や助動詞の意味や用法に始まり、敬語の用法に至る、計百十項目より成る。詠歌や作文に必要な知見を網羅的に集成したものである。『著述書上木覚』によれば、寛政三年九月九日には松坂の書肆柏屋兵助に板下を渡している。翌月の十月七日には本居春庭に次のような手紙を送っている。

　玉あられも弥京都ニ而願相済、早々板行ニ取かゝり候筈ニ候。高蔭序、出来申候。

三都への流通を意図して、京都の書肆を通じて出版許可願が出された由である。なお、奥付には、「京都書林」として林伊兵衛と銭屋利兵衛の二肆が名を連ねているが、主版元は銭屋利兵衛と推定される。また、巻頭に掲載される三井高蔭の序文が出来てきたことを伝えている。つまり原稿がすべて整ったわけである。この書簡を書いた四日後の同年十月十一日付の高蔭宛書簡には、次のようなことが書かれている。

　愈御安全御坐被レ成候哉。承度奉レ存候。然ば序文御清書御見せ被レ下、致二拝見一候処、甚見事ニ奉レ存候。然バ板下御自筆ニ御認被レ成候而可レ然奉レ存候。夫故料紙為レ持上申候。此間之系ニ而御認可レ被レ下候。尤句切リ濁リ等ハ、此方ニ而付ケ可レ申候。左様御心得可レ被レ下候。夫共是非他筆ニと思召候御儀ニ御座候ハバ、岩崎へ相頼可レ申。左様候ハバ、御清書幷此間之系、此方へ御越し可レ被レ下候。以上。

序文の表現や内容に満足しているようで、これを高蔭自筆で仕上げることを提案している。ただし、区切りや仮名の清濁については一任してほしい旨を伝えている。また、他筆とすることも可能であると記している。末尾に「急用書」とあることから、用件を急いでいたことがうかがえるが、総じて順調な滑り出しであったと考えることができる。それから二回の校合刷りの確認をして、寛政四年五月八日には版本を落掌した。

　版本は門弟の許へも届けられたようで、同年六月五日付横井千秋宛書簡には次のように記されている。

　一、先達而玉あられさし上申候処、被レ入二御念一候御紙面、拝見仕候。本仕立あまり悪クも不レ被二思召一候段被二仰下一、大悦仕候。此書ハ京都ニ而も別而能広マリ申候由、追々承り、大悦仕候。此節ハ定而御地書林へも廻り可レ申と奉レ存候。

二度の校正をおこなったにもかかわらず、誤植の見落としがあったようである。(1) それでも千秋からは満足の返答があったことを喜んでいる。それに加えて、京都でもよく売れていることを聞いて大喜びしているごとくである。宣長は名古屋の書林でも取次販売が行われることを希望しているのである。この他に萩原元克や辻守瓶など、各地の門弟の許にも届けられたようである。(2) 本書が初学者をも射程に収めた門弟のために出版されたことがわかる。

そのことは序文にも書かれている。「玉あられまなびのまどに音たてておどろかさばやさめぬ枕を」という歌を巻頭に置いて、『玉あられ』刊行の意図が記される。

のりなが、近きよの此わろきくせを、世《ノ》人どものさもえさとらで、たゞよしとのみ思ひをるが、かたはらいたさに、それおどろかさまほしくて、常にみゝなれたることども、おもひ出るまゝに、これかれと書出て、いさゝかづゝさだめいへり。もらせることはなほいと多かるを、そはみななずらへてもさとりねかしとぞ。

近年の歌文の悪癖を指摘し、これを改めることができるように知らせることが目的であるという。「おもひ出るまゝに」というところに、本書の叙述の特徴を読み取ることができる。要するに、体系的に構成された書物ではないというのである。また、「もらせることはなほいと多かる」というところを見ると、宣長の死後に『玉あられ』関連書が次々と刊行されることを予感していたかのようでもある。それはともあれ、本書がその名の通り、学びの窓に集う人々の眠りを覚ますことを目的としているというわけである。

このように『玉あられ』出版は門弟への指南のためであったが、その目的は必ずしも門弟に伝わったわけではなかったようである。しばらくして次のようなことを記している。(3)

宣長ちかきころ玉あられといふ書をかきて、近き世にあまねく誤りならへることどもをあげて、うひ学のともがらをさとせるを、のりながをしへ子として、何事も宣長が言にしたがふともがらの、其後の此ごろの歌文に、此書に出せる事どもを、なほ誤ることのおほかるは、いかなるひがことぞや。此書用ひぬよそ人は、いふべきかぎりにあらざるを、それだに心さときは、うはべこそ用ひざるかほつくれ、げにとおぼゆるふし

〴〵は、たちまちにさとりて、ひそかに改むるたぐひもあるを、ましてのりなが教をよしとて、したがひながら、改めざるは、此ふみよみても、心にとまらず、やがてわすれたるにて、そはもとより心にしまず、なほざりに思へるから也。つねに心にしめたるすぢは、一たび聞ては、しかたちまちにわするゝ物にはあらざるを、よそ人の思はむ心も、はづかしからずや。これは玉あられのみにもあらず、何《イツ》れの書見むも、おなじことぞかし。

『玉あられ』を出版したにもかかわらず、門弟たちが同じ過ちを繰り返していることを嘆いているのである。門弟以外の者でも密かにこれを読んで参考にしているのに、門弟の過誤が改まらないことに苛立ちをおぼえている。『玉あられ』を読んでいないのか、読んでいても心が虚ろなために忘れてしまうのか、いずれにしてもいい加減に考えているからであると憤慨しているのである。このように『玉あられ』を出版した後も、依然として門弟が歌文を作る際に過誤を犯すことに神経を尖らせていることを鑑みて、本書の意図は明らかであろう。すなわち、『玉あられ』は門弟の歌文指南のための参考書だったのである。

二、江戸派の批判――『玉あられ論』・『玉霰付論』

『玉あられ』は、奥付には「寛政四年壬子春発行」とあるが、前節でも述べたように、宣長の許に届けられたのは寛政四年五月八日のことであった。それから一年ほど経て、批判書が記されたことを知る。横井千秋宛書簡に次のような文面がある。

一、玉あられ難論、幷ニ高蔭返答共入二御覧一申候。右《ハ》新書故、方々見申度望申候者有レ之候間、何とぞ早く御返し被レ下候様仕度奉レ希候。（寛政五年八月十一日付横井千秋宛書簡）

『玉あられ難論』というのがそれであるが、三井高蔭がこれに対して反論を著したという。千秋は『玉あられ』について出版早々に、宣長に自らの意見を伝えるほど熱心であったからであろうが、両書を借りて千秋が何を考えたのかは不明である。それはともあれ、宣長がこの時点で『玉あられ』の批判書を目にしていたことがわかる。それでは、この『玉あられ難論』は誰の著作なのか。宣長はこれを小沢蘆庵だと考えていたようである。(4) やはり千秋宛書簡の中で、次のように記している。

一、玉あられ難文之儀、京都蘆庵と申候ハ相違ニ而、蘆庵ニ而ハ無二御座一、江戸表ノ人ニ而御座候。江戸より参申候。作者ハ相知レ不レ申候。此方より返答ハ三井高蔭書申候。（寛政七年正月二十日付横井千秋宛宣長書簡）

『玉あられ難論』の著者が蘆庵であると伝えていたのは誤りで、「江戸表ノ人」であると訂正しているのである。その返答は高蔭がしたという。高蔭の返答の件はさきの書簡にも言及されていた事実である。それでは、なぜ『玉あられ難論』の著者がわからなかったのか。ここで、この『玉あられ難論』について、実際に出版もされた『玉あられ論』であると同定することにしたい。それは三井高蔭の反論が備わっていることと、著者が「江戸表ノ人」であるという情報に合致するからである。『玉あられ論』は標題の「玉あられ論」のほかに「玉霰付論」というものが合綴された形となっており、そこには次のように匿名で記されていたのである。

玉あられ論―優婆塞竺禮
玉霰付論―浅草の里人
跋―宝田村のくすし

この三人の匿名著者について、宣長が正確には把握していなかったことが千秋宛書簡からうかがえる。このことについては、宣長の没後になって平田篤胤から松坂に、次のような情報が寄せられた。

一、江戸にて申ふらし候は、玉あられ論は、春海とみつ子がしわざにて、高蔭ぬし御弁めされ候のち、春海が元より故翁の御もとへ、あやまり申入候やうに噂仕候。いかゞに御座候哉。（文化二年七月一日付本居大平宛平田篤胤書簡）

噂では『玉あられ論』は「春海」と「みつ子」の仕業であるというのである。春海は村田春海で、「みつ子」は安田躬弦である。(5) 高蔭の「弁」が出てから、春海が宣長に謝罪したというのであるが、これについては真偽のほどは明らかではない。ともあれ、江戸在住の篤胤でも『玉あられ論』の著者について、噂のレベルでしか知らなかったということである。

同じく江戸在住の斎藤彦麻呂は『玉あられ論』の著者について、それぞれ次のように推定している。(6)

優婆塞竺禮＝村田春海

浅草の里人＝加藤千蔭

宝田村のくすし＝安田躬弦

この彦麻呂説に基づいて、鈴木淳氏は『玉あられ論』の著者を一旦はそのように推定した。(7) しかしながら、その後、揖斐高氏が次の四点について吟味し、鈴木説に反論した。

一、天理大学附属天理図書館春海文庫蔵『玉霰付論』が春海自筆で伝存すること。

二、寛政四年当時の春海の住居が「浅草寺中姥が池のほとり」であったこと。(8)

三、『玉霰付論』の序に、宣長と「浅草の里人」が旧知であるというのは、天明八年三月に春海が松坂を訪問した時のことであること。

四、『玉霰付論』「文の部」における長文の論理的展開は議論に長けた春海に似つかわしいこと。

以上の四点は『玉霰付論』の著者が村田春海であるということを立証するものであって、十分に説得力を有する議論である。このことにより『玉あられ論』における匿名の正体は、必然的に次のようになる。

優婆塞竺禮＝加藤千蔭

浅草の里人＝村田春海

宝田村のくすし＝安田躬弦

この推定には、斎藤彦麻呂説によって異説を唱えた鈴木淳氏も賛同している。(9) もちろん、この説は根拠となる資料が現れた現在において正しい説であるといえるのであって、斎藤彦麻呂がそうであったように、同時代においては匿名性が保持されていたと考えてよい。むしろ、匿名であったからこそ、それに対する反論が書かれたと考えることもできるのである。ここでは『玉あられ』における注目すべき批判書が間を置かずに世に出たということが確認されれば十分なのである。

さて、それでは『玉あられ論』において、なぜ千蔭や春海は『玉あられ』を批判しなければならなかったのだろうか。千蔭と春海は天明末年から寛政初年にかけて、それぞれの理由で人生の転機を迎え、期せずして真淵門弟という原点に回帰することとなった。(10) 千蔭は『万葉集略解』の執筆を始め、春海は『賀茂翁家集』の編纂を始めたのである。いずれも師真淵の衣鉢を継ぐ事業である。そのために宣長に協力を要請した。とりわけ、千蔭は『万葉集略解』を著すに際して、『万葉集玉の小琴』における宣長説の引用について協力を求めたのである。その書簡は寛政三年十二月に宣長に届き、翌四年正月六日付で宣長が返事を出している。そのような真淵門弟同士の麗しい交流が始まったばかりであるにもかかわらず、その年の九月には千蔭と春海は批判書を執筆したわけである。このことをどのように考えればよいのか。

江戸派の面々、とりわけ春海は『玉あられ』「文の部」における批判が真淵の文章に向けられていると判断したのである。それは、『玉霰付論』の中に真淵の名（賀茂の翁）を挙げて批判していることからもわかる。春海は三箇所で「賀茂の翁」に言及している。順に見ていきたい。

（1）某がしるす　某がいふ

〔玉〕近きころの人、文のしりに、みづからの名を、〽某《ソレ》がしるす、〽某がいふとかく。此がもじひがこと也。此詞をおくべきところにあらず。すべてのといひ、がといふことは、所によりて、かなはぬこと多くて、思ひのほかにつかひにくき詞なるを、近世人その味をしらざるから、かゝるみだりなることもあるなり。

〔付論〕こは賀茂の翁の好てかゝれし事なり。此事はすでに人の多くとがめいふ事なり。こは事さまなる事ながら、この翁のかく書れたる意は、人の書たらんごとくにわざといひなすを、おもむきとしてかゝれしなり。こは漢文にかゝる体あれば、それをまねばれしなり。さて某がといへば打まかせては人のうへをいふ詞なる事は、童もしれる事なり。これをがもじの意を心得ずしてかゝれしなりとおもへるは、かへりて心浅かりき。此翁のかく斗の詞の意をわきまへざる事やはあらん。こはたゞ好ましからぬ書ざまなれば、ならふまじき事などいひてあるべきなり。又がといふ詞をみづからの事にいへる事もあるなり。おのがわがといふも、みづからをさしてがといへり。箒木の巻に、なにがしがおよぶべき程ならねばといへるも、馬頭がみづからいへる詞なり。また式部が所にといへるは人をさしいふ詞なり。かゝれば人のうへも我うへも、いひなしによりて、がといふなりけり。

『玉あられ』に、文末に自分の名を「某がしるす」などと書くが、その「某が」とするのは語法的に誤っており、「某の」とするのが正しいとしている。これに対して『玉霰付論』は「こは賀茂の翁の好てかゝれし事なり」と始めている。つまり、当該項目が真淵の文章を対象にして批判していると認識しているのである。そうして反論を始める。真淵がそのような書き方をしたのは、他人が書いたかのように装うことを趣向としたという。そのような趣向は漢文にもあって、それをまねたのである。そうして「某が」といえば一般的には他人のことをいうことは子供でも知っている。それを「が」という語の意味を理解せずに書かれたと思うのはかえって思慮が浅い。真淵翁がその程度の言葉の用法を知らないことはありえない。ここでは好ましい書き方ではないから、見習うべきことではないとでも言っておけばよいのだ。また、「が」という語を自分のことに用いることもあり、「おのが」「わが」というのも自分のことをさして「が」と言っているのだ、という。最後には源氏物語の用例を出して反証している。このようにさまざまな角度から反論を構成するのである。

（2）道行ぶり

〔玉〕道ゆきぶりとは、道にてゆきあひふれたるをいふ。然るに此ごろの人のかける物を見れば、旅路の日《ニ》記《キ》のことを、然いへるあり。いみじきひがことなり。

〔付論〕日記の事を道行ぶりといへるはひがことなりといへるは、事のよしをくはしくしらでいふなり。こは倭文子が伊香保の道の記を、賀茂の翁の筆削せられし時、其道の記の名を、道行ぶりと名付られしなり。いとおもしろき、名のつけざまなりといふべし。道の記は道行ぶりに見きく事を何くれとしるせるものなれば、ことわりもよし。こをいにしへに例なしとて、ひがことなりとおもへるはかたくなし。文のみやびはかゝる名などのうへにもたくみある事なり。かゝる趣にくらければ、其かける文のつたなきこそむべなれ。

『玉あられ』は「道ゆきぶり」という語が道ですれ違うことであって、旅日記のことではないとし、そのように表現するのは大変な間違いであると断定している。これに対して『玉霰付論』は、やはり真淵のことを念頭にして反論している。油谷倭文子の紀行文『伊香保の道ゆきぶり』について、当初は「伊香保の道の記」であったのであり、これを真淵が添削して「伊香保の道ゆきぶり」になったというのである。この命名の由来を宣長が承知していたとは考えられないが、春海はこの条項を真淵への批判と受け取ったと考えられる。春海はこれに続けて、いくつかの根拠を示して「道ゆきぶり」の意味用法が誤用ではないと主張する。最後に宣長批判を書き付けたのは、それだけ腹に据えかねるものがあったのであろう。
　おそらく春海が最も憤慨したのは、末尾の項目「時代のふりのたがひ」であったと思われる。『玉あられ』は次のようなものである。

（3）時代のふりのたがひ

　今の人の文は、時代のわきまへなくして、中昔のふりなる文に、奈良以前の詞も、をり〳〵まじり、又ふるきふりなる文に、むげに近き世の詞もまじりなどして、かの鳴声ぬえに似たりとかいひて、むかし有けむけだもののこゝちするぞ多かる。

和文を書く際に、選択する言葉に時代の新旧をわきまえずに用いる弊害があり、それらが混在しているために「鵺」のような文章と感じられるというのである。宣長自身は歌を詠む時にも、古風と後世風を詠み分けるということを提唱しているので、文章においても言葉の混用は許せなかったのであろう。この批判に対して、『玉霰付論』は敢然と反論する。長いので区切りながら見ていきたい。

　此論は、賀茂の翁の文をそしる人の常にいふ事なり。ことわりもていふ時は、古ぶりの文は古の詞のみ用ひ、後の世のすがたの文は、後の世の詞のみにてつくるべき事のやうなり。されどこは文かく事をよくもしらで、たゞことわりをもておしてしかならんとおもひていふなり。

新旧の言葉が混じる「鵺」のような文章は「賀茂の翁の文」を攻撃する人が常に言うことであるという。これは『玉あられ』の末尾の項目でもあるので、真淵批判であることを重視し、是非とも反論しなければならないと考えたのであろう。言葉の新旧が混交することがよくないというのは理屈の上では正しいとした上で、それを忠実に守ろうとするのは作文の実状をよく知らない者の机上の空論であるというのである。そうして続ける。

　およそ文といふものは、唐もやまとも、後の世にありて古のすがたの文をかくには、古の詞のみにてつくらるべきものにあらず。そは後の世の事を古にうつして書わざなれば、古になき事は、かならず後の詞をあやなして、古のすがたになぞらへていはでかなはぬことなり。古の文と、今の文と勢をよくうつす時は、後の世の詞も、古の文に交ふべし。さはたえらみなくてみだりに古の詞と後の詞をまじへ用ふる時は、木に竹つぎたらんやうにも見ゆべし。されど上手の書たらんには、さるけぢめを人に見すべきものにあらず。

そもそも後世において古文を書く場合に古語だけですべてを書くことはできない、という。文には「姿」と「勢」があって、それを適切に模すことができれば、言葉の新旧は問題ではない。言葉の選択の問題である。それがうまくいけば上手の文章になり、失敗すれば木に竹を接いだようになる、というのである。

又古の詞のみをあつめたりとも、古のすがたと勢をうつさずは、いかで古ぶりの文と見ゆべきや。この姿といきほひをしることはかたき業にて、こをみづからうつしかゝんは、かたしともかたきわざなり。また古の詞のみ、つたなくひろひあつめん事は、わらべの業にもなし得つべし。さはた何のかたき事かあらん。されば古ぶりの文々、姿いきほひをうつすにありて、詞はかならずいにしへにのみなづむべきことにあらず。こは我国の文のうへのみならず、から人の古ぶりの文つくるも皆かくのごとし。また其古今の姿と勢とをしりてよく詞をえらむこと明かならば、後の世の詞の、古ぶりの文に入べきをしり、又古の詞の後の世の文にまじふべきをしらん。

「姿」と「勢」とが文章を構成する上で最も大切な要素であって、単に言葉を羅列しただけでは駄目だというのである。もちろん、その「姿」と「勢」を知ることが至難の業であるが、それをマスターすれば和漢を問わず、よい文章が書けるというわけである。この後も延々とよい文章を書く極意を述べている。それは『玉あられ』が古語か後世語かということのみに拘っていることから解放し、その言葉の用法に意を用いるということである。ここには宣長と春海との間にある文章観の相違がうかがえる。ただ、そのような議論を展開するに至った契機は真淵の文章を非難されたということであった。

実際のところ、宣長は真淵の文章について含むところがあった。少し時間は前後するが、春海は上京した天明八年三月十日、松坂を訪れ宣長に面会した。会見の場で何が話されたかは定かではないが、賀茂真淵を顕彰する書物を著すことが話し合われたことは確かである。同年三月十八日付宣長宛春海書簡には次のような文面がある。

> 左候ヘバ右遺集ノコトニ不レ寄、彼是御疑問申上候義も可レ有レ之候。必御厭なく御教示被レ下候様奉二希上一候。もとより学業ノ上ニてハ非他ノ拙者義、諸事御腹蔵なく被二仰聞一候様仕度候。さてさて近年世上一統ニ御盛名相達し、誠ニ的差仕候事ニ御坐候。

「右遺集」（賀茂翁家集）について、忌憚のない意見をうかがいたく教示を願い出ているのである。宣長の令名は江戸にまで届いているといったことまで記している。これはおそらくお世辞ではなく、本心であったに違いない。約束の通り、春海は『賀茂翁家集』を編纂するにあたって、宣長に協力を求め、その草稿を見せた。すると、思いも寄らない反応が返ってきた。宣長は真淵の歌文を添削して寄越したのである。宣長に依頼をしたのは確かであるが、まさかここまで真淵の歌文に手を入れてくるとは思わなかった。すぐに春海は次のような文面の書簡を宣長に出した。

> 翁ノ家集も彼是故障有レ之候而、今ニ上木不レ仕候。文ノ部後便ニ可二奉呈一候。御吟味可レ被レ下候。歌ノ部ノ御校正、一一御尤なる御事と奉レ存候。乍レ去先状ニも申上候通、翁ノ誤られ候事も、悉クあとより改メ申候はあしかるべく、たゞあまり浅はかなる誤のみを改メ申候様ニ奉レ存候。とても翁ノ時ハ学問未レ開、貴兄ノ御発明ニ而開ケ候事ノ多候ヘバ、それらハ翁ノ集ハ、誤ノまゝニ仕置可レ申候。さならでハ、翁ノ心づかれしやうに人存候も如何。又さのみハ改めにくき筋も有レ之候。とても翁ノ集精選ニハ相成まじく候。誤謬ハさるものニ而、一体奇絶ノ才識ある所ヲ、人もとり可レ申事と奉レ存候。（寛政八年六月二十五日付宣長宛

文の部はさておき、歌の部における宣長の「校正」が本文の「改変」になってしまっていることを春海は訝っているのである。たしかに真淵の用例に誤りがあり、それを批正した宣長の指摘は正しいが、それをことごとく直せば、真淵の作品ではなくなってしまうではないか、というわけである。「誤謬」もまた真淵の特徴と考えるべきだということであろう。このような宣長の添削癖は、もちろん真淵作品に限ったことではなく、あらゆる文学作品に対して行われた。[11]こういった宣長の校正意識は、本文を忠実に復元するという、現代の本文批判理論に照らせば、過誤に満ちた恣意的な本文観と言わざるを得ないが、宣長の中では極めて正しい処置であった。[12]宣長にはそのような処理をする自信があり、根拠があった。それは長年の間に培われた古典研究の蓄積による見識であり、真贋を見抜く眼力であった。『玉あられ』に取り上げられた用例は、そのような見識のほんの一部である。真淵の文学作品をめぐる宣長と春海の見解の相違は、間違った本文でもそれを尊重するという方向性と、本文を正しい法則に基づいて改変しても構わないという方向性の違いと言ってよい。[13]『玉あられ論』における春海の論難は、真淵作品を平然と批判する宣長に対する憤懣から出発したと言えるのではないだろうか。

三、門弟の反論――三井高蔭『弁玉あられ論』

江戸派の二人が匿名で『玉あられ』を批判する文章をしたためたのが寛政四年九月、それに「宝田村のくすし」（安田躬弦）の跋文が付されたのが寛政四年十月であった。そこには次のような言説がある。

此二書にいへるごとく、本居のぬしは古の学にたけたる人なれど、あまりにくはしきに過てなづめる事も多かんめり。はた文かき歌よむ事をもとより其得ざる所にてつたなき事いふばかりなし。そはかの玉あられの序文かける三井某が言葉作りのつたなきをさる事とおもひて見過したるにてもしられたり。この文どもとみに灯の下にうつしたれば、いとみだりがはしうて人に見すべくもあらずなん。

『玉あられ論』と『玉霰付論』を総括する跋文である。そこには宣長が学問的にはすぐれているけれども、歌文は苦手であったことを指摘し、そのことは三井高蔭の序文の拙さを見抜けなかったことに表れているというのである。要するに『玉あられ』を全否定するということを表明したわけである。これを見た三井高蔭はすぐに反論をしたため、宣長に見せた。寛政五年八月には高蔭の反論が出来上がっていたという。そのことは前節で触れたとおりである。

自分の文章の拙さを指摘されるのは仕方がないが、それを見逃したということで、宣長先生のことまでも批判されたのであるから、黙っているわけにはいかない。そのように思ったことであろう。『玉あられ論』の「くさぐ〳〵」は次のように批判している。

近き世の人の好みて常によむ詞に云々。此条すべてよく書り。しかあらためんとならば、此人此書のはじめにかける歌に、まなびの窓とはなどよめるにや。これいと後とも後の詞なり。まなぶなどいふ事古く聞えず。ことに物学ぶ人の家の窓といふべきを学びの窓といふべくや。はた此書の序かけるも、此人にまなべる人なれば、此人のをしへを守るべきに言の葉の道などいふ事をかき、さて文のさま、名所をもていひつらねたるわたり、つたなさいはんかたなきはいかにぞや。

この項目は『玉あられ』においては、近頃の人が詠む歌に「聞ぐるしき」言葉が多いとした上で、思い出すままに具体例を列挙するというものである。そして、最後に「右の詞ども、必ひがことにはあらぬも、近き世めきて聞ゆる也。此たぐひなほ多かるべし」と締めくくっている。『玉あられ論』はそこに書かれていることの正当性を認めた上で、改めるべき例として宣長の「まなびの窓」と高蔭の「言の葉の道」を俎上に載せて批判するのである。この場合、批判よりも揶揄といった方が適当かもしれない。ここでの議論には賛同した上で、その議論における攻撃の鉾先を自らの文章に向けられたのであるから、癇に障る思いがしたのではないだろうか。言わば搦め手から虚を突く攻撃であり、真正面からの攻撃よりもむしろダメージが大きいと思われる。これに対して高蔭は次のように反撃している。

弁云、まなびの窓といふ事を難じたるは、此歌を万葉古今集などの風の歌と思へるにや。此うたはもとより後世風によまれたれば、後世の詞を用ひられたるなり。すべて歌も文もその風体の時代に応じて詞をもつかふものなるをしらずや。なほ玉あられの書は大かた廿一代集の程はさのみわろき癖も見えずとある如く、中昔の詞はもとより捨ざるところなれば、なでふ難かあらむ。抑皇国の詞づかひの本を以ていはゞ、いかにも物学ぶ人の家の窓といふべき事なれども、中昔となりては学びといふ事もひとつのわざの名となりたれば、その学びをする窓なれば、何事かあらむ。源氏物語に人のむすめの事に窓のうちなる程、又とりかへばや物語にも、窓のうちにこもり給へりしほどこそなどいへり。これらも親の家の窓とはいはぬをや。すべてまなびの窓などいへるを難ぜば、既万葉にも此類ひこれかれあり。【そは末にいふべし。】又中昔以来の歌には猶いくらも難ずべき事あるべし。又まなぶといふ事古く聞えずとはいかにぞや。学びのまども言の葉の道【我道ともいへり。】も中昔よりこなた常に云事なるをしらずや。なほ例をいはゞ、万葉にすら遊びの道などもいひ、源氏物語には匠のわざを木の道とさへ云るをや。また序のつたなき事はさることなれども、名所を以ていひつらねたるを論じたるなどは、すべて古への文章を見たる事もなきいひざまなり。

「まなびの窓」という言葉は後世の言葉であるが、後世風の歌の中に詠まれたものだから問題ないというのが高蔭の見解である。宣長は歌を詠むにあたって、古風と後世風という二様に詠み分けることを提唱している[14]。高蔭はこれを受けて、「まなびの窓」を古風歌に詠めば問題だが、後世風歌に詠み込んでも一向にかまわないというわけである。この反論は古風後世風詠み分け主義を認めた上でなければ意味をなさない。そして、それは鈴屋派にのみ有効な前提なのである。[15]また、これとは異なる観点で、源氏物語やとりかへばや物語、あるいは万葉集に前例があると主張しているが、それが先例と認められるかどうかは検討が必要な事柄である。

このように「まなびの窓」と「言の葉の道」について、受けた批判以上に証拠も取り揃えて周到に反論していると言ってよい。実はこのような反論は、ここの箇所だけではなく、全く関連性のないところでも展開されている。[16]文の部「よりて」の項目で次のように述べているのである。

学《ビ》の窓言の葉の道などはいやしき言葉といふにもあらぬを、何とてとがめたる事ぞ。己が勝手不勝手にまかせて立論のかはるこそをこなれ。学びのまど言の葉の道などは中古以来の風の歌にはいさゝかもきらふまじき詞なり。

「よりて」という語が漢文による類推で誤った用法で使われているという『玉あられ』を承認した上で、『玉霰付論』が漢文による類推は必ずしもすべてが悪いわけではないと留保した。『弁玉あられ論』はそこをとらえて、漢文の例に倣う用例が許されるのであれば、どうして「まなびの窓」や「言の葉の道」が許容されないのか、というのである。批判をする上で論理の一貫性がないというわけだ。問題は高蔭の反論が有効かどうかということではない。高蔭がどこまでもこだわることの核心に、「まなびの窓」と「言の葉の道」を批判されたことが大きな比重を占めているということなのである。つまり、自分の師と自分自身の言葉遣いを批判されたことが大きいということである。反論をしたためる動機というのは得てしてそのようなものだ。単に学問上の正当性を争うということではないのである。

こういった経緯で『弁玉あられ論』は、『玉あられ論』および『玉霰付論』が批判した項目の多くに対して反論している。そこで『弁玉あられ論』の実態を観察してみよう。『弁玉あられ論』が展開する反論の様式を次の三種類に分類することができる。

（1）『玉あられ』批判になっていないという非難。

（2）『玉あられ』を誤読して難癖を付けているという非難。

（3）詳細な検討が及んでいないという非難。

まず（1）について、歌の部「まし」についての議論がこれに該当する。

〔論〕ましは又べきべしといふと大かた同じ意にて云々いへるはよし。さて後世ましといふべきを、らんといひ誤る事あり。たとへば春くる事を誰かしらましといふべきを、しるらんとよむ類なり。ましは末をかねていふ詞、らんは今うたがふ詞なるをわきまへざるなり。

〔弁〕弁云、これは玉あられにあづからざる事なるを、かくいへるはいかにぞや。但し此けぢめは此条又下なる、春や来ぬらむの条などにても、おのづから明らかなるをや。

「まし」の代わりに「べし」で代用するのはよいが、「らむ」では代用できないという『玉あられ論』に対して成された反論である。関連性のない事柄に言及することを非難しているのである。これは問答が適正になされるべきとする厳格な立場から成された批判である。

次に（2）について、文の部「道ゆきぶり」における議論がこれに当たる。『玉霰付論』は前節で見たとおりであるが、『弁玉あられ論』は次のごとくである。

弁云、旅の道ゆきぶりに見聞たる事どもを記せる意にて、その書の名を道ゆきぶりとつけたらむは何事かあらむ。すべて書の名は心にまかせてつくべければなり。玉あられに出されたるは書の名の事には非ず。此ごろの人のすべて道の記の事を道ゆきぶりと云ものぞと心得て然云がひがことぞとなり。論者いかに見そこなひたるにか。此ごろの人の書る物を見ればとあるを、かの岡部大人のつけられたる書の名の事を指て云りと心得たるにや。もし此ごろの人の書る道の記、然名づけたるありなどゝ云れたらばこそとがむべけれ。

『玉霰付論』は旅日記の意で「道ゆきぶり」を用いたことを、油谷倭文子『伊香保の道ゆきぶり』の書名に言及されたとして反撃したのであるが、『弁玉あられ論』はそれは『玉あられ』を誤読したものだという。宣長が問題にしているのは、近頃の人の文章の中に用いられる「道ゆきぶり」の用法であって、書名を問題にしているのではないというのである。むろん、真淵を批判する意図で宣長がこの項を執筆したのではないということになる。『玉霰付論』は『玉あられ』を誤読し、難癖を付けるために批判したということであろう。

第三として、(3)について、文の部「きこゆ」をめぐる議論がこれに当たる。

〔付論〕この論はことわりよきやうなり。されど万葉にきこすとあるも、後のきこゆと同じことのやうなり。万葉のは、いふ人をうやまひたる事といふはいかゞあらん。いまだくはしく考得ねば、さだかにいひがたし。重て考さだめて、書加ふべし。

〔弁〕弁云、いまだ委しく考得ねば、さだかに云がたしとはいかゞ。考得ぬ事ならば此論に出すべき事にあらず。万葉にきこすとあるは何れもその人を尊みたる詞にて、のたまふと云と同じ意なり。後のきこゆと同じ意としては、その歌どもみな聞ぬ事なり。そは委しく考るまでもなし。その歌を見ればよく分れたる事なるをや。

「きこゆ」について、『玉あられ』が「いふ方よりあなたを敬ふ語に用る詞也」として、その誤用を批正したことを受けて、『玉霰付論』は「きこす」との相違が明らかではないという理由で、最終的には判断を保留している。このように判断を保留し、後考をまつとする態度を『弁玉あられ論』は非難するのである。批判書であれば、批判しきれないことは俎上に載せるなということであろう。たしかに的を射た反撃であると言ってよい。

このような『玉あられ論』と『弁玉あられ論』について、同時代の評判が伝わっている。村田春海の門弟である沢近嶺『春夢独談』（天保八年成）に次のように記されている。[17]

〇我師の大人と本居翁とは、心やあはざりけん、うときかたにて、かたみにそしりあひけり。かゝれば其門徒も、なほわが師の大人をばそしられけり。玉あられの論と弁とを見ても其事はしらる。しかはあれどこの玉霰の論弁は、論のかたより弁のかたまされりとなん、おのれはおもふ。

春海と宣長とがお互いを意識し、論争していたことは有名であった。[18] それは門弟の代に至っても同様で、それが『弁玉あられ論』でも明らかであるというのである。興味深いのは、近嶺は春海の門弟であるにもかかわらず、「論」よりも「弁」の方が勝っていると述べていることだ。

四、私淑者の補遺――萩原広道『小夜しぐれ』

『玉あられ』が世に出て半世紀を経た嘉永二年、萩原広道『小夜しぐれ』が出版された。全五十一丁で、秋元安民と広道の序に鈴木高鞆と広道の跋があり、出石居蔵板であるが秋田屋太右衛門（大坂心斎橋筋安堂寺町）の「萩原葭沼先生著述脱稿之部目録」が付されている。広道は特に定まった師を持つことはなかったが、宣長に私淑し、さまざまな面でその学説を祖述、発展させた。語学面では『玉あられ』に倣って『小夜しぐれ』を著した。書名が「小夜しぐれまた音たてゝいぎたなき学のまどをおどろかさばや」によっていることからも『玉あられ』の影響が見て取れる。広道はこの歌を巻頭に置いて、次のように序文を続けている。

かくよめるゆゑは、先師本居翁そのかみの歌どものみだりがはしかりしをなげきて、玉あられまなびの窓におとたてゝおどろかさばやさめぬ枕を、とて玉あられといふ書をかきあらはして、そのひがことゞもをろうじなほされしにこそ。こゝらの年をへてほゝゆがみこし歌詞ども、やうく〱夜のあくるやうに明りもてゆきて、さるくね〳〵しきくせどもは大かたあらずなりにたるを、其ころよりはまたそこばくのとしを経て、いつとなくおこたりたゆめるけにや、なほ暁しらぬたぐひもありて、さま〴〵まほならぬ詞づかひどもゝ打まじり、ほと〳〵かのふみにいひおかれたる事をさへおかしいづるたぐひも見えしらがふなるは、いと〳〵あぢきなきわざになん。

『玉あられ』が刊行されたお蔭で、事実と異なる歌言葉が用いられるような過誤も少なくなったが、それから年を経て油断し緊張が切れたからなのか、完全でない言葉遣いも混じるようになり、『玉あられ』で注意された事柄にも背くことが目立つのはやるせないことだと嘆いているのである。そこで広道は、主に語彙や語法に関して全八十六項目を選択し、歌の部と文の部を区別せずに論述することにしたという。『小夜しぐれ』が取り扱った八十六項目は、最後に「玉あられにならひて物せれば、かのふみにいひたるかぎりはすべてはぶきつ」と書かれているように、原則として『玉あられ』で言及されたものは含まれない。しかしながら、『玉あられ』に関連するものについては、必ずこれに言及するという形態を取る。次の通りである。

人の実名をおかしかくまじきよしは、玉あられ其ほかの物にもいましめられて（名をよぶ）

玉あられ一巻だによめらむ人はさることはすまじきを、いかなるゆゑにか、いぶかしき事なり（名をよぶ）

これは玉あられにもいはれたることなれど（古語をまじふる）

またたぐひあらしは玉あられにいはれたるごとく（いひかけ）

いとゝいふ詞のつかひざまは玉あられに委しくいはれたり（いと　いとゞ）

やがてといふはすぐに、そのまゝにといふ意なるよし、玉あられなどにもいはれたるが如くなるにつけて（いま）

よりてといふことのひがことなるよしは玉あられに見えたるを（よて）

月こよひといふは玉あられにもいはれたる如く（秋こよひ）

このように『玉あられ』への言及からは、取りも直さず『玉あられ』を尊重し、その上に自分の見解を積み上げようという意思を読み取ることができる。それは学問研究の先達に最大限の敬意を表しながら、少しでもそれを超えることを目指すということである。要するに、『小夜しぐれ』の特徴の一つは、後世の言葉遣いの誤りを正すという『玉あられ』の精神を受け継ぎつつ、別の言葉に材を取って批正するということである。その点が単なる論難書とは異なるところだ。

ところで、『小夜しぐれ』にはもう一つ特徴的な点がある。それは『玉あられ論』および『弁玉あられ論』への言及が存在することだ。八十六項目への論究のあとに「付録」として次のように書いている。

玉あられにいはれたる事どもをとがめて、ある人のかける玉あられ論といふものあり。またそれをわきまへて、三井高蔭といふ人のあらはしたる弁玉霰論といふ物あり。ともにすり本《マキ》にして世におこなはれたり。此二つを考ふるに、論のひがめたる事は弁にことわりたるがごとく、大かたはしひていひやぶらんとしたる事どもなれど、たま〳〵理ある条どもゝなきにはたあらぬを、今こゝにかゝげ出して試に評ずべし。さるはをこがましきさしいでわざなれど、玉あられにならひていへる事のついでなるうへに、とにかくにわたくしなからんぞ、道のためなるべきと思ふばかりにわれだけくなりてなん。

『玉あられ論』と『弁玉あられ論』を比較した上で、『弁』の方が『論』よりもすぐれていることが多いとしながらも、『論』の方がすぐれているものを摘出して批評するというのである。これは広道自身も記しているように、学問における無私の精神、公明正大な態度といえよう。目次には「弁玉霰論評五条」としており、五項目にわたって検討（評）されている。それは次にあげるものである。

◯みだりにひたぶるにならひて物するから

○そは皆なぞらへてもさとりねかしとぞ
○されど久かたの雲の上云々
○何事もあなかしこことなるゆゑあることなるべければ
○もじあまりの句

この五項目はすべて『玉霰付論』の議論であり、その中で最初の四項目は宣長の序文における言葉遣いに関する議論である。その四項目は前項で言及したように、高蔭にとって絶対に看過できないものであって、理由の如何を問わず、完全に論破しなければならないものであった。それゆえ、高蔭の反論は時として無理筋の反論とならざるを得ないこともあった。だから、「論にいへるかたまされるに似たり」や「論にいへる事どもみながらひがことにはあらず」というように、『玉霰付論』を擁護するような表現も出るのである。これらは私淑する宣長に対する批判であるにもかかわらず、正当性のあることは認めるという、広道の学問に対する誠実さを反映していると言ってよい。

『小夜しぐれ』に内在する最も興味深い点は、末尾に置かれた『玉霰論弁』の写本に関する論究である。まずはじめに、広道は当該写本について次のように述べている。

○わが友松岸恭明のもとに写本《ウツシマキ》の弁玉霰論をもてるを見るに、すり本《マキ》とは所々いたく異《カハ》りたり。案にすり本は世に出してあまねく人に見せんとせし時などに、再びそへもはぶきもしたるものと見えて、初の条よりしていかなる粗忽ぞやなど、はげしく弁じたる詞どもをば大かた略きてなだらかにし、少しづゝはそへたる条もあり。されどおほむね同じおもぶきなれば、其をぢ〳〵くらべいはんもわづらはしくて、こゝにはものせず。たゞ巻の末の処、板本のかたは〽さて全篇のすがた勢などはこれをよく得て後の事なり」といふ処にてとぢめたるを、写本のかたはいま三ひらばかりの紙ありていへること猶多かり。

いまこゝにかゝげ出して世人《ノ》に示すべし。さるは削《ケツ》りたるも添《へ》たるも作りぬしのこゝろありてせし事なるべければ、今さらにさしいでゝいひさわぐべきにはあらざれども、初学のためにはいとやうある事どもゝ見えたるうへに、おほかたのありさまを推量るに、そのかみは論者にさしむかひていへるなれば、しか心しらひせしものとおぼしけれど、今はさしもはゞかるべきわざともおぼえねばなり。

『玉霰論弁』の写本は松岸恭明なる人物が所有していたものという。松岸恭明は明治十年代に大阪天満宮の儀式に、寺井種清や近藤有孚などといった神職とともに「当番所雑記」に「出頭神官」として登場する人物である。[19]幕末の大坂で国学者として活動した広道にとって、天満宮の神官は親しい存在だったのであろう。その松岸恭明から借り出した『玉霰論弁』には版本と異なるところがあり、それは初学者のために益があると考えて公にするというのである。このことはすでに鈴木淳氏が指摘している。[20]版本と異なっているところは次の四点である。

(1)『弁玉あられ論』「時代のふりのたがひ」における写本にのみある文章。
(2)本居宣長による『玉あられ論』への評。
(3)本居宣長による『玉霰付論』「時代のふりのたがひ」への添削。
(4)稲掛大平による『玉あられ論』への評

(1)と(3)はともに「時代のふりのたがひ」をめぐる高蔭と宣長の論述であるが、少し冗長であるために割愛したものと思われる。(2)は『玉霰付論』の著者が主導権を持って『玉あられ論』を添削したであろうということを推定している。(4)は大平が『玉あられ論』を読んで感じたことであり、注目すべきことが書かれている。次の通りである。

○わが同じ学の友なる稲掛大平が此論を見て云く、此《ノ》論者吾《ガ》翁の歌文をさんぐ\にそしりはそしりたれども、みづからかける此文を見るに、今のなみ/\の人の文とはちがひて近世のわろき癖もなく、また古学者の癖もをさ〳〵なきは、まさしく良薬一粒の玉霰丸のよくまはりたる功験いちじるく見えてめでたし〳〵。論者は宣長の文章を誹謗しているが、その文章自体は近年の学者の悪癖もなく、また古学者の変な癖もないのは、『玉あられ』の効能が効いたお蔭であろうと、『玉あられ論』の著者への賛辞を惜しまないでいる。大平は宣長の養子となり、鈴屋を継いだ人物であるから、『玉あられ』を批判しているのを見て、反論あるいは非難してもおかしくない。むしろ、大平の行動様式からすれば、率先してそのような行動を取る人物であると考えられる。(21)そのような大平がこの文章を褒めるのはよほどのことであろう。

大平は寛政十二年に、『八十浦の玉』を編集するに際して春海に協力を求めた折、春海との間で規範とする歌集をめぐって論争になった。(22)春海は宣長が真淵の教えを守らず、新古今集を最もすぐれた歌集とする方針に異を唱え、『美濃の家づと』を批判した。大平は大平で、江戸派は真淵の歌論を祖述すると言いながら、それを曲解して広めているとして応酬したのである。寛政十二年以降はそのような間柄であるから、大平のコメントはそれ以前になされたものであると推定される。匿名ではあるが、著者が江戸派であることは、宣長にも大平にも薄々はわかっていたと考えられるからである。あるいは宣長が『玉あられ論』を受け取り、三井高蔭が『弁玉あられ論』をしたためた寛政五年から、あまり時をおかずに執筆されたのではないかと思われる。いずれにせよ、広道の補遺は当時存在した写本『弁玉あられ論』の姿を復元しており、江戸派と宣長・大平との関係を髣髴とさせるものでもあって、はなはだ興味深い。

五、江戸派の手土産——井上文雄『伊勢の家づと』

『小夜しぐれ』の出版から十年を経た安政六年、『伊勢の家づと』が刊行された。全三十二丁、巻頭には文雄と竹川政恕の序を置き、巻末には藤尾景秀の跋を置き、全四十九の項目について論じている。著者の井上文雄は岸本由豆流や一柳千古を師として国学を修めた、純然たる江戸派直系の歌人である。文雄は田安家の藩医を勤めたが、歌人として令名を馳せ、家集『調鶴集』(慶応三年刊)を出版した。『調鶴集』は門弟の佐々木弘綱の尽力により出版されたものであるが、『伊勢の家づと』の成立もまた弘綱の存在が大きく関わっている。文雄は自序に次のように記している。

いせの国ひと佐々木弘綱、去年の秋より我もとに物学しつるに、此比国に帰りなんとて、いかで和学のひとのために、彼玉あられやうの書また世のひとたちのかたくなに僻心得したる事どもかきあつめてたまはくなん、とこふにまかせてかくは物しつ。とみの業なれば証歌なども唯おもひ出るまゝなれば、

僻事と人やみるらむおほかたのならひにたがふいせの家づと　文雄

弘綱が江戸に出て文雄の許で学問を修め、帰郷する際に手土産として『玉あられ』のようなものがほしいと申し出て実現した書物であるという。「伊勢の家づと」とは弘綱が伊勢に帰る時に持たせる手土産の謂いである。「証歌」は「伊勢人はひがことす」という諺を踏まえたものであって、書名が「伊勢の家づと」であるからといって「僻事」ではなく、正しい事が書かれているというわけである。[23] この書名は明らかに『美濃の家づと』を意識した名であり、伊勢は宣長の故郷でもあったのであるから、『伊勢の家づと』は江戸派が伊勢に送り込んだ手土産ということにもなる。

もちろん、『伊勢の家づと』は『玉あられ論』のように匿名にしなければならないような批判書ではない。むしろ、『玉あられ』の精神を受け継ぐ著書であった。文雄は書中に「玉霰といふ書」という項目を立てて、次のように述べている。

本居翁の著《アラ》はされたる、玉霰といふ書、初学の人のかならず見るべき書なり。但し今の世の人、彼書にいは

れたることゞもをかたく守りて、花のさけるはさきてある事なれば、花さきしとはいひがたし。とてもは無下の俗言なり。蛍火一花などは、歌によむべからず、とやうにいひしらふたぐひおほかるは、中々に翁の心ばへにはたがふべし。彼書は翁ふと思ひよられしまに〳〵、筆にまかせて一わたりのことわりを物せられしのみにこそはあめれ。そも〳〵歌はわろき詞も取なしがらにて、かへりて一うたのにほひとなり、よき詞もいひなしわろければ、一歌をそこなへり。すべて古く例あらむ詞どもは、今もならひ物せんに難なし。たゞとりなしがらのよきあしきを、習ひしるべき事を肝要とすべし。

『玉あられ』は初学者が必ず参照すべき書物であるという前提のもと、その内容が必ずしも正確には伝わっていないというのである。そうして、『玉あられ』で言及されている言葉を取り上げて、その指摘に忠実に従うことはかえって宣長の精神に反するというわけである。たとえば、「花のさける……」（「詞に三つのいひざまある事」）、「とても」（「とても」）、「蛍火一花」（「ほたる火」）などといった表現である。それというのも、『玉あられ』は宣長が思いついた順に書き付けたものに過ぎないからである。このようにひとしきり『玉あられ』に盲従することの問題点をあげた上で、持論を展開する。すなわち、歌言葉の良し悪しはあらかじめ決まっているわけではなく、すべて使い方に拠るのであって、歌の中で言葉をうまく取り扱うことが重要であるということだ。ただし、この考え方は『玉あられ』の議論を根底から覆すものではない。『玉あられ』に記された例にだけ従っていればよいというものではない、ということである。このことは必ずしも『玉あられ』を論難しようというものではない。すでに世に出て六十年以上を経て、修正すべきところが出てきたということなのである。『玉あられ』の否定ではなく、むしろその精神を継ぐという意味合いが読み取れるのである。このことは確認しておく必要があるだろう。

さて、文雄がさきの引用に続けて「玉霰にいはれたることゞも」として俎上に載せた『玉あられ』の項目は、み・し・とゝうくる上の格・かへて・見ゆる見えて・なほ・いく・やらぬ・はてゝ・とても・物うき・思ひぐま・おひ風・とぼそ・ほたる火・春をむかふる・みといふ詞のいひかけ・文字あまり、という十八項目である。注目すべきは、それらがすべて「歌の部」に属する言葉であるという事実である。おそらくそれは文雄の関心が文ではなく、歌に集中していたということであろう。

具体的に「とぼそ」を例に『玉あられ』と『伊勢の家づと』を見ることにしよう。まず、『玉あられ』は次のごとくである。

　とぼそは、樞字を書て、ひらき戸のほぞ也。然るを〳〵柴の戸ぼそなど、たゞ戸のことによむはいかゞ。こはやゝふるき歌にも見えたれど、心得おくべし。

「とぼそ」について、それが「柴の戸ぼそ」などと、本来の意味を逸脱して用いられていることに疑義を呈し、その誤用を戒めているのである。これに対して、『伊勢の家づと』は次のように記している。

　もとの意は、樞の字の意にて、戸のほぞの事なれど、転じては唯門戸の事にのみいへり。はやう源氏物語若紫の巻に、おく山の松のとぼそをまれにあけて云々、又夫木集卅一に、夕顔のみさへむなしきとぼそこそ云々などみゆれば、今まねびよまん事難なし。雁がねはもと雁が音なれど、いひなれてはたゞ雁のことにのみいへるがごとし。

「とぼそ」は元来は「樞」であるが、それが転じて「門戸」にだけ言うという。『玉あられ』が「ふるき歌」とだけ書いていたものを、『伊勢の家づと』は源氏物語や夫木集の用例を明示して、そのように詠むのは問題ないというのである。さらに「雁がね」に言及し、本来は「雁が音」(雁の鳴き声)であったものが転じて「雁」となった例を裏付けとして追加している。この議論は『伊勢の家づと』の方に説得力があると思われる。それというのも、そもそも宣長自身が言葉の意味について、語源よりも用法・用例が重要であると考えていたからである。たとえば、『玉勝間』八の巻「言の然いふ本の意をしらまほしくする事」（四二三）の中で、次のように述べているのである。

> 物まなびするともがら、古言の、しかいふもとの意を、しらまほしくして、人にもまづとふこと、常也。然いふ本のこころとは、たとへば天《アメ》といふは、いかなる意ぞ、地《ツチ》といふは、いかなる意ぞ、といふたぐひ也。これも学びの一《ツ》にて、さもあるべきことにはあれども、さしあたりて、むねとすべきわざにはあらず。大かたいにしへの言は、然いふ本の意をしらむよりは、古人の用ひたる意を、よく明らめしるべき也。用ひたる意をだに、よくあきらめなば、然いふ本の意は、しらでもあるべき也。

宣長は言葉の原義を知ることよりも、言葉の用法・用例によって語義を探ることの方が重要であると記しているのである。「天」や「地」というのは、言うまでもなく古事記冒頭の言葉であって、『古事記伝』にも同じことが記されている。[24] 当時は語釈といえば、言葉の語源を追究することによって語義を明らかにするというのが普通であったごとくである。言葉の用法から語義を導き出すという考え方は画期的であったと言えよう。宣長はそのことを多くの古典文学作品の解釈を通して体得した。ところが、個別具体的な例に出くわすと、体得した法則を適用することは必ずしも容易ではなかったということであろう。「とぼそ」以外の議論もそれぞれに説得力のあるものである。そういった意味で、『伊勢の家づと』が指摘したことは、宣長にとって『玉あられ』の好ましい修正と言ってよかろう。

ところで、『伊勢の家づと』は『小夜しぐれ』についても言及している。『玉あられ』十八項目の検討の後に「さよしぐれにいはまほしきことゞも」という一項目を置いている。まずは批判の対象となっている萩原広道『小夜しぐれ』「俗情俗語」を見てみることにしよう。「俗情俗語」の冒頭は次のとおりである。

> 初学のともがら題をとりたるに、何事をいひてよからんとも思ひつかれず、いかで〳〵と打かたぶきをるほ

どに、後にはほけ〲しくなりて夢うつゝのさかひをだにわいためぬやうになるもの也。さるをりにはこのごろの俗情《ヨゴヽロ》におもふまゝの事をまづ思ひかまへて、さて詞をばふもとの蛩、浜のまさご、なにくれの物をひろひ集めてものする事なれども、歌心歌詞をしらざれば、なに事とも聞わかれず、たゞ三十一もじのみ歌のやうに聞ゆるなんいとあぢきなき。

初学者が題詠で歌を詠む場合に、みずからの「俗情」を想起し、それに言葉をあてはめるようなことをするものだから、三十一文字であるというだけのものが出来上がる。それは何とも情けないというのである。これに対して、『伊勢の家づと』の当該項目は次のように批判する。

萩原何がしがさよしぐれといへる書にいへらく、歌に雅情《ガジヤウ》と俗情とのけぢめあり、といへるは僻《ヒガ》事なり。歌は彼と我との情をかよはす、平常通俗《ヘイジヤウツウゾク》の用ある道なり。万葉集は泊瀬朝倉《ハツセアサクラ》の御代より、奈良の御代迄の風俗々情《フウゾクゾクジヤウ》也。古今集は奈良の末より昌泰延喜《シヤウタイエンギ》の俗情風俗なり。後撰以下つぎ〲、当時《ソノカミ》の常の情態を、其まゝによめる物なり。そは彼集ども、又其世の人々の家集どもを心とゞめて味へ見ば、おのづからしらるべし。別《ベチ》に雅情《ガジヤウ》といふものあることなし。すべて人々生れつきたる性情をありのまゝにいひ出るなん歌といふものゝ本意なりける。

広道が歌に「俗情」と「俗語」を持ち込むことを戒めるのに対して、文雄は歴代の諸歌集もその時々の「風俗俗情」「当時の常の情態」を模して歌に詠んでいるのであって、「雅情」というものが特別にあるわけではない、と主張するのである。真っ向から見解が対立しているわけである。それでは「俗情」や「雅情」とは一体何なのか。「俗情」について、広道は次のように述べている。

このごろのよごゝろとは、たとへばつまこふる鹿の声をきゝ、霜にはねぎる水鳥のおとを聞ては、芹生蒡きりかてゝあつものにせん事を思ひ、庭白たへにふりつもる雪を見、軒のしづくのしめやかなる春雨の音をきゝては、ひぢりこぬかりて道にころばんことを思ふ類にて、みないみじきさとび心なり。

広道は「俗情」について、つま恋をする鹿の声や霜に跳ねまわる水鳥の音を聞いて、芹や牛蒡を交えて羹にすることを思い、庭が真っ白になるまで降り積もった雪や軒の滴が静かな春雨の音を聞いて、泥がぬかるんで道で転ぶことを思うようなもので、すべてとんでもない田舎びた心であるという。要するに、「俗情」とは下品なことや低俗なことを意味するのであろう。そのような「俗情」を払拭するためには、古歌集や類題集を読み込んで「雅情」がいかなるものであるかということを知らねばならないと続けるのである。これに対して文雄は次のように反論する。

抑《ソモ〳〵》人情の厚薄《コウハク》こそあらめ、いにしへも今も人情にかはる事やはあるべき。さるをうたよまんとてみづからのおもひよれるすぢを捨て、いにしへの雅情《ガジヤウ》はいかにと尋ねよまむは、古人の口真似する作り物にこそはありけれ。天地を動かし、鬼神をあはれとおもはするも、性情の誠《マコト》をいひ出るから也。いつはりのつくりものいかでさる感応《カンオウ》あらむ。無下の初学の人ならむからに、鹿の声水鳥の羽音をきゝて、芹《セリ》、牛蒡《ゴバウ》きりかてゝとおもひ、降つむ雪、しめやかなる春雨に、道のぬかりを愁ふるごとき、殺風景《サツフウケイ》なる事かはあらむ。

昔も今も「人情」に変わりはないから、自らの思いを捨てて「雅情」を求めるのは似せ物であるという。古今集仮名序にあるように、歌に効用があるのは「性情の誠」を詠んでいるからであって、偽りの作り物では力がないとする。そうして、風流な鳥獣の声を聞いて鍋を思い、雪や春雨の降るのを見てぬかるんだ道を憂えるような殺風景なことは、たとえ初心者でも詠むことはない、として切り捨てているのである。

文雄が『小夜しぐれ』を批判する根拠は、おそらく村田春海『歌がたり』における次の言説と響き合っていると思われる。

うたはこゝろのまことをのぶるものなれば、かならずおのが物ならむやうにこそあらまほしけれ。

これは古風歌と後世歌を詠み分ける宣長の歌論に対して、昔と今の言葉を厳密に区別することを批判して述べたものである。歌は心の真実を述べたものであるから、借り物ではなく自分自身の物にすべきである。歌の言葉や心の雅俗に関しても同様であって、それらを峻別することに大した意味はないというわけである。つまり、文雄が根拠としたものは『歌がたり』に記された「心のまこと」の議論に近い。そういった意味で、文雄は江戸派直系の歌人であったということである。『伊勢の家づと』の特徴の一つと言ってよい。

もちろん、『伊勢の家づと』の特徴はそれだけではない。「さよしぐれにいはまほしきことゞも」の後に次のような項目が続くのである。序歌・俳諧・月にさゆる・夢にやぶるゝ・路・あぢきなく・たき・も・れゝ・そこひなく・つれて・みだす・わが思ひとれるやう・俗言・枕詞・熟字・用要・なでふ・大江戸・にひむろ・朝日子・もちひの仮字・さくはな・古意・丈夫風の二十五項目である。そこには歌言葉に関して独自の検討がなされている。さらに言えば、『伊勢の家づと』には二篇（文久二年序）と三篇（元治元年序）という続編が刊行されている。それはもはや『玉あられ』や『小夜しぐれ』とは無関係の書物と言える。続編が刊行されたということは、『伊勢の家づと』がよく読まれ、そして必要とされたということを意味する。『玉あられ』の新たな展開である。

六、『玉あられ』増補版——中島広足『玉霰窓の小篠』

『伊勢の家づと』刊行からあまり間を置かず、文久元年六月に『玉霰窓の小篠』が出版された。本文は全百三十六丁で上巻・中巻・付録の三冊、広足の自序（嘉永七年七月）を置き、秋田屋太右衛門ほか六肆より出た。広足の自序には次のようにある。[25]

学の窓に音たてられし玉霰よ、耳とき人はとく聞おどろきて、いぎたなかりし夢ものこらず心さやかに成にたるを、猶みゝおぼ〳〵しきはたしかにも聞しりえずてねぶりがちなるおほかめり。しのやの軒にふる霰も其こたふる物によりて音さやかに聞なさるゝものなれば、こたび其あかしとすべき歌文どもをこれかれかき出つらねあげて、初学のとものしるべとなしつるは、これをもてかのあられの音をいよゝたしかに聞しらせむとてのしわざなりけり。さるはふるき歌に、さゝ葉にうつやあられのたし〴〵に、とよめるをおもひてなれば、やがて窓の小ざゝと名づけつるになむ。

『玉あられ』に言及されていることを証拠立てるために本書を書いたという。『玉霰窓の小篠』という書名は古歌に拠っているという。古歌とは古事記・下巻（允恭天皇）で木梨之軽太子が「笹葉にうつや霰のたしだしに率寝てむ後は人は離ゆとも」と詠んだ歌を指す。霰が笹の葉をたしだしと打つ、というところから「窓の小篠」と命名した。霰が降っただけでは目が覚めぬ人のために、窓辺に笹の葉を添えて音を増幅しようというわけである。ここから『玉あられ』で言及されたことの「あかしとすべき歌文ども（古歌古文の例）」を集成するという意図が見える。広足は先達の業績を扶翼することを得意とした国学者で、『詞八衢補遺』（安政四年刊）や『詞の玉緒補遺』（安政七年刊）などを出版している。『玉霰窓の小篠』もまた『玉あられ』の増補であり、補遺でもあった。

「歌の部」は『玉あられ』の六十三項目のうち三十四項目について、「文の部」は四十五項目のうち二十四項目について言及している。要するに、『玉あられ』の約半分の項目が増補の対象になっているわけである。具体例を検討しよう。『玉あられ』「歌の部」の「なもじたらぬ語」は次の通りである。

〽たちなかくしそ、〽物な思ひそなどいふ類を、もじの五七の調《べ》にあまる時は、〽たちかくしそ、〽物思ひそなどやうに、なもじをはぶくこと、ちかき世にをり〳〵見ゆるは、いみじきひがこと也。下なるそを略けるは、万葉などには、多くあれども、それも古今集よりこなたには見えず。ましてなをはぶける例は、すべてなきこと也。こはなもじをのぞきては、聞えぬ詞なるものをや。

いわゆる「な…そ」の用法について、和歌の文字数の問題から、これに反して「な」が省略される用例があるとした上で、それがとんでもない間違いであるというのである。「そ」が省略される例はあっても、「な」を省略することはない。これを受けて『玉霰窓の小篠』では次のように増補している。

○広足云、此説まことにさることなり。然るを枕冊子【春曙抄本十一】に〽いまいらへけふはと△申給ひそ」とあり。こはとの下になもじを写おとせるものなるべし。此頃の文になもじをはぶくやうのひがことはたえてなき事也。【こは抄本の誤なるべし。古写本をもて正すべし。】又落くぼ物語一に〽こゝになからは家の内に△ありそ」これもにの下になもじを写脱せるなり。初学の人、これを証例となす事なかれ。

広足は春曙抄本枕草子と落窪物語に「な」が省略される例をあげて、これがそれぞれの理由で誤写されたものであると推定し、本来の形を守ることを提唱している。『玉あられ』が問題にしたのは和歌における省略の例であり、その原因は文字数の問題に起因することは自明であった。これに対して、『窓の小篠』は散文の用例であるから、それでは説明がつかない。つまり、広足がここで補足しようとしたことは、宣長が提起した用例をより広い視野のもとにとらえ直し、これを包括的に説明するための原理を見出すということである。この項目以外でも『玉あられ』に言及された言葉の用法について、膨大な用例を列挙することにより、圧倒的な説得力でその用法の正当性を主張するのである。このように『玉霰窓の小篠』は『玉あられ』を増補し、補遺する意図があったということがわかる。ただし、『玉あられ』の項目について、広足はすでに他の書物を著す際に論究しているものもあった。次のごとくである。

「蔭ふむ道」（詞八衢補遺）―「だに、すら、さへ」「ひにそひて」

「海人のくぐつ」―「おひ風」「松柳などにけぶり、けぶる」

「かしのくち葉」―「もじあまりの句」

「手引の糸」（詞の玉緒補遺）－「とばかりに」「おもひきや」「が」「かしの下枝」－「川をこす」

こうした言葉については自著を参照することを明記している。論述の重複を避け、効率的に著述しようとする意思がうかがえる。また、自著だけでなく、石川雅望『雅言集覧』（「いとふ」）、千家尊孫『比那能歌語』（「ませし、しし、せし」）などの書物もまた参照文献としてあげている。そこには『玉あられ』の精神を受け継いで、初学者が歌文を学ぶ際の指針を示そうという高い志が見える。それは反論のために反論をしたり、自己顕示のために自説を無理矢理押し通すといった類とは別次元の行為であると言ってよい。広足の学問は、文字通り宣長学の祖述であったということができよう。

なお、明治二十一年になって中島惟一（広足の孫）の序文を添え、広足の遺稿二巻（後編上巻下巻）を増補して、全五巻として吉川半七より出版した。『玉霰窓の小篠』は膨大な用例による裏付けを伴った古語の用法の指南書となった。『玉あられ』が向かうべき到達点と言ってよかろう。

七、結語

『玉あられ』はそれまで歌学書や随筆の中で論じられていた、和歌や文章の用法（文法や語法）に関する議論をほぼ無作為に並べたものである。これに対して、宣長直系の鈴屋派と宣長の兄弟弟子である江戸派との間で論争が起きた。極めて単純に図式化すれば、村田春海と井上文雄は江戸派として『玉あられ』を批判し、三井高蔭と中島広足は鈴屋派として『玉あられ』を擁護したという構図になる。しかしながら、このような単純化は学統の人間関係の上で身も蓋もなく、研究の進展という点でも意味がない。そこには批判や論難という形、祖述や増補という形には帰納されない、国文学研究上の進歩があった。むろんそれは最短距離を行く直線的な進歩ではない。むしろ行きつ戻りつといった、螺旋状の進歩と言ってよい。はたしてそれが進歩と言えるのかどうかも定めがたい、遅々とした歩みであった。しかしながら、そこで行われたことは、確実に何らかの形で役に立っている。批判や論難といった、一見好ましくないと思われる議論の中に、かえって元の主張を裏付けし、補強するような種類のものもあった。よしんば、それが全く後ろ向きの議論であったとしても、「失敗学」が次の成功を導くように、後世に蹉跌を残したという点で功績があった。[26] そういった意味で、近世後期における『玉あられ』論争は有意義であったといってよかろう。

そうして、明治維新を経て国学が国文学へと再編された時、『玉あられ』は一体どうなったのか。国学者は研究とともに詠歌や作文をすることが必須の課題であったが、国文学者は必ずしもそうではなかった。それゆえ、『玉あられ』で指南された、詠歌や作文の際に必要な知識は当面は身につける必要がなくなったのである。また一方で、『詞の玉緒』などのような純然たる体系的研究書でなかったために、各項目について個別に議論されることは少なくなかったが、『玉あられ』そのものが議論の中心になることはなかったのである。要するに、『玉あられ』は学者が身につける指南書としても、学者が議論すべき研究書としても中途半端な書物であったがために、国文学や国語学の学界から忘却されたと言ってよい。だが、『玉あられ』的なるものは、現代においても古典教育の世界でしっかりと生きている。中等教育における国語科の教科書や参考書の中に、その精神は立派に受け継がれているのである。

注

(1)『著述書上木覚』には「玉あられ二番校合」があり、十一カ所の校正箇所が記されている。また、寛政四年六月二十六日付千秋宛書簡には、誤植の指摘への返答が記されている。
（2）元克や守瓶に宛てた書簡によれば、『玉あられ』は一部四匁から四匁五分で売買されていた。
（3）『玉勝間』六の巻「玉あられ」。本項目は寛政七年九月に板下が出来し、同十年十月に出版されている。
（4）蘆庵にも『玉霰難詞』なる論難書があったようであるが、現在は所在不明。
（5）「みつ子」の「子」は「る」の誤記であることが鈴木淳「『玉あられ論』作者考」（『江戸和学論考』、ひつじ書房、一九九七年二月）で言及されている。
（6）川越市立図書館蔵『玉あられ』に斎藤彦麻呂の自筆書入があり、そこに彦麻呂の説として記されている。
（7）鈴木淳前掲論文参照。
（8）中村好古『古翁雑話』の証言による。
（9）鈴木淳前掲論文参照。
（10）拙著『村田春海の研究』（汲古書院、二〇〇〇年一二月）序論「江戸派という現象」参照。
（11）『美濃の家づと』の中で定家歌を添削したのは典型例であろう。
（12）杉田昌彦『宣長の源氏学』（新典社、二〇一一年一一月）参照。
（13）春海は宣長と本文観は異なるけれども、宣長の真淵作品への改変はある程度は受け入れたようである。それは『賀茂翁遺草』から『賀茂翁家集』への改稿の中に確認できる。詳しくは千葉真也「本居宣長『玉あられ』と『賀茂翁家集』」（『鈴屋学会報』二十七号、二〇一〇年一二月）参照。
（14）『うひ山ぶみ』（ノ）「又後世風をもすてずして云々」自注。
（15）古風後世風詠み分け主義については、江戸派の代表的歌論『歌がたり』の中で批判されている。
（16）歌の部「遊ぶ」の項目で、『玉あられ論』が再度この二語について批判したのに対して、『弁玉あられ論』が反論したところにも見られる。
（17）『続日本随筆大成』八巻（吉川弘文館、一九八〇年八月）より引用した。
（18）拙著『村田春海の研究』第四部「反江戸派の歌論」参照。
（19）『なにわ・大阪文化遺産学叢書14　天神祭と流鏑馬式史料　慶応元年～明治二十年』（関西大学なにわ・大阪文化遺産学研究センター、二〇一〇年三月）参照。
（20）鈴木淳前掲論文参照。

(21) 柴田常昭が『美濃の家づと』を批判して論難書を書いて送ってきた時、大平は徹底的に『美濃の家づと』を弁護する書をしたためている。
(22) 拙著『村田春海の研究』第三部「村田春海の歌論」参照。
(23) この諺を踏まえた歌も多く、「伊勢人はひがことしけり津島より甲斐川ゆけば泉野の原」(伊勢記)や「伊勢人はひがことしけりささぐりのささにはならで柴とこそなれ」(伝西行)などと詠まれている。
(24) 『うひ山ぶみ』(ツ)「語釈は緊要にあらず」の自注でも、ほぼ同様のことを述べている。
(25) 文久元年六月刊(奥付)の版本による。なお、明治二十一年刊の活字本には序文に文字の異同がある。
(26) 文学研究上の「失敗学」とは「誤読」のことであるが、「誤読」には人の想像力と創造力を養成する機能がある。拙編『江戸文学』三十六号(ぺりかん社、二〇〇七年六月)特集「江戸人の「誤読」」参照。

第二部　本居宣長の研究法の継承

第一章　本文批判成立史

一、本居宣長以前の本文批判

古典文学作品の最も基礎的な研究に本文研究がある。今目の前にある本文がはたして正しい本文なのか、という疑問が解決できなければ、内容の分析に入ることはできない。一般に本文を批判的に研究することを本文批判（本文批評）、文献批判、原典批判などと称する。本文は書写されると誤謬が発生する。何度も書写されると多くの誤謬が発生する。本文批判とは、失われた原本を夢想しつつ、目の前にある伝本を批判的に見る態度のことである。現在手に入る諸伝本に基づいて、失われた原本を完璧に復元することを目指すというものである。言わば、時間の流れを逆行させて、現存本文を原本へと遡及させることを指す。時代の古今、洋の東西を問わず、古典学の最も基幹となる研究が、本文批判をはじめとする文献学ということができよう。日本における本文批判の方法も、むろん一朝一夕にできあがったものではない。さまざまな試行錯誤を経て完成したものである。本章では主に万葉集の本文批判をめぐって、本居宣長を指標として分析してみたい(1)。

本節では宣長以前の本文批判の方法を整理することにしよう。まず国学発祥以前の文献の扱いについては、中世から近世初期に至る堂上歌人の本文観を知れば十分である。たとえば、一条兼良は「歌の道におきては定家卿の説をはなれてはすこぶる傍若無人也」（『古今集童蒙抄』(2)）と述べ、細川幽斎は「二条家をならはん輩は京極黄門以前の本は用べきにあらざるにや」（『詠歌大概抄』(3)）と語っている。要するに、藤原定家の校訂した本文以外は用いないということである。これは御子左家―二条派―古今伝授の家、という系譜によって歌学が伝承されてきたことの裏返しであり、古典文学の本文もその例外ではなかったのである。もちろん、定家が源氏物語における青表紙本、古今集における貞応本・嘉禄本、伊勢物語における天福本などの定本を作成したのは、当時としては画期的な功績であったのであり、それによって乱れた本文から校勘された本文へと収束していった。しかしながら、古今伝授の弊の一つとして、盲信と祖述という学問の縮小再生産の体制を構築するのに一役果たした。師資相承した学説は疑いを入れずにこれを盲信し、師説を批判することは決して許されざることだったのである。中世にはあまり顧みられることのなかった万葉集についても同様で、仙覚が校訂し注釈を加えた『万葉集註釈』の成果は万葉集研究史上、とてつもなく大きなものではあるが、孤高を保ちつつ批判にさらされることはなかった。総じて中世において、師から受けた文献や学説は疑問の余地なく、これを門弟に伝えるという様式だったのである。

ところが、近世期になって古今伝授は御所伝授となり、ますます盛んになる一方で、地下歌人の中から、受け継がれた文献や学説に対して批判的な眼差しを向ける者が現れた。いわゆる国学の発祥である。その先陣を切ったのは契沖であった。契沖は真言宗の僧侶であったが、若い頃から悉曇学を修め、仏典の批判的研究を独自で行っていた。これを日本古典文学にも適用したのである。契沖が古典研究をする際の大方針は、『和字正濫要略』に表明された「古書を引て証する事は私なき事を顕はせり」に収斂すると言ってよい。私意を排除するためには古書を証拠として引用するほかはないというのである。契沖は同書で「和語もたゞいにしへの人のかけるを証としてこれによりて末学の憶説を用べからず」とも述べている。「末学の憶説」とは、一義的には後世に成された、根拠のない憶測を意味するが、契沖にとっては古文献を用いることをしない、すべての学説をこのように称するのである。このようにして仮名遣いの乱れを正し、歴史的仮名遣い（契沖仮名遣い）を確立したのであるが、その方法は古典文学の校訂や注釈にも応用された。その最も偉大な成果は『万葉代匠記』であろう。契沖は師の下河辺長流の跡を継いで水戸藩に登用され、古典文献の校訂および注釈の作業に当たった。『万葉代匠記』には初稿本と精撰本がある。初稿本は寛永版本を本文として引き、長流の説の多くを収載しているのに対して、精撰本は水戸家が蒐集し校合した本文（四点万葉集）を参照して本文校訂を行っている。つまり、契沖の本文観は精撰本に顕在化していると言ってよいのである。実際のところ、精撰本『万葉代匠記』は異本と比較、校合して本文批判を行っている。契沖は歴とした証拠に基づいて本文批判を行うのである。それでは、契沖の本文批判の方法はどういったものか。『万葉代匠記』「惣釈雑説」に次のように記している。

此書を証するには、此書より先の書を以すべし。然れども日本紀などの二三部より外になければ為む方なし。次には続日本紀、古語拾遺、懐風藻、菅家万葉集、和名集等なり。類聚国史は世に稀なる書にて、見ざれば如何せむ。後の先達の勘文注解のみに依らば、此集の本意にあらざる事多かるべし。意を得て撰び取べし。拾遺集に多く此集の歌を入られたるに誤多きに依て、其後の人迷惑する事多きを以て料り知べし。

万葉集を証拠立てて研究するためには、万葉集よりも古い書物を用いなければならないという。この命題は契沖の文献学の根本原理であるだけでなく、現代の文献学的研究の目指すべきところと言ってよい。いわゆる文献実証主義であるが、契沖はこれを「文証」と称している。[4]「文証」とは真言教学用語で、歴とした経論の上に見出される証拠である。道理によって証明する「理証」、具体的な例示によって証明する「現証」などと対を成す。このような仏教学的立場から、契沖は「此書より先の書」を唯一の「文証」と考えるに至ったと考えられる。ただ、万葉集の場合、「此書より先の書」が日本書紀などを除いてあまりないというのが実状であることを契沖は難点として指摘している。ただし、それに準じる古書はいくらか見られるのでそれらを用いるというのである。

こういった文献実証主義の根本的態度は本文批判を行う場合にも適用された。

もちろん、精撰本『万葉代匠記』は水戸家に秘蔵されたため、近世期には広く流布することがなかった。近世期に流布したのは初稿本『万葉代匠記』であった。それゆえ、精撰本そのものが後進の国学者に影響を与えたとするのは早計である。しかしながら、精撰本に記された契沖の文献学の精神は、『古今余材抄』や『百人一首改観抄』などを通して後の国学者に受け継がれたと考えることはできよう。

　契沖の学説を直接受けることはなかったが、これを万葉学として発展させたのが賀茂真淵である。むろん真淵は契沖の方法を全面的に受け入れたわけではない。たとえば次のように述べて、契沖を批判しているのである(5)。

　契沖など、本文をよくよまで、みだりに他書を証して、他書をさへ誤らしむる事あり。みだりにひろく考をなさんよりは、本文の語の可不を定むべき也。（中略）本文を定むるには、自古歌をよみ得し上に有事ぞ。契沖、自歌わろき故に、本文を定誤りし事多し。

契沖が他書を根拠にして本文批判をすることに懐疑的であり、本文の内部で解決すべきことを提唱している。さらに契沖の詠歌を非難しながら、本文批判の不首尾を断罪するのである。このように契沖の方法には一定の距離を置いていたごとくであるが、真淵は契沖の達成したものを全否定しようとしているわけではない。むしろ継承するところが多いからこそ、自分の方法との差異に自覚的にならざるを得なかったともいえる。要するに真淵は契沖を批判的に継承したのである。

　真淵には万葉集歌の枕詞を論じた『冠辞考』（宝暦七年刊）が、刊行されたものの中では最も大部であるが、万葉集の注釈書も一部ではあるが刊行されている。『万葉考』である。巻一・二は明和五年刊である。巻一の巻頭の「万葉集大考」に「ふるき本《ふみ》あたらしき本《ふみ》」がある。それは『万葉考』が用いる本文について述べたものである。

をしきかも、仙覚が考へ合せし時までは、ことなるも多かりと聞ゆるを、今は只板《いた》に彫たると、字ごとに彫ておしたるのみある。荷田うしとし月に求めて、いさゝか古き時書けん一つを得つ。こもことにもかはらねど、今の本よりはよき事侍り。且それが傍に朱もて書添たるにぞ助ることもある也。さて此たびの考に、今本と云は今ありふる本也。古本といふはかのはやき時書けん也。一本といふは字ごとに彫ておしたる也。又奈良の若宮の神主がもたる古葉類要集とて集の中にいぶかしき歌どもをのみ書つめたるあり。こも古本の中に入つ。此外いと後に書出てある歌どものことわり有をも、一本の中に入つ。

真淵は寛永版本を底本として、これにいくつかの諸本を比較対照して校合したという。「今本」とは底本とした寛永版本、「古本」とは荷田春満本および古葉類要集、「一本」とは活字無訓本および「いと後に書出てある歌ども」をそれぞれ指している。つまり、異本表記を統一して、その呼称によって諸本の優劣あるいは優先順位を明らかにしているのである。流布本を底本とするところには旧態依然とした本文観が残っていると思われるが、これを善本（と見なす本）によって相対化するという手法を取るところには、文献実証主義の萌芽を見ることができよう。

これに続けて「字」と題する項目が置かれている。そこには誤写をめぐって、次のような本文観が表明されている。

此集もとは草の手に書つるを、仙覚などや真字《まな》となしけん、今ふかく考るにうたがはしき所々、その字を古への草になして見れば、必草より誤れるぞ多き。譬ば家一字を夕和二字とし、山高を弓《ゆみ》高《ミ》になし、上を月、田を白、閇《へ》を閑などに誤、又乞《ヨ》をよと見て遂に與と書る類ひなり。これらいく百ちゞか有らん。今考へ得たるは改めて、そのよししるしぬ。又あまれる字、もれたることば、或は本のみだれたるを、仙覚が考誤りてあしく書のせ、所たがひたるなど多かる中に、いとこと成をばしるしをつけて、傍に字を添などせしもあり。

すべてしか改むるには、そのよしをしるさぬはなし。それはたおのが誤れらば、後の人の又あらためん為也。最初に仙覚本の問題点を指摘する。万葉集の誤写は元来、草書（草の手）で書かれていたものを仙覚が楷書（真字）に書き改めたために起こったものと推定するのである。「家」の一字を「夕和」の二字にしたり、「山高」を「弓高」としたりといった見間違いによる誤写や、「乞」を仮名の「よ」に見誤り「與」と誤認してしまうといった例は枚挙に暇がない、というのである。問題はそのような誤写と思われるものをどのように処理するかである。真淵はこれを正しい字に改変したというのだ。誤写を推認し、正しい字に改変するという作業は簡単なことではない。意味が通らないということは改変するための必要条件ですらないのである。また、たとえ本文に誤謬があったとしても、それが誤写によるものかどうか不明である。原本の段階ですでに誤謬が存在した可能性もないわけではない。事ほど左様に誤写の推認は困難を極めるのである。改変したことを記しておく意味がここにある。また、仙覚本には衍文や脱文、あるいは乱れた本文を誤解したところがあるが、そこには印を付けて異文表記をしたという。

真淵の処理の適切な点は、誤写と推認したものを改変した場合に、その由を記したということである。それは真淵の改変が間違っていた場合に、後世の人が再びそれを改めることができるからである。このように自分自身の判断を留保していることは注目すべきことである。

二、本居宣長の本文批判

本居宣長は契沖の国学書によって日本古典の研究に開眼し、真淵との出会いによって国学を大成する機縁を得た。国学の二人の先達から受けた影響は計り知れない(6)。古典研究の基本となる本文批判の方法についても、その例外ではない。前節で見たように、古書を証するのは古書のみという国学的本文観を受け継いでいるのである。特に真淵から通しで二度にわたって万葉集に関する質疑応答をしたことが大きい(7)。

宣長は『万葉集玉の小琴』の序文（安永八年十一月識）を、真淵の教えを祖述するところから始めている。万葉集は草書で書かれていたものを後世の人が読み間違えて誤写した伝本が多く、そのままでは正しく読解できない。そこで疑わしい歌は必ず誤写があるという前提で考えるのが万葉集を研究する上で肝心なことであるというのである。その上で次のように続ける。

まことしかにはあれ共、それはたいとかたきわざにして、たはやすくおもひうべくもあらざりけるを、今の世の人どもは、そのかみのこゝろことばのふりをも、うまらにはさとりしらずて、いまだしき程より、たゞひがもじひがもじとなも、いひのゝしりつゝ、みだりにあらためなほすめるは、中々なる物ぞこなひもおほけれど、しかいひて又さるほんにのみかゝづらひつゝ、猶もじのまゝによみえてんとするには、かにかくに思ひめぐらせ共、つひにいにしへの心ことばはえがたくて、中々によこさまに、しひたることにもなりゆくめれば、猶此ひがもじ考ふる教はしも、すてがたくうごくまじかりければ、今はたそのをしへにしたがひて、これかれ思ひえつる事共を、なほねもころに、かたへの歌なる、同じ詞のたぐひをも、たづねあはせ、同じ心の友がきにも、かたらひはかりて、我も人もあしからじと、定めたるかぎりをなも、こゝろみがてら、もじもよみも、あらためなほしなど、あるは、人みなの、えがてにすなる、歌のこゝろを思ひえたるなど、書あつめたる此ふみぞ。猶よからんや、あしからんや、これよりうへのさだめは、たゞ後見ん人の心になも。

真淵の教えはもっともではあるが、それは歌を読破する力があってはじめてできることである。近年は古代語も知らない初学者が誤字であると主張して妄りに改変するという弊害も出てはいるが、かといってそのままでは読めず、かえって牽強付会に陥ってしまうという。どちらの立場にも「中々」という表現を用いているところに、宣長の苦悩を読み取ることができる。そこで宣長は、真淵の「ひがもじ考ふる教」に従いつつ、「ねもころに、かたへの歌なる、同じ詞のたぐひをも、たづねあはせ」という契沖の手法を取り入れることにより、このジレンマを解消しようとしたのである。また、宣長は学問の志を同じくする友と相談しながら決めるというやり方を取った。独断による弊害を避け、客観的な判断を導き出すための手法である。宣長の注釈にしばしば門弟の見解が差しはさまれるのは、このような信念に基づいたことだったのである。さらに、このようにして得た結論を後世の人の判断に委ねると記している。これは学問の客観性を重視し、学問の発展を信じた宣長ならではの発言と考えることができよう。[8] なお、前節で見たように、真淵にも自説を後進に託す旨の発言があり、そういった意味で、宣長は真淵から学んだものは研究の内容や方法だけでなく、研究というものに対する謙虚な態度もまた同時に薫陶を受けていたということができるだろう。

そうして宣長は万葉集の本文に関して、次のような見解を持つに至ったのである。[9]

> 万葉集今の本《マキ》、もじを誤れるところいと多し。こは近き世のことにはあらで、いとはやくより、久しく誤り来ぬるものとぞ見えたる。然るにちかきころは、古学おこりて、むねと此集を心にかくるともがら、おほきが故につぎ〳〵によきかむがへ出来て、誤れる字《モジ》も、やう〳〵にしられたること多し。されど猶しられざるもおほき也。その心してよむべき也。むげに聞えぬところ〴〵などは、大かた誤字にぞ有ける。（中略）まづ誤字のこと〴〵くしられざるほどは、訓もこと〴〵くよろしくは直りがたきわざ也。誤字のなほいとおほかるを、その字のままによまむとせむには、かへりてしひごとになるたぐひ多か《ン》べきを、よく心得べし。又すべての訓《ミ》ざま、仮字書《キ》のところをよく考へて、その例をもてよむべき也。おほかたこれら、此集をよむに、むねと心得べき事ども也かし。

万葉集の文字は早い時期から誤りが多く、それが転写されてきたが、近年は古学が発祥して万葉集を専攻する者が誤写を訂正することも多くなったという。宣長がいう古学の代表は契沖と真淵と考えて間違いない。それでもまだ読めないところは「誤字」であるというのである。これは真淵譲りの誤写の推認である。誤字であることがわかった上で、そのままに読むのは、かえって牽強付会になると宣長は述べる。それではどうすればよいのか。なすべきことは、あらゆる合理的根拠を用いて誤写を訂正することである。宣長は「仮名書」のところを参考にして訓を確定させるという方法を提示している。要するに内部徴証による本文批判である。

たとえば、宣長は「万葉集に山字《ノ》を玉に誤れる例」（『玉勝間』十三の巻）において、次のように注意を喚起している。

万葉集に、山字《ノ》を玉に誤れる例多し。草書にては、山と玉とよく似たる故也。二の巻に、三吉野乃玉松之《ミヨシヌノタママツガ》枝者《エハ》云々、十五の巻に、夜麻末都可気尓《ヤママツカゲニ》ともあり。玉は山に誤れることしるし。然るを後の歌に、玉《タマ》松とよめるは、此歌によれるにて、みなひがこと也。玉松といふことは、あることなし。

「山」と「玉」の草書が似ているために誤写が起こるが、それは仮名書きの歌を参照すれば誤りが判明するというのである。内部徴証による誤字認定である。(10) 誤字の認定およびその訂正はこのような手続きで行うことができるというわけである。(11)

そもそも、宣長は原本が写される際に必然的に誤謬が発生するという事実にかなりの程度、自覚的であった。それを次のように述べている。(12)

ふみをうつすに、同じくだりのうち、あるはならべるくだりなどに、同じ詞のあるときは、見まがへて、そのあひだなる詞どもを、写しもらすこと、つねによくあるわざ也。又一ひらと思ひて、二ひら重《カサ》ねてかへしては、其《ノ》間《ダ》一ひらを、みながらおとすことも有《リ》。これらつねに心すべきわざ也。又よく似て、見まがへやすきもじなどは、ことにまがふまじく、たしかに書《ク》べき也。

本を写す時に誤謬が生じる理由を分析している。[13] 一つには目移りによる脱漏、二つには頁のめくり損ないによる落丁、三つには似た字体を誤認するミスである。これらは実際に書写作業の経験を踏まえた分析であるから、説得力がある。一つ目と二つ目は注意していれば防げるケアレスミスであるが、三つ目はある種、防ぎようがないものと言ってよい。魯魚の誤りである。自らが写す時においてもそうなのであるから、ましてや写本に誤写が混じっている可能性がないと考えることはできない。宣長が「むげに聞えぬところ〴〵などは、大かた誤字にぞ有ける」と記したのは、このような実体験があったからである。

さて、そういった実体験に基づき、先に見たような本文批判の理念および方法を駆使して、宣長は万葉集の読解を推し進めた。まとまった形では、巻一から巻四までを抄注した『万葉集玉の小琴』が残されている。具体的に検討していきたい。まずは一之巻・巻頭歌である。

吾許曾居《ワレコソヲレ》。師吉名部手《シキナベテ》。吾己曾坐《ワレコソマセ》。
本に、居師と師字を上ノ句へつけて、をらしと訓るは誤也。こゝはをらしといひては、語とゝのはず。又吉ノ字を告に誤りて、つげなべて、のりなべてなどよむも、いかゞ。のりなべといふこと心得ず。こは必吉ノ字也。しきは太敷坐《フトシキマス》、又しき坐国《マスクニ》などいへるしき也。

「師」の位置について宣長以前はすべて上の句の末尾として処理している。また、「告」はその字のままで解釈している。たとえば、契沖は「吾許曾居師《ワレコソヲラシ》。告名倍手《ツゲナベテ》」として、「をらし」について「をらしは我こそをれとのたまふ古語なり」（初稿本）と解釈している。つまり、「をらし」は「をれ」と同義の古語であるというわけである。これは重要な指摘と言ってよい。また、真淵は「吾許曾居師《ワレコソヲラシ》。告名倍手《ノリナベテ》」として、「をらし」を次のように注釈する。

乎良志《ヲラシ》は、乎里《ヲリ》の里《リ》を延たる也。古への天皇、やまとに宮敷まして天下ノ知しめしゝ故、只やまとを押並《オシナベ》云云とのたまへば、即天下《ノ》知する事となりぬ。

「をらし」を「をり」の「延たる」（延言）であるというのは、当時の国語学における「延約」という考え方によったものである。契沖と同様に「をらし」と「をり（をれ）」が同義であることを示しているのである。次の「のりなべて」については「御言告《ミコトノリ》を敷なべて也」と解釈している。このような先行説に対して、宣長は大胆にも誤字説を踏まえて新説を展開する。つまり、「師」が次の句の頭に来るというものである。そうすると、「告」は「吉」の誤写と見て「しきなべて」と読むことができるというのである。このような発想が可能なのは、この歌が音数律に従わなくてよい歌だったからである。上の句が字足らずでも構わないということだ。ただし、この斬新な発想は必ずしも宣長の独創とばかりは言えない。おそらく宣長は、契沖が「をらし」が「をれ」と同義であるとし、真淵が「御言告《ミコトノリ》を敷なべて也」と注釈しているところにヒントを得たのだ。ここは「しきなべて」の意である、ということである。そうであれば、「師」の位置を換え、「告」を誤字と見るだけで合理的な解釈ができる。今日では定説となったこの読みは注釈史の蓄積の上に成立したものなのだ(14)。

次に三之巻・三九四番歌を見てみよう。

印結而、我定義之《ワガサダメテシ》

義之は、てしと訓べし。此外、四《ノ》巻【四十一丁】言義之鬼尾《イヒテシモノヲ》、七《ノ》巻【三十一丁】結義之《ムスビテシ》、十《ノ》巻【三十丁】織義之《オリテシ》、また逢義之《アヒテシ》、十一《ノ》巻【廿丁】触義之鬼尾《フレテシモノヲ》、十二《ノ》巻【廿丁】結義之《ムスビテシ》、これら皆同じ。てしと訓べきこと明らけし。さて、是をてしとよむは、義《ノ》字をての仮字に用たるにはあらず。故に義之《テシ》とつゞけるのみにて、義《テ》とのみいへるは一ッもなし。義は皆羲《ノ》字の誤にて、から国の王羲之といふ人の事也。此人書に名高き事、古今にならびなし。御国にても、古《ヘ》より此人の手跡をば、殊にたふとみ賞する故に、手師《テシ》の意にて書る也。書のことを手といふは、いと古き事にて、日本紀にも、書博士をてのはかせ共、てかき共訓たり。

（中略）師の説には、義之をてしと訓は、義は篆《テン》の誤也といはれしかど、篆を仮字に用たる例なく、また義《テ》之《シ》とつゞけるのみにて、義《テ》とはなして一字書る所もなければ、義之と二字つゞきたる意なる事うたがひなし。

「我定義之」を「わがさだめてし」と読むのは真淵も主張しているところであるが、真淵は「義」は「篆」の誤字であると考え、その誤写によって合理的に解釈しようとした。しかし宣長は、「義」に誤写の可能性があるという真淵の見解には従いつつも、それを「篆」であるとすることには同意できなかった。というのも、「篆」の字が仮名として用いられた例は一例もないからである。加えて、「義」が単独で出ることはなく「義之」は必ず二字続きの形で現れるということに注目し、宣長はこれを古代中国の書家「王羲之」を出典と考えた。宣長の論理はこうである。「義」は「羲」の誤写であり、「羲之」は「王羲之」のことである。王羲之は書家で、書は日本では「手」という。したがって、「羲之」とは「手師」を表すので、「てし」と読むというのである。この思い切った推定も真淵が「義」「篆」誤写説を打ち出したからこそ出てきた発想であると言ってよい。全くのゼロから積み上げたものではないのである。なお、宣長はこの説には相当自信を持っていたようで、後に『玉勝間』六の巻「万葉集にてしといふ辞に義之また大王と書る事」において、ほぼ同じ内容を記している。

ただし、宣長は伝本に不審があるすべての場合に誤写の推認を行い、これを改変したわけではない。当該本における内部徴証や諸本に異文があるという事実を重んじたことは言うまでもない。源氏物語の場合を例にとって見てみよう。『源氏物語玉の小櫛』一の巻「くさぐさの事」には源氏の伝本について次のように記している。

すべて仮字がきのふるき書ども、今の世につたはれる、いづれも〳〵、写し誤れること、おちたることなどおほくして、よみときがたきふしおほかるに、此物語はしも、よゝの人々の、ことにふかくめでられて、ひろくもちひらるゝことの、こよなかりしけにや、あだし書どもにくらぶれば、写し誤は、いとすくなくなむ有ける。されどなほ、ひが写しと見ゆる所々も、たえてなきにはあらずかし。

一般に筆写を経ることにより誤写や脱文が生じる。源氏物語は丁寧に写されたようで誤謬は少ないが、誤写もないわけではないという。そうして、底本にした湖月抄本と異なる本文がある場合に、校異を列挙した。四の巻がそれにあたるが、そこには次のような校異の方針を打ち出している。

　かならず某字《ソノモジ》の誤《リ》と、しるく見えたることなども、こゝらあれど、本に見えぬは、みなさてある也。

本文に不審があっても諸伝本に異同がない場合はそのままにしておいたというのである。現代から見れば当然のことと映るが、私意による改変が普通であった当時としては厳格な方針ということもできる。要するに、何らかの証拠がない限り、たとえ錯誤があることが明白であっても、これを改変することには慎重であるべきだという主張である。契沖の文献実証主義がこのような形で継承されていると評することができよう。

さて、宣長は真淵との間で書簡による問答によって、本文批判の方法や本文解釈の技法を学んだと思われる。それは『万葉集問目』という形で残存しており、その内実をうかがうことができる。おそらく万葉集を対象とする研究が緻密な本文研究の最初であると思われるが、宣長は当然のことながら、万葉集以外にも古典文学の研究に足を踏み出していった。代表的な古典テキストに関する宣長の本文観を見てみることにしよう。まずは古事記である。『古事記伝』一之巻「諸本又注釈の事」に次のように記している。

　此記、今世に流布《ホドコ》れる本二《マキツ》あり。其一《ツ》は、寛永のころ板《イタ》に彫《ヱ》れる本《マキ》にて、字《モジ》の脱《オチ》たる誤れるなどいと多く、又訓も誤れる字のまゝに付《ツケ》たる所は、さらにもいはず、さらぬ所も、凡ていとわろし。今一《ツ》は、其後に伊勢の神官《カムヅカサ》なる、度会《ノ》延佳てふ人の、古本《フルキマキ》など校《カムガヘ》て、改正《メ》して彫《エラ》せたるなり。此《コレ》はかの脱《オチ》たる字をも誤れるをも、大かた直《ナホ》して、訓もことわり聞ゆるさまに付《ツケ》たり。されど又まゝには、己がさかしらをも加《クハ》へて、字をも改めつと見えて、中々なることもあり。此《ノ》人すべて古語をしらず、たゞ事の趣《オモムキ》をのみ、一わたり思ひて、訓《メ》れば、其訓は、言も意も、いたく古にたがひて、後《ノ》世なると漢《カラ》なるとのみなり。さらに用ふべきにあらず。

古事記の流布本は二つある。一つは寛永版本で、もう一つは度会延佳校訂本である。寛永版本は誤字や脱字が多く、誤字の有無にかかわらず訓が間違っているところなどもあってよくない。度会延佳本（鼇頭古事記）は古本と校合したもので、誤字を改め脱字を補い、訓も理にかなっているけれども、私意によって改変したところもあって、かえってよくない本文になっている。延佳は古語を知らず、趣意に合わせて読んでいるので、後世風で唐様の読みになってしまっている、というのである。このように流布版本は使用に堪えないという。この後、宣長は村井敬義蔵本と真福寺蔵本を利用して校合をおこなった旨を記している。それぞれに良し悪しはあるが、互いに補い合いながら校合することにより善本を作っていくという方針を述べるに至る。

版本における不備は日本書紀にも該当するという。『玉勝間』一の巻「また（古書どもの事）」で次のように述べている。

> 書紀の今の本は、もじの誤《り》もところ〴〵あり。又訓も、古言ながら多くは今の京になりてのいひざまにて、音便の詞などいと多きに、中にはまたいとふるくめづらかにたふときこともまじれるを、その訓おほくは全からず、あるはなかばかけ、或はもじあやまりなど、すべてうるはしからず、しどけなきは、いと〳〵くちをしきわざ也。板本一つならでは世になく、古き写し本はたいとまれなれば、これかれをくらべ見て、直すべきたよりもなく、すべて今これをきよらにうるはしく、改め直さむことは、いと〳〵かたきわざ也。今の世の物しり人、おのれ古《へ》のこゝろ詞をうまらに明らめえたりと思ひがほなるも、なほひがことのみおほかれば、これ改めたらむには、中々の物ぞこなひぞ多かるべき。されば今これをゑり改めむとならば、文字の誤《り》をのみたゞして、訓をば、しばらくもとのまゝにてあらむかたぞ、まさりぬべき。

日本書紀は版本が一つしかなく、その本に誤字が多くあり、訓の多くが穏当でないのは残念だというのである。

古い写本がほとんどないので、比較校合して訂正することもできない。博識の人でもこれを改めることは至難の業なので、新たに版本を出す場合には、誤字を訂正するだけで、訓は改めない方がかえってよいかもしれない、と述べているのである。万葉集、古事記、日本書紀といった最古の書物に誤謬はつきものであるが、版本に誤字があるとたちまちのうちに間違った本文が広まってしまう。宣長の本文観は、文学テキストが版本として流通する近世という時代に特有のものということができよう。

このような版本に対する不満は、宣長にとってすべての古典文学作品に関わる問題であった。『玉勝間』一の巻「又（古書どもの事）」に次のように記している。

万のふみども、すり本《マキ》と写し本《マキ》との、よさあしさをいはむに、まづすり本《マキ》の、えやすくたよりよきことは、いふもさら也。しかれども又、はじめ板にゑる時に、ふみあき人の手にて、本のよきあしきをもえらばずてゑりたるは、さらにもいはず、物しり人の手をへて、えらびたるも、なほひがことのおほかるを、一たび板にゑりて、すり本出ぬれば、もろもろの写本《シ》は、おのづからにすたれて、たえ〴〵になりて、たゞ一つにさだまる故に、誤《リ》のあるを、他本《アダシマキ》もてたゞさむとすれども、たやすくえがたき。こはすり本《マキ》あるがあしき也。

版本と写本の優劣について論じている。版本は入手しやすいという利点はあるが、欠点もある。そもそも、はじめに書肆が本を出版する時に善本を選んで彫るわけではないので、一度出版されると間違いが広まってしまう。そこでどのようなことが起こるのか。質の悪い版本が流通することによって、善良な写本が排斥され、テキストは版本に統一されていってしまう、というのである。誤字を正そうとしても善良な写本が簡単には入手できないという事態を招くことになる。まさに悪貨が良貨を駆逐する、ということだ。これは版本という存在の罪悪である。そうして次のように論を展開するのである。

皇朝の書どもは、大かた元和寛永のころより、やうやうに板にゑれるを、いづれも本あしく、あやまり多くして、別によき本を得てたゞさざれば、物の用にもたちがたきさへおほかるは、いとくちをしきわざなりかし。然るにすり本ならぬ書どもは、写し本はさま〴〵あれば、誤《リ》は有ながらに、これかれを見あはすれば、よきことを得る、こは写本にて伝はる一つのよさ也。然はあれども、写本はまづはえがたき物なれば、広からずして絶やすく、又写すたびごとに、誤《リ》もおほくなり、又心なき商人の手にてしたつるは、利をのみはかるから、こゝかしこひそかにはぶきなどもして、物するほどに、全くよき本はいとまれにのみなりゆくめり。さればたとひあしくはありとも、なほもろ〳〵の書は、板にゑりおかまほしきわざなり。

日本では元和寛永頃から版本が作られるようになったが、どの本も質が悪く誤字が多いから、善本を入手して校合しなければ役に立たない。一方、写本は誤謬はあるにはあるが、それらを比較校合すれば、相補い合ってよい本ができる。これは写本の利点の一つである。しかしながら、写本は入手困難なものだから湮滅しやすく、写すごとに誤写が多くなり、わざと落丁させて暴利をむさぼるような心ない書肆もいて、善本にめぐり会うのは稀であるという。なお、ここに言う書肆とは筆耕を使って写本を作ることを生業とする商人のことである。それはともあれ、写本は危険性が伴う。そういうわけであるから、たとえ質が悪くても大事な書物は版本にしておきたいという。版本も写本も一長一短あるが、結局は版本にしておくのが次善の策であるということだ。

三、本居宣長以後の本文批判

本居宣長は国学の文献実証主義の方法を継承し、これをさまざまな古典テキストに適用して、方法的にも進展させた。それではその後、そういった本文批判の方法はどうなったのか。宣長の同時代の状況から見てみよう。

伊勢貞丈の本文観を見てみたい。貞丈は幕臣で故実家として著名であるが、宣長よりも十三歳年長である。『貞丈雑記』や『安斎随筆』などの随筆をはじめとして、多くの著書を残している。貞丈の本文観はそういった実践的な著作に裏付けられたものと言ってよい。『貞丈雑記』十六巻には、一連の古典テキストの処理に関する方針を記している。次のようなものである。

一、校合《キヤウガウ》とも校讐《カウシウ》とも校正《ケウセイ》とも云は、此書と彼書と同じ類本を寄せて両方を引くらべて、違たる所々をば此方の本に書入れて直し置くを云也。

一、書籍を書き写には、少も本書と違なき様に文字をも仮名をも写すべし。本書に書違と見ゆるも其通りに写し置べし。扨外の同書を求得て引くらべて直すべし。我推量を以て本書の文字を書直して写すは悪き事也。我推量の考をば文字の傍に朱などにてかき加え置べし。

前者は校合についての定義であり、後者は書物を書写する際の心得であるが、注目すべきは後者である。「書違と見ゆる」ものもそのままに写しておき、他の本と比較対照して直すべきである。私意による改変は慎むべきで、それらは朱筆で傍書することを主張する。一言でいえば、誤写をどのように処理するかという問題である。この方針は校合や書写に関して私意を排した厳密な本文批判ということができる。しかしながら、貞丈も全く客観的に本文処理することを目指したわけではない。『安斎随筆』の「書物校合」に次のような本文観が記されている。

書を校合する事を知りたる人の校合するには、彼の本の善きを此方の本に書入し悪き事をば消すなり。事を知らざる人の校合するは、彼の本とよみくらべて相違の文あれば、善悪の考もなく違ひたるほどの事をば妄りに此方の本へ書き入るゝ故、其の本汚れて却りて悪本となり、義の通じがたきやうになるなり。されば事をしり弁へたる人の校合したる書をば貴ぶなり。悪敷事を書き加へたるは妨に成りてわろし。事をしらぬ人は妄りに校合すべからず。あたら本を反故にするなり。

書物の校合には二種類ある。一つは博識の人がする校合で、諸本の良いところをこちらに書き入れて、こちらの悪いところを消す、というもので、もう一つは浅学非才による校合で、事の正否を問わず、諸本の異文をみだりにこちらの本に書き入れて、かえって悪質な本を作る、というものである。書物の校合の目的は誤写のない本文を復元することであるから、博識の人の校合を「貴ぶ」というわけである。客観性の名の下に機械的な校合作業によって悪質な本文が生み出されるのは、「反故」の再生産であるとしている。ここから貞丈の本文批判に関する意識を読み取ることができよう。私意を排除した厳格な校合を目指すべきであるが、誤謬を見抜く活眼によって本文の正否を適切に判断しなければならないということである。貞丈は国学を修めたわけではないけれども、その目指すところは契沖・真淵・宣長と受け継がれた、文献実証主義による本文批判の方法に極めて近いものがある。同時代を生きた学者として共鳴するものがあったと言えよう。

次に、やはり宣長と同時代の伴蒿蹊を見てみよう。蒿蹊は宣長より三歳下で、京都の地下歌壇で活躍した歌人である。『国文世々の跡』などの文章史研究にも秀でていた。宣長とも交流があったことが知られている。[15]『閑田次筆』巻三（文化三年八月刊）の中で、蒿蹊の本文観がわかる文章がある。直前の項目に「活眼にて活書を読め」という諺があることに触発されて記した項目である。

○本方の古書を注する人、凡元禄年間までは、元本を守りて、たとへばににては聞えず、をと改れば聞ゆる書誤りも、かつて改めず。しひて押廻して注せられしは、謹厚とはいふべけれど、又死守ともいふべし。其間に延佳神主古事記、旧事紀を新《ニ》改刻し、鼇頭を加《クハ》へられしには、他書を校合して、考を付改られし所々有。其後契沖師万葉集を注せられしを始《メ》、諸書の解校正のものなど、古書を引のみならず、自己の考をもて、文字を改られしこと多し。是より開けて、加茂氏をはじめ、其門人われも〳〵と眼を光らして、これは草の手に誤る、是は前後したりなど、心のまゝに字を取かへ語を改む。これは所謂、活眼にて活書を見るともいふべけれど、又万葉集も、吾撰のものゝやうになり、古伝の本は亡びなんやと危し。誤をあやまりにて伝ふが道なりなど、ひとへに轍《テツ》《ワダチ》を守りたまふと表裏にして、過不及いかんともすべからず。吾ごときおろかものは、書を見て難事を過す淵明の意に倣ひ、常に闕て解すること尠し。彼改竄《カイザン》《アラタムル》をことゝする人々は、程朱の中庸、大学、孝経の古本を改め、経伝をわかち、或は詩経の小序を除かれしごときたぐひにて、機識抜群なりといふべき歟。凡《ソ》一家をなす人はしかるべし。されど其恩を蒙る人もあらん。又毒をうくる人も多からん歟。一是一非は、何にも遁ぬことなるべし。

近世の本文研究史をたどるところから始めている。元禄期までは、本文に疑義があっても、これを改めることをせず、そのままにしておいたという。蒿蹊はこれを「死守」と称する。例外的に度会延佳が『鼇頭古事記』や『鼇頭旧事紀』を出版する際に校合を行ったりもしたが、あくまでも例外的である。その後、契沖は『万葉代匠記』をはじめとして諸書を校訂するに際して古書を引くだけでなく、「自己の考」によって本文を改変した。それに続いて、賀茂真淵やその門弟は眼光を紙背に徹して、草書を読み違えたとか、文字が前後しているとかいって、心に思う通りに文字を改変している。これでは万葉集は私撰の物となり、古えの伝本は亡びてしまうのではないかと危惧するに至る。誤りを誤りのままに伝えるのが道であるとする古今伝授の旧習を墨守する考えと、思いのままに文字を改変する国学の徒の行き過ぎは、両者とも極端に過ぎるというのが蒿蹊の考えである。

それでは蒿蹊自身はこれをどのように処理するのか。蒿蹊は陶淵明（五柳先生）の顰みに倣って、大意をつかむだけで誤謬を極めることはあまりないという。一方、私意で書物を「改竄」する国学者たちは、朱子が四書の文言を改め、経典とその注釈とを分離し、詩経の小序を削除したように、書物編集の学識が抜群であるというべきだ。その道の権威になる人はそういった判断ができる。だが、その改変に学恩を受ける人もいれば、害毒を受ける人も多いだろう、というのである。ここには伝本の誤謬を改変することの両面が浮き彫りにされていると言ってよい。つまり、伝本を改変することは、原本との関係で言えば改正と改悪の両面があり、享受者の立場から言えば了解と誤解の両面がある。蒿蹊は伝本を改変することの功罪をこのような形で認識していたわけである。蒿蹊自身はこれに深入りしないと言っているが、伝本の改変に対しては是々非々の立場であったということである。

さて、宣長の次世代の国学者の本文観を見ていこう。まずは小山田与清である。与清は村田春海の門弟で、五万巻の蔵書を誇る擁書楼を有したことでも知られている。自身が書物を書く場合には、引用に際して必ず一次資料に拠ることを鉄則とし、決して孫引きをしないことを誇りとした。『擁書漫筆』巻一（文化十四年三月刊）に次のような文章を載せている。

　およそ古書《ふるきふみ》の旨《むね》を解《とか》んには、かならずしも臆断《わたくしごゝろ》もて字《もじ》を改《あらたむ》べからず。ふるき真面目《すがた》のまゝにて、解《とく》べきかぎりは解《とき》あかし、おもひ得がたきふしはさてあるべし。ちかきころの古学者《こがくしや》がくせとして、これは草《さう》の字《て》より、かれは字体《じてい》の似《に》たるよりなど、こゝろのまゝに誤《あやまり》とし引《ひき》なほすめるは、えあるまじきわざ也。

古書を解釈するに際して、臆断で文字を改変してはならない。古い姿のままで解釈できる限りは解釈し、解が見つからない場合はそのままにしておくのがよい。近年の国学者の性癖として、これは草書が理由で、あれは字体が似ていることが理由でなどといって、思いのままに誤写と決めつけて文字を改めて引用するのは、決してあってはならないことだ、というのである。実はこの文章には前段があって、そこで与清は村田春海『斉明紀童謡考後按』（享和二年四月刊）について論評しているのである。『斉明紀童謡考』は荷田春満から賀茂真淵に伝えられた秘説であり、春海がこれに自説を加えて「後按」としたものである。そもそも「斉明紀童謡」は、斉明天皇六年十二月に百済国からの助勢要求に応えて新羅国を討つために船を用意したが、それが理由もなく転覆した時に敗兆を読み取り、詠まれた童謡である。一般には征西の軍が敗れることを諷した歌といわれる。古来難解とされ、さまざまな読解が試みられたが、今に至るまで定説がない[16]。これに検討を加えた『斉明紀童謡考後按』を取り上げた上で、先のような本文観を記しているのである。つまり、最も難解とされる古書を読解する際にも、できるかぎり臆断による訂正を避けるという方針を提示するのである。これは古典籍を改変することに極めて禁欲的な態度と言ってよい。活眼をもって誤写を見抜き、これを改めた国学者に対する強烈な批判と見ることができよう。

次に、宣長の没後の門人二人の見解を見てみよう。伴信友と平田篤胤である。ともに宣長の生前に入門することは叶わなかったが、次世代の国学者として真正の門弟より活躍したと言ってよい。伴信友は『比古婆衣』「続日本紀の中なる古き錯乱の文」の中で次のように述べている。

国史は印本はさらにて諸本互に誤字脱文あれば、其諸本どもを校合せて訂してよむべきわざなる中に、日の干支にも次の混ひ多かるを、ふとよみては心づかぬものなれば、長暦通暦などにも引合せて正して読べきなり。故己年ごろ蔵てる印本をもとゝして異本とだにいへば校書し、人のものせるも借写してやまず。さるはたゞ其国史の異本のみならず、他の古書どもにも考合せて訂すべくおもひおきてゝ、おふけなきわざながら、いかでよく訂して校異などいふ趣なるものをだに書記して見むとこゝろざしてありふるほどに、むなしく年老てくちをしくこそ。

国史の版本ならびに写本は誤字脱字が多いので、これを校合して訂正しなければならないとした上で、とりわけ干支に関する記述には誤謬が多く、日本長暦や皇和通暦といった外部資料を駆使して訂正すべきだというのである。そして所蔵する版本に基づいて異本を入手しては校合し、他人の所有するものも借りて書写する。そうして国書の異本だけでなく、他の古書籍をも参照して訂正することを計画して、おそれ多くも訂正を経た校異本を作りたいという志を抱くようになったという。ここで語られていることは、誤脱の多い古典籍の校異本文を作る過程であるが、その前提としてそれらの誤脱を諸本を用いて訂正することが当然であるという考えがある。

もう一人の没後の門弟、平田篤胤は客観的に誤写を推認し、これを合理的に改変する宣長をさらに前進させる本文観を持つに至った。今に伝わる残存資料の断片を再編することによって、失われた古代文献を復元することを思い立ったのである。古事記に日本書紀や古語拾遺などを取り合わせて編成し直して『古史成文』を創り上げた[17]。古伝説を捏造したのである。そのような思い切った改竄や捏造の背景に、篤胤の本文観をうかがうことができる。『気吹舎筆叢』上巻に「誤写」という項目があり、次のようなことを記している。

　おのれ人にあとらひて、書写させけるに、下照姫の下の字を、本書にほとやうに書ありければ、写す人誤りて、百の字と心得て、おごそかに百照姫と書り。また埋木とある木の字の仮字に、キとあるを誤て、中の字になしたり。然るを己も心づかでありけるを、また人に貸て写させたるに、其の人本文の木の字は誤りなるゆゑ、傍に中の字を書けりと思ひて、やがて埋中と改め書て、更に道理もなき事となし、また久の字の仮字を付て、久《ク》とやうにありければ、処の字に誤りたる事もありき。此は処と見誤りたるなるべし。此につけておもふに、万葉集を始め、古書はすべて写本にて伝はりたれば、さばかり思ひかけざる文字に、誤れるも多からむと思ゆるなり。手よくかく人などは、筆のよく働くままに、別て非が文字も書くものなれば、猶心すべき事になむ。

書写の際に起こる誤写を三例にわたって記している。一つ目は「下照姫」の「下」を「百」と思い違いをして「百照姫」とするもの。下照姫は大国主神の娘で、日本書紀や古事記に登場する神であるが、ここでは「姫」の用字により日本書紀を指していると思われる。二つ目は「埋木」の「木」に「キ」と振り仮名があるのを「中」と誤写し、それをさらに別の人が書写する時に、本来の「木」を誤りと判断して、最終的に「埋中」としてしまうもの。三つ目は「久」字に振り仮名を付して「久《ク》」としたものを「処」と見間違って誤写してしまったもの。以上の三例をあげて、写本における「誤写」の発生する原因を推し量るのである。一つは思いがけない文字を写す時であり、もう一つは達筆の人が筆に任せて間違った文字を書くことである。それぞれに経験を踏まえて誤写発生の原因を的確に指摘していると言えよう。篤胤は本文を改変することに対して、全く躊躇することがなかったが、このように誤写が生み出される場面を丁寧に分析することによって、誤写を見極めて適切に改変する技を養ったことであろう。ただし、この文は太宰春台の文章からの引用であり、先学の本文批判の手法を見倣ったと考えるのが妥当である。

宣長の門弟ではないが、土佐の地において、ほぼ独学で万葉集研究を極めた者がいた。鹿持雅澄である。雅澄は『万葉集古義』を著した。公刊されるのは明治二十四年になってからであるが、同書に付巻として『雅言成法』がある。本書は古語の語形の変化をさまざまに法則化している。上巻「総論」に次のように述べている。

> まづ万葉開巻の大御歌に、家吉閑名告沙根とある、この家吉閑を、岡部氏、万葉考に、家告閇と改めて、家《イヘ》能良閇《ノラヘ》と訓たるは、動かぬ説なりと本居氏も賞《ホメ》たり。まことに家吉閑を、旧本のまゝにたすけおきて、家将《イヘキ》聞《カム》といふことゝしても、大抵は聞ゆることなれど、さては俗意になりて拙ければ、これいはゆる今の人の耳には聞ゆれども、古人に聞《ヘ》えずと云ものなり。告閇《ノラヘ》とするときは、吉閑《キカム》といふにくらべ見れば、こよなくすぐれてめでたきことなれば、古学開けし補益とは云べし。

一の巻巻頭の雄略天皇歌の「家吉閑」について、真淵『万葉考』が「家告閇」と改め、これを宣長も追認したことを記す。つまり、「吉」を「告」の誤写、「閑」を「閇」の誤写とするわけである。なお、この誤写に関しては、二つとも前節までに論じたところである。これに対して、旧訓のままでも悪くはないが、それでは今時の人には理解しやすいが、古人にはわかりにくい。真淵・宣長の改めた訓であれば、雅びやかですばらしく、古人にも理解しやすいという。雅澄はこれを国学が生んだ「補益」であると評している。雅澄はさらにこれを改変し、「閑」を「勢」の誤写であると認定するのである。つまり、真淵と宣長が確立した文字改変の方針を受け継ぎ、さらには発展させていると言ってよかろう。

また、橘守部はもちろん宣長の門弟ではなく、むしろ宣長を仮想敵としてその注釈を批判して一家を成した。『古事記伝』を批判した一連の神話研究（『稜威道別』、『難古事記伝』）が著名であるが、万葉集の注釈も複数著している。その中で『万葉集墨縄』を見てみたい。『万葉集墨縄』は天保十二年正月に起筆し、翌年には擱筆したという詳注であるが、わずかに万葉集巻一半ばで途絶えている。[18] 巻一「総論」には万葉集を論じる上で重要な項目を並べるが、その中に「本文」という項目がある。契沖や真淵を取り上げて批判を記しているが、そこに前節で取り上げた『玉勝間』当該条（「万葉集をよむこゝろばへ」）を引用して、次のように評している。

> 玉勝間の誤字のさだも、さる事にはあれど、猶彼人々の誤字と定められたるに、誤字にあらざるも多かるを見れば、こはいとかたきわざなりかし。さりとて誤字もなきにあらざれば、半は誤字をおもひ、半はよき訓を考へ出ん方に心を用ふべし。そはたとひ其字、誤字たらんとも、さりぬべき古語を、思ひ得ざる限りは、誤字とは定めがたきわざなればなり。然れば常に仮字書の歌の、詞つゞきに心をつけ、次に古事記、書紀、祝詞、宣命等の、古語どもを思ひ得て、難き文字、穏かならぬふしぶしに、あてくらべて考へゆかば、次々に、明かに成ゆきぬべきものとぞおぼゆる。

万葉集の誤字に関する宣長の判断について、守部は全面的にこれに賛同するのではなく、是々非々の態度で臨むという。誤写が想定される場合、誤字である可能性と適正な訓を見つける努力を両立させるべきだというわけである。そのままでは読めない字が誤字であったとしても、そのような古語が思い浮かばない限り、誤字と決めることはできないという。この厳格で禁欲的な態度は、誤写の推認とその野放図な改変に対する反発と考えて間違いない。それでは適切な古語はいかにして習得されるのか。そのためには、まず万葉仮名で綴られた歌のことば続きを身につけ、次に古事記や日本書紀などの同時代の外部徴証を手がかりにして判断するというわけである。そうすれば、難読文字や穏当でない箇所を明らかにすることができる。守部の主張は極めて論理的で、しかも妥当性が高い。守部は宣長の誤字改変の方針を、必ずしも全面的に支持したわけではなく、といって全面的に排斥したわけでもない。その中道を行くという穏健な研究態度であったということができよう。

四、近代の本文批判

明治維新以降、幅の広い情報の共有と印刷術の進歩とによって、古典テキストは精度の高い活字テキストとして刊行されるようになる。それとともに古典テキストに関する本文批判も方法的に研ぎ澄まされていった。むろん、そのためには先行研究が厳密に吟味され、時には批判にさらされて、方法論が鍛えられたのである。本節では万葉集研究を軸に見ていきたい。

近代以降に公にされた最初の万葉集注釈書は、木村正辞『万葉集美夫君志』（大八州学会、一八八九年二月）であると思われる。文政十年に千葉に生まれた木村は江戸に出て伊能穎則に師事して国学を修め、幕末には和学講談所に勤めた。維新後は神祇官や文部省で官吏となり、帝国大学文科大学等の教授に就任した。つまり、国学的教養を身に付け、帝国大学に勤めた、近代国文学者の草分け的存在ということができる。[19] 帝国大学において万葉集を講義したという。その成果が『万葉集美夫君志』である。自序・「とりすべていふべき事ども」に巻一上が続き、そこに「本集の諸の伝本の事」が置かれている。木村が入手または閲覧した版本および写本について所見を述べ、寛永版本が最もすぐれた本文であるという結論を導き出す。そして次のように述べる。[20]

しかるに県居翁の万葉考、本居翁の玉勝間又は玉の小琴等に、万葉集はもと草書にてかきたるを、つぎ〳〵に写し伝ふるにつけて、誤りの多く出来しものなれば、その誤りを考へ正すを以て、此学の専業とすべしといはれたるは、何事もくはしかりし翁だちには似ずして、いとわろきをしへにて、古人を強《ヒ》今人をまどはす説とこそいふべけれ。しかるをこれによりて、いさゝかもおのれよみがてにするところをば、みだりに誤字なりとして改めもし、または前後の序などを、おのがこゝろ〳〵に改易するともがらいと多かるは、うれたきわざなりかし。しかつぎ〳〵に改め易へゆきたらんには、あなかしこ旧の体色は失ひ果て、さばかり古学者の尊みめづる万葉集も、遂には後の世のものとやなりなまし。

真淵や宣長は万葉集はもともと草書で書かれていたために、書写に際して多くの誤写が発生したが、その誤謬を正すのが万葉学であるとしているが、それは大変な間違いであると木村は述べている。それは古人の意図を無視する行為であり、今の人を惑わす教えであるという。この教えを受けて、自分が読めないところを誤写であると改めたり、前後の順を勝手に変えたりする者が出てきたのは憂慮すべきことであるという。改変が野放図にされれば、万葉集が万葉集ではなくなってしまうと憂えている。もちろん批判するには理由がある。木村は次のように続ける。

清人嘗て謂へることあり。曰く近代刊行典籍ノ。大都率意劖改俾三古人ノ心随面目ヲシテ晦二-昧沈-錮于千載之下一。良可レ恨也と。是実に確言なり。つゝしまざるべからず。さて又此集は旧《モト》草書にてかき伝へしといふことも臆説なり。其は元暦校本をはじめ、いづれの古本も全き草書にかきたるもののあることなし。但し楷書の中に行体をおびたる文字はをり〳〵まじれり。こは万葉のみにはかぎらず、古鈔の諸書皆しかなり。

まず誤字改変について、清国人の言説を引いている。(21) 要するに、みだりに字を改変することは、長年にわたって古人の真意を隠してしまうことになるから、厳に慎むべきであるというのである。これは改竄することに対する非難とともにそうすることの自粛要請でもある。次に、万葉集が元来は草書で書かれたものであるという前提を臆説として否定している。それは元暦校本万葉集をはじめとする古写本でも草書はなく、せいぜい行書であって、それは他の古書と同様であるという。すなわち、草書で記されたという証拠がないのに、それを前提として、誤写が起きたとする説は信用できないというわけである。総じて真淵や宣長の誤写説、およびこれを改訂する方針に対して全面的に批判的であると言うことができよう。

ところが、木村はある写本との出会いによって、真淵・宣長批判を少し和らげることになる。『万葉集美夫君志』（上原書店、一九〇一年五月）を改訂するにあたり、「本集の諸の伝本の事」を大幅に書き換えて、「文字を妄に改むまじき事」を独立した章段として立項する。そこには真淵が『万葉考』の誤字を改訂する方針を遺憾としつつ、それは晩年の境地であったとして、次のように記している。

> そのはじめは文字を改易することをばいたく戒められたり。その証は同翁の前《サキ》に著したる万葉解通釈といふものあり。この書同翁の家集に其序を載せたり。されど本文は伝らざれば、如何なるものにやと、年頃ゆかしく見まほしく思ひ居りしが、明治二十二年の十一月、ゆくりなく翁の自筆本を得て、いとうれしくてよみもてゆくに、万葉考のおもむきとは、いたく違ひたる事ありて、これによるべきことも少なからず。其うち北村季吟の万葉拾穂抄のことをあげつらひていはく、その本は端書或は作者などをも見安からん料に、前後に置かへなどせり。甚しき僻事也。凡古書はたとひ誤字とみゆとも多くはそのまゝにして、傍に私の意をば注し付べし。己《レ》は誤也とおもふ文字も、却りて正義なる後賢の弁出来んも知れがたければなり、云云。又古訓のことをいへる条に、今の訓点かく有まじきか、又はいとよく訓ぜし、又は決して誤れりといふ事を知、且文字の誤、衍字脱字ならんといふ事をも疑出来べし。疑ありとも急におもひ得んとすれば、また僻事出来る也。千万の疑を心に記し置時は、書は勿論今時の諸国の方言俗語なども、見る度聞ごとに得る事あり。さて後ぞ案をめぐらすにおもひの外の定説を得るもの也とあり。此二条はまことにさることにて、万葉考の妄りに文字を改易し、次序を変更したるとは雲泥の相違なり。後の条なるは訓のことすらかくの如し。実に古書の注釈をものする方法を得たりといふべし。

木村は明治二十二年十一月に『万葉解通釈』という写本に遭遇し、『万葉考』における真淵の本文批判とは全く異なっていることに驚愕したという。その中でも、真淵が季吟『万葉拾穂抄』を論駁して、詞書や作者などを前後入れ替えたりしていることは「甚しき僻事也」と断罪し、誤字と判断してもそのままにして、私意を傍書することを提唱する。また、訓点においても、疑問がある場合はそのままにしておいて、それを心に留めておけばよいというのである。文字と訓点のいずれの場合も、後世に具眼の士が出て賢明な判断を下すことを期待するというわけだ。木村が共感し、支持しているのは、まさにこの点である。「古書の注釈をものする方法」とまで記して賛同しているのである。

明治二十二年といえば、奇しくも『万葉集美夫君志』初版本が刊行された年である。その年の二月に出版され、十一月に『万葉解通釈』を閲覧する機会を得た。十二年後に当該書を改訂出版する時に「文字を妄に改むまじき事」を独立させたのは、『万葉解通釈』にある真淵の説を是非とも紹介したかったからに違いない。誤字改訂を推進した真淵もはじめからその信念を持っていたわけではなく、かつては極めて慎重な伝本重視の態度を持っていたというわけである。

木村は真淵だけでなく、宣長にも触れている。それは『万葉集玉の小琴』ではなく『古事記伝』についてであった。

本居宣長翁の古事記伝は、古書の注釈の体裁を得たるものなる事論をまたず。その文字に於ても、妄に改易せしことなし。その一例をいはゞ、書中に蜈蚣を呉公とかけるによりて、その注に、これは皇国にて特に偏傍を省きて用ゐたるものなりといひて、文字はもとのまゝに呉公としるし、その略字の例をあげたり。但し呉公は古字にて本字なり。蜈蚣は晩出の字にて俗字なり。しかるを偏を省きたるなりといへるは、本居翁の誤なれども、忽に文字を改易せざりしは、さはいへど古書の注釈の法を失はざるものなり。又書中に鉾といふ字をこと〴〵く桙とかけり。しかるをこれをも改めずして、注に日本にては古杠谷樹《ヘヒ、ラキ》の八尋桙《ヤヒロホコ》などの如く、木を以て製したる矛多きにより、特に金偏を変じて木傍を用ゐたるものにて、皇国製造の字なりといへり。これらも今人ならば、忽改易せんもはかり難し。

『古事記伝』における二つの用例を俎上に載せる。一つ目は古事記に「呉公」とあるのをさかしらに「蜈蚣」と改変しなかったことである。これは『古事記伝』十之巻「神代八之巻・根堅洲国の段」にあり、木村も記すように、偏を省いた用例と示しながら、改変しない方針を記している。宣長の判断に正字と俗字との事実誤認があることは認めつつも、木村はこれを改変しなかったことを是としている。なお、延佳本（鼇頭古事記）には「蜈蚣」に作っていることを宣長は「さかしらに改めつるものなり」と断罪している。二つ目は「桙」を「鉾」に改変しなかったことである。これは『古事記伝』二十七之巻「日代宮二之巻・景行二」にあり、当該箇所は「古書どもに、鉾《ノ》字を、多く木偏に易《カヘ》て、桙と作るも、木矛《キノホコ》の多かりし故と思はる」となっている。つまり、「桙」は国字なので「鉾」の誤写であると認定し、これを改変する者も多い中で、それをしなかったことを賞賛している。

以上述べてきたように、木村正辞は真淵と宣長による誤字説を排斥することが万葉学の本領であると考えた。それゆえ、真淵がこれを支持する見解をかつて持っていたことを発見した際には、木村は躊躇することなく、「本集の諸の伝本の事」を書き換えた。そして自身の誤字説排斥を補強したのである。

このように『万葉集美夫君志』に展開された万葉集研究の方針は、近代の万葉集研究のみならず、古典文学研究の方向性を決定した。たとえば、佐佐木信綱は『校本万葉集』編纂の頃のことを回想し、次のように語っている(22)。

木村先生の言に、万葉集の用字は、歌がわかりにくいからといつて、濫に改むべきでない。よし改めるにしても、古写本に拠《よ》るべきであると諭されたのが深く胸に沁んで、私意で文字を改めるのはよくないと、痛切に感じてをつた。それで、大学の講義の基礎とするために、万葉集の古写本の世に埋もれてゐるものがありはせぬかと、その捜索が大きな仕事の一つとなつた。（中略）文部省の文芸委員会に於て、かねて自分の懐抱してをつた万葉集校訂事業の希望が容れられ、橋本進吉、千田憲の二氏と共に、その事業に当ることとなつた（武田祐吉・久松潜一の二氏は、やや後《おく》れて参加せられた）。

佐佐木信綱は帝国大学古典講習科で木村正辞の薫陶を受け、古典文学研究の基本を学んだ。本文に疑義があっても、私意によってこれを改変することを禁止するものである。改変する場合は、必ず古写本に根拠を求めなければならないという。この方針は古写本の収集、および校本の作成という事業に向かわせることになる。『校本万葉集』の編纂が、いわば国家事業として動き出したのである。(23) 明治四十五年のことであった。そうして十年あまりの歳月をかけて『校本万葉集』が完成し、一九二四年十二月から翌年三月にかけて刊行された。その間、関東大震災および大火災によって、印刷済の本文五百部はことごとく灰燼に帰し、編者の努力も烏有に帰すかに思われたが、本文の校正刷が編者のもとに残ったことにより、無に帰すことを免れた。

『校本万葉集』は寛永版本を底本として、本文および訓の校異を載せ、さらには諸注釈書の説を掲載している。万葉集の諸伝本は近代以降、種々の古写本が発見されて、そのことが『校本万葉集』の誕生を招来したと言ってよい。本文の校異について、「本書編纂の方針」の中で述べているところを見てみよう。

諸本に於ける字句の底本と異るものは、たとひ誤謬と考へられるものでも悉く之を挙げ、一つも漏さざらん事を期した。これ本書の目的が、学者に研究の資料を供給するにあつて、その正否に関する編者の私見を示すのが目的でないからである。

本文の校異として「誤謬と考へられるもの」も取り入れるという。その理由は「校本」の目的が「その正否に関する編者の私見」を排除し、「研究の資料を供給する」ことであるという。それでは、そもそも「校本」とは何

なのか。佐佐木は後に「本文批評的研究」について、次のように語っている。(24)

まづ古い文献の現在に残つてゐるままの形の本文を、種々の方面から分析し、区別し、判定して、出来得べくんばそれの成立つた当時の原形に還元しようとするのである。いひかへれば定本を作成しようとする事業が起るのである。しかし、初めから定本を作成することは、多くの場合に於いて、殆ど無謀でもあり、また不可能なことでもある。それには、定本作成の為めの基礎的、準備的研究として、まづそれに関する古鈔本異本を蒐集し、それらによつて、本文の文字の異同を校勘して、いはゆる校本を作らなければならぬ。この校本作成に関する研究は、本文批評の第一期の仕事であつて、これを校勘学的研究といつてもよいのである。

現在の諸伝本を「当時の原形に還元」することが理想であり、そのために作られるのが「定本」である。だが、「定本」を作る「基礎的、準備的研究」として「校本」を作るという。それは諸本を収集し、本文の校異を行うという作業を経て出来たものである。つまり、「校本」は「定本」の前段階としての研究成果であるというのである。佐佐木は後に武田と共著で『定本万葉集』を編集しているが、それは『校本万葉集』の延長線上に位置するものと考えられる。要するに、本文批判を経た本文は「定本」と称するわけである。佐佐木はこれを次のように説明している。(25)

本文批評的研究は、校本作成から、更に一歩を定本の作成に進める。文献の本文につき、校勘の結果得たところに基づき、誤れるところあらばそれを正し、竄入せるところあらばそれを削り、乱れたるところあらばそを整へて、原文の書かれた当時の形に出来るだけ近いところの定本を作らなければならぬ。これが文献学の批評の方面に於ける目的である。校本の作成が文献の分解にもとづく事業であるとすれば、定本の作成はそれの綜合による仕事であるといふべきである。

本文の誤謬を正し、衍文は削り、錯乱は整備して、「原文の書かれた当時の形」に復元することが目標であるという。そうしてできたものが「定本」である。佐佐木は「校本」と「定本」についての明確な違いを記している。「校本」は「分解」の作業で、「定本」は「綜合」の作業であるという。換言すれば、「校本」はこれまで伝来してきた本文を細大漏らさず記録するものであり、「定本」は「原文」に遡及するために夾雑物を取り除いたものである。

ここには本文批判をめぐる二つの立場を両立する観点を見出すことができる。すなわち、真淵と宣長によって確立された、誤写の推認とそれを大胆に訂正する態度であり、「定本」策定の事業がそれにあたる。これに対して、典型的には木村正辞が提唱した、本文改変に慎重な立場であり、「校本」策定の事業とその理念がそれにあたる。一般に本文を策定する際に、批判手続きの厳密性と原本復元への情熱、言い換えれば慎重さと大胆さの両方が必要とされる。しかし、それらを別個のものと認定すれば、本文批判をめぐる相異なる立場は両立する。また、これを統一することができる。厳密で客観的な作業工程によって「校本」を作り、古典学の叡知を結集した大胆な判断によって「定本」を作る。この二段階の本文策定によって、対立する二つの立場はそれぞれに条件が満たされ、用途に応じて使い分けることができる。

「定本」を策定する基準について、『校本万葉集』の編集にも参画した久松潜一は次のように述べている。[26]

万葉集の本文批評には万葉集時代に作られた文献や、支那の文献なども必要なる批判の標準である。が更に内証（internal evidence）と称せられる本文の理解が有力なる標準となるのである。内証を乱用する時には危険であるが、本文の異同や他の文献との比較によって解決せられない場合、この内証によるより外方法は無いのである。是等によって批判の結果本文が制定せられるのであって、そこに定本が成立するのである。

久松は「定本」を作るための本文批判の作業の順序として、次の三段階を提唱する。まずは諸伝本との校異、次に同時代の文献の援用、第三として「内証」である。ここで言われる本文批判における方法の序列は、本文批判がたどって来た歴史的展開をなぞっているかのようである。諸伝本との校異は仙覚、同時代文献の援用は契沖、内証は真淵がそれぞれ有力な手段としている。[27] この手法の中で、久松は「内証」の「乱用」について危惧を表明している。「定本」とはいえ、できるかぎり客観性を重んじる立場からの発言である。しかしながら、久松は最終的には「定本」が「原本」になり得ないことを諦念していた。先の引用に続けて次のようにいう。

然し定本の批判の窮極は主観である故にそれが客観的に見て妥当な点が多いにしても、なほ自筆稿本そのものとなる事は到底出来ないのである。この場合には本文批評を行ふものの相違によつてある程度まで異同があるのは当然である。かくして流布本を自筆稿本に完全に還元することは不可能であるが、それにより近いものは制定され得るのであつて、こゝに本文批評の作業の目的があるのである。それは一たび自筆稿本が現れる時にはすべて消滅する作業ではあるが、なほ古典研究として欠くべからざるものである。

久松はここに至って、本文批判の窮極の目的を「自筆稿本」（原本）の復元に置き、可能な限りそれに近づくために「定本」を策定することを提唱する。ただし、その作業を支配するのは作業者の「主観」であることを看破している。それゆえ、「自筆稿本」を復元することは「到底出来ない」「不可能」であると結論づける。この諦観は、言うまでもなく「自筆稿本」（原本）至上主義の裏返しである。それが証拠に「自筆稿本」が出現すれば「すべて消滅する作業」と語っているのである。この「自筆稿本」至上主義は国文学が国学から継承した最も重要な理念の一つであると言ってよい。この理念は良くも悪くも国文学研究の体制を維持する紐帯となっているのである。

また、『校本万葉集』の編集で、主に諸本の校合の任に当たった武田祐吉も、万葉集研究の方法を幾度となく発表している。[28] その中でも最も充実したものは『万葉集校定の研究』（明治書院、一九四九年九月）であり、第四章「万葉集の校定」「三校定の方針」に、諸本に異同がある場合の処理について、次のように述べている。

異種の形態の対立が考へられる時に、その一の採択に就いて条件となるものは、伝来の性質であり、その形態の有する合理性でもある。この両者は、条件そのものに優劣は無く、ただその条件自身の優劣差が、決定に与つて力あるものといへる。甲の伝来が乙の伝来よりも優つてゐても、それが甚しく不合理なものであれば、決定は躊躇される。また甲の字面が合理的であるにしても、伝来の支持が無い場合には、同じく決定は躊躇せらるべきである。

「異種の形態」（異文）が存在する際に、そのどちらを選択するか。その場合、「伝来の性質」と「その形態の有する合理性」の二つが重要な条件になるという。「伝来」とは何か。武田は『校本万葉集』の校合作業によって、諸本の系統化という問題意識を持つに至った。それは近代になって古写本が数多く発掘され、それらが古態を残した善本であることが判明したことの結果でもあった。「伝来」とは、成立した原本がいかなる経緯で現在の伝本に成るに至ったかの道筋である。多くの場合、識語等の書誌情報によって明らかにされ、複数の伝本によって伝来が系統化される。一方、「その形態の有する合理性」とは、どちらの異文が妥当性が高いかという問題である。この「伝来」と「合理性」の両者の優先順位は個別用例に拠るとしている。だが、あえて言えば、やはり「伝来」を重視するというのが武田の立場である。佐佐木信綱との共編で上梓した『定本万葉集』の「凡例」には、次のように記されている。[29]

原本の改訂に当つては、伝来を尊重して、学説に依つて文字を改訂することは万已むを得ざるもののみに止めた。

原本の文字を改訂する際には、「学説」よりも「伝来」を尊重するというわけである。このことは「定本」が「校本」とは違って校異を記せばよいというものではなく、「不合理」な字面はこれを改変するという方針があるからである。問題はその根拠として「学説」に拠ることに慎重を期していることである。同じことを『万葉集校定の研究』でも次のように述べている。

近世の諸家、しばしば伝来の支持無くして誤字説を立ててゐるが、それらは多くは採択することが出来ない。さうかも知れないが、またさうで無いかも知れないからである。

ここから明らかなように、武田が標的にしているのは近世の「誤字説」である。武田は明言してはいないが、「近世の諸家」とは真淵や宣長を指すことは間違いないであろう。諸本の伝来を最も重視し、学説によって誤字を改変することを許容しない。それは近代の本文批判理論における一つの到達点であると言ってよかろう。

五、結語

国文学は国学の伝統を受け継ぎながら、近代の客観的科学的理念を背景にして研究方法を鍛え上げた。ドイツ文献学が輸入されたことも大きい[30]。本文批判をはじめとする文献学もその一つである。だが、客観性の名の下に行われる本文処理には、残念と言わざるを得ない種類の事柄もある。本文に不審箇所があっても、これを指摘することすらしないのである。改竄の誹りを恐れるあまり、誤字を放置するという過誤を犯してしまっている場合もないわけではない。もちろん恣意的な改変はよくない。それは国学の伝統が警告するところである。だが、不審は存疑（本のまま）として注記しておくことはできるだろう。

佐竹昭広は万葉学の現状を憂えて、次のように述べている[31]。

「あるがままに見る」、これは私意臆断の改易増損に向けられた近代科学精神の反発といった意味では有意義であった。しかし何時しかそれが絶対不犯のタブー化してしまい、殊に校本万葉集完成以後というもの、本文整定への積極的な意志と操作とを示すことの、数えてあまりに稀なのは遺憾である。

佐竹は『校本万葉集』の成果を否定しようとしているわけではない。『校本万葉集』の成果の上に眠っている研究者の「怠惰と無気力」を批判しているのである。そうして、宣長が抱いた「本文再建の意欲」の復興を唱えている。学識を身に付けること、活眼を鍛えること、誠意と勇気を持つこと、それが原本を復元するための前提条件である。

注

(1) 本文批判の通史と原理に関しては、西下経一「原典批評の問題」(『文学』四巻二号、一九三六年二月)および池田亀鑑『古典の批判的処置に関する研究』(岩波書店、一九四一年二月)第二部「国文学に於ける文献批判の方法論」参照。
(2) 『群書類従』第十輯(経済雑誌社、一八九四年五月)。
(3) 『歌学文庫』第三巻(一致堂書店、一九一〇年一二月)。
(4) 井之口孝『契沖学の形成』(和泉書院、一九九六年七月)第二篇「契沖の仮名遣い研究をめぐって」第一章「契沖の仮名遣い研究の方法」参照。
(5) 『万葉集問目一』第四巻「臣女ト云事」条。
(6) 『玉勝間』二の巻「おのが物まなびの有しやう」参照。
(7) 問答集『万葉集問目』は筑摩書房版『本居宣長全集』第六巻所収。以下、宣長の文章の引用は筑摩版全集による。
(8) 『玉勝間』二の巻「わがをしへ子にいましめおくやう」参照。
(9) 『玉勝間』十一の巻「万葉集をよむこゝろばへ」。
(10) この項は『玉の小琴』においても指摘しており、「山」を「玉」に誤る箇所を引いて「これ明らかなる例証也」と記している。
(11) 当該歌(巻二・一一三)の第二句を「山松」とする異文はなく、「山松」は定説にはなっていない。
(12) 『玉勝間』六の巻「書うつし物かく事」。
(13) 拙著『本居宣長の思考法』(ぺりかん社、二〇〇五年一二月)第一部第一章「本文批評の作法――『草庵集玉箒』の本文批評」参照。

(14) 大久保正『本居宣長の万葉学』(大八洲出版、一九四七年九月)第三章「万葉研究の諸相」「二 本文批評的研究」参照。
(15) 『寛政五年上京日記』には宣長が蒿蹊を訪ねた記事がある。
(16) 太田善麿「斉明紀童謡をめぐっての試論」(『東京学芸大学研究報告』九号、一九五八年三月)参照。
(17) 本書第一部第一章「『古事記伝』受容史」参照。
(18) 鈴木暎一『橘守部』(吉川弘文館、一九七二年一月)参照。
(19) 品田悦一「排除と包摂――国学・国文学・芳賀矢一」(『国語と国文学』八十九巻六号、二〇一二年六月)によれば、木村正辞は小中村清矩・物集高見などとともに「古典講習科国書課の教員たち」に分類されている。
(20) 引用は、大八洲学会より一八八九年二月に刊行された初版本に拠った。上原書店刊本(一九〇一年五月)では「文字を妄に改むまじき事」という条項が独立して立項されている。
(21) 清代の書誌学者銭曾の『読書敏求記』巻三之上「顔氏家訓七巻」による。
(22) 「万葉八十年」(『佐佐木信綱全集』八巻、竹柏会、一九五六年一月)。
(23) 『校本万葉集』首巻「本書編纂事業の由来及経過」参照。
(24) 佐佐木信綱『国文学の文献学的研究』(岩波書店、一九三五年七月)「四、文献学の意義とその部門」。
(25) 佐佐木前掲書。なお、『定本万葉集一』(岩波書店、一九四〇年二月)の「凡例」には、現存最古の全本である西本願寺本万葉集を底本とし、『校本万葉集』に使用した諸伝本他によって校訂を加えた由の記述がある。
(26) 久松潜一『万葉集の新研究』(至文堂、一九二五年九月)「十六、万葉集研究に於ける本文批評と注釈」「流布本の異同を原本に還元する方法」。
(27) 久松は「異本による本文批評を行つた代表者として中世の仙覚を挙げ、異本による本文批評と内証による本文批評とを併せ行つた代表者として近世の契沖を挙げ、主として内証による本文批評を行つた代表者として賀茂真淵を挙げて見たい」(『万葉集の新研究』「十六、万葉集研究に於ける本文批評と注釈」「中世に於ける本文批評家としての定家と仙覚」)と記している。
(28) 「万葉集研究法」(『万葉集講座』第二巻「研究方法篇」(春陽堂、一九三三年四月)、『日本文学研究法』(河出書房、一九三八年五月)。
(29) 注25に同じ。
(30) 本章では触れなかったが、芳賀矢一のドイツ留学の最大の成果として、ドイツ文献学の国文学への輸入がある。久松潜一や池田亀鑑はその影響の下に本文批判の方法を確立した。なお、日本文献学については、阿部秋生『国文学概説』（東京大学出版会、一九五九年一一月）第二章「国文学の方法」「三　近代国文学の方法」、および長島弘明『国語国文学研究の成立』（放送大学教育振興会、二〇一一年三月）第三章「文献学の成立」参照。

（31）「万葉集本文批判の一方法」（『万葉集抜書』、岩波書店、一九八〇年五月、初出は一九五二年。後に『佐竹昭広集』第一集「万葉集訓詁」（岩波書店、二〇〇九年六月）にも収録）。

第二章　俗語訳成立史

一、「俗語訳」という方法

現代では古典文学を理解し、研究する手段の一つとして、口語訳（現代語訳）が有力な方法であることに異論はないであろう。語釈や典拠の指摘などとともに、古典文学の注釈にとって口語訳はなくてはならない手法であると言ってよい。だが、古典文学を注釈する際に、口語訳という方法は必ずしも古くから取り入れられていたアプローチではなかった。和歌の口語訳を例に取れば、それが完成するのは、後述するように本居宣長著『古今集遠鏡』の出現を待たねばならないが、その濫觴は、せいぜい近世初期と推定される。大谷俊太氏によれば、「和歌の文意を明確化する」口語訳は、「和歌を理屈で以て明らめたもの」であり、「道理を通そうとする合理的解釈の姿勢」は「近世」的であるとしている。[1] 首肯される見解であろう。要するに、口語訳という手法は、合理性と啓蒙性という時代精神が内在した、近世という時代の産物ということである。それは近代を先取りする精神であり、口語訳という古典文学へのアプローチという点で、近世と近代は地続きであったということもできるであろう。それはともあれ、口語訳という手法の始まりから完成、およびその伝播という観点から古典文学の享受法の展開を見てみたい。

なお、本章では口語訳（現代語訳）を「俗語訳」と称することにしたい。そもそも、「口語」とは文語に対する概念であり、その起源は言文一致ということが議論された明治初年代と推定される。つまり、近世期に「口語」という用語はなかったのである。近世にはこれを「俗語」（古今集遠鏡）や「俚言」（俚言集覧）・「里言」（脚結抄）、あるいは「鄙言」（古今集鄙言）などと、さまざまに呼ばれていた。標準語や共通語といった概念が存在しない近世期においては、口語はその土地の言葉（方言）を意味していた。それゆえ、「里言」や「鄙言」には田舎言葉といったニュアンスがつきまとう。もちろん、「俗語」にもその傾向がうかがえることは事実であるが、本章では次の二点で「俗語」に統一することにしたい。一つ目は、これがあくまでも「雅語（雅言）」の対語であるということである。雅語で書かれた古典文学を訳す用語としては、やはり「俗語」がふさわしい。二つ目は、口語訳の完成を『古今集遠鏡』に置いており、『古今集遠鏡』はこれを「俗語（さとびことば）」と称していることである。以上の二点により、「俗語」および「俗語訳」の語を用いることにする。

二、『古今集遠鏡』までの道のり

近世は俗文学が発祥し、全盛を極めた時代である。もちろん、前時代からの雅文学も消滅したわけではない。それらは時として棲み分けをし、また時として融合しながら、同時代文芸を形成していった。そのような雅俗の往還を言葉のレベルで行ったのが俗語訳であると言うことができよう。本節では宣長の俗語訳までの道のりをジャンル横断的に見ていくことにしたい。

（1）歌語の俗語訳

近世初期に、伝統的古典文学の中でも「雅」の意識が最も強い和歌の領域において、俗語訳の濫觴を見ることができる。たとえば、堂上歌人の烏丸光広は、いわゆる体言止めの歌の後に「じゃほどに」（であるがゆえに）という語を付けてみることを奨励している。それは歌意を論理的に伝達するために俗語を用いたというだけでなく、言外の余情を俗語で表現しようとした試みであると考えられる。(2) 近世初期には和歌の俗語化への胎動が始まっていたということができよう。

　そのような和歌の俗語化への動きは、富士谷成章『かざし抄』（明和四年二月序）の出版をもって次のステージに進むことになった。『かざし抄』は「詞の四具」（名・挿頭・装・脚結）の研究書の最初のもので、副用語（副詞・接続詞・感動詞・代名詞・接頭語等）の意味や用法について説いたものである。語意を明らかにするために、用例には「里言」を傍記するという手法を取っている。巻頭に置かれた「挿頭題」に、次のような口語訳に関する方法を記している。(3)

一　私云、詞ひとつに、里言ひとつづゝを合《あ》はせてもありぬべきを、二《ふた》つ三《み》つより四《よ》つ五《いつゝ》をも記《しる》すは、たゞ師の口伝に任《まか》せたるなり。又里言とても、言《い》ひならへる人の癖《くせ》もあれば、方々《かた〴〵》を通《かよ》はして心得《え》よとなり。又多義をそなへたる詞は、一《ひと》つの里言に事尽《ことつき》ねばなり。

「私云」も「師の口伝」もともに成章自身の言説であるという。(4) 当時の口語を意味する「里言」は「里」や「俚言」とも記されて「さとごと」と読み、「里言」に訳すことを「里《さと》す」という。実際の訳出の場で、原語と訳語が一対一対応しない理由として、成章自身の訳語が複数あること、里言（方言）が雑多であることや古語の多義性に言及している。なお、成章は「里言」について「今の世にさとびたる人のつねにいひあつかふ詞の、うたによまじきをいふ」と定義している。このような「里言」訳の理念に基づいて、「挿頭」の意味や用法を解説しつつ、用例として古今集をはじめとする証歌を掲出する。「あやにく」を例にとって見てみよう。

あやにく　俚言　いぢわるく　と言《い》へり。例《たと》へば花の時に限《かぎ》りて風強《つよ》く、月の夜《よ》にさしあはせて、降《ふ》り出《い》づる雨などを言《い》ふべし。

千　いかにせん《ナニトセウ》あなあやにく《アライヂワル》の春の日や夜半《よは》のけしきのかゝらましかば《コノヤウニアロモノナラバ》

新　秋とだに《云ヿサへ》忘《わす》れんと思ふ月かげを《ヂヤニ》さも《サテモ》あやにくに《イヂワルク》打《う》つ衣かな

「挿頭」だけでなく、「脚結」（あゆひ、助詞・助動詞）についても訳出している。こういった、和歌の里言訳という方向性は『古今集遠鏡』に受け継がれ、和歌全文を俗語に訳すことになる。宣長の俗語訳成立の背景には、成章の里言訳があったのである。[5]

（2）源氏物語の俗語訳

源氏物語を浮世草子作家が翻訳したものを見てみたい。都の錦『風流源氏物語』（元禄十六年刊）と梅翁『俗解源氏物語』（宝永七年刊）である。いずれも源氏物語の桐壺巻と帚木巻とを対象にしている。梅翁は『風流源氏物語』の後を受けて、『若草源氏物語』（帚木末尾・空蟬）・『雛鶴源氏物語』（夕顔・若紫）・『紅白源氏物語』（末摘花・花宴）を執筆、出版したが、『風流源氏物語』に飽き足らず『俗解源氏物語』を刊行したという経緯がある。つまり、都の錦版の源氏訳があまりにも原作ばなれしていることを危惧し、新たに訳し直したというのである。当時流布していた『湖月抄』本源氏物語とともに、桐壺巻の巻頭の一文を比較してみたい。なお、桐壺・帚木・空蟬の三巻を通俗化した多賀半七『紫文蛍之囀』（享保八年刊）も併置しておく。

〔湖月〕いづれの御時《おほんとき》にか、女御更衣《ねうごかふい》あまたさぶらひ給けるなかに、いとやむごとなききはにはあらぬが、すぐれてときめき給ふありけり。

〔風流〕夜となくひるとなく御傍にかしづく女御【女御とは后の次なり。数はさだまらぬなり。】更衣【数十二人みかどの御服をあつかふ女官なり。】あまたさぶらひ給ふ中に、いとやんごとなき位ならねど按察大納言のむすめ、桐壺の更衣と申すは、すぐれて時めく花のかほ、二八の春の明ぼのや、霞は黛おのづから、その身に薫せざれども、色もにほひもほのめきて、風にしなへる柳ごし、膚さながら痩もせず、肥あぶらつきたをやかに、驪山の雪のふりわけがみ、うちかたぶけるけはひには、琵琶引ながらとろ〳〵と、馬眠りせしもろこしの、器量自慢も爪を嚙、牛の角もじ引たて〻、草刈笛に音を泣し、長者が姫も是にはと、をどろくばかり目もあやに、みかども今はよねんなく御心をうつされ、昼は終日諸ともに、玉のさかづきそこはかと、褥の上に酔機嫌、夜の錦のむつごとは、枕の外にしるものなし。

〔俗解〕いづれの御時《とき》にか【延喜《えんぎ》の御代《みよ》をさす】女御《にようご》【后《きさき》に次官《つぐくはん》なり】更衣《かうゐ》【女御《にようご》の次《つぎ》の官《くはん》なり】さぶらひ給ひける中《なか》に、いたりて上臈《じやうらう》の分際《ぶんざい》にはあらぬ、大納言位《だいなごんくらゐ》の人のむすめを、御門《みかど》すぐれて御寵愛《てうあい》ありけり。

〔蜑之囀〕いづれの帝《みかど》の御時代《ごじだい》にかありけん、女御更衣《にようごかうい》あまたおはしましける中《なか》に、さのみお里《さと》の品《しな》たかき御分際《ごぶんざい》にはおはせぬが、すぐれて帝《みかど》の御気《き》に入《い》り、時《とき》めきはのき〻給ふ更衣《かうい》おはしましけり。

一瞥してわかるように、『風流源氏物語』は格段に分量が多い。それは桐壺の更衣の容姿端麗を描写することに費やされている。しかもその文言は七五調のフレーズを連ねていることが特徴である。それは『風流源氏物語』が浮世草子として書かれたことと無関係ではあるまい。いわば源氏物語を下敷きにして、これに上塗りする形で俳諧的文体を差し挟み、物語内容は好色物浮世草子の世界（夜の錦のむつごと）を描くことに改変されているのである。つまり、源氏物語の通俗化は俳諧的文体、浮世草子的内容を付加する形で成されたということである。これに対して、『俗解源氏物語』はといえば、随時注釈が挟み込まれるが、原文とほとんど変わらない分量で、少し古めかしい言いまわし（やんごとなききは・ときめき）が漢語（上臈の分際・御寵愛）に改められただけである。時として敷衍された説明も挟まれることはあるが、原文尊重の姿勢がうかがえる。引用箇所以外においても要所を押さえた禁欲的なリライトとなっている。そういった意味で、『俗解源氏物語』は『風流源氏物語』が示した道を、より原文に忠実に写すという精神で貫いた書物である。しかしながら、この書き換えを俗語訳と称することができないのは明らかである。そこには古典語彙に対する認識も古典文法に対する造詣もない。したがって、『俗解源氏物語』における源氏物語の書き換えは俗語訳ではなく、浮世草子への改作（リライト）と呼ぶのがふさわしいと思われる。また、『紫文蜑之囀』の訳も所々に平易に書き改めたものはあるが、全体として雅文の文法を払拭しきれてはいない。近世前期における源氏物語訳の水準を表すものと言ってよい。

（3）漢詩の俗語訳

漢詩の俗語訳について検討しよう。元来、漢詩には訓読という独特の翻訳術があり、古来漢詩には訓点を付し、和訳して読解していた。ただし、和訳した言葉は古代日本語であり、いわゆる漢文訓読調の古語であった。そのような和訳を俗語でおこなうというのは、訓読とは根本的に異なる思考法である。これを最初におこなったのが誰であるかは、残念ながら未詳とせざるを得ないが、学問的根拠をもって俗語訳を実践したのは、「俚俗なる者は平易にして人情に近し」（『訳文筌蹄』）とした荻生徂徠およびその門弟（古文辞学派）であると推定される。[6]その中で、田中江南『六朝詩選俗訓』（安永三年刊）を見てみよう。江南は古文辞学派の漢学者で、徂徠門の大内熊耳に入門している。『六朝詩選俗訓』は、「詩は盛唐」として『唐詩選』を重宝した徂徠の目指すところと必ずしも一致しないけれども、訳出の手法は徂徠の精神を受け継いでいると言ってよい。たとえば次の詩である。[7]

子夜歌十六首其五　　無名氏

侍愛如欲進　愛を恃《たの》みて進まんと欲するが如きも
含羞未肯前　羞を含みて未だ肯《あへ》て前《すす》まず
朱口発艶歌　朱口　艶歌を発し
玉指弄嬌弦　玉指　嬌弦を弄《もてあそ》ぶ

少《スコシ》あまへて　どふかそばへよりたさふで
おくめんして　えふよりそわぬ
うつくしい口で　めりやすをうたひ
きやしやな手で　さみせんことをひく

「朱口」を「うつくしい口」と訳し、「玉指」を「きやしやな手」と訳すところは、非常にこなれた訳語になっていると言えるし、「艶歌」を「めりやす」と訳し、「嬌弦」を「さみせんこと（三味線琴）」と訳すのは、当時の流行を踏まえた適訳と言えよう。(8) このような思い切った俗語訳の背景には、漢詩文翻訳に関する次のような考え方が徂徠にはあった。(9)

故に予、嘗て蒙生の為に学問の法を定む。先づ崎陽の学を為し、教ふるに俗語を以てし、誦するに華音を以てし、訳するに此の方の俚語を以てして、絶して和訓廻環の読みを作さしめず。

徂徠は初学者のために定めた学問のアプローチとして、まずは直読直解による長崎の中国学を指針として、教授する際には「俗語」を用いて行い、音読する際には中国音を用いて行い、訳する際には「俚言」を用いて行い、決して訓読はおこなわないというのである。このような翻訳法は、漢籍が渡来して以来一千年にわたって行われてきた訓読法に真っ向から対立するものであり、その方法自体は残念ながら普及したとは言いがたい。しかしながら、俗語を用いて漢詩を解説することは一定の広がりを見せたようである。服部南郭『唐詩選国字解』（寛政三年刊）や葛西因是『通俗唐詩解』（享和三年刊）などは、唐詩を俗語を用いて解釈している。

漢詩俗訳の風潮は、古文辞学派とは敵対する江湖詩社にも及んだ。時期はやや下るが、市河寛斎の門弟である柏木如亭が『聯珠詩格訳注』を上梓した。享和元年のことである。巻之一に収録された趙師秀「有約」を見てみよう。

有リレ約
黄梅ノ時節家々ノ雨
青草池塘処々ノ蛙
有レドモレ約不レ来ラ過ニ夜半ヲ一
閑ニ敲テ二碁子ヲ一落ス二燈花ヲ一

約《やく》有り
黄梅《くわうばい》の時節　家々の雨
青草の池塘《ちたう》　処々の蛙
約有れども来たらず　夜半《やはん》を過ぐ
閑《かん》に碁子《きし》を敲《たた》きて　燈花《とうくわ》を落す

黄梅《さみだれ》の時節《ころ》は家々《だれもかも》雨でこまるに
青草《くさのはへ》た池塘《つゝみばた》では処々《どこでも》蛙がうれしがるやつさ
有約《やくそくしたもの》は過夜半《よなかすぎ》まで不来《きもせ》ず
閑《さびし》さに碁子《ごいし》を敲《ぱつちり》といはせたら燈花《ちやうじがしら》を落した

梅雨の季節に、碁を打つ約束をした待ち人が来たらず、そのやるせなさをつい碁盤にあたってしまった、といったところである。訓読に比して、俗語訳ははるかにわかりやすい翻訳になっていることに気づくであろう。それは漢語に俗語のルビが付されることや、適切に語順を変更して訳出していることもさることながら、起句の末尾を「困るに」とし、承句の末尾を「うれしがるやつさ」などとするところに、訳出の工夫を見ることができよう。それらはいわゆる景物の描写であって、「困る」とか「うれしい」といった情が描かれているわけではない。だが、結句において悲しみとも怒りともつかない感情の噴出を見ると、起句や承句の書き割りのような風景描写にも湧き出る情があったかもしれないということに気づくのである。如亭が補ったのは、漢詩全体に漂う雰囲気であり、訓読ではすくい取ることが困難な抒情である。(10)

揖斐高氏は『聯珠詩格訳注』の特徴について、次の三点を指摘する。(11)

一、厳密な対訳性を具えつつ、しかも俗語訳としてよくこなれた、完成度の高い翻訳。

二、原詩と訳注との間で、一字一句の機械的な対応関係を求めようとしたわけではない。
三、原詩の表現の奥に隠れている詩情や趣向や比喩や寓意といったものを補足説明的に組み込むことによって、初学者にとっても理解可能な分かりやすい翻訳。

このような特徴は、如亭の俗語訳の方法が洗練された感性と高い言語運用能力に裏付けられたものであることを意味する。そういった特徴は、揖斐氏も指摘するように、次節で取り上げる『古今集遠鏡』の手法と共通するものである。居住地も扱うジャンルも異にする二人であるがゆえに、影響関係を想定することは到底できないが、期せずして酷似する手法を用いて俗語訳をおこなったことは、同時代における共振現象と考えるほかはない。

（4）「訳文」の模索

散文の訳について見てみよう。近世中期の京都歌壇の伴蒿蹊は「平安和歌四天王」の一人に数えられたが、蒿蹊の本領は和文理論および和文作文であった。蒿蹊は安永三年に『国文世々の跡』を刊行して、和文と漢文の翻訳や俗文と雅文の翻訳の作法を説いた。そのなかで蒿蹊は次のように記している。(12)

> 俗間《よのなか》にもちうる語《こと》も心を得て訳《うつ》さば雅語《まさごと》となすべし。本より雅語を心得んとするはじめは、たとへば、いたくといふははなはだといふ心也、うべといふは尤よといふ意なりなど、注せるものをも見、人にとひ聞てもしるべし。されば雅語を能学ばゝ、俗語《よごと》をうつすはやすかりぬべし。故《かれ》こゝに例を出さず。いさゝか心を付《ク》るのみ。およそ雅語をもちうる事、俗語を用うるごとくならでは雅文《ふみ》作る事こゝろのまゝならず。

ここで蒿蹊は、雅語を用いて作文をする際に、まず俗語で表現し、それを雅語にうつしかえるという方法を提唱する。その時に用いる言葉が「訳《うつ》す」であった。『訳文童諭』になると、この作文の作法はさらに洗練されて、一種の翻訳作法書の趣さえ備えている。

『訳文童諭』は寛政六年刊で、『国文世々の跡』の続編にあたる和文作法書である。まず、「俗言・雅言の差異」

に次のように述べている。

皇国に生れたる人、おのづからの詞をもてつゞるは皆国ぶりの文なれども、今は雅俗のたがひめあり。其雅とはもとの詞なり。俗とは今いひならはす詞也。是はうまれてはつかにものいひそむるより、ちゝはゝをとゝかゝといひ、うばとは老嫗にいふべきを乳母をさすたぐひにて、たゞならはしによるなり。片田舎にてはかへりて雅言のきこゆるも、世々にうつることすくなければなり。されば国ぶりの文書んとせば、あるは雅言を俗言にうつし、或は俗文を雅文にうつしな《ン》どしてみるべし。

言葉には「雅俗」の別がある。雅言とは「もとの詞」であり、俗言とは「今いひならはす詞」であるという。「雅言」が田舎に残るという事実は徂徠や宣長も指摘するところであるが、その理由を時世の移り変わりの少なさに求めているのは興味深い。そうして、「雅言」と「俗言」、あるいは「雅文」と「俗文」とを相互に翻訳することによって、作文の作法を身につけることができると考えたのである。蒿蹊は「雅文を俗文にうつす条」「俗文を雅文に訳す条」「漢文を国文にうつす条」という三つの訳出法の概要を述べ、それに当たる具体例をあげている。このうち、雅文俗訳について、「雅文を俗文にして心得《う》ることは、たゞ文章書ためのみにもあらず、古文をよくこゝろえんためにもよからまし」として、源氏物語・帚木巻における雨夜の品定めを例にしている。一部引用してみたい。

[原文] おほかたの世につけてみるにはとがなきも、わが物とうちたのむべきをえらまんに、多かる中にもえなんおもひさだむまじかりける。をのこのおほやけにつかうまつり、はかぐ\しき世のかためなるべきも、真のうつはものとなるべきをとり出さんにはかたかるべしかし。

(訳文) 世間《せけん》の人にしてみれば難なきも、吾《ガ》妻と定めて家の内のことをうちまかせてみべきをえらまんには、多き中にても定めがたき也。男の朝廷に仕へ奉らるゝも、関白大臣などゝて、御政務をあづかり給ふ真の器量ある人をとり出さんには、稀なるべし。

ここには雅文俗訳に関していくつかの技法があることがわかる。一つには、大和言葉を漢語に改めていることである。たとえば、「おほかたの世」を「世間の人」、「うつはもの」を「器量ある人」というように、指し示す意味内容を斟酌して、当時用いられていた漢語に訳しているわけである。また、漠然としたものを具体的な言葉に置き換えていることも指摘できる。たとえば、「わが物」を「吾妻《ガ》」、「おほやけにつかうまつり、はか〲しき世のかためなるべき」を「関白大臣などゝて、御政務をあづかり給ふ」というように、記される内容を具体的に指示する語に訳しているのである。このような訳出法を蒿蹊は次のように総括している。

凡古き雅文をよく心得んとならば、ことばのはなをみわかちて、此花を除けば大意はかく〱と心得べし。

これがために俗文にうつし試むべしといふなり。

「ことばのはな」とは古典語特有の文飾を指す。そういった含みのある表現や微妙なニュアンスを見分けて、それらを排除することが訳出の極意であるという。そして、雅文を俗文に訳すことの意義について、雅文を十分に理解するためであると述べている。これは雅文俗訳の理念として、国学者による古典文学研究の目指すところと同じ範疇にある。しかしながら、蒿蹊の雅文俗訳の目的は国学者の研究とは少し異なっている。それは「大意」という用語が示唆している。要するに、雅文俗訳によって蒿蹊の目指すところは「大意」であって、雅文の正確な俗語訳ではないのである。その証拠として、帚木巻の俗語訳には助動詞の訳出はほとんどない。あえて訳出しなくてもわかるからである。そういう意味で、蒿蹊の訳は語釈のつなぎ合わせの域を脱していない。それは蒿蹊の文章論の究極の目的が既成の文章の訳出ではなく、自ら文章を書くことだったからである。『国文世々の跡』から『訳文童諭』への展開は、作文の文範としてのカタログから作文修行のための訳出文例への進展ととらえることができよう。

以上検討したように、近世初期から始まった古典文俗訳の動きは、さまざまなジャンルにおいてそれぞれに試みられたが、現代から見れば、いまだ発展途上の段階にあったと言ってよい。本格的に雅文を俗文に訳し、雅語を俗語に訳すということが理論的にも、実践においても確立するためには、本居宣長の登場を待たねばならなかったのである。

三、『古今集遠鏡』の到達点

本居宣長が『古今集遠鏡』を出版したのは寛政九年正月のことである。企画から刊行まではさまざまな経緯があったが、時間をかけただけのことはあった[13]。古今集歌全文の俗語訳という空前の業績が日の目を見たからである。宣長には初学者が古典文学作品を学ぶ際に、注釈とともに俗語訳が重要であるという認識があった。俗語訳は、注釈では理解困難な箇所も了解を可能にする。宣長は古語の当世語への訳出を「遠鏡」の比喩によって表現した。遠鏡は「遠めがね」とも記され、望遠鏡に相当するものである。『古今集遠鏡』巻頭の「例言」の冒頭には、この遠鏡を詠み込んだ和歌が置かれている[14]。

雲のゐるとほきこずゐもとほかゞみうつせばこゝにみねのもみぢ葉

雲の佇むような遠い山の木の梢も望遠鏡を通してみると、ここに嶺の紅葉が手に取るように見えるとの意である。宣長の著作は洒落た命名で知られるが、ここでは「遠鏡」という名が俗語訳の比喩として有効に機能している。この「遠鏡」を詠んだ和歌は、本注釈の意図を浮き彫りにしていると言えよう。

この和歌の中で問題にしたいのは、「遠鏡」の縁語として詠まれた「うつせば」という語である。ここでは鏡に「映す」の意として用いられている。タイトルの「遠鏡」もさることながら、この「うつす」なる語こそ、宣長の俗語訳理論を象徴的に表わす言葉なのである。「うつす」という言葉は、あたかも言霊を持つかのように意味の自己増殖を始める。冒頭の和歌に引き続いて、「例言」は次の一文で始まるのである。

此書は、古今集の歌どもをこと〴〵くいまの世の俗語《サトビゴト》に訳《ウツ》せる也。

本書は当世の俗語に訳したものであるという。付されたルビに注目すると、「俗語」に「サトビゴト」の振り仮名があるのは訓読みとして妥当であるが、「訳せる」に「ウツせる」という振り仮名を付しているのは注目してしかるべきである。宣長にとって、「訳す」は「ウツす」であって、「ヤクす」ではなかった。というよりも、むしろ宣長の場合、「訳す」は「ウツす」でなければならなかった。先に述べたように、「うつす」という語に言霊とも呼ぶべきものを付与しているからである。それは「例言」の続きを見れば明らかである。

そも〳〵此集は、よゝに物よくしれりし人々の、ちうさくどものあまた有て、のこれるふしもあらざ《ン》なるに、今さらさるわざはいかなればといふに、かの注釈といふすぢは、たとへばいとはるかなる高き山の梢どもの、ありとばかりはほのかに見ゆれど、その木とだにあやめもわかぬを、その山ちかき里人の、明暮のつま木のたよりにも、よく見しれるに、さしてかれはとひたらむに、何の木くれの木、もとだちはしか〴〵、梢のあるやうはかくなむとやうに、語り聞せたらむがごとし。さるはいかによくしりて、いかにつぶさに物したらむにも、人づての耳《ミミ》はかぎりしあれば、ちかくて見るめのまさしきには、猶にるべくもあらざ《ン》めるを、世に遠《トホ》めがねとかいふなる物のあるして、うつし見るには、いかにとほきもあさましきまでたゞここもとにうつりきて、枝さしの長きみじかき、下葉の色のこきうすきまで、のこるくまなく見え分れて、軒近き庭のうゑ木にこよなきけぢめもあらざるばかりに見ゆるにあらずや。今此遠き代の言の葉の、くれなゐ深き心ばへを、やすくちかく手染の色にうつして見するも、もはらこのめがねのたとひにかなへらむ物をや。

世にある注釈は詳しすぎるくらい詳しく、知識を得るにはこれ以上のものはないが、どことなく縁遠くて実感が湧かないというのが正直なところであるという。そして、人伝てに耳で聞くよりも、この目でじかに見るほうが圧倒的な説得力を持つと話を進めて、「遠めがね（遠鏡）」の比喩を持ち出すわけである。そこで冒頭の和歌に用いられていた表現が再出する。「うつし見る」がそれであるが、先にも確認したように、これは映し見ることである。鏡に映して見るというのは、第一義的には本注釈のタイトルに密接に関わる性質であって、和歌に詠み込んでいることも考慮すると、最も強調されるべきものであった。そういった意味で、「うつす」の第一の機能は「投影」である。次に、遠くの木々を映す鏡は、向う側にあるものがこちら側に「うつり」来ることを要請する。これに漢字を宛てると、「移る（移す）」となる。「例言」の文脈で言えば、「とほき」ところにあるものが「ここもと」に移るというのであるから、距離を移動することであろう。だが、『古今集遠鏡』全体の文脈で考えると、昔に使っていた言葉を今の言葉にするということになり、時間的な隔たりも移動できることとして読むのは、穿ちすぎであろうか。ともあれ、「うつす」の第二の機能は「移動」である。第三として、木々の比喩からの縁で、言の葉を出す。言葉の紅深い心ばえを手染めの色に「うつして見する」のが遠鏡の役割であるという。これに漢字を宛てると「写す（模す）」となる。色や形や大きさなどを等身大に模写あるいは複写することがここでの役割であろう。そういう意味において、「うつす」の第三の機能は「転写」である。

そもそも『古今集遠鏡』において、「うつす」とは訳す（翻訳）の意であった。これに対して宣長は、映す（投影）・移す（移動）・写す（転写）という三つの機能を見出したのである。これは、「訳す」を「ウツす」と読むところから生れた言霊の働きであると同時に、宣長の翻訳というものに対する認識の反映でもあった。すなわち、翻訳とは第一に鏡のように実体を映すものであり、第二に時間的空間的な隔たりを瞬時に移すものであり、第三に寸分違わぬ精度でそっくりに写すものである。このような機能は、翻訳という行為に対する認識の深さの表われでもあり、その認識は単なる翻訳技術ではなく、翻訳理論あるいは翻訳原理にまで至っていると言ってよかろう。そこには、俗語訳が単なる古典注釈の一形態というものにとどまらず、従来の注釈に取って代わるものとしての役割を担いうるという確信があった。たとえば、それは次のような一文から読み取ることができよう。

○うひまなびなどのためには、ちうさくはいかにくはしくときたるも、物のあぢはひを甘しからしと人のかたるを聞たらむやうにて、詞のいきほひ、てにをはのはたらきなど、こまかなる趣にいたりては、猶たしかにはえあらねば、其事を今おのが心に思ふがごとは、さとりえがたき物なるを、さとびごとに訳《ウツ》したるは、たゞにみづからさ思ふにひとしくて、物の味をみづからなめてしれるがごとく、いにしへの雅言《ミヤビゴト》みな、おのがはらの内の物となれれば、一うたのこまかなる心ばへの、こよなくたしかにえらるゝことおほきぞかし。

対象は初学者としているが、俗語訳が物の味をみずからの舌で味わい、かつ腹のうちに収めるものという比喩の表わすものは、初学者と熟練の学者を隔てるものではない。また、この一節は注釈と俗語訳の本質的相違を期せずして言い当てているのである。つまり、注釈があくまでも分析的な研究方法であるのに対して、俗語訳は総合的な研究方法であるということである。物の味をいかに巧みに言葉で表現しようとも、一口食することには及ばない。このような認識をもってなされた俗語訳は、これを実験的試みとして済ませることはできない。

さて、このように俗語訳を重要視する観点は、単に言葉を別の言葉にうつすということにのみ留まりはしない。言葉でないものを言葉にうつすという行為までも翻訳理論のなかに取り込むのである。それは宣長の翻訳理論の根幹となる信念ともいえるものである。ひきつづき「例言」より引用して検討してみたい。それは次のような主張である。

○すべて人の語は、同じくいふことも、いひざまいきほひにしたがひて、深くも浅くもをかしくもうれたくも聞ゆるわざにて、歌はことに心のあるやうをたゞにうち出たる趣なる物なるに、その詞の口のいひざまいきほひはしも、たゞに耳にきゝとらではわきがたければ、詞のやうをよくあぢはひて、よみ人の心をおしはかりえて、そのいきほひを訳《ウツ》すべき也。

同じことをいう場合でも、言い方や勢いによって聞こえ方が変るものだから、その言い方や勢いに基づいて言外の意味を再現する必要があるという。とりわけ歌は、心の中の思いを外に出すものであるから、含意されたものを酌み取ることが大切だというわけである。「いきほひを訳《ウツ》す」とは言語表現を読解し、そこに見出された言外の意味を的確な言葉に移し換えることであって、宣長の翻訳理論の要ともなる主張であると言えよう。具体的に言及されているのは、旋頭歌の末尾に感嘆の言葉を付加するという例のみであるが、宣長も「かゝるたぐひいろ〳〵おほし。なずらへてさとるべし」と述べるように、この原理は広く表現分析・表現解読に適用できるものである。この項目は言語表現の本質を衝いていると評しても過褒ではあるまい。このことは前節で見たように、近世初期の堂上歌人烏丸光広が和歌の末尾に「じゃほどに」を付加して内容の理解を深めようとした合理主義精神と遠くで響き合っているといってよい。

さて、「例言」には俗語訳の理論だけでなく、実際に和歌を俗語に訳す際に生じる問題点を解決するための技法が記されている。大きく三種類に分類すれば、各種意訳の方法、助詞・助動詞等の訳出法、掛詞・枕詞の処理となる。そのなかで、意訳の方法を取り上げて問題点を検討したい。次の項目である。

○歌によりて、もとの語のつゞきざま、てにをはなどにもかゝはらで、すべての意をえて訳《ウツ》すべきあり。もとの詞つゞき、てにをはなどを、かたくまもりては、かへりて一うたの意にうとくなることもあれば也。たとへば〳〵こぞとやいはむことしとやいはむなど、詞をまもらば、去年ト云《ハ》ウカ今年トイハウカ、と訳すべけれども、さては俗言の例にうとし。去年ト云タモノデアラウカ今年ト云タモノデアラウカ、とうつすぞよくあたれる。又〳〵春くることをたれかしらましなど、春ノキタ事ヲ云々、と訳《ウツ》さざれば、あたりがたし。

来《ク》ると来《キ》夕とは、たがひあれども、此歌などの来《ク》るは、来《キ》ぬると有べきことなるを、さはいひがたき故に、くるとはいへるなれば、そのこゝろをえて、キタと訳《ウツ》すべき也。かゝるたぐひいとおほし。なずらへてさとるべし。

ここでは二首の歌を取り上げて、二種類の翻訳術に言及している。前者は、「年のうちに春は来にけり一年を去年とやいはむ今年とやいはむ」（春上・一・在原元方）の下句を例に、これを逐一俗語に移しかえても舌足らずな表現になるだけなので、思い切って敷衍して自然な言葉運びにするのがよいという。要するに、逐語訳よりも意訳を優先する考え方である。次に後者は、「鶯の谷より出づる声なくは春来ることを誰か知らまし」（春上・一四・大江千里）の第四句について、「春ノキタ事ヲ」と訳すことを提唱する。「来る」と「来た」とでは文法的には異なるけれども、ここは本来「来ぬる」とすべきところを文字数の関係で「来る」としているのであるから、「来た」と訳すべきだというのである。

　ここには二つの重要な認識が含意されている。一つ目は「来た」と訳す際の「た」が過去ではなく、完了の意にとらえられていることである。もともと「来ぬる」であったとするのがその証左であるが、この認識は『てにをは紐鏡』や『詞の玉緒』をはじめとする文法研究に裏付けられた知見である。たしかにこの歌は反実仮想（仮定法）の形態を取っており、下句はその帰結部なので、時制を超えた表現ととらえる必要がある。そういう意味で「来る」を「来た」と訳した上で、その理由を「来ぬる」の意であるとした説明は極めて正しい。次に二つ目は、「来る」が「来ぬる」とあるべきであるが、「さはいひがたき故に」「来る」と言ったということである。そのように表現できない理由というのは、言うまでもなく和歌の音数律の問題である。第四句を「春来ぬることを」とすれば、八文字となって字余りの句になってしまうからである。もちろん、字余りがすべてタブーであったわけではない。宣長はそのことを誰よりも深く認識していた。ただし、そこには厳格に守られるべき掟があった。

宣長は『玉あられ』「歌の部」に「もじあまりの句」の一項を置き、「五もじの句を六もじによみ、七もじの句を八もじによむことは、其句のなからに、あいうおの内のもじある時にかぎれることなり」と述べているのである。とりわけ、古今集以降の歌でこの格にはずれた歌はないと言い切っているのである。それゆえ、古今集の中に、句中に母音がなくて字余りになる歌はない、ということになる。「来ぬる」の意の「来る」というのはそういう意味である。宣長が指摘するのはニュアンスや語感といった、単なる感覚の問題ではなく、長年の国語研究に裏付けられた言語法則に対する確信に基づいている。そのような見識が背景にあるからこそ、宣長の俗語訳理論は強靱なのであり、翻訳術もその場限りの処理に終わらない普遍性を有するのである。

むろん、この他にも俗語訳の実態に即した、示唆に富む翻訳法や翻訳術が数多く展開されている。それらの手法は、雅語を俗語に訳すことのみならず、現代においては外国語を日本語に訳す場合、あるいはその逆の場合にも十分に通用するものといってよい。宣長の方法論の普遍性を表わす証左といえよう。

『古今集遠鏡』の達成した地点を具体的に検討しておこう。春下・一一七・紀貫之をあげよう。

屋どりして春の山べにねたる夜は夢のうちにも花ぞちりける

○春花ノチル時分ニ山ニトマツテ寝《ネ》タ夜ハ　ソノ花ヲ惜イ〳〵ト思フユヱカ　夢ノウチニモサ　花ノチル事バツカリヲ見ルワイ

傍注にある一、二、三は原歌の何句目にあたるかを指している。それは歌の表現の順が必ずしも意味内容の順と同じであるとは限らないからであって、歌の内容を適切に理解するために訳の序列を変更するという工夫をしているのである。また、傍線部は原歌にはない言葉を補った部分であり、たしかにその方がわかりやすい。上句に「花ノチル」という文を補うのは結句にある表現の誘い水にするためであり、下句に「ソノ花ヲ惜イ〳〵ト思フユヱカ」という文を敷衍するのは、散る花を夢に見る理由を示すことによって、歌の理解が円滑に進むという配慮からである。ただし、このように原歌にないものを付け加えることはよくあることであるが、『古今集遠鏡』がすぐれているのは、そのことを明示していることである。歌にない言葉を敷衍することは歌の理解を深めるのに寄与し、敷衍した箇所を明らかにすることは訳出の厳密さを保証する。意味の理解と訳出の厳密さを同時に満たすのが傍線部の意味なのである。このような工夫は他にも多くあり、『古今集遠鏡』が初学者と一歩進んだ研究者の両者に開かれている注釈書であることを意味している。

四、辞書への応用

『古今集遠鏡』が出版されて、古典文学研究へのアプローチの中に新たな方法が加わった。言うまでもなく俗語訳である。雅語で記された文章を俗語に直すことにより、直読直解が可能となる。しかも、初学者への指南のためにもなる。だが、古典文を俗語に訳すためには、当然のことながら雅語の知識が必要になる。そのために辞書が要請される。もちろん、それまでも古語辞典は存在した。古くから『節用集』があり、近世には版を重ねていた。楫取魚彦『古言梯』(明和二年序)や谷川士清『和訓栞』(安永六年)などは国学者による古語辞典である。しかしながら、その多くは漢字の読みを示しただけのものであり、出典や解説が付されたものもあったが、俗語訳を付したものはなかった。そういった中で『古今集遠鏡』が出た後、俗語訳を付した辞書が作られたのである。鈴木朖『雅語訳解』が出たのは文政四年春のことである。収載語数はおよそ一四〇〇語で、市岡猛彦が序を記し、凡例を置いてイロハ順で言葉を並べたものであった。凡例を少しずつ検討したい。

今の世の俚言《サトビゴト》は俗語なり。古今集以来の歌、又は詞書の語、又は物語ぶみなどの、今の世に耳なれぬ詞、或は詞は同じけれども、意ばえの異なるなどは、雅語なり。万葉集以上、古き祝詞の類、又古事記書紀にある、尋常《ヨノツネ》の雅語よりも、猶耳遠き詞は古語なり。是は古学の諸先師の注釈によりて、古語訳解といふものを別に著はすべし。今あげたる雅語の中には、此古語のかはらぬもあり。又は同じ詞ながら意の転りたる、或は文字ごゑ異国語《カラコトバ》のまじりたるなど、古語より見れば、まことは当時の俗語なれども、今よりみれば、雅語ともいひつべし。

まずは「俗語」と「雅語」の違いを説明するところから始めている。ここでいう「雅語」とは古今集以降の歌、物語などの言葉であるという。また、「雅語」と「古語」とは異なり、「古語」とは万葉集、祝詞、古事記、日本書紀などの言葉を指すという。現代とは少し異なる分類である。「古語訳解」については後述する。そして、「雅語」も「古語」から見れば「俗語」であるというのであるが、これは言葉が歴史的な存在であることの証拠であろう。

次に、書名にもなった「訳」と「解」について言及する。

○訳とは、此雅語を今の俗語にあつるをいふなり。一つ語に訳あまたあるもあり、又はあまたの語の一つ訳に帰《オツ》るもあり。

○解《ゲ》とは、訳にて明しがたく尽しがたき所をば、注釈の詞してとくを云。

○解より訳の便りよき事、先師の古今遠鏡に論ぜられしが如し。此書は遠鏡に本づき、または諸先師の注釈によりて、訳解を兼用て、雅語を部類して、検討《ミサガス》に便ならしむ。雅文の書を見む人、参考の助けとならずしもあらじ。

「訳」とは「雅語」に「俗語」をあてることを言う。『雅語訳解』では雅語を項目として、それに充当する俗語を置くという形である。それに対して「解」とは注釈を指すという。「訳」と「解」の違いについて、『古今集遠鏡』を踏まえて、「訳」を重視する立場を取る。また、『古今集遠鏡』や先行諸注釈に基づいて、雅語を収集して辞書としたというわけである。この他に、注釈を見ればわかる体言（名目の語）は省き、意味がわかりにくい用言（活語）を多く載せたことなどが記されている。

それでは、どうして雅語の辞書が必要なのか。「凡例」で次のように述べている。

○すべて詞は俗に同じくて意の異なるには、ことに心をつくべきわざなり。又一つ詞の内に、俗語と同意なると異なるとあるは、異なる方のみを訳せり。いそぐにシタクスルと訳をつけて、俗にいそぐといふと同じことなる方をいはざるが如し。

雅語と俗語の意味が異なる場合が問題というのである。「いそぐ」は支度するという意味のほかに、「急ぐ」という意味もあるが、同義である場合には省略したという。つまり、古今異義語のみが研究の対象であるというわけである。それはこの辞書が、言葉そのものの研究というよりは古典文を読む際の便宜となることを目指したものであることを意味する。そのことを次のように述べている。

○初学《ウヒマナビ》の人雅文書《ミヤビブミ》をよむ時、此書を傍に置て考へ見たらんには、助となる事あるべし。若雅文をかゝんとて、此書のみをとらへて拠とせば、たがふ事多かるべし。すべてことばの細かなる心ばえは、訳と解にても猶わきまへがたくさとし難き事の多かるを、そはたゞ雅文を熟《ウマ》らによく見て、其ある様によりてぞ、心得もし、書もしつべきわざなりける。

初学者が雅文を読む時に座右に置くべき辞書であるという。問題はその後である。雅文を書く時に本書だけを頼りにすると、間違うことが多い。言葉のニュアンスを正確に知るためには、実際の雅文を熟読して体得するしかないという訳である。それゆえ、『雅語訳解』は雅文を読むためのものであり、雅文を書くためのものではないということになる。これは歌を詠むためではなく、歌を読むために記された『古今集遠鏡』の精神を引き継いだ辞書といってよかろう。なお、村上忠順が約一六〇〇語を増補し、安政五年序で『雅語訳解大成』を刊行している。

さて、鈴木朖は古今集以降の言葉は『雅語訳解』に集成したが、万葉集以前の言葉については「古語訳解」の名をあげて予告するのみで、未刊に終わった。この遺志を受け継ぎ、上代の「古語」を集成することを目指したのが、萩原広道『古言訳解』である。西田直養の序を置き、約一五〇〇語を収載して、嘉永四年に出版された。広道は「凡例」（嘉永元年十一月）に次のように記している。

此《ノ》書は先達鈴木氏が雅語訳解の例に効《ナラ》ひて上古《カミツヨ》の言《コトバ》を今《ノ》世の里言《サトビゴト》に訳《ウツ》して解《トキ》たるなり。さるはかの雅語訳解の便《タヨリ》よきにつけて古言の訳解もあらばやと思ふに、既《スデ》に彼《ノ》書の凡例に古語訳解といふものを別《コト》に著《アラハ》すべきよしは見えながら、其《ノ》書いまだ板本《スリマキ》には見えざるゆゑに暫《シバラ》くその代《カヘ》にとて撰《エラ》みたるなり。されどもいと急《ニハカ》に思ひ起《オコ》して輯《アツ》めたれば、なほ遺《ノコ》れる語《コトバ》も多《オホ》からむを、其はまたつぎ〳〵に輯《アツ》め置《オキ》て拾遺に挙《アグ》べし。

これによれば、広道は明らかに『雅語訳解』を継ぐ意図のもとに『古言訳解』を編集したことがわかる。したがって、「訳」（俗語訳）と「解」（語釈）を併置するという形態や「用語」（用言）を中心にする収集方針を踏襲するなど、『雅語訳解』の上代語版を目指したのである。ただし、『雅語訳解』がイロハ順で言葉を配置するのに対して、『古言訳解』は五十音順で配置しているということが異なる。これについて、「凡例」には次のようにある。

○此《ノ》書は譬《タト》へばよにいはゆる字引《ジビキ》の類《ヒ》にて、語《コトバ》の義《コヽロ》を頓《トミ》に心得しめむ為《タメ》にしたるばかりなれば、書《フミ》を読《ヨミ》て通《キコ》えがたき語のあらんをりなどに五十音の次第《ツイデ》もて引出て、これは何《ナニ》の義《コヽロ》ぞとやうに心得べし。歌文章《ウタフミ》つくりかゝん時などに、下に注せる里言《サトビゴト》を本《モト》として、上なる古言《イニシヘゴト》をその意《コヽロ》なりとしては用《ツカ》ふべからず。さるは注の訳語《ウツシコトバ》は其本語《ノモトノコトバ》の出処にかなふべきやうをのみ考《カムガ》へて記《シル》せるなれば、里言《サトビゴト》の意を本としては違《タガ》ふこと多かるべければなり。

この書は「字引」であって、古典籍を読んでいて語義がわからない時に用いる即効性が売りであり、五十音順というのはそのための便宜であるという。このことは現代における辞書の通常の用法であるから、全く違和感がない。問題はその後である。『雅語訳解』と同様のことを述べている。すなわち、歌を作り文章を書く時に、本書の俗語を見てその上に立項してある古語をその意味として用いてはいけないと記している。それというのも、本書の訳語は、古語の出典となる文脈にあう意味の俗語を選択したから、その俗語に基づいて古語の意味を推し量ってはいけないというのである。要するに、歌文の実作の用途に用いることを禁じているのである。このことは実は大きな問題である。というのも、当時の辞書や類書は、歌文の実作に資することを第一の目的として作成されたものだからである。歌を詠むために類題集が作られ、文章を書くために文範集が編集されたわけである。それと同様に、辞書も歌文作成のために仮名遣いを確認したり、意味を調べたりするのが基本的な用途であった。そういった中で、『雅語訳解』から『古言訳解』へと受け継がれた精神は、古典文学読解に専ら供するという役割である。

このことは何を意味しているのか。通常の古典注釈や辞書は、むろん古典文を読解するためのものではあるが、それとともに歌文作成のためのものであった。ところが、俗語訳の付いた注釈や辞書は、第一義的には初学者向けという目的であるけれども、そのことは必然的に歌文作成のためには不足ということであり、その用途としても読解のためだけに供するという役割を担うことになったのである。つまり、実作のためにあったものが、啓蒙的要素が混在したために、読解用にシフトしたということだ。それは歌文の実作と古典歌文の研究を両立させていた国学が、古典歌文研究を専門とする国文学へとシフトする時代と共振していた。俗語訳はそのような過渡期に登場した古典文学への接近方法であったと言ってよかろう。

五、増殖する「遠鏡」

『古今集遠鏡』は和歌全文を俗語訳するという画期的なものであったが、これを和歌ではなく散文作品に応用する者が現れた。栗田直政が『源氏遠鏡』（文政十一年五月序）を執筆し、天保十三年八月に刊行したのである。[15]直政は鈴木朖の門弟であるから、宣長の孫弟子に当たる。『源氏遠鏡』は若紫巻を丸ごと俗語に訳したものである。版本には不掲載であるが、そこには「凡例」があり、鈴木朖の添削が加えられている。その中に次のような文言がある。

> 紫文蜑囀とて、桐壺・帚木・空蟬の三巻を通俗にしたる本あり。そのときかたは、よろしからざる所々もあれど大方は初学の人に便りよき物なれば、此書は其緒《いとぐち》を続、さて若紫より書初めて、訳は古今遠鏡にならひてさとびことにて、物しつ。蜑囀は、本文を載せざれども、此書は遠鏡の如くことごとく本文をあげて、また本文の詞を訳の旁にも所々いさゝかづゝつけたるは、彼詞は此訳に当れり、とよむ人の、はやく心得んに便ならしむる也。雅語を訳するに、此国にて聞ゆる訳も、彼国にては聞えざるもあれど、例の遠鏡に倣ひて、大体中国の詞にうつしたる也。

第二節でも言及した『紫文蜑之囀』をあげて、これを継いで若紫巻を俗語訳することを述べている。訳語の傍らに原語を付すことや「中国の詞」（京言葉）を用いることなど、さまざまなレベルで『古今集遠鏡』を踏襲するともしている。具体的に見てみたい。

> すゞめの子をいぬきがにがしつる。ふせごのうちに、こめたりつるものをとて、いとくちをしと思へり。このゐたるおとな、れいの心なしの、かゝるわざをしてさいなまるゝこそ、いとこゝろづきなけれ。いづかた

へかまかりぬる。いとおかしうやう〳〵なりつるものを。からすなどもこそ見つくれとて立てゆく。髪ゆるらかにいとながく、めやすき人なめり。少納言のめのとぞ人いふめるは、この子のうしろみなるべし。

イヌキガスヾメノコヲニガイタ　フセゴノ中ヘイレテオイタモノヲトテキツウ残‐念ガレバ　カノ居タル一人ノオトナガ云ケルハ　アノ例ノトツハツモノ《こゝろなし》ガ　ソンナ〻ヲ致シマシテ　御キゲンヲソコネルコソイツソフツガウナ事ナレ《こゝろづきなけれ》　雀ノ児ハドツチヘマヰリマシタゾ　コノゴロハヤウ〳〵トイツソアイラシウナリマシタニ　ヒ‐ヨツトカラスナドガ見ツケテハトテ　立《ツ》テユクウシロスガタ　其髪ノユツタリト長イ所トイヒ　ズンド見グルシカラヌ《めやすき》人ナリ　少納言ノメノトト人ノ云様子ナルハ　此児ノウバニテ　スグニモリヤク《うしろみ》ニナツタト云ヤウナ〻ナルベシ

光源氏が若紫を見初める場面である。この場面における俗語への訳出の技法について、項目別に検討を加えていくことにしたい。

〔語法〕「つ」や「ぬ」は「タ」と訳しているが、これは『古今集遠鏡』「例言」に次のようにあるところを踏まえている。

〇ぬぬる、つつる、たりたる、きしなど、既に然るうへをいふ辞は、俗言には、皆おしなべてタといふ。なりぬなりぬるをば、ナ‐ツタ、来《キ》つ来《キ》つるをば、キタ、見たり見たるをば、見タ、有き有しをば、ア‐ツタといふが如し。タは、タルのルをはぶける也。

「既に然るうへをいふ辞」とは、現代では過去や完了などと称する助動詞であり、これらをすべて「タ」と訳すという。二箇所の「めり」については、前者は訳出を省略しているが、後者は「様子ナル」と訳している。前者を省略したのは、「見グルシカラヌ人」（めやすき人）という表現との重複を避けるためであろう。なお、ここで視覚表現や「めり」が多用されているのは、これが光源氏が垣間見する場面であって、源氏に寄り添った語りだからである。また、「からすなどもこそ見つくれ」という箇所を「カラスナドガ見ツケテハ」と訳しているが、これは『詞の玉緒』五之巻に「もこそは行末をおしはかりてあやぶむ意の辞也」とあるところを踏まえ、しかもさらりとうまく表現している。

〔語彙〕「いとくちをし」を「キツウ残‐念」と訳し、「さいなまるゝ」を「御キゲンヲソコネル」と訳すのは、文脈に合わせた適訳である。また、「心なし」を「突発者」と訳し、「うしろみ」を「守り役」と訳すなどは、原語を傍記する必要を感じるほどの思い切った訳であるが、俗語の醍醐味と言えよう。

〔語順〕冒頭の「すゞめの子をばいぬきがにがしつる」について、「イヌキガスヾメノコヲニガイタ」と、主語と目的語の語順を変更して訳している。これは若紫の台詞なので、そのままの方がニュアンスが伝わるという考え方もあるが、語順を変える方がわかりやすいと判断したのであろう。

〔補足〕「雀ノ児ハ」という主語を補ったのは動作主が入り組んでいるという判断であろうし、「立てゆく」の後に「ウシロスガタ」を補うのは、直後にゆったりとした髪の描写があるからであろう。いずれも適切な処置と考えられるが、原文にない言葉を補った際に記す傍線が付されているのは誠実な対応と言ってよかろう。

もちろん、源氏物語には数多くの歌が詠まれている。それらは『源氏遠鏡』の中でも俗語訳の対象となっており、若紫巻に収載された歌を俗語に訳している。全二十五首のうち、巻名の由来になったとされる源氏の歌を見てみよう。義母の藤壺への断ちきりがたい思いを抱きつつ、源氏はその血筋である紫上に懸想して歌を詠む。

源氏

てにつみていつしかも見む紫のねにかよひける野辺の若草

○藤ノ花ハ紫色ニサクガ　其《三四》紫ニユカリノアル《ねにかよひたる》野辺ノ若草ヲ　オレガツンデ手ニ持テ見ル《二見む》ヿハ　イツ《二》ノヿ

カイマア《かも》　藤壺に似たるその姫の紫の上をいつ我手にいれむと云意也。紫の上を草にたとへたり。

歌の訳出法はほぼ完全に『古今集遠鏡』を踏襲している。傍線は和歌本文にないところであり、傍記の数字は句番号を示す。この歌の場合、二句切れであるので、三句以下を倒置して訳しているわけである。また、「かも」のように多義の助詞については、「カイマア」という訳に傍記するという処置を取っている。ここでは『詞の玉緒』四之巻に「これはもは添たる辞にてたゞかといふ意也」と解説する用法である。さらに、末尾には訳だけでは伝達しきれない、和歌技巧や比喩などを簡潔に説明している。いずれも『古今集遠鏡』の手法を源氏歌に適用したものであり、源氏物語の地の文の俗語訳の中に完全に溶けこんでいて、違和感なく馴染んでいると言ってよい。

近世後期には雅俗相互翻訳への関心が高まり、黒沢翁満『雅言用文章』（嘉永五年序）なども刊行された。その凡例には「古歌の詞を今の俗語に翻訳もて其心を明らむる事は本居氏の古今遠鏡より始りて」と紹介している。そういった中で、雅語を俗語に訳すという『古今集遠鏡』の手法を古今集以外の歌にも適用し、歌言葉に俗語を付したものを集成した書物が作られた。佐々木弘綱による『歌詞遠鏡』である。安政四年三月の井上文雄の跋文が付されているが、実際に出版されたのは明治二十五年になってからである。古今集以降の体言と用言のみを採集して、イロハ順に並べ、天地人の三巻にまとめた。文雄の跋の他に、東久世通禧の序（天）、本居豊穎の序（人）、佐佐木信綱の跋（人）が付されている。天巻巻頭の「凡例」を順に検討していきたい。

一、此書は弘綱、足代家に留学せし頃、かりそめに物して師翁に一わたり訂正をこひたれど、若き時に物しつるなればひがことも多かるべし。

佐々木弘綱が足代弘訓のところに留学していたのは、弘綱が二十歳であった弘化四年九月から弘訓が死没した安政三年までの間である。[16] これによれば、本書が足代弘訓の添削を経ていることがわかる。

一、歌詞遠鏡といへる名は、鈴屋翁の古今集遠鏡の初学の人に便よきにならひて、歌ごとにわきがたきふし

〳〵に俗言をあてつるなればしかなづけつるなり。

この条には書名の根拠を記している。もちろん本書は『古今集遠鏡』に拠っている。弘綱は鈴屋派の系譜に連なる国学者であるが、古典解釈の手法として俗語による訳を選択したわけである。凡例の最後の項目で次のように記している。

一、すべて雅言に俗言をあつる事は世の人たやすき事のやうに思へど、いとしにくきわざにて、うまくあたりがたきものなり。又俗言は所々にてたがひあり。此書は伊勢の方言もてしるしたれば、他に通ぜぬ事もあるべし。見ん人その心してよ。

「雅言」に「俗言」を当てることが案外困難であることに言及している。訳出には「雅言」に対する深い見識とともに、「俗言」における豊かな語彙が必須なのであり、両者の折り合いの中から絶妙の訳が生まれるのである。初学者向けであるからといってたやすいわけではない。その上、「俗言」は土地ごとに違いがあるから、他の土地の者には通じないこともあるという。つまり、「俗言」には「雅言」との時間的な隔たりと、他の土地の「俗言」との空間的な隔たりがあるというのである。ここには古典文学を解釈する際に、俗語訳が有効であるということだけでなく、訳出することそれ自体の難しさや訳語の理解や伝達ということに対する疑いが表明されていると言ってよい。このような認識は訳出という方法がはらむ本質的な問題を伝えるものであって、俗語訳が万能であると考える風潮に一石を投じる役割を果したと言えるのではないか。とりわけ、後者は標準語や共通語という概念がなく、なおかつそれが必要とされた時代ならではの問題意識であり、宣長が「京わたりの詞」を用いて済ませた頃とは時代が変わったのである。(17)

それはともあれ、『歌詞遠鏡』を具体的に見てみたい。「伊の部」冒頭の「いろどる」は次のようになっている。

いろどる　　染る

古秋上　いとはやも《キツウ早ウマア》なきぬる雁か《カナ》白露のいろどる《ソメル》木々ももみぢあへなくに《シオホセヌノニ》

後秋上　秋萩をいろどる《ソメル》風はふきぬとも《クトマ、ヨ》心はかれじ《マイ》草葉ならねば《デハナイニヨツテ》

「いろどる」について「ソメル」という訳語を採用し、これに合う用例として二首あげている。あたかも訳語が主で、用例が従という形式である。これは『歌詞遠鏡』が文字通り歌語辞典であることを意味している。これを習得することによって、古歌を自らの手で訳す力を身につけることができるということであろう。よりいっそう初学者への配慮が前面に出された書物ということができる。なお、『古今集遠鏡』は一首目の歌の当該箇所を「色どる」のままとして、俗語に訳していない。

雅語を俗語に訳す際に発生する方言の問題は、明治政府が近代国家として出発する時の「国語」創出の問題とリンクするものである。[18] 鴻巣盛広『新古今和歌集遠鏡』が出版された明治四十三年二月には、「国語」の問題は一定の方向性が出ていた。各地方の方言がほぼ同等の力関係であった近代以前から、近代国民国家の象徴としての「国語」という観点から標準語が整えられ、それが方言に優越する近代期に移行する中で、「口語」については標準語を用いることにより問題を解決した。『新古今和歌集遠鏡』「凡例」には次のように記されている。

一、本書は本居宣長の「古今和歌集遠鏡」に倣ひ、口語を用ゐて新古今和歌集を註せるものなり。

一、口語は現代標準語に拠れり。

「俗語」を「口語」としているが、これを「現代標準語」に統一しているというのである。それ以外は『古今集遠鏡』に準拠して新古今集歌を訳している。次のごとくである。

百首の歌奉りし時。　藤原家隆朝臣

谷川のうち出る波もこゑたてつ。鶯さそへ、春の山かぜ。（春上・一七）

春風ニ解ケタ谷川ノ氷ノ間カラシテ打チ出ス波スラモ面白イ声ヲ立テ、居ル。ダノニ春ニナレバ鳴クモノ

トキマッテ居ル鶯ノ鳴ク声ガ聞エナイ。早ク鳴クヤウニ鶯ヲ催促シテクレ、春ノ山風ヨ。古今集の「谷川にとくる氷の隙ごとに打出る波や春の初花」、「花のかを風の便にたぐへてぞ鶯さそふしるべにはやる」の二首によれり。

まず、詞書や歌本文に句読点が付されていることを指摘しておこう。「凡例」には次のように書かれている。

一、歌に句読は要なきが如くなれども、意義を解く上に於て便利多ければこれを付したり。句読は独立したる文章に分るゝを示す場合の外、歌の中途に付することなし。文法上終止形となりながら、読点を用ゐたるは、倒置法即ち下よりかへりて続く体なるを示せるなり。

やはり初学者への便宜のための処置である。使うのは原則として句点であるが、倒置法の場合のみ読点を用いるという。当該歌の場合、第四句が命令形であるが、下句が倒置法なので読点にしたということである。これは当時の和歌表記の作法であって、取りたてて珍しいものではない。口語訳と同じく、啓蒙と普及を主眼とした注釈法といえよう。(19) このこと以外は『古今集遠鏡』に準拠したやり方で口語訳および注釈をおこなっている。「遠鏡」の精神が近代にも受け継がれたのである。

なお、鴻巣は東京帝国大学で万葉集を学修し、大学院進学後は広く和歌史の研究をしたという。純然たる国文学徒である。大学では芳賀矢一や佐佐木信綱に学んだという。(20) 国学の方法論が近代国文学へもなだらかにつながっていることの証左と言ってよかろう。

六、近代口語訳へ

前節で取り上げた『新古今和歌集遠鏡』はすでに近代の口語訳であった。その後も古典文学の口語訳は広がりを見せ続ける。大正五年には折口信夫『口訳万葉集』が文会堂書店から刊行された。芳賀矢一の編にかかる「国文口訳叢書」の一篇として出版されたのである。「口訳万葉集のはじめに」の中で、折口は次のように述べている。

□評釈に用ゐた用語は、大体、標準語によつた積りであるが、散文と違うて、律文では、情調を完全に表す為には、千篇一律に、である・でないで、おし通すことが出来ない。さうした間隙にもつて来て、わたし自身の語なる、大阪ことばの、割り込んで来たのも、随分あつたと思ふ。譬へば言つて・しまつてを、言うて・しまうて、知らない・取らないを、知らぬ・取らぬといふ類であるが、かういふ風に、この訳文に取り入れた、方言的の性質を帯びた語も、まんざら、反省なしに用ゐた訣でもないのである。

口語の選択という問題について、正直に告白しているのである。口語は「標準語」を基調にしたが、千篇一律になっては駄目である。「律文」（詩歌）では「情調を完全に表す」ことが重要だからである。その上、折口のお国言葉（大阪ことば）が出てしまっているが、それは無反省に用いたわけではないという。この文脈の中では、「方言的の性質を帯びた語」すなわち「大阪ことば」を用いた方が「情調を完全に表す」ことができるということが理由であろう。和歌を口語訳する際の工夫ということであろう。折口が大阪出身ということもあるが、近代になって標準語という概念が生まれた後でも、口語訳には方言の問題が横たわっていたのである。

また、この序文の最後に、折口は大阪の中学校に赴任した時のことを回顧し、その三年間に教えた生徒のことを懐かしく思い出しながら、「この書の口訳は、すべて、其子どもらに、理会が出来たらう、と思ふ位の程度にして置いた。いはゞ、万葉集遠鏡なのである」と記して序文を結んでいる。むろんこれは「古今集遠鏡」を踏まえている。「遠鏡」の精神は健在なのである。巻一巻頭の長歌を見てみよう。

天皇御製

籠《こ》もよ、み籠《こ》持ち、掘串《ふぐし》もよ、み掘串《ぶくし》持ち、この岡に菜つます子。家宣《いへの》らへ。名宣《の》らさね。空見《そらみ》つ大和の国は、おしなべて吾こそ居れ。しきなべて吾こそ坐《ま》せ。吾こそは宣らめ、家をも名をも。

雄略天皇の詠歌である。前節で見たように、句読点を付すのはこの頃の習慣である。これを折口は次のように口語訳している。

籠や、篦《へら》や。その籠や、篦を持つて、この岡で、菜を摘んでゐなさる娘さんよ。家を仰しやい。名をおつしやい。此大和の国は、すつかり天子として、私が治めて居る。一体に治めて私が居る。どれ私から言ひ出さうかね、わたしの家も、名も。（上代に於て、如何に皇室が簡易生活をしてゐられたかゞ、此御製で拝することが出来る。殊に素朴放膽で入らせられた、雄略帝の御性格は、吾人の胸に生きた力を齎す。）

なめらかな口語による訳文と言ってよい。ほぼ現代における口語訳の原形である。末尾に注釈を置くところも『古今集遠鏡』を踏襲している。

現代における古典文学の注釈として、口語訳が有力な方法であることは異論の余地はない。それは古典理解の手法であると同時に、古典を啓蒙する手法でもある、必要欠くべからざるアプローチと言えよう。その手法は宣長によって完成され、連綿と現代まで受け継がれて来たのである。

注

（1）大谷俊太『和歌史の「近世」――道理と余情』（ぺりかん社、二〇〇七年一〇月）第三章「道理と余情」付論「「じゃほどに」と歌の後につけてみること」参照。

（2）大谷俊太前掲論文参照。

（3）引用は竹岡正夫『富士谷成章全集　上』（風間書房、一九六一年三月）によった。以下同じ。

（4）竹岡前掲書の注記による。

（5）宣長は『玉勝間』八の巻「藤谷成章といひし人の事」の中で「かざし抄・あゆひ抄・六運図略」の名を挙げ、その優れた業績を絶賛している。
(6)『日野龍夫著作集』第一巻「江戸時代の漢詩和訳書」参照。
(7)都留春雄・釜谷武志校注『六朝詩選俗訓』(平凡社東洋文庫、二〇〇〇年一月)より引用した。
(8)都留春雄『六朝詩選俗訓』「解説」参照。
(9)『訳文筌蹄』「題言十則」五。
(10)このような原詩ばなれについては、創造的と好意的に評価される場合もあれば、厳密さを重視する立場からすれば誤読と評される場合もある。日野龍夫は「[閑]」を「さびしさに」と訳したのは、訳し過ぎという批判のあり得るところである」(前掲日野論文)としている。
(11)揖斐高校注『聯珠詩格訳注』(岩波文庫、二〇〇八年七月)「解説」より引用した。
(12)杉本つとむ編『国文世々の跡』(武蔵野書院、一九八六年三月)より引用した。なお、後刷りの堺屋嘉七版にはこの条項は削除されている。
(13)本書第一部第二章「『古今集遠鏡』受容史」参照。なお、論述の都合上、本節は拙著『本居宣長の思考法』(ぺりかん社、二〇〇五年一二月)第一部第五章「俗語訳の理論と技法――『古今集遠鏡』の俗語訳」と一部重なりがあることをあらかじめ断っておきたい。
(14)『本居宣長全集』第三巻所収。以下、『古今集遠鏡』の引用は同書による。
(15)尾崎知光・野田昌『源氏遠鏡』(勉誠社文庫、一九九一年六月)「解説」参照。
(16)『弘綱年譜』による。高倉一紀編『佐々木弘綱年譜〈上〉――幕末・維新期歌学派国学者の日記――』(皇學館大学神道研究所、一九九八年三月)参照。
(17)もちろん宣長も「伊勢の方言」を常用言語とし、京への留学経験があったので、方言同士が通じないということは認識しており、「俗言は、かの国この里と、ことなることおほき」と『古今集遠鏡』「例言」に記している。宣長が京言葉を訳語に用いた背景には、時間の隔たりはあるが場所の隔たりがない京の言葉が最適であると考えたものと推定される。
(18)安田敏朗『「国語」と「方言」のあいだ――言語構築の政治学』(人文書院、一九九九年五月)参照。
(19)釈超空(折口信夫)は『海やまのあひだ』(改造社、一九二五年五月)「この集のすゑに」の中で、歌に句読点を打つことの意義を読解の便宜以外の要素にあることを主張している。
(20)『新古今和歌集遠鏡』(博文館、一九一〇年二月)「序」参照。

第三章　文学史成立史

一、「文学史」近代成立説

近代における国文学（日本文学研究）は、近世に発祥した国学の流れを汲みつつ、西洋の文献学の影響を受けて確立したとされる。その内実は帝国大学（東京帝国大学）の草創期の教授が国学者の門弟達であり、その薫陶を受けた芳賀矢一がドイツに留学し、文献学的発想を日本に持ち帰ったことによって、国文学は学問として確立したというのである。(1)したがって、多少の紆余曲折はあるが、国学と国文学は地続きなのであり、その方法の多くは受け継がれていると言ってよい。たとえば、古典文学に対する注釈研究、書誌・文献学的研究、あるいは国語学上における文法研究や語意研究など、国学者が残した多くの遺産を引き継いでいるのである。

そういった国学から国文学への継承を論じる場合、「文学史」に関する見方だけは例外的に扱われてきた。つまり、国学には「文学史」という発想が皆無、あるいはあったとしても希薄であったというのである。たとえば、阿部秋生は「文学史的研究という項目は、国学の文学研究の中にはみられなかったものである。（中略）和歌以外の作品、あるいは日本文学全体についての歴史的研究は、近代以前には皆無であった」と明確に否定している。(2)長島弘明氏は「明治以前には、文学を時間軸に沿って考察する文学史的な思考はあまり見られない」とした上で、その理由と経緯を次のように論じている。[3]

もちろん、国学者は古文献を研究の対象とする以上、それらの資料の成立年代の考証には相応の注意が払われているが、国学者が残した厖大な研究の中で、時代の推移という視点を明確にもった業績は数少ない。その大きな理由としては、国学者が目指したのが、あくまでも日本固有の精神の始源としての古代であり、その後の時代には基本的に興味をもたなかったということが挙げられるだろう。彼らが構築していった「古代」像は、その後の時代と違って、時間の浸食をまったく受けていない無垢の原形であり、その意味で、時間を超越した非時間的（非歴史的）な理念であったからである。扱われる古文献も、原則的には、記紀・『万葉集』などの上代のもの、あるいは『古今集』や王朝物語など平安時代のものまでで、中世以後の文学への関心はきわめて薄い。

長島氏の見解は極めて明快である。すなわち、国学という学問体系は、本来的に「日本固有の精神の始原としての古代」を復元することを目標とするものであり、純粋に「古代」の精神を取り出すためには、「時間の浸食」を受けた後世は夾雑物でしかない、ということである。国学が対象とする文献が「上代のもの」やせいぜい「平安時代のものまで」に限られるのは、国学の「理念」からして当然だというわけである。たしかに、この議論は国学の原理に照らせば、至極納得のいく議論と言ってよい。たとえば、賀茂真淵は古代の精神（古意）を復元するために万葉集の研究を始め、自らも古風歌を詠んだ。古今集や源氏物語の注釈もあるが、その真髄は万葉集研究であると自負していた。百人一首の注釈書を出版した折には、古歌が多く含まれていることを理由にあげている。[4]総じて古代研究が真淵国学の神髄だったのであり、それ以降は付けたりで、「中世以後の文学」についてはほどんど無視していると言ってもよいほどである。この見解は、近代以前に文学史がなかったということについて、国学という学問体系の原理からうまく説明していると評することができよう。

しかしながら、国学者は真淵だけではないし、国学の典型を真淵国学に置くことに対する疑義もないわけではない。また、国学に歴史的研究という観点が欠如しているということにも、にわかに賛同することはできない。むろん長島氏は国学者における「文学史的な思考」の存在を全く認めていないわけではない。国語の歴史的変化や和歌の変遷、あるいは文章史的研究について、具体的な著作をあげながら、通時的な観点からの研究が国学にあったことに言及している。だが、文学史については、あくまでも否定的な立場なのである。

近世に「文学史」研究は本当になかったのか。本章では、本居宣長の諸著作を俎上に載せて、「文学史」的思考が宣長国学の中に内在したということを検証したい。

二、中世和歌への眼差し

前節で見たように、多くの国学者が中世文学に無関心であったことは事実である。だが、宣長は中世文学、特に和歌については、これを称揚した。とりわけ、新古今集を好んだことは有名である。和歌を嗜みはじめた初発の時点から、晩年に至るまで一貫して新古今集を奉じている。たとえば、宣長は『うひ山ぶみ』の中で次のように述べている。[5]

新古今集は、そのころの上手たちの歌どもは、意も詞もつゞけざまも、一首のすがたも、別に一《ツ》のふりにて、前にも後にもたぐひなく、其中に殊によくとゝのひたるは、後世風にとりては、えもいはずおもしろく心ふかくめでたし。そも〳〵上代より今の世にいたるまでを、おしわたして、事のたらひ備りたる、歌の真《マ》盛《サカリ》は、古今集ともいふべけれども、又此新古今にくらべて思へば、古今集も、なほたらはずそなはらざる事あれば、新古今を真盛といはんも、たがふべからず。然るに古風家の輩、殊に此集をわろくいひ朽《クタ》すは、みだりなる強《シヒ》ごと也。おほかた此集のよき歌をめでざるは、風雅の情をしらざるものとこそおぼゆれ。

新古今集は、心も言葉も続けがらも一首の姿も、すべてが一流であるという。また、古今集と比較しても新古今集の方が優れていると主張する。そうして、「古風家の輩」が新古今集を非難することを、「風雅の情」を知らないからだとまで言うのである。「古風家の輩」とは、それと名指しをしているわけではないが、真淵を想定している可能性が高い。というのも、宣長は真淵から次のような文面の書簡を受け取っているからである。

新古今集を御好之事、小子が意と甚違候。後世古歌のみにてハ女房などの風体にいかゞ侍れバ、小子ハ男子にハ万葉、女子にハ古今体を教候。文もまた同じく二様にかゝす。然れバ自己も二体を得ざれバかなハず。古今より下の体ハいふにもたらねバふつに用ゐず。されど古今ハことせばけれバ、源氏物語までの歌文の中に撰ミてとる事又不レ少。然るを新古今など後世風を宗とせバ、その奴と成こと何のかぎりかあらん。げに御詠を見るに風調不レ宜聞ゆ。（明和三年四月十五日付宣長宛真淵書簡）

宣長は万葉集に関する質問とともに、詠歌の添削指導も真淵に受けていた。その際、宣長は自分が新古今集歌を志向していることを告白した。そうすると、真淵は門弟への指導方針をあらためて伝えてきたのである。それによれば、男子は万葉集、女子は古今集を手本として歌を詠むことを目指し、源氏物語までの言葉を取ることは許容するけれども、新古今集などはもっての外である。なるほど、そのような不届きな了見だから調べの悪い歌しか詠めないのだと叱っているのである。このような真淵の叱責にもかかわらず、宣長の新古今集至上主義は生涯改まらなかったのである。なお、宣長は後年、新古今集の注釈書『美濃の家づと』を出版している。

新古今集もそうだが、それよりも真淵を怒らせたのは、草庵集である。頓阿の家集である草庵集は、正風体を遵奉する二条派歌人の聖典である。京都へ留学した時に二条派歌人に入門していた宣長は、草庵集をとりわけ好んだ。詠歌の手本にするばかりでなく、注釈書を作り、さらには出版までしてしまったのである。

『草庵集玉箒』（明和五年五月刊）である。『草庵集玉箒』を手に取った真淵は、宣長に次のように書いて送った。

草庵集之注出来の事被二仰越一致二承知一候。併拙門ニ而ハ源氏迄を見セ候て、其外ハ諸記録今昔物語などの類ハ見セ、後世の歌書ハ禁じ候へバ可否の論に不レ及候。元来後世人の歌も学もわろきハ立所の低けれバ也。

（明和六年正月二十七日付宣長宛真淵書簡）

参照するのは源氏物語や今昔物語集までで、それ以降は「後世」だという。「後世人」の歌も学問も悪いのは、志が低いからだというわけである。真淵は半年後にもう一度『草庵集玉箒』出版の件で、宣長を叱責する（明和六年某月某日付）。自分の門弟が後世歌の注釈に手を染めたことに我慢がならなかったのである。さすがに宣長もこれには懲りたのか、すでにできていたはずの『続草庵集玉箒』はすぐに出版することはしなかった（天明六年秋刊）。だが、宣長の和歌の好みが変わるはずもなく、やはり『うひ山ぶみ』に次のように書き留めている。

まづ世間にて、頓阿ほふしの草庵集といふ物などを、会席などにもたづさへ持て、題よみのしるべとすることなるが、いかにもこれよき手本也。此人の歌、かの二条家の正風といふを、よく守りて、みだりなることなく、正しき風にして、わろき歌もさのみなければ也。

初学者が歌会に携帯するものとして草庵集を推奨している。題詠の手本になるという。真淵からいくら叱責されても、宣長は自分の和歌的嗜好を貫いたのである。

新古今集と草庵集に対する宣長の嗜好と真淵の拒絶は、門弟と師匠の関係という観点からすれば、破門されてもおかしくない事柄である。実際、腹に据えかねた真淵は破門の最後通牒を言い渡した。宣長が改悛の情を見せたために事なきを得たが、先に見たように実際には一生心を改めることがなかったのである。もちろん、国学継承の点から言えば、教義の断絶ということになるが、そのことは宣長の和歌史観に広い視野を与え、通史的に和歌の流れを見る視点を与えた。中世和歌を視界に収めた和歌史の構想を可能にしたのである。万葉集から草庵集、そして草庵集に影響を受けた当代歌人の歌までもが宣長の手の内に収められたのである。

三、和歌の歴代変化

中世和歌に対する嗜好のお蔭で、宣長は後世（中世）を忌避する国学者の弱点を克服することができた。また、国学者特有の万葉集に対する造詣のために、和歌の初発に関する博識を身につけることができた。このことにより、和歌を通史で語る素地ができたのである。もちろん、宣長以前にも和歌史を語る歌人はいた。たとえば、近世前期を代表する堂上歌人に武者小路実蔭がいる。当世二条派の総帥で霊元院より古今伝授を受けた歌人である。歌学書『初学考鑑』の冒頭で歌学史に触れている。万葉集から頓阿までの系譜は、次のように語られる。(6)

万葉のむかしよりしては、古今集にて中興をなせり。三代の後いさゝかすたれりしながらも、まゝ堪能の輩も出来にければ、不絶つゞきもてくるに、千載集を撰ていさゝか興機をあらはし、新古今集にいたりて、上皇をはじめ、後京極殿、定家卿、家隆卿、雅経卿、僧には慈円僧正、寂蓮など、おなじ世に肩をならべひざをくみて、此道興せり。新勅撰集は、新古今集の花の過たるを後世の害あらんと、実を本とするの心を世にひろめんがため、定家卿勅を奉て撰じ給ふより、為家、為氏の卿相つゞきて、此道の統をつぎ撰集侍りし也。それよりして、時変り世をしうつりて異風体になりもて行て、むかしより伝れりし正風体の筋は、跡かたなくなり行べき時になりけらし。こゝに、頓阿法師といへるもの、業を為世卿よりうけて、此比道の独歩たりし。力を入心をつくし、此道の邪路に入らん事をなびき〔ママ〕て、二条摂政良基公、或尊円親王に申すゝめしより、上をはじめ下臣たるにいたるまで正風体にうつりかへりしは、頓阿の功、京極黄門の後へに継たらん程なりし。

万葉集から説きおこして三代集を経て勅撰集の歴代変化に言及している。だが、実蔭は二条派歌人の正統であり、それが和歌史を語る際にも反映している。つまり、俊成・定家・為家の御子左家に続き、二条為氏を経て、「異風体」になったというのである。異風体とは京極為兼の編纂した玉葉集や風雅集といった勅撰集の歌風を二条派歌人から見た呼称である。二条家あるいは二条派は自らの歌風を「正風体」と称する。この呼び名自体が偏向していると言ってよいが、その正風体を復活させたのが二条為世に教えを受けた頓阿だというのである。頓阿の功績を定家に継ぐものと絶賛している。このように和歌史を語る場合でも、語る当人の立場が語りの内容に反映し、ある種の偏向を生むのは必然である。したがって、実蔭が二条派歌人の立場から和歌史を語るのは当然なのである。

二条派地下歌人の流れを汲む宣長は、正風体を遵法して歌を詠み、二条派の和歌観に影響を受けた歌論を有していた。宣長は実蔭の歌を収集し、実蔭の歌論が記された聞書（似雲記）『詞林拾葉』を改名して刊行された『磯の浪』（享和元年六月序）に跋文を寄せた。跋文には「一わたりひらきて見もてゆく中に、げにとおぼゆるふし〴〵おほくなむ見えける」と記している。そういった二条派歌論に対する共感は和歌史観にも反映していると言ってよい。すでに『排蘆小船』の段階で二条派歌論を中核に据えた和歌史を記述している。「歴代変化」（五九）という見出しの付いた項目で、神代に始まり万葉集を経て古今集に至り、その後の勅撰集の展開を詳細にたどっている。そこには二条家の正風体を基軸とする歴とした和歌観が貫通しているといってよい。それは他家の歌風を異風体と称することにも表れている。宣長が二条派歌人であった証拠である。それは宣長が和歌史を記述する立脚点の一つであったと言ってよい。

問題は勅撰集編纂が途絶えた後の宣長の記述である。飛鳥井雅世が第二十一番目の勅撰集である新続古今集を編纂したことを最後に勅撰集が絶えた。そして、「古今伝授」が出現したのである。次のように記される。

コ、ニ東下野守常縁ト云モノアリ。歌人ニハアラズ、トルニタルホドノ人ニハアラネドモ、歌道ニ心ヲカケテ、歌モ少々ヨミ、歌学モスコシシタルモノニテアリケルガ、古今伝授ト云事ヲツクリコシラヘタリ。ソノツクリヤウハ、貫之ヨリ次第相伝ト云テ、基俊俊成定家ト伝へ、ソレヨリ次第ニ二条家ニツタハリ、頓阿ヨリ後ハ千葉家ニ伝ヘテ、世ニ聞エズ。サテ自身マデ相伝ト云事也。コレミナ大ナルツクリ事ニテ、アトカタモナキ事也。頓阿マデモ伝授ト云事ハサラニナシ。

古今伝授については、『排蘆小船』の次以降の項目で詳細に批判している。この古今伝授の権威化は紀貫之からの相伝で、俊成や定家を経て二条家に伝えられたとする系譜と、秘伝の秘説を一子相伝で伝えた作法によって神格化された。これを宣長は「大ナルツクリ事ニテ、アトカタモナキ事也」と一刀両断に切り捨てている。むろん古今伝授というシステムだけでなく、個々の伝授者についても批判する。たとえば、三条西実隆の活躍を「実ハ歌道ノオトロヘ也」とし、三条西家三代（実隆・実条・実枝）が古今伝授により評価されることを「大ニ歌道ノ衰也」とし、後水尾院の御所伝授を「歌道ノ大ナル衰也」と断罪している。このように古今伝授に対する批判的態度は、契沖や賀茂真淵などの国学の発想を受け継いでいると言えよう。

たとえば、荷田在満『国歌八論』「古学論」は歴代の錚々たる歌人が、実際には歌学を身に付けていないために、間違った指針を出していることを憂えて、古学の重要性を強調している。中でも古今伝授について、次のように激しく攻撃している。

是けだし東の常縁が偽作にて、宗祇法師より弘まる物也。かの伝授を得たりと云る宗祇が古今集を釈せる、細川幽斎の伊勢物語百人一首詠歌大概を解せる書共を見るに、巻首より巻尾に至るまでの間、一言も仰て取べき説なし。その浅見寡聞にして、妄に無稽の言を信ぜる事、かの書中を電見しても明なれば、煩しく論破するに及ばず。見つべし、古今伝授を得たる人の歌の事を知らざる事を。

古今伝授は常縁の「偽作」であり、それを弘めた宗祇の説も幽斎の解釈も「一言も仰て取べき説なし」としている。そして最後には古今伝授を得た人は歌を知らないとまで言い切っている。宣長は『国歌八論』を熱心に読んで書き入れまでおこなっている。この引用箇所には「後世ヲ誤ル姦賊コノ常縁ニキハマレリ」という激越な言葉を書き込んでいる。[7] このような古今伝授への批判は契沖・在満・真淵などと共鳴するものがあり、当然のことながら、それが宣長の和歌史観に反映していると考えられるのである。

以上のように、宣長は二条派歌人として頓阿の正風体を遵奉する歌論と、国学者として古今伝授を否定する歌論という相反する和歌史観を有していた。それは宣長が二条派歌人として出発しながら、契沖や真淵の影響の下に国学的文献実証主義を習得したが、最後まで二条派歌論を捨てなかったという履歴にも表れている。

四、詩歌ジャンルという範疇

宣長が和歌を通史的に把握していたことを見てきたが、その範囲は三十一文字の歌（短歌）に限るものではなかった。宣長はすでに『排蘆小船』の段階で、詩歌ジャンルとでも称すべき範疇を構想していたのである（『排蘆小船』〔四〇〕）。

又問、モシマハリドヲク今日ニウトキヲキラハバ、和歌モ同ジ事也。誹諧コソ今日ノ情態言語ニシテ、コレホド人ニ近ク便ナルハアラジ。何ゾコレヲトラザル。

答曰、スベテ我方ニテ連-歌誹-諧謡浄-瑠-璃（ママ）小-歌童-謡ノルイ、音曲ノルイハミナ和歌ノ内ニテ、其中ノ支流、一種ノ音節体製ナレバ、コレラニ対シテ和歌ヲ論ズベキニアラズ。其中ニツイテ、雅俗アルヲ、風雅ノ道、ナンゾ雅ヲステテ俗ヲトラン。本ヲオイテ末ヲモトメンヤ。サレドモ又コレモソノ人ノ好ミニマカスベシ。

外国の詩である漢詩より身近な和歌の方がいいというのならば、和歌よりも俳諧の方が当世の風俗に合った表現形態ではないかという問いに対して、俳諧だけでなく、連歌や謡い、浄瑠璃や小唄、童謡など、音曲の類はすべて和歌の範疇である。それらは和歌という大いなる流れの支流であるから、対立するジャンルではなく、雅俗の違いがあるだけだ、というのである。宣長は本末の違いというようなことも記している。このような認識は同時代の実作者の発言としては極めて珍しい。それぞれのジャンルは当事者たちによって峻別され、その領域は厳格に守られていたと考えられる。たとえば、和歌と連歌との関係について、近世前期の堂上歌壇では、その用語から言葉の続けがらに至るまで違いがあり、とりわけ歌人の側からは連歌に対して距離を置くことが要請されたこともあったという。(8) 事ほど左様に、和歌と俳諧を同じ範疇のジャンルと認定し、その違いを雅俗の別と言い切ることができるのは、和歌の実作者というよりも和歌史の研究者、さらに言えば詩歌史の研究者という立脚点に立っているからではないだろうか。

このような認識は『石上私淑言』を執筆する際に、より明確に表れる。巻頭に置かれた、歌の定義についての問答に、次のように記されている。

ある人とひていはく、歌《ウタ》とはいかなる物をいふぞや。

まろこたへていはく、ひろくいへば、卅一字の歌のたぐひをはじめとして、神楽歌《カグラウタ》催馬楽《サイバラ》、連歌《レムガ》今様《イマヤウ》風俗《フウゾク》、〔平家《ヘイケ》物語猿楽《サルガク》のうたひ物〕（ミセケチ）、今の世の狂歌《キヤウカ》俳諧《ハイカイ》、小歌《コウタ》〔浄瑠理《ジヤウルリ》〕（ミセケチ）、わらはべのうたふはやり歌、うすづき歌木びき歌のたぐひ迄、詞《コトバ》のほどよくとゝのひ、文《アヤ》有てうたはるゝ物はみな歌也。この中に古今雅俗《ココンガゾク》のけぢめはあれども、こと〴〵く歌にあらずといふことなし。されば今あやしきしづのめが口ずさびにうたふ物をも歌といふ。是即まことの歌也。

歌とは何かという問いに対して、広義の歌を具体的なジャンルの名称を並べ上げることによって定義づけている。神楽歌・催馬楽をはじめとして、狂歌・俳諧はもちろん、小歌・童謡、臼搗き歌・木挽き歌に至るまで、「詞」が整い「文」があって歌われるものを「歌」と称するという。かなり広範囲のものを歌の集合に含めていることがわかる。そして、それらの歌には「古今雅俗」の別があるが、歌であるという点で共通するというのである。先に見た『排蘆小船』には「雅俗」の別ということが取り沙汰されていたが、ここではさらに「古今」という史的基準を持ち出してきたことに注目すべきである。つまり、「古今雅俗」という分類基準を設定すれば、当世の卑賤の者の口ずさみまでもが「歌」の範疇に入るというわけである。宣長はさらに次のように続ける。

かの卅一字の歌のたぐひは、むかしの人の歌なり。小歌《コウタ》はやり歌のたぐひは、今の人の歌也。これおなじ歌にして、其さまはるかにことなるは、古今《ココン》のけぢめ也。むかしの歌は詞《コトバ》も意《ココロ》もみやびやかにてめでたく、今の小歌はやり歌は、詞も意もいやしくきたなきは、雅俗のけぢめ也。かくのごとく其さまは古今雅俗のけぢめはるかにたがひて、同じ物といふべくもあらねど、みなことごとく歌にあらずといふ事なし。このゆへにかのわらはべの口ずさびにうたふをも、すなはち歌といふ也。これ神代より今にいたる迄あひつたはりて、をのづからその名《ミヤウ》義《ギ》を失《ウシナ》はぬもの也。歌のさまは、意も詞も世々にうつりかはりぬれ共、其おもむき心ばへは、神代の歌も今のはやり小歌もひとつにしてかはる事なし。

「卅一字の歌」（短歌）と「小歌《コウタ》はやり歌」の相違を「古今《ココン》のけぢめ」であるとしている。そして、それは「雅俗」とも連動する。すなわち、昔の歌は「詞《コトバ》」も「意《ココロ》」も「みやび」であり、今の歌は「俗」であるというのである。この「古今」と「雅俗」の連動という観点は、宣長の文学史観において重要なファクターと言ってよいだろう。ともあれ、「古今雅俗」という基準を設けることによって、神代から当世まで「歌」の集合に入るものは多いという。そのことによって「神代の歌」と「今のはやり小歌」が同一の範疇で把握できるということである。ここには前節で見た歌の歴代変化よりもダイナミックなジャンル展開が構想されていると言ってよい。それは単なる歌風の変遷といった和歌史ではなく、日本詩歌史とでも称すべきものが宣長の中にあったということである。

さて、歌の定義の際に一度はその例として記した「平家物語」と「浄瑠璃」を訂正（見せ消）していることに注目してみたい。これについては、実は『石上私淑言』〔三〕において問題になるのである。次の如くである。

問云、まへにいへる、平家物語今の浄琉理《ママ》のたぐひは、歌にはあらじと思ふはいかに。
答云、これらはもと物語のたぐひなれ共、節《フシ》をつけてうたふ所は歌也。物語のたぐひは、もとはうたふべき物にはあらね共、平家物語にふしつけてうたふ事はじまりてより、猿楽の謡物浄琉理《ママ》のたぐひいできたり。人の国にも、詩《シ》と文《ブン》とのわかち有て、文《ブン》はうたふ事なき物なるを、ちかき世になりては、文《ブン》の体《テイ》なる物にも、うたふが有とかや。此方《ココ》にても物語のたぐひは文也。うたふべき物にはあらず。歌と文《ブン》とは其詞もことなる事おほし。其さまことなる物なるを、文《ブン》の詞をもうたふ事になりぬるは、末の代のわざなるべし。され共、それをほどよくうたはるゝやうにつくりてうたふ所は歌也。たゞし平家はうたふとはいはず、語るといふ。これうたふべき物にあらず、物語のたぐひなる故に、其心ばへをしりていへる名目也。されど名は語るなれ共、実《ジツ》はうたふ也。この故にこれらをもまづ歌のたぐひとする也。

「平家物語」と「浄瑠璃」を「歌」の範疇に入れることに対する問答である。平家物語は元来、物語として成立したが、節をつけて歌うという点で「歌」の範疇に入る。猿楽や浄瑠璃もそれに準じて成立したという。中国の詩文の別の議論は措いて、日本における「歌」と「文」の差異は詞のレベルでも歴然としていて、厳格に区別される。[9] 平家物語や浄瑠璃はそういったジャンルの境界領域にある作品だというわけである。宣長はその微妙な相違を「うたふ」と「語る」の差異によって説明している。この解説には一定の説得力があり、ジャンルの内実を検討する際にも示唆に富む言説と言ってよい。ただし、宣長は最終的にはそれらを「歌」の範疇に入れることを提唱している。

五、物語史の構想

「歌」と「文」には歴然たる違いがあると宣長は考えた。そのことは現代では常識であるが、古い時代には必ずしもそうではなかった。たとえば、藤原俊成の著名な「源氏見ざる歌よみは遺恨の事なり」（『六百番歌合』判詞）という言葉は、当時において源氏物語は歌人の必読書であったという解釈が穏当であるが、うがった見方をすれば、源氏物語は詠歌のために必要なものであり、和歌史上の作品と言うことができる。後に古今伝授の一環として習得することが義務づけられる伊勢物語にしても、歌人がよりよい歌を詠むために存在する歌書だった。つまり、物語は詠歌に隷属するものという意識が強かったのである。

そういった経緯の中で、宣長が打ち出した「物のあはれを知る」説は、和歌や物語が政治や道徳、あるいは宗教からの自立と自律を獲得する契機となった。そしてそれは、物語が和歌への使役から解放されるという契機をも孕んでいた。和歌から自立した物語という認識は、物語の歴史の把握へと向かわせることになる。『紫文要領』巻上「題号の事」に次のように記している。

○物語といふは、日本記に談の字をものがたりとよめり。書に名づくることは、絵合巻云、まづ物語のいできはじめの親なるたけとりのおきなに、うつほのとしかげを合せてあらそふとあれば、竹取物語その始なるべし。其作者しれず、時代もさだかならねど、いたく上代の物にはあらず、今の京になりて後の事と見えたり。その故は、まづ仮字《カナ》【ひらかなの事也】といふ物、今の京となりて後にいできたるものにて、仮字にてかく文章は、もとより其後の事也。（中略）さて此外ふる物語、源氏よりまへの物語さま〴〵数多く有と見えて、其名今に聞えたり。されど今の世につたはらぬ物多し。伝はりたる物は少々也。源氏の同じ比、それより後の物も多し。

源氏物語・絵合巻の記述により、物語の始原を「物語のいできはじめの親」とされる竹取物語に置き、それに宇津保物語・俊蔭が続くという認識を示している。そして、「物語」の発生を平安朝以降のものと推定する。その根拠は平仮名が発明されたことにより書記が可能になったということである。源氏物語よりも前の物語は名前だけが残って散佚したものも多く、源氏物語の後の物語はさらに多く、今に残っている物も多い。

『紫文要領』ではこの項目はここで終了しているが、これを改稿した『源氏物語玉の小櫛』一の巻「すべて物語書の事」では次のような文章が続いている。

栄花物語の、煙の後の巻に、物語合せとて、今あたらしく作りて、左右かたわきて、廿人合せなどせさせ給ひて、いとおかしかりけり、といへるを見れば、そのころも、おほく作りたりし也。さてもろ〳〵の物語のさま、おの〳〵すこしづゝかはりて、さま〴〵なれども、いづれも、昔のよに有し事を、かたるよしにて、あるはいさゝかかたち有し事を、よりどころにして、つくりかへてもかき、あるは其名をかくしもし、かへもしてかき、あるはみながら作りもし、又まれには、有しことを、そのまゝに書るも有て、やう〳〵なる中に、まづ多くはつくりたるもの也。

栄花物語に登場する「物語合せ」を根拠にして、当時、さまざまな物語作りの作法があったことを解き明かしている。それは昔にあったことを語るという体裁で、史実に基づきながら作り替える物、あるいは固有名を変えて記す物、あるいはすべて一から創作する物、また稀には史実をそのままに書き付ける物などである。ここには物語を書き方に応じて分類するというジャンル意識がうかがえる。そこには必ずしも史的展開を目指した構想があるわけではないが、文学史に発展する萌芽を読み取ることができよう。

六、和歌史と物語史の統合

宣長は従来の歌論とは異なる立場で和歌史を構築し、「物のあはれを知る」説により物語単独の歴史を語る立場を手に入れた。だが、宣長はこの和歌史と物語史は無関係であるとは考えていなかった。和歌と物語の史的展開について、相互の関係をも視野に収めながら、総合的に見る観点をもって文学史を構想していたのである。それは「歌詞展開表」という二枚の図表の存在が示している。[10] この表は和歌史と物語史を統合した総合文学年表の様相を呈している。表一は半紙大で年代の記載が「神代」一つだけであり、「歌」と「詞」（はじめ「文」として見せ消にする）に分けて、その系譜を記したものである。一方、表二は美濃紙大で年代は「神代」から歴代天皇と元号により刻んでおり、歌と「祝詞」と「古事記」の三分類となっている。年代の刻みは表一よりもはるかに緻密であり、詳細でもある。成立時期については、大久保正は『石上私淑言』の言説との関連を根拠として、『私淑言』成立後まもなく書かれたものと推定している。[11] 記紀歌謡に始まる「歌」については勅撰集を中央に置いてジャンル展開が詳細であるが、古事記に始まる「詞」（物語）のジャンル展開が簡素で、栄花物語を筆頭にした、いわゆる歴史叙述しか扱っていない。このように表一と表二はそれぞれに特徴があるので、本章では表一における和歌と物語のジャンル展開について考察したい。（図版参照）。

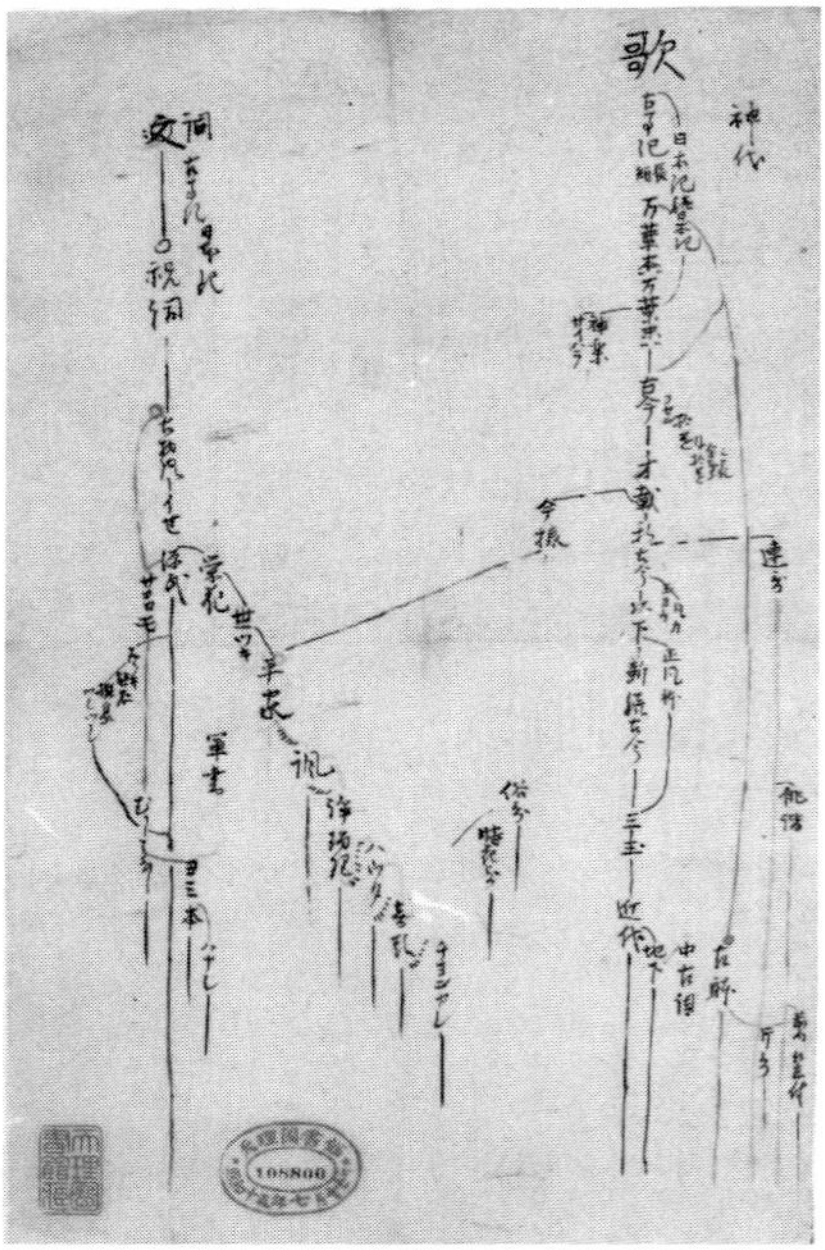

歌詞展開表一
（天理大学附属天理図書館蔵）

まず、和歌史の展開をめぐって宣長の認識を考えてみたい。中央に位置するのが和歌史の本流という意識であろう。古事記の長歌・短歌を初発として、万葉集の本と末を通って、古今集に始まる勅撰集となる。そこから千載集・新古今集、そして新続古今集に至る。その間、後撰集から詞花集までは傍流とされる。なお、玉葉集・風雅集を傍流に据えているところは、これを異風体とする『排蘆小船』を図式化したものと言ってよい。とりわけ、後者は二条派歌論の意識を反映していると言ってよかろう。そのことは新続古今集の次に三玉集を置いていることからもわかる。三玉集とは、冷泉政為『碧玉集』・三条西実隆『雪玉集』・後柏原天皇『柏玉集』を指す。頓阿『草庵集』とともに、近世二条派歌人によって模範とされた歌集である。そして、勅撰集の後半からこの三玉集への流れを「正風体」と指示していることも宣長の立場を裏付けている。また、地下歌人の系譜から「古体」や「中古調」が出たことを明確に記している点は、宣長の国学者としての立場を反映していると考えられる。なお、連歌・俳諧はもちろんのこと、千載集時代の「今様」や、俳諧から分岐した「片歌」などが和歌の支流を形成するという認識は興味深い。これは第四節で見た『石上私淑言』の記述を反映したものであり、雅俗の別を越えて、日本詩歌という広範なジャンルを構想していたことがうかがえる。

次に、物語史の展開について、源氏物語への流れと源氏物語からの流れという二点で検討を進めたい。まず、「古物語」から伊勢物語を通って源氏物語に注ぐ流れを物語の本流とする意識がうかがえる。次に源氏物語から左側へは狭衣物語、右側へは栄花物語・大鏡（世ツギ）・平家物語と続く。この左右の流れは、前節でみた物語創作のパターンを反映している。すなわち、狭衣物語は一から創作するものに相当し、栄花・大鏡・平家は、史実をそのままに記述するものや、史実に基づいて創ったものなどに相当する。さらに平家物語から諷・浄瑠璃へと至る流れは、第四節で見たように、『石上私淑言』の記述で判断が揺れていたものである。要するに、平家物語や浄瑠璃は物語から派生して、限りなく歌に近似するという認識である。また、『石上私淑言』で臼搗き歌や木挽き歌などのような民謡の類を歌の範疇に入れていたが、表一では浄瑠璃に続くものとして端唄・音頭・ちょんがれ節などを置いている。よりいっそう世俗的な詩歌観が反映していると言えよう。ただし、これを歌の系譜ではなく、詞の系譜の中に収めるのは詩歌史の構想として興味深い。つまり、韻文と散文といった二分法による分類ではない、作品やジャンルの典拠や出自を第一義的に見据えた発想であろう。

ここで近代以降のジャンルに通じる意識がうかがえるものを見てみたい。まず、「詞」（物語）の支流として「ツレヅレ」（徒然草）を据えていることである。現代では徒然草は随筆ジャンルに収められるが、これを「詞」に収めるのはジャンル意識の生成を考えると興味深い。徒然草は近世前期には歌を詠むための歌書として読まれていたからである。宣長は徒然草に記された兼好の美意識を「つくり風流」として批判しているが、後世に影響を与えた作品という点で評価していたということであろう。[12] 次に、栄花物語の下に何のつながりもなく「軍書」

が出て来ていることである。軍書とは、一般には平家物語をはじめとする軍記物語や同時代のお家騒動などの実録も含まれる。だが、宣長は平家物語をいわゆる歴史物語の系譜として把握しているので、これを除外する必要がある。兵学書なども含まれると考えるのが順当であろう。さらに、「むかしばなし」からの系譜として「ヨミ本」が続いていることである。ここでの「ヨミ本」は現在の近世文学史のジャンルとしての読本と同じではないが、草双紙類と比べて挿絵が少ない、浮世草子をはじめとする小説類を意味すると推定される。宣長が「むかしばなし」との連続性を想定していたことは、読み物としての娯楽性という共通点による意識であろうか。

七、宣長以後の文学史研究

むろん宣長の生前から古典文学を体系的に把握しようとする試みはあった。それまでに伝承したテキストを「群書」と称して、これをシステマティックに認識し、分類する試みである。言うまでもなく、塙保己一『群書類従』と尾崎雅嘉『群書一覧』である。

塙保己一が古書の散佚を憂え、『群書類従』の編集に着手したのは、安永八年のことであった。五三〇巻六六五冊の一大叢書は、天明六年刊の『今物語』を皮切りに文政二年まで続く。『群書類従』は、神祇部・帝王部・補任部・系譜部・伝部・官職部・律令部・公事部・装束部・文筆部・消息部・和歌部・連歌部・物語部・日記部・紀行部・管絃部・蹴鞠部・鷹部・遊戯部・飲食部・合戦部・武家部・釈字部・雑部という、二十五の部に分類される。この部類は叢書編集の上での便宜を図るものであり、必ずしも現代におけるジャンルに相当するわけではない。たとえば、物語部に注目すると、次のような作品が収録されている。伊勢物語・大和物語・竹とりの翁物語・住吉物語・秋の夜の長物語・鳥部山物語・松帆浦物語・児教訓・無名草子・拾遺百番歌合・百番歌合・源氏物語願文・伊勢源氏十二番女合・源氏人々の心くらべ・源氏物語奥入・原中最秘抄・弘安源氏論議・仙源抄・源語秘訣・源氏物語竟宴記という、計二十作品である。伊勢物語に始まる、比較的短い物語や当時としては入手困難な稀書を並べているが、途中から物語評論や源氏物語注釈が続く。要するに、ジャンルとしての「物語」を目指したものではなく、物語および物語に関係する著作を収集したものと言うことができよう。そのことは他の部にも言えることであって、厳密なジャンル意識があったわけではないのである。

次に、『群書一覧』は享和二年五月刊で全六巻より成る解題書である。雅嘉が三十年来渉猟してきた二千数百に及ぶ国書を三十四の部門に分け、これに解題を施している。三十四に分類するからには、それなりの基準があるはずであるが、それは必ずしも明確なものとは言えないものだった。「例言」には次のようにある。

一、是書三十四門にわかちてをの〳〵其類の書を挙《アグ》るといへども、見ん人しゐてその部目《モク》に泥《ナヅ》みて捜索《サウサク》することなかれ。たとへば日本紀は国史《コクシ》の部に収《オサ》むといへども其第一第二の神代《ノ》巻の末《マツ》書は神書の部に収め、大和物語、源氏物語等はもとより物語の部に収《オサ》むといへども、平家物語、栄花物語等は其時の実録なれば雑《ザツ》史《シ》の部に収むるがごとし。

日本書紀が二部門にまたがって配置されているのもさることながら、大和物語や源氏物語は「物語の部」であるが、平家物語や栄花物語は「物語の部」ではなく、「雑史の部」に収めたというのである。その理由はそれらが「実録」であるからという。現代ではこれを歴史叙述と称しているが、意味は同じである。この凡例は、収録する作品の部門の分類基準が一定していないので、その部門に拘泥することを注意しているに過ぎないが、この分類基準は意外と明確なジャンル意識に従ってなされたと考えた方がよいかもしれない。目次には、国史・雑史類を収める巻之一と物語・草子類を収める巻之三は次のように分類されている。

巻之一

国史類　一葉　六国史、類聚国史、本朝通鑑、大日本史の類、其余編年《ヘンネン》の書数十部を載《ノス》。

神書類　四十三葉　神道五部《ノ》書、十二部《ノ》書、占部《ウラベノ》家書、垂加《スイガ》の書、秋齋の書、神代《ノ》巻、中臣祓、祝詞《ノリト》等の註書《チウショ》、其余神学の書等。

雑史類　七十七葉　三鑑、栄花物語、続世継、保元、平治物語、盛衰記、平家物語、東鑑、太平記、桜雲記の類、其余治乱興亡《チランコウボウ》の雑記等。

巻之三

物語類　一葉　竹取、うつほ、浜松等の古物語より、伊勢、大和、源氏、狭衣、今物語、堤《ツヽミ》中納言等に至る。

草子類　六十三葉　枕草子、つれづれ草等より、舞の書に至る。

日記類　七十六葉　紫式部、和泉式部《ノ》日記、かげろふ日記の類。

和文類　八十一葉　扶桑拾葉集、拾遺、後集等の目録、和文作例《サクレイ》の書等を付す。

紀行類　九十七葉　土佐日記、十六夜《イザヨヒノ》記等より、近来諸家の道の記、詞林意行集等に至る。

ごく大雑把に見れば、巻之一は歴史書、巻之三は文学書という区分に該当すると言ってよかろう。この中で「例言」で問題になった、巻之一「雑史類」と巻之三「物語類」を比較してみたい。雑史類には三鑑をはじめとする歴史物語と保元物語をはじめとする軍記物語が収録され、「治乱興亡《チランコウボウ》の雑記」と称される。例言で「実録」と記されたものである。これに対して、物語類には竹取物語をはじめとする「古物語」から伊勢物語、源氏物語を経て堤中納言物語に至る物語が収録される。このように「雑史類」と「物語類」とは収録される作品の属性が異なるので、同じ「物語」と称する作品であっても、それが配置される部門が異なるのは当然のことであった。要するに、雅嘉における『群書一覧』の分類は単なる名称の類似によるのではなく、文学史におけるジャンル意識といったものが作用していると言うことができよう。『群書一覧』は文字通り、群書を一覧し、解題するというもので、作品の整理と分類および解説に主眼があるのであって、それ以上の意味はない。したがって、文学作品の史的展開といった文学史観の意識は極めて薄い。だが、作品を分類する際に発生するジャンル意識には、文学史観の芽生えを読み取ることができるのではないだろうか。

さて、宣長が構築した文学史および文学史観は、刊行されなかっただけでなく、門弟の間に知られることもなく埋もれていった。その中で物語研究の方面を継承した藤井高尚が、宣長の文学史観をわずかながら受け継いでいるところが見受けられる程度である。たとえば、藤井高尚『三のしるべ』下の巻「文のしるべ」の末尾に「物語ぶみさうし日記どものさだめ」が置かれている。その中に次のような一節がある。(13)

又竹取ノ物語、宇津保ノ物語は、いとふるきものがたりにて文つたなし。たゞし、うつぼは巻のかずおほく、ひろくいろ〳〵の事どもかきてあれば、かならずよむべき書なりかし。すみよし、おちくぼのふた物語は、あはれなるすぢをかきて、文もさるかたにをかし。すべて源氏ノ物がたりよりさきにいできたる、又は同じころなるものがたりさうしやうのものは、みなひとふしありて、見るにかひあり。おくれていできたるは、大かたは源氏ノ物語の文のさまにならひてかけるものにて、めづらしきふしなし。浜松ノ中納言、松浦ノ宮などいふたぐひのものがたりども、文はめでたけれど、さやうにぞありける。

ここには竹取物語や宇津保物語、あるいは住吉物語や落窪物語といった、源氏物語以前の物語に対する評価は比較的高く、内容的にも文体的にもすぐれていると記している。一方、浜松中納言物語や松浦宮物語など、源氏物語以後の物語は源氏物語に似せて書いたものであるから、文体的には申し分ないが、内容的にはよくないと述べている。「文のしるべ」は初学者が文章を学ぶ際に必要な点を記したものなので、ここでも物語を学ぶにあたって源氏物語以前と以後に分けて心得るというエッセンスを記しただけであるとも言える。ただ、そのような修学上の目安を示したに過ぎないものの中に、端なくも文学史観に通じる認識がうかがえるのである。物語文学の流れを源氏物語の以前と以後とに分ける見方は、近代以降の文学史において定説となっており、高尚の初学者指導が的確であったと言うことができよう。なお、『三のしるべ』は文政九年に成立し、同十二年四月に刊行された。

さて、宣長の門弟ではないが、江戸派の井上文雄は、文学の史的研究への萌芽を読み取ることができる文章を記している。『伊勢の家づと』「物語日記」である。当該書は宣長の『玉あられ』を批判的に発展させた著作であり、本項目は『玉あられ』とは無関係に書かれたものである。

物がたり日記は、竹取、伊勢、大和、源氏、狭衣のたぐひ、枕の草紙、土佐、更科、紫式部、和泉式部、讃岐典侍等の日記ども、例の其世の詞づかひのあるやうを、味へみるべし。これらも先かたきふしを穿鑿《センサク》せんと思ふべからず。空穂物語、蜻蛉日記は、まして心得がたき事おほければ、たゞ其世の人の物いひざまをしることを、専一とすべし。又三鏡、栄花物語、続世継などのかな記録はことに心いれて見るべし。かたはら今昔物語、宇治拾遺物語、著聞集やうの書どもゝ、猶捨ずして、みるべきなり。さるは此書ども後の物ながら、かへりて古の言葉づかひをさとるたよりとなる事おほく、かつは今の世の俗間《ゾクカン》のさまを文章に物せむには、これらの書どものすがたにならはざれば、うまくはかきとりがたし。

ここには主に平安朝に成立した文学作品、特に「物語日記」について、文章を執筆する上で参考にすべきものを指示するという内容である。興味深いのはそれがジャンル別に記されていることである。竹取物語・伊勢物語・大和物語・源氏物語・狭衣物語は物語、枕草子・土佐日記・更級日記・紫式部日記・和泉式部日記・讃岐典侍日記は日記として挙げている。いずれもその当時の言葉を学ぶべき作品として挙げているわけである。宇津保物語と蜻蛉日記を取り上げて、特に難解な作品であるという指摘もある。次に、大鏡・水鏡・増鏡（以上、三鏡）・栄花物語・今鏡（続世継）などの「かな記録」を特に力を入れて修学すべきものとし、今昔物語集・宇治拾遺物語・古今著聞集などの「書ども」も捨てずに修学することを勧めている。前者の「かな記録」とは文学史的には歴史物語、後者の「書ども」とは説話集を指すことは間違いない。つまり、当該項目では物語・日記・歴史物語・説話集といった文学ジャンルの違いによって、言葉を学ぶべき手法が少々異なるということである。ここには史的考察という観点はないが、ジャンル別に文学作品を整理しようとする意識がうかがえる。文学史研究がジャンル別に史的展開を追究するものであるならば、文雄の認識は文学史研究へ開かれていると言ってよかろう。

このように宣長の文学史的構想は門弟であるかないかにかかわらず、そのまま受け継がれることはなかった。だが、それぞれの領域で精緻な研究が積み上げられていったのも事実であって、個別の作品研究、注釈研究はますます進展していった。

八、近代の文学史研究

明治時代になると、古典文学の研究は注釈に代表される国学の伝統的な研究方法に加えて、欧米から輸入された研究法に基づいた新たな展開を示した。その典型が「文学史」である、とされている。むろん、これに対する批判は宣長の文学史研究を対象に六節までおこなったが、それでもやはりこれを定説として認めざるを得ない。というのも、宣長の文学史観は同時代において必ずしも受容されたわけではなく、門弟にすら受け継がれたということはできないからである。ましてや明治以降において、これを引き継ぐ研究は見当たらないのである。要するに、明治以降の文学史は宣長の文学史観とは別個に発生したとするのが順当であろう。ここに国学と国文学の間にある連続性と断絶性とを見ることができる。

さて、近代の草創期における文学史研究として、田口卯吉『日本開化小史』（一八七七〜八二）と小中村清矩『歌舞音楽略史』（一八八七）を挙げることができる。『日本開化小史』は天地初発より明治時代に至るまでの二千五百年（皇紀）余りの日本の歴史を通覧したものであるが、政治・経済・宗教・文学などの各分野を個別にたどっている。とりわけ、巻四、巻五及び巻六の一部が日本文学の歴史を記述している。文学の史的展開という点で空前の著作である。また、『歌舞音楽略史』は神代から当代まで、歌舞音曲に限った歴史を紐解いたものであり、国文学の通史の最初のものとされている。いずれも近代国文学研究の黎明期に出た著作である。

そうして、日本の文学史研究にとって画期的となる年を迎える。一八九〇年である。まずはじめに、芳賀矢一・立花銑三郎『国文学読本』（富山房書店、一八九〇年四月）が出版された。同書は「文学史」を標榜してはいないけれども、中身は純然たる文学史的記述である。「例言」には次のようにある。

一、此書は読者をして粗々国文学の通観を得せしめん事を期し、専ら教育上、並に文学上の目的を以て編纂せり。

二、故に此書は国文学全体に就きて大家を精選し、且其発達変遷の順序を知らしめんが為めに、作者を排列するにはすべて時代を以てせり。

三、此書散文のみならず、并せて韻文をも収めたるは、両者はともに相待ちて始めて一国の文学をなすものなればなり。

四、戯曲、小説、俳句、狂歌の如きは従来我文学上殊に賤め来りたるものなれども、是亦一種の光彩を文園に放つものなるを以て、此書には其模範として最も高雅なるもの若干篇を選出したり。

一の「国文学の通観」や二の「其発達変遷の順序」とは、「文学史」を言い換えたものにほかならない。また、三の散文と韻文をともに論じる姿勢は、宣長の文学史観にも通じるものであり、二つ揃ってはじめて日本の文学史を構成するものであるということである。また、四における俗文芸をも排除しない姿勢は、これまた宣長の同時代文芸に対する態度と軌を一にするものであると言えよう。ここには「文学史」の文字は出てこないが、純然たる文学史の書物と称することが許されよう。

そうしてその半年後、「本書は実に本邦文学史の嚆矢なり」（緒言）と自称する著作が刊行された。三上参次・高津鍬三郎の共著になる『日本文学史』である。金港堂より一八九〇年一一月に出版された。緒言に本書の出来た来歴を記している。

一、著者二人曾て大学に在りし時、共に常に西洋の文学書を繙きて、其編纂法の宜しきを得たるを嘆賞し、また文学史といふ者ありて、文学の発達を詳かにせるを観、之を研究する順序の、よく整ひたるを喜びき。之と同時に、本邦には未だ彼が如き文学書あらず。また文学史といふ者もなくして、本邦の文学を研究するは、外国の文学を研究するよりも一層困難なることを感ずる毎に、未だ曾て、彼を羨み、此を憐み、如何にもして、我国にも彼に劣らざる文学書、また彼に譲らざる文学史あらしめんとの慷慨の念、勃然として起らざること無かりき。

三上と高津が「西洋の文学書」と「文学史といふ者」に感銘を受け、それらが日本に存在しないことを嘆いて、本書の執筆を志したという。三上と高津が帝国大学にいた時期は一八八〇年代後半であるから、必ずしも長年温めてきた構想というわけではない。当然あってしかるべきものを書いたということなのであろう。

それでは西洋の文学史とはどのようなものなのか。緒言には次のように記している。

抑も西洋の文学書は、大抵名家の傑作を掲げて、之に批評を加へ、之が注釈を下し、且つ作者の小伝を付したるものなり。而して其文学史には、或は単に文学の発達、作者の文体等を叙述評論したる者あり。或は主として作者の伝記を掲げ、其傑作の一二篇、或は一二節を示したる者あり。其体裁一ならずと雖ども、能く其文学の大体を網羅して、順序の整然たること、我国従来の著書には見ざるところなり。

西洋の文学書および文学史は、文学の発達や作者の文体を評論したものや、作者の伝記と代表作の一部をあげるものなど、それぞれに特色があるが、文学作品を網羅して、これを整然と順序立てて記していることが特徴的で、それまでの日本にはなかったものだというのである。二人が目指したものは、そういった文学作品の解説とそれらがいかに生成発展してきたかということを系統的に述べることであった。[14]なお、三上は後に日本史学を専攻し、とりわけ江戸時代に関する大著を上梓している。

東京帝国大学古典講習課の講師等を歴任した大和田建樹も少し遅れて文学史を編集し、出版した。『和文学史』が博文館から刊行されたのは、一八九二年一一月のことである。出版を思い立った経緯について、自序で次のように述べている。

わが文学史かゝんと企てしは明治十三年、東京に出でたる翌年なりき。一日友人の持ちたるコリア氏の英文学史を見て、我国にも斯かるもの書きて見ばやと、まづこゝに思ひ起しつるが、其後本郷の下宿に居て彼書を手ならし読むまゝに、興味いよ〳〵加はりて、チョーサーは人麿、スコットは馬琴にやあらん、羅馬盛衰記のギボンこそ日本には無けれなど比較しつゝ、明けても暮れても我腹稿をぞ立て居たりし。然れども学力足らず材料乏しくて、まだ筆取らんものとはせざりき。

三上・高津と同じく、西洋の文学史に倣ってこれの日本版を作ろうというわけである。コリア氏の『英文学史』が直接の取材元である。[15]そこに出てくるチョーサーを柿本人麻呂になぞらえたり、スコットを曲亭馬琴に見立てたりと、完全に『英文学史』を雛形にしていることがわかる。このように明治以降、西洋の文物が日本に流入したことによって、日本に足りないものが判明し、これを満たすという方向で「文明」が「開化」したわけであるが、日本文学史も西洋の文学史の流入によって編集が急がれた書物の一つだったのである。

このように西洋に倣う方針というのは、最初は輸入された書物に基づいて、これを日本に適用するという手続きとなるが、やがて研究者が直接西洋に留学し、学問の作法を学んでくるという段階を迎えることになる。国文学界では東京帝国大学教授の芳賀矢一がドイツに留学し、文献学を学んで帰国したという出来事が大きい。芳賀はドイツで学んだ文献学が日本の国学と酷似していることに気づき、これを近代国文学の確立に応用した。芳賀はそのことを「国学とは何ぞや」と題する講演の中で語っている。[16] その中で文学史に関する研究について述べている。次のごとくである。

たゞ一つ注意すべきことは、日本の国学者のやつた事は余り古代に偏し過ぎたといふことです。それは当時鎌倉時代の学問の弊風を一洗しようといふので、荷田の春満以来の復古学者が、儒学に於いて伊藤仁斎が古学を唱へたやうに、平安朝以来に溯らうといふことが先きになつたから、鎌倉以後の時代に重きを置かなかつたことであつたのですが、今日に至つては鎌倉時代も、足利時代も、吾々の思想の境に這入つて来るやうに、時代を拡張するといふ考へが必要であります。いくら古代に基礎を置くといつても、鎌倉時代、足利時代を度外視してはいけないのであります。もはや平安朝ばかりではいけませぬ。もすこし時代を拡張しなければならないといふことになりました。一面から見れば、歴史的研究法によらなければならないといふことであります。必ずしも平安朝とばかり言はず、鎌倉時代にも、足利時代にも、その他の時代にも這入つて、歴史的研究をやらなければならないのであります。

国学を基盤にして近代国文学研究を確立した芳賀は、国学の弱点を中世の軽視にあると考え、鎌倉室町時代も「歴史的研究」をしなければならないと主張する。このことは本章で縷々述べてきたとおり、宣長国学についてはあてはまらない見方である。それはともあれ、ドイツ留学から帰国後の芳賀は、文献学と文学史という二つの柱で国文学研究を構築したのである。そしてその方針は、さまざまな批判にさらされながらも、基本的には現代まで受け継がれていると言ってよかろう。

注

（1）鈴木日出男「国学から近代国文学へ」（『国語と国文学』八十巻十一号、二〇〇三年一一月）参照。
（2）阿部秋生『国文学概説』（東京大学出版会、一九五九年一一月）第二章「国文学の方法」三近代国文学の方法「（一）国文学の方法」。
（3）長島弘明『国語国文学研究の成立』（放送大学教育振興会、二〇一一年三月）「4　文学史の成立」「1．文学史以前」。
（4）明和六年某月某日付本居宣長宛真淵書簡（『本居宣長全集』別巻三）の中で、「とかくわれらは、六百年以来のものゝ善悪にはかゝはらず」と記している。これは平安朝中期あたりまでを守備範囲とすることを意味する。
（5）『本居宣長全集』第一巻（筑摩書房、一九六八年五月）。以下、宣長の著作の引用は同全集による。
（6）『近世歌学集成』中巻（明治書院、一九九八年一一月）。
（7）宣長がこの書き入れをおこなったのは明和五年九月なので、『排蘆小船』執筆より後であり、この箇所に影響を受けたというわけではない。国学者による古今伝授批判の多くの中の一例であると考えられる。
（8）鈴木健一『近世堂上歌壇の研究増訂版』（汲古書院、二〇〇九年八月）第一部第二章「史的位置」「五、堂上和歌と連歌」参照。
（9）宣長は後に『玉あられ』「歌と文の詞の差別」にて詳述している。
（10）「歌詞展開表」は藤井乙男が「鈴屋遺響」（『日本文化』十六号、一九三九年四月）に天理大学附属天理図書館の宣長自筆草稿の紹介の中ではじめて紹介し、『本居宣長全集』第二巻（筑摩書房、一九六八年九月）に収録された。
（11）『本居宣長全集』第二巻「解題」。ただし、表二について、右側に置かれた目盛りの最後は「百十六　桜町　寛保　延享元年ヨリ」とあり、右側の目盛りの最後は「天明マデ」となっている。したがって、表二制作の時期は少なくとも天明年間以降と推定される。
（12）『玉勝間』四の巻「兼好法師が詞のあげつらひ」（二三一）参照。
（13）『日本随筆大成』一期二十二巻（吉川弘文館、一九七六年六月）より引用した。
（14）なお、上田万年『国語学』と関根正直『小説史稿』が刊行されたのも一八九〇年である。
（15）「コリア氏の英文学史」とは、J. Payne Collier (1879) "The history of English dramatic poetry to the time of Shakespeare : and annals of the stage to the restoration" と推定される。
（16）講演は一九〇三年一二月に國學院大學で行われ、『國學院雑誌』一九〇四年一・二月号に収録されている。

第四章　「物のあはれを知る」説成立史

一、「物のあはれを知る」説成立前史

「物のあはれを知る」説とは何か。本居宣長は『源氏物語玉の小櫛』二の巻「なほおほむね」の中で、次のように説明している。

　さて人は、何事にまれ、感ずべき事にあたりて、感ずべきこゝろをしりて、感ずるを、物のあはれをしるとはいふを、かならず感ずべき事にふれても、心うごかず、感ずることなきを、物のあはれしらずといひ、心なき人とはいふ也。

心がうち震えるような経験を持つのは、単に感動する対象が目の前に現れたからではない。そこに情意の中核があることを認識してはじめて深い感銘をおぼえるのである。そのことを「物のあはれを知る」というのである。「物のあはれを知る」説は宣長が提唱し、和歌や物語などの文学が、政治や道徳あるいは宗教などに奉仕するものではなく、それらから自立した存在意義があることを謳った文学論である。仏教による教戒説や因果応報説、または狂言綺語観、あるいは儒教による勧善懲悪説が支配的であった当時において、文学の自律性を主張したことは、幕藩体制においては異例であり、近代を先取りする破格に新しい文学観であったと言うことができよう。

もちろん、「物のあはれを知る」説は独創的な文学観ではあるけれども、宣長もゼロからスタートしたわけではない。宣長が当該理論を構築するためには、土壌を整備し、基礎をうっておく必要があった。一将功成りて万骨枯る。本節では、そのような「物のあはれを知る」説の成立前史をたどってみたい。

まず、「物のあはれを知る」という用語が、宣長が生きた近世中期において、取りたてて珍しい表現ではなかったということは、すでに日野龍夫によって実証されている。(1) 日野は特に時代物浄瑠璃に「物のあはれを知る」という言葉が頻出することを具体的に検証した上で、それが当時の通俗文化の通奏低音になっていたとする。その本質は「公的規範に違背する私人としての情の発動」にあるという。また、「物のあはれ」は当事者本人がその内実を「知る」だけでなく、その相手にも「物のあはれを知る」ことを要求すること、つまり他人の情動を共感することをも含意していたということを指摘している。これらの属性は宣長の当該説と共通するものであるが、「当代文化」には恋を罪障と考える仏教的道徳観があったのであり、宣長はそれを引き去ることによって、画期的な国学的「物のあはれを知る」説を確立したと、日野は主張する。宣長の「物のあはれを知る」説が成立する基盤、およびそれが成立する過程を分析したものとして白眉と言ってよかろう。

さて、日野の議論とは別に、「物のあはれを知る」という表現の直接的な源泉について考えてみたい。すでに多くの指摘があるように、また次節で触れるように、宣長は藤原俊成の「恋せずは人は心もなからましもののあはれもこれよりぞ知る」（長秋詠藻・三五二）から着想を得ている。次節で詳述するように、「物のあはれを知る」説は物語と和歌の発生を説明する説として説得力を有するが、とりわけ恋をテーマにしていることが特筆される。つまり、「物のあはれ」とはさまざまにある感情・情緒・情動の中で、特に哀切な恋の思いに集中して論じられているのである。そういった観点からすれば、宣長がこの俊成歌を証歌として「物のあはれを知る」説を構築したと仮定することはひとまず許されるだろう。ただ、そこで問題なのは、この歌は宣長が生きた近世中期においてどの程度知られていたかということである。詠み手の俊成自身は著名な歌人であるけれども、そのことだけで勅撰集にも入集していない当該歌の価値を定めることはできない。やはりこの歌の当時における流布状況を確認しておく必要があるだろう。

俊成歌は家集『長秋詠藻』に収録され、中世には『拾遺風体抄』や『歌仙落書』などといった類題集に収載されたが、歌論や歌学書で取り上げられることはあまりなかったようである。それもそのはずで、当該歌は一読即解の平易な内容であり、解釈が分かれるような難解歌ではないからである。近世に入っても、堂上地下を問わず、歌人の間で話題になったということはほとんどなかった。それよりも、この歌は浄瑠璃をはじめとする俗文芸で用いられることが多いことがわかっている。(2)ジャンルを横断して時代の順に見ていきたい。

この歌が引用される用例の中で最も古いものは、近松門左衛門作『三世相』（貞享三年初演）である。第五幕の冒頭に次のような詞章がある。

恋せずは人は心のなかるべし。物のあはれは是よりぞしるもしらぬも夕霧《ゆふぎり》を。したふは色の情《なさけ》也。

何カ所かの異文を含む上に、末尾の「知る」に「知るも知らぬも夕霧を」と続けていて紛らわしいが、これは明らかに俊成歌の引用である。情夫（色）が遊女夕霧を慕う思いを綴る場面である。もちろん俊成の名は見出せない。このように詞章に溶けこむ形でこの歌が用いられているわけである。なお、この他にも紀海音作の浄瑠璃（金屋金五郎後日雛形・傾城三度笠）にも歌本文の引用が見られる。「物のあはれを知る」を含む歌の用例が浄瑠璃に見出されるのは日野の主張に一致する。通俗文芸の最たるものだからである。

次に浮世草子である。『男色十寸鏡』（貞享四年七月序）の序文に次のようにある。

かくいへば浮世《うきよ》に恋は絶《たえ》はてたり。恋なくてあらんや。されば古歌《こか》にも、恋せずは人は心のなからましともよめり。恋あればこそ情もあり、あはれもしるぞかしといふ人あり。いかにも其恋をしらんと欲《ほつせ》ば是此衆道《しゆだう》なり。

女色に溺れると碌なことがないから男色を勧めるという文脈である。上句の引用であるが、「恋あればこそ情もあり、あはれもしるぞかし」と照らしてみれば、俊成歌を指していることは確かであろう。ただ問題はこれを「古歌」としているところである。誰が詠んだ歌であるかということは全く問題にされず、恋の本質を言い当てた歌として扱われているのである。この匿名性は俗文芸に通底する特質と考えてよい。

同じく浮世草子『其磧諸国物語』（寛保四年刊）巻之一・第一に次の一節がある。

> 当所《とうしよ》新井《あらゐ》の城主《じようしゆ》、三浦《みうら》之助平《たひら》の義同《よしあつ》入道道寸《だうすん》、嫡男《ちやくなん》同名荒《あら》す郎義意《よしもと》は、関八州《くわんしう》に名《な》を知《し》られたる猛将《もうしやう》なれ共、たゞ武勇《ぶゆう》のみにて仁心《じんしん》なし。大将《たいしやう》たるべき人の、仁《じん》の道を弁《わきま》へ給はぬは、玉に瑕《きず》なり。仁《じん》といふは情《なさけ》なり。されば古歌《こか》に、恋せずは人は心のなからまし、物のあはれもこれよりぞしるとあれば、恋の道に心をうつされ給ひなば、尖《するど》なる所やはらぎて、至極《しごく》の良将《りやうしやう》たるべしと、御近習《きんじゆ》の若侍《わかざぶらひ》すゝめ申て、仮粧坂《けはひざか》へ御供《とも》して参り、亀鶴《かめづる》といふ上手《じやうず》ものに、旦那《だんな》を和《やは》らげて給はれと、内証《ないしよう》をふきこみければ、…。

武士である三浦義意は「武勇」を誇る猛将であるとしながらも、「仁心」がないという欠点を持つ。「仁」は「情」であるというところから、俊成歌を引用することになる。そうして、「恋の道」の手ほどきを受けるために「化粧坂」の「亀鶴」のもとに行くというのである。「化粧坂」は鎌倉にあり、遊女がいたためにこのように名付けられた地名であり、「亀鶴」はまさにそこの遊女であり、曾我物浄瑠璃で馴染みの設定である。要するに、武士が「物のあはれを知る」ために遊女に手ほどきを受けるということだ。ここでも俊成歌が「古歌」とされていることに注目すべきである。歌の作者が著名であるから引用されたわけではないということだ。

この歌が俊成作であるということを記さずに引用される例は、随筆の中にも見出すことができる。『雲萍雑志』である。当該随筆の刊行は天保十三年であるが、寛政八年の木村蒹葭堂の序を持つ。さらに、存疑説もあるが、柳沢淇園の著ということであれば、成立はさらに宝暦年間以前にさかのぼることになる。[3] いずれにせよ、『雲萍雑志』巻一に次のような一節がある。

一、人倫《じんりん》の交《まじは》りの恋《こひ》の心《こゝろ》より出《いで》ざるときは、仁忠《じんちう》、慈孝《じかう》、柔和《にうわ》、愛敬《あいけい》その信《しん》ことゞく人情《にんぢやう》なし。親《おや》の子をおもふ心《こゝろ》、死《し》なんと覚悟《かくご》したる心《こゝろ》、この他《た》は誠《まこと》なし。此誠心恋慕《このせいしんれんぼ》よりいでゝ、恋情《こひのじやう》なき時《とき》は、不仁《ふじん》の君《きみ》に忠《ちう》を致《いた》すものなく、不慈《ふじ》の親《おや》に孝《かう》を尽《つく》す者《もの》なし。遠《とほ》くは顔淵《がんゑん》が吾猶能《われなほよく》せんの詞《ことば》、近《ちか》くは右近《うこん》が忘《わす》らるるの歌《うた》おもひやるべし。古歌《こか》に

恋《こひ》せずは人は心《こゝろ》のなからまし物《もの》のあはれもこれよりぞしる

人倫道徳を説くところは通俗儒者の口吻であるが、そこに「恋慕」や「恋情」が肝要であることを記している。「人情」は「恋の心」そのものであるというわけである。そうして、古代中国の漢文と日本の和歌を例示する。顔淵の言葉は、『論語』顔淵篇の巻頭で「仁」の本質を顔淵が尋ね、孔子が「礼」を実践することであると答えた章段を指すものと思われる。[4] また、右近の歌は百人一首にも載る「忘らるる身をば思はず誓ひてし人の命の惜しくもあるかな」（拾遺集・恋四・八七〇）である。かたく神仏に誓いを立てて契りを交わした人が自分を忘れてしまうのは仕方がないが、誓いを破った神罰のために男が命を失うのが堪えがたいという歌である。恋心のゆえに心底相手を思いやる気持ちが深くなるということであろう。いずれも当時においては基礎的教養の域を出るものではない。そういった中で、末尾に俊成歌を引用して終えている。しかもそれを「古歌」としているのである。実際には「近くは」として紹介された右近の歌よりも後であるから、「古歌」というのは当たらないが、それは時代の遠近感の問題ではない。要するに、「恋せずは」の歌が作者未詳の歌として認識されているということである。「古歌」という表現がそのことを如実に物語っている。おそらくこの随筆の作者は、この歌を浮世草子か何かで知り、心に留めておいたのであろうと推定される。

次に伴蒿蹊の随筆『閑田耕筆』を見てみよう。『閑田耕筆』は寛政十一年跋、享和元年三月刊である。巻之四事部の一節である。

> 絶て恋歌よまざらんも、人情に背《ソムク》に似たり。「恋せずは人は心もなからまし物の哀れも是よりぞ知ると、五条入道殿の詠じ給へるも、さることにて、春のゝにあさるきゞすのこゑ、秋の山にもみぢふみ分る鹿のねをあはれときくも、恋の情をしる人は、ことに身にしみ侍らんかし。されば恋歌はよむべし。猥褻《ワイセチ》は避《サク》べし。

恋歌を詠むことが人情を知ることにつながるとして、俊成歌を引用している。春の雉や秋の鹿の鳴き声を聞くと、恋情を知る人はそれらに「物の哀れ」を感じるというのである。蒿蹊はこの歌が「五条入道」（五条三位入道、藤原俊成）の作であることを明確に記している。当世において和歌四天王の一人に数えられるだけあって、歌人名を明らかにしているのである。なお、蒿蹊は宣長と同世代の歌人である。

以上検討してきたように、「物のあはれを知る」説の有力な源泉である俊成歌は、宣長が生きた時代に浄瑠璃をはじめとする通俗文芸において、ほとんど無名の歌人の「古歌」として流布していた。そのことは日野龍夫が立証した、「物のあはれを知る」説と当代文化との連動を裏付けることになったと思われる。

二、「物のあはれを知る」説の生成

前節でたどったように、「物のあはれを知る」という表現は宣長がはじめて唱えたものではなく、同時代において広く用いられていた。これをさかのぼれば、藤原俊成の歌に行き着くことも確認した。宣長がこれをいつの時点で知ったのかは未詳とせざるを得ないが、京都留学中に弟子入りした堀景山の著『不尽言』に見出せるのである。(5)

俊成卿の歌に、恋せずは人は心のなからまし物のあはれはこれよりぞ知る、と詠ぜられしは、左のみ秀歌にはあらずとも、その意趣向上なることにして、人情によく達したること也。

宣長は景山から『不尽言』を借り出して抄出した。その中にこの項目も含まれていたのである。(6) 宣長が「物のあはれを知る」説を唱える時、この俊成の歌を引き合いに出すのは、自説を根拠づける証歌という意味合いがあったと推定される。(7)

なお、前節で当該俊成歌が歌書で扱われることがあまりなかったと記したが、全くなかったわけではない。北村季吟『徒然草文段抄』に当該歌の指摘がある。それは徒然草第三段に関する注釈であり、宣長はこれを『和歌の浦』四に摘記している。(8) 次のとおりである。

文段抄云、上略 源氏物語一部の趣向、此段に有。又俊成卿歌に、〽恋せずは人は心もなからまし物の哀もこれよりぞしる、此段は此歌をもつてしるべしともいへり。乃至 季吟云、色好む人のありさまの、露霜といふより以下の体を愛しいへる詞也。和歌の道には、春夏秋冬恋雑と六つの道をたててもてあそぶ中に、人の心をやはらげ、もののあはれをしらしむる事も、恋路にしくはなし。誠に貴賤老少鳥獣の上迄も、生あるものの心にはなれぬわざなれば、四季の次に必此題を出してよみ、くちすさび侍る事、外の道にはいまだきこえざれば、和国の道の奇特なるべし。兼好も歌人にて有ければ、かやうにかけるにて侍らん。彼俊成卿の歌をもちて此段をことはられたる師説も、面白く捨がたき事なるべし。

俊成歌の正確な引用、「物のあはれ」と恋との関係、などの観点から、「物のあはれを知る」説の存立基盤の一部と共通するものがある。宣長は数ある徒然草の章段の中から、この段を含む四段について抄出している。このことは『和歌の浦』四が記されたとされる、京都留学中の宣長の関心が「物のあはれ」にも向かっていたことを裏付ける。堀景山からの影響も含めて考慮すべきことであると考えられる。なお、ここで季吟が「師説」として引用しているのは、松永貞徳の説である。貞徳説（師説）を紹介しながら、これを追認し補足説明をおこなっているのである。

宣長がこの歌をいかなる経緯で知ったかはともあれ、この証歌をめぐって、宣長の著作をたどってみたい。

この歌とともに「物のあはれを知る」説を論じた最も早い用例は『安波礼弁』である。当該書は宝暦八年五月三日の識語を持つ。その冒頭に次のような逸話を置いている。

或人、予ニ問テ曰《ク》、俊成卿ノ歌ニ　〽恋セズハ、人ハ心モ無ラマシ、物ノアハレモ、是ヨリゾシル、ト申ス此《ノ》アハレト云は、如何ナル義ニ侍ルヤラン、物ノアハレヲ知ルガ、即《チ》人ハ心ノアル也。物ノアハレヲ知ラヌガ、即人ノ心ノナキナレバ、人ノ情ノアルナシハ、只物ノアハレヲ知ルト知ラヌニテ侍レバ、此《ノ》アハレハ、ツネニタヾアハレトバカリ心得ヰルマヽニテハ、センナクヤ侍ン。予心ニハ解《サト》リタルヤウニ覚ユレド、フト答フベキ言ナシ。ヤヽ思ヒメグラセバ、イヨ〳〵アハレト云言ニハ、意味フカキヤウニ思ハレ、一言ニ言ニテ、タヤスク対ヘラルベクモナケレバ、重ネテ申スベシト答ヘヌ。サテ其人ノイニケルアトニテ、ヨク〳〵思ヒメグラスニ従ヒテ、イヨ〳〵アハレノ言《コトバ》ハ、タヤスク思フベキ事ニアラズ。古キ書又ハ古歌ナドニツカヘルヤウヲ、オロ〳〵思ヒ見ルニ、大方其《ノ》義多クシテ、一カタ二カタニツカフノミニアラズ。

「或人」が俊成の歌に詠まれた「あはれ」とは何かと聞いてきたという。宣長は即答することができず、熟考した挙げ句に、この言葉の持つ重大な意味に気が付いたというのである。ここで「或人」が誰であるかを穿鑿するのは、あまり有効な方策ではない。『排蘆小船』や『石上私淑言』を見てもわかるように、宣長が論述する際に、問答体を採用することが多いからである。議論を進める時に、架空の論敵と問答をするという体裁は宣長に限らず、古来多く用いられる技法である。問題は、「物のあはれを知る」説を展開する、その最初に俊成歌を引用しているという事実である。この俊成歌について、宣長は欄外に次のような注を書き付けている。

此歌ハ、長秋詠藻中ニ、左大将ノ家ニ会ストテ、歌クハフベキヨシ有シトキ、恋ノ歌、トテノレリ。此歌ノ意ハ、物ノアハレヲシルユヘニ、人ハ心アルモノニシテ、サテソノ物ノアハレモ、何ユヘニシルゾナレバ、コヒニヨリテ知ルモノナレバ、コヒセズハ、物ノアハレヲシルマジキケレバ、人ハ心ナカラント也。恋ハ人情ニオイテ第一ニアハレノカヽルモノ也。

ここで宣長は俊成の歌の解釈を丁寧におこなっている。そうして「恋」が「人情」の中で「第一ニアハレノカヽルモノ也」と結論づけている。この「恋」と「物のあはれ」との関係は以後の宣長の言説を支配することになる。『紫文要領』は宝暦十三年六月七日に執筆を終えた、最初の源氏評論である。その巻下「大意の事 下」には次のようにある。

人情のふかくかゝる事、好色にまさるはなし。されば其筋につきては、人の心ふかく感じて、物のあはれをしる事何よりもまされり。故に神代より今にいたる迄、よみ出る歌に恋の歌のみ多く、又すぐれたるも恋の歌におほし。是物の哀いたりて深きゆへ也。物語は物のあはれをかきあつめて、見る人に物のあはれをしらするものなるに、此好色のすぢならでは、人情のふかくこまやかなる事、物のあはれのしのびがたく、ねんごろなる所のくはしき意味はかきいだしがたし。故にこひする人のさま〴〵思ふ心の、とり〴〵にあはれなるおもむきを、いともこまやかにかきしるして、よむ人に物の哀をしらせたる也。後の事なれど、俊成三位の、こひせずは人は心もなからまし物の哀も是よりぞしる、とよみ給へる、此歌にて心得べし。恋ならでは、もののあはれのいたりて忍びがたき所の意味はしるべからず。

恋と「物のあはれ」との関係について記した章段である。やむにやまれぬ恋の思いの深さと「物のあはれ」の深さが釣り合っているというのである。また、歌においても、物語においても、恋を描くものに「人情」がよく描けているのは、「物のあはれ」が深いからであるという。つまり、人情―恋―物のあはれ、という三角形の中から、歌と物語が発生する機縁を探り得ているのである。そのように文学作品が成立する背景に「物のあはれを知る」説を置くのであるが、その理論的根拠として俊成歌を認識しているのである。この認識は生涯変わることはなかった。『源氏物語玉の小櫛』「おほむね」「なほおほむね」は『紫文要領』を改稿したものであるが、当該箇所は次のようになっている。(9)

○人の情《ココロ》の感ずること、恋にまさるはなし。されば物のあはれのふかく、忍びがたきすぢは、殊に恋に多くして、神代より、世々の歌にも、其すぢをよめるぞ、殊におほくして、心ふかくすぐれたるも、恋の歌にぞ多かりける。又今の世の、賤《シツ》山がつのうたふ歌にいたるまで、恋のすぢなるがおほかるも、おのづからの事にして、人の情のまこと也。さて恋につけては、そのさまにしたがひて、うきこともかなしき事も、恨めしき事もはらだゝしきことも、おかしきこともうれしきこともあるわざにて、さま〴〵に人の心の感ずるすぢは、おほかた恋の中にとりぐしたり。かくて此物語は、よの中の物のあはれのかぎりを、書あつめて、よむ人を、深く感ぜしめむと作れる物なるに、此恋のすぢならでは、人の情の、さま〴〵とこまかなる有さま、物のあはれのすぐれて深きところの味《ヒ》は、あらはしがたき故に、殊に此すぢを、むねと多く物して、恋する人の、さま〴〵につけて、なすわざ思ふ心の、とり〴〵にあはれなる趣を、いとも〳〵こまやかに、かきあらはして、もののあはれをつくして見せたり。後の事なれど、俊成《ノ》三位の、〽恋せずは人は心もなからまし、物のあはれもこれよりぞしる、とある歌ぞ、物語の本意に、よくあたれりける。

基本的には『紫文要領』を踏襲しながらも、さらに追加説明を加えていることが見て取れる。人の情—恋—物のあはれの三角形とその理論的根拠として俊成歌という構図である。このように歌と物語の存在意義を「物のあはれを知る」説にまとめ上げ、しかも源氏物語注釈の総論として発表することによって、当該文学評論としての価値が定評を得るに至る。その初発から完成まで、「物のあはれを知る」説のそばにはいつも俊成歌があったのである。

以上、「物のあはれを知る」説がいかに生成したか、ということを見てきたが、次に「物のあはれを知る」とはいかなることか、ということをたどってみたい。「物のあはれ」という用語自体は、『排蘆小船』に「スベテ此道ハ風雅ヲムネトシテ、物ノアハレヲ感ズル処ガ第一ナルニ」〔五六〕や「歌ノ道ハ善悪ノギロンヲステテ、モノノアハレト云事ヲシルベシ」〔三四頭注〕などとあることが知られているが、まとまった形で論述されるのは、やはり『安波礼弁』が最初である。

サテ彼レ是レ古キ書ドモヲ考ヘ見テ、ナヲフカク按ズレバ、大‐方歌‐道ハアハレノ一言ヨリ外ニ余《ヨ》‐義《ギ》ナシ。神‐代ヨリ今ニ至リ、末‐世無《ブ》‐窮《キウ》ニ及ブマデ、ヨミ出ル所ノ和歌ミナ、アハレノ一言ニ帰ス。サレバ此道ノ極意ヲタヅヌルニ、又アハレノ一言ヨリ外ナシ。伊‐勢源‐氏ソノ外アラユル物‐語マデモ、又ソノ本意ヲタヅヌレバ、アハレノ一言ニテコレヲ弊《オホ》（ママ）フベシ。孔子ノ詩三百一言以蔽ㇾ之曰《ク》思無ㇾ邪トノ玉ヘルモ、今コヽニ思ヒアハスレバ、似タル事也。スベテ和歌ハ、物ノアハレヲ知ルヨリ出ル事也。伊勢源氏等ノ物語ミナ、物ノアハレヲ書ノセテ、人ニ物ノアハレヲ知ラシムルモノト知ルベシ。是ヨリ外ニ義ナシ。

和歌と物語の極意は「アハレノ一言」に尽きるという。『論語』為政篇にある「子曰、詩三百、一言以蔽之、曰思無邪」の文言を根拠にして、「思無邪」を「アハレノ一言」に置き換えることによって、すべてを説明し尽くすというわけである。そうして和歌と物語はともに「物のあはれを知る」ことから始まり、「物のあはれを知る」ことに終わる、という。『安波礼弁』の執筆意図はここにあったと言ってよい。こうして、宣長による和歌と物語の極意へのアプローチが始まった。

物語とはいうまでもなく、源氏物語である。「物のあはれを知る」説について繰り返し説明したあとで、次のように述べている。(10)

大よそ此物語五十四帖は、物のあはれをしるといふ一言にてつきぬべし。その物の哀といふ事の味は、右にも段々いふごとく也。猶くはしくいはば、世中にありとしある事のさま〴〵を、目に見るにつけ耳にきくにつけ、身にふるゝにつけて、其よろづの事を心にあぢはへて、そのよろづの事の心をわが心にわきまへしる、是事の心をしる也、物の心をしる也、物の哀をしる也。其中にも猶くはしくわけていはば、わきまへしる所は、物の心事の心をしるといふもの也。わきまへしりて、其しなにしたがひて感ずる所が物のあはれ也。

源氏物語五十四帖は「物のあはれを知る」という一語に尽きるという。それは世の中にあるすべての事柄が五感で感じ取られ、心に刻みつけられる、あらゆる物事の本質を体得するということであるという。ここで重要なのは、「わきまへしる」（理解）ことの後に「感ずる」（感動）ことが発生するというメカニズムである。宣長は「物のあはれを知る」ことをめぐって、感動という心の情的側面だけでなく、理解という心の知的側面を明確に指摘した。この学説を「物のあはれ」論ではなく、「物のあはれを知る」説と呼ばなければならない理由がここにある[11]。人の心の中で起きることは、「わきまへしる」というフィルターを通過しなければ、認識されないということだ。宣長はそのことを満開の桜を見て美しいと思う心のメカニズムに即して説明する。つまり、桜が今を盛りと咲いている様子を知覚し、そこに美しい桜があるということを認識することによって、「めでたき花かな」と思う心が生じるというのである。極めて単純に図式化すれば、目→頭→心という情報伝達の中に「物のあはれを知る」という作用が発動するというのである。このように「物のあはれを知る」説は情緒や情動といった感情だけでなく、認知や認識といった知性が大きく与っているということを指摘したことは重要であろう。

　宣長は桜の美の認識システムを例示した後で、もう一つの具体例をあげて「物のあはれを知る」説の意味を説明している。

又人のおもきうれへにあひて、いたくかなしむを見聞て、さこそかなしからめとをしはかるは、かなしかるべき事をしるゆへ也。是事の心をしる也。そのかなしかるべき事の心をしりて、さこそかなしからむと、わが心にもをしはかりて感ずるが物の哀也。そのかなしかるべきいはれをしるときは、感ぜじと思ひけちても、自然としのびがたき心有て、いや共感ぜねばならぬやうになる、是人情也。

他人がとてもつらいことに遭遇してひどく悲しむのを見聞きして、さぞ悲しいことであろうと推量するのは、悲しいに違いないことを理解するからである。これは事態の本質を理解することである。その悲しい事柄の本質を理解して、さぞ悲しいであろうと、自分の心の中でも推量して感慨を抱くのが「物のあはれ」である。その悲しみの拠って立つ理由を理解する時には、感ずるまいと気持ちを押さえつけても、自然と我慢できない気持ちがあって、否応なく感ぜざるを得なくなる、というのが人情である。このように自分の事柄だけでなく、他人の感情と同化することもまた「物のあはれを知る」ことだというのである。(12) このことは他人に対して同情したり、他人の感情に共感をおぼえたりといったことも含意しているわけである。

一方、和歌については『石上私淑言』で論じられる。「そも此歌てふ物は、いかなる事によりていでくる物ぞ」という詠歌の原理に関する問いに対して、きっぱりと次のように述べている。

こたへていはく、歌は物のあはれをしるよりいでくるものなり。

歌を詠む理由は「物のあはれを知る」ことであるというわけである。それでは一体「物のあはれを知る」とはいかなることとか。宣長は古今集仮名序から説きおこし、歌に「あはれ」を含む用例を掲出して、その内実を解説する。その中で「物のあはれを知る」説の詠歌における機能を述べる。

たとへば、うれしかるべき事にあひて、うれしく思ふは、そのうれしかるべき事の心をわきまへしる故にうれしき也。又かなしかるべき事にあひて、かなしく思ふは、そのかなしかるべきことの心をわきまへしる故にかなしき也。されば事にふれてそのうれしくかなしき事の心をわきまへしるを、物のあはれをしるといふ也。その事の心をしらぬときは、うれしき事もなく、かなしき事もなければ、心に思ふ事なし。思ふ事なくては、歌はいでこぬ也。しかるを生としいける物はみな、ほど〳〵につけて、事の心をわきまへしる故に、うれしき事も有、かなしき事もある故に歌有也。

うれしいことや悲しいことは、その情意を催す対象に遭遇し、これを認識することによって生じるものである。その情意の本質を理解することを「物のあはれを知る」という。それとは逆に、その情意の本質を理解しなければ、うれしいこともかなしいこともないから、心に思うこともない。心に思うことがないゆえに、歌は生まれない。歌が生まれるのは、情意の本質を理解すること、すなわち「物のあはれを知る」ことができるからであるという。このように歌を詠むことと「物のあはれを知る」ことは不可分の関係であることが、『石上私淑言』の中でさまざまに論じられているのである。

以上検討してきたように、宣長における「物のあはれを知る」説は、源氏物語にも適用され、和歌にも適用される文学論であった。それは前時代から引き継がれた文学観に依拠しながらも、はるか次の時代を見据え、新たな扉を開く可能性を秘めた議論であった。

三、「物のあはれを知る」説の展開

「物のあはれを知る」説が出された同時代の人々はどのようにそれを受け入れたのか、ここでは宣長以後の物語研究について、三つの範疇に分類して概観することにしたい。

第一に、門弟筋の反応である。門弟といっても、鈴門約五百人すべてを均質にとらえることはできないので、特に際立った弟子を取り上げることにする。まず、宣長の愛弟子藤井高尚である。高尚は『玉の小櫛』序文の執筆を命じられるほど、源氏物語に対する造詣を宣長から認められていた。高尚は『伊勢物語新釈』（文政元年刊）のなかで、初段の「その里にいとなまめきたる女はらからすみけり。かのをとかいまみてけり」という言説に次のような注釈を添えている。[13]

さて、はらからすむとは、親なしといはでしらせたる文のたくみなり。ふるさとのさびしげなるに、おやもなき女はらからのすみたらんは、いと〳〵あはれにて、見る人の心とまるべきさまにかきたるなり。さる女を見てこゝちまどふぞ、ものゝあはれしる人にはありける。

「女はらから（姉妹）」という記述から「親なし」を読み込むのは、行間を読む想像力であるが、その「おやもなき女はらから」を見て心が穏やかでなくなるのが「ものゝあはれしる人」だというのである。これはあきらかに「物のあはれを知る」説の伊勢物語への応用である。それは高度な文学的鑑賞力を持った研究者によって、みごとに成功しているといえよう。

「物のあはれを知る」説を源氏物語以外の物語文学作品に応用したのは、高尚だけではない。田中大秀もその一人である。大秀は飛弾高山の鈴門であり、平安朝の物語研究に才能を発揮した。その中に『竹取翁物語解』（天保二年四月刊）がある。巻首の「物語ぶみよむ意ばへ」には次の一節がある。[14]

かくて何《イヅレ》の物語も男女のなからひの事を宗《ムネ》と多く書たるは、代々の歌集《ノ》どもにも恋の歌の多きと同じ理《コトワリ》にて、人情《ヒトノコヽロ》の深く係《カヽ》る事、恋に勝《マサ》るはなければなり、といひ、又【巻二】《ニ》物の哀と云事を委しう云示て、彼物語の殊にあはれふかき筋を論《アゲツラ》ひて、凡物語は物の哀知べき便なるよしを諭《サト》されたるを思べし。此物語、はた其定《ヂヤウ》にて、赫映姫の容貌《カタチ》の世になくめでたきを見ては、こゝちあしき苦しさも忘れ、腹立《ハラダヽ》しさも慰さむは、形のよきに甚く感《メヅ》ればなり。又世界の男子貴《ヲノコアテ》なるも賤《イヤシキ》も恋慕ける中に、疎《オロカ》に心一浅き人は益《ヤウ》なき歩行《アリキ》はよし無《ナ》かりけりとて、遂《ツヒ》に不レ来なりぬるを、猶いと深く感一惑《メデマドヒ》てえしも思不レ止《ヤメズ》、此女不レ得《エ》では、世に可レ在かはと思なり給へる五人の人々の身をいたづらになしけるは、大方の世の男の切《セチ》なる念《オモヒ》の状を書顕はし、物の哀を令レ知《シラセ》たるものなり。

「人の情の感ずること、恋にまさるはなし」という、「物のあはれを知る」説の前提を踏まえて、竹取物語に登場する「赫映姫（かぐや姫）」の見目麗しい姿と求婚者の五人の哀れな末路は、それぞれに「物の哀」を知らせるためのものとするのである。ここまで来ると、「誤読」という言葉が頭をかすめるが、このような読解も許容してしまうのが「物のあはれを知る」説のふところの深さであろう。最後に「此物語も物の哀知べきくさはひなれば、其意もて読味べき書になむ有ける」と結ぶのは、源氏物語読解の方法を竹取物語に応用するという宣言である。ことほど左様に、優秀な鈴屋門弟は「物のあはれを知る」説を他の文学作品に応用し、一定の成果を収めたのである。

次に、源氏物語を純粋な読み物として楽しもうとする者が出てきた。松平定信である。定信は寛政の改革を断行した政治家として著名であるが、大名歌人としても一流であった。定信に源氏物語に関するまとまった著作があるわけではないが、名文の誉れ高い『花月草紙』（文政元年成立）に書き散らされた文章から定信の源語観をうかがうことができるのである。そのなかに、五の巻「源語の深意」と題された文章がある。源氏が須磨への流離を余儀なくされた発端は花宴にあるが、すでに花宴（湖月抄五丁オ）にそのことを匂わせる言説があるというのである。

女御はうへの御つぼねにやがてまうのぼり給ひにければ、人すくなゝるけはひなり。おくのくるゝ《樞戸》どもあきて、人をともせず。かやうにて世の中のあやまちはするぞかしと思て、やをらのぼりてのぞき給。

源氏の懸念は現実のものとなり、この後すぐに「朧月夜に似るものぞなき」と口ずさんで来る君と結ばれ、それが機縁で須磨への流離となる。定信はこの源氏の心中思惟をその後の物語展開上の伏線と見て、「心ふかくつくりし」巧みさを読み取るのである。

まとまって源氏物語を論じた六の巻「源語の評」には、その巧みな筆の運びを列挙した上で、「みるごとに奥意の深きをおぼゆ」と評している。そうして次のように結んでいる。(15)

たゞ仏の道にのみいりて、誠の道にくらければ、冷泉のみかど、光君の御子なりしことを、はじめてしろしめしたるところのかいざま、道しらぬよりしてあやまれりけり。こゝのみぞ、女わらべなんどのみても、道ふみたがうべくやと危ふくぞ覚ゆる。薄雲、朧月夜なんどの、人の道に背けるは、わらはべもしりぬべければ、まよふべしとはおもはずなん。仏のことをば、やんごとなくたふときかぎりかけれど、よゐの僧のようなき事さし出ていふさま、みところにまでかいたるは、またをかし。此のものがたりを、たゞにあはれをつくしたるものにて、させることわりあらはしたるものにはあらずと、もとおりのいひたるはをかし。されども、はし〴〵心はこめてかいたるにはうたがひなし。

冷泉帝が出生の秘密を知ってしまう場面を特にとりあげて、「女わらべ」が人道に背くことを心配するのである。ただし、「宵居の僧」がそれを漏らすシーンを三箇所にわたって書いていることを称賛している。続く「もとおり」は本居宣長、これは明らかに『源氏物語玉の小櫛』の次の一節を受けている。

此物がたりは、しか物のあはれをしらしむることを、むねとかきたるもの也。(中略)そも〳〵此物語を勧善懲悪のため、殊には好色のいましめなどいふは、ひがことなること、こゝの詞にても知ルべし。

宣長が勧善懲悪・好色の戒め(教戒)を否定し、「物のあはれを知る」説をうち立てたことは冒頭で記した。定信は「物のあはれを知る」説を尊重するけれども、源氏物語は勧善懲悪説や教戒説をも許容するテキストだと考えていたのである。それが物語展開上の技巧を読む定信がたどり着いた地点である。門弟筋とは違い、定信にとって「物のあはれを知る」説の呪縛はそれほど強いものではなかった。

さて、定信以上に意識的に物語表現の技巧を読み解こうとした人物がいる。萩原広道である。広道は『源氏物語評釈』（嘉永六年・文久元年刊）総論「物語の心ばへ并物のあはれを知るといふ事」のなかで、次のように述べている。[16]

物のあはれを知るをよしとし、しらぬをあしとしたる事も、小櫛にくはしくいはれたれば、必《ズ》見るべし。この事のすぢを知ざれば、此《ノ》物語見ても、其深き心ばへをしるによしなし。実《マコト》にこの物のあはれを知るといふ事物語ぶみのむねとある事は、この本居《ノ》先生ぞはじめて見いでゝ、委しく説述《トキノベ》られたるにて、いとも〳〵心ことにめでたき考になん有ける。

宣長の唱えた「物のあはれを知る」説を全面的に称賛し、これに倣うべきことを繰り返し強調する。その力の入れ方たるや、私淑というにふさわしい敬仰ぶりである。この点で、門弟筋と互角に渡り合っているといえよう。少し異なるのは、広道が源氏物語を「物のあはれを知る」説のみで全て解きおおせるとは考えていなかったことである。広道は物語に内在する文章法則を解き明かすことによって、源氏物語の魅力を語り得ると確信していた。たとえば、総論「此《ノ》物語に種々の法則ある事」の冒頭で、次のように述べている。

この物語のめでたき事を、今更にいひはやさんは、ことさらびたる事なれど、委しく見るにしたがひて、ます〳〵いみじさのいひしられぬは、たゞ一わたりにかゝれたる物にはあらで、其事を記しそむるはじめより、くさ〴〵の法則《ノリ》を思ひ構《カマ》へて、かゝれたるものとおぼしければ也。

このように書き始めて、広道は源氏物語本文のなかにさまざまな物語の法則を見出し、それを「もろこしの文法」になぞらえて名付けていくのである。いわく「結構」、いわく「伏線」などなど。具体例をあげれば、先に『花月草紙』の項で見た花宴の件りは、次のように評されるのである。

花《ノ》宴《ノ》巻は、桐壺《ノ》帝の御代のかぎりにて、源氏《ノ》君の若きさかりのきはみをあらはしたるに、桜に匂ふ朧月もて、内侍のかみの物のまぎれをあらはしおきて、さて其事のつもり〳〵て、つひに須磨にさすらへ給へるに、明石入道むかへとりて、いつきかしづき奉り、そこよりつひに都へかへり給ふ事を、秋の月によせて書れたるに、第三年の八月十五夜、初て参内し給ふよしをかゝれたるは春の花にいできそめたる禍《ヒ》の、秋の月にとけはてたるにて、盛衰の因縁を月花によそへて思はせたる、これいはゆる首尾相応する法也。

「花宴」で出来した災厄が「明石」で解けて都に復帰するというプロットを、春の花と秋の月との対応に見て取るというのである。広道は、定信の伏線説よりも遙かにスケールの大きな「首尾照応」の法則を見出していることがわかるであろう。もちろん広道の読みはここだけにとどまるものではない。広道病没の故に中絶となった花宴巻まで、丹念に文章法則を読み込み、物語を紡ぎ出していくのである。各巻頭および本文中に適宜付された「評」は、それ自体が独立した読み物として読むに堪える魅力を内包している。このように、物語をしなやかに読み解いていく技法は、広道が当代舶来の中国白話小説に馴染んでおり、それを粉本として翻案した当代の読本に親しんでいたことによって獲得されたものと思われる。そういった意味で、広道は国学の素養に加えて漢学の学識をも兼ね備えていたと言えよう。そうであったからこそ、「物のあはれを知る」説を称揚しつつも、独自の読解を示すことができたのである。

三つ目として、初学者を念頭に置いた物語研究を見ることにする。すなわち、門下生への啓蒙・指南を目的に著された言説である。中島広足「源氏物語をとくこと」に記されている。少しずつ引用して検討したい。[17]

源氏物語をとく事、近世まではおしなべて、儒仏のこころによりて、をしへのかたにのみとりなししを、本居翁はじめていにしへの心を得て、ものゝあはれをしるべきために書きたるもの也といはれたるは、誠に其世のさまをしり、つくりぬしの深き心をあらはしつくされたりといふべし。

広足も宣長の孫弟子にあたる国学者であり、宣長への敬仰は並々ならぬものがあったから、ひとまず宣長説の称揚で文を始めている。「儒仏のこころ」による勧善懲悪説・教戒説を廃して、「いにしへの心」による「物のあはれを知る」説を提唱したのは、源氏物語成立当時の状況や作者の深意を見事に解き明かしたものだと絶賛する。ところが、それだけで終われば宣長の追随者でしかない。広足は源氏物語の啓蒙という視点から、高度な文学理論とともに学習者の階梯に合わせた指南術があることを知っていた。続いて次のように宣言するのである。

さるは、いにしへ学びせん人は此心をもてみべきことは今さらいふべくもあらねど、又大かたの世にして、やむごとなき人などのこれまなばむとにもあらで人によませて、心やりにきかんとおもひ給ふもあり。わがつかふる君のおほせごとあるは、姫君のあたりなどにめしてよましめ給んにはいなびがたきわざなるを、さるをりはまたすこし心しらひして、其くだりによりては諷諭のさまにて書きたるもの也などやうにときなしたらんも、よろしかるべし。まことの心ばへならんからに、いにしへのさまにのみとき聞えたらむには、かへりていにしへをうとみ給ふ心もいできぬべし。古へまなびの筋に遠き人の心には俄にはおもむけがたきものなれば、やう〳〵に其心にいりたつさまにものしたらむこそよろしからめ。こはいにしへ学びの本意にはあらねど、とほき神代にもおもひかねの神といふまし〳〵て、ことはかり給ひしすぢもあなるを、まして人の世の今の心をいにしへに導びかむには、かならず其筋のおもひかねはありぬべくこそおぼゆれ。此ふみよみとかんにつけては、きく人の心はたいにしへのみやびに入たゝざらんは、何のかひもなかるべし。いやしきことわざに、其むしろをみて法をとくべしといふこともあるにやあらむ。

さるみやびな姫君に対して、講読する箇所によっては「諷喩」を用いてわかりやすく説いた方がいい場合もある。いくら正しくても難しいことを最初から説いて理解できないままに興味を失わせるのは、源氏物語指南の階梯としては逆効果だというのである。それよりも物語中の話を例え話になぞらえて説く方が初学者にとっては効果的な場合もある。それはある種の教戒説であると言ってよい。そのような解釈術は学問の本来の姿ではないと断っているけれども、広足自身の経験を踏まえた指南階梯説である。筵を見て法を説くというのがその原理である。この文の最後に広足は次のように述べて、締めくくっている。

　こは物語のみにはあらず、よろづの書をとく人、此こゝろしらひなからずやはあらむ。から国の孔子の教へも、すゝむものをしりぞけ、しりぞくものをすゝめなど、其人々によりよくおもむけられしさまなるを、只一むきにのみ心得んは、かたくなゝりといふにこそ。

孔子の教えとして紹介する指南法は、学習者の階梯に合った方向付けを重視したもので、源氏物語教授に限らず、あらゆる教育に適用可能な原理である。そういった意味において、「只一むきにのみ心得んはかたくななり」というのは、「物のあはれ」一元論によって享受者のレベルも考えずに教授するものへの批判であることは間違いない。

　以上、宣長が「物のあはれを知る」説を提唱して以後の物語研究を三つの範疇で概観した。ここから分かることは、極めてすぐれた理論が出された時に、それを受容するに際していくつかのパターンがあるということである。門弟はそれを他のものに応用して普遍的法則に高めようとし、少し離れた立場の者はその理論とは別のアプローチを見出そうとし、教育的見地に立つ者はその理論へ至る階梯として、受容者のレベルに合わせた指導を行なおうとした。圧倒的に魅力的な理論から絶大な影響を受けながらも、三者三様にわが道を模索したのである。それが江戸時代後期、とりわけ「物のあはれを知る」説以後の物語研究の諸相であった。その姿は新しい理論を受容する際の雛型になっていると言ってよい。

四、「物のあはれを知る」説の近代

明治時代になり、欧米文化が日本に移植されるに際して、最古の長編小説としての源氏物語の価値が改めて見直されるようになった。それは誇るべき文化がかつて日本にも存在したという観点からの再評価である。そのような源氏物語の価値を、やはり西洋流の科学的研究方法を用いて明らかにしたのが、本居宣長の「物のあはれを知る」説であるというのである。藤岡作太郎は『国文学全史 平安朝篇』（東京開成館、一九〇五年一〇月）の中で次のように述べている(18)。

> 宣長が源氏に関しての著述には玉の小櫛あり。著述の年代を論ずるが如き、七論の外に出でずといへども、広く異本を校合して、誤謬を校訂したることはまた古事記、万葉、伊勢等におけるが如し。この一事を以ても、かれが学者的態度を察すべく、常に周匝なる用意を以てすれば、辞句の注釈の如き、最も穏健なり。一篇の本旨に関しては、仏教を以て解すると、儒教を以て論ずると、二者ともに斥けて、源氏はかくの如き寓意あるにあらず、たゞ物の哀を写せるものと称す。これぞこの書の特長といふべき点にして、儒仏ともに排する国学者の見よりすれば、勢しからざるべからず。さはいへ滔々たる世人が逡巡為すなき時、博引旁証ひとり前哲に対して反抗の声を揚げたるは、篤学博洽の士が胸中確乎たる信念の存したればなり。而してその説の、今日に至りても動かすべからず。西洋の科学的批評とおのづから一致するは、また以てかれが帰納的に得たる結論の謬らざるを証すべし。

源氏注釈の一つとして『玉の小櫛』を取り上げ、その先進的功績を称揚している。本文批判や語釈もさることながら、一篇の趣旨の考察に秀でているというのである。それは儒教や仏教をもってする寓言論を排し、「物の哀を写」すことこそ源氏物語の特徴だというわけである。何人たりとも儒仏による牽強付会を疑わなかった当時にあって、これに異を唱えたことは画期的であったというが、それよりも今日の「西洋の科学的批評」と符合することのほうが驚くべきことである。つまり、「物のあはれを知る」説が、時代を先取りする文学論であったということである。こういった観点は、日清日露両戦役の勝利を経て、日本が世界の一流国の仲間入りをする時期に、出るべくして出た見方である。日本の近世は近代を胚胎していたという主張である。

次に、五十嵐力『新国文学史』（一九一二年五月）は、第六篇「徳川時代の文学」第一部「概説」に「二一　本居宣長の文学批評論」の項目を立てて詳述している。(19)

『源氏物語』に就いて宣長以前に行はれたのは、勧善懲悪の為めに書いたといふ説、好色の戒めに書いたといふ説、誨淫の悪書だといふ説、讃仏乗の為めに書いたといふ説、歴史の代はりに時代諷刺の目的で書いたといふ説、好色に事よせて古の上臈の心用ゐを伝へたといふ説などで、いづれも客観的標準に拘泥した説であつた。批評家の学問、地位、時代を考へれば、いづれにも無理はないが、今日から見れば皆色眼鏡を通ほして見た勝手なこぢつけ説である。（中略）宣長以前の批評は皆知識的、功利的の冷やかな定規をあて嵌めて文芸を律せむとしたものであつた。此の間に立つて、宣長が独り人情本意の主観的批評説を持して文学の本領を発揮したのは、非常なる卓見と云はねばならぬ。

五十嵐は文学批評のアプローチを「客観的批評」と「主観的批評」の二つに分類する。「客観的批評」とは外在的価値を設けて、それを尺度として文学作品を裁断するというものである。外在的価値は同時代のイデオロギーであったり、宗教であったり、道徳であったり、さまざまであるが、そのような善しとされる価値の有無によって、作品の価値を判定するというわけである。それに対して、「主観的批評」とは文学作品に内在する価値をそのまま取り出して評価するという手法である。この二種類のアプローチを源氏物語研究史にあてはめ、その多くが「客観的標準に拘泥した説」であると断罪する。それは「色眼鏡を通ほして見た勝手なこぢつけ説」と畳みかけるのである。その中でひとり宣長だけは「人情本意の主観的批評説を持して文学の本領を発揮した」「非常なる卓見」と絶賛する。ここにも数多の前近代的な批評に対する宣長批評の近代性という二項対立を読み取ることができよう。

以上の二書は、いわゆる国文学者による源氏物語研究史の一環として「物のあはれを知る」説を見るという姿勢で書かれている。むろん、源氏物語や本居宣長を扱うのは国文学者ばかりではない。歴史家や思想史家もまたこれに取り組んだのである。明治末年から大正期に出版された三著作を見ることにしよう。まず、村岡典嗣『本居宣長』（警醒社、一九一一年二月）は宣長国学を包括的にとらえた名著であるが、その中で「物のあはれを知る」説に論究している。村岡は『紫文要領』や『石上私淑言』を適宜引用しながら、説の内実について検討を加えた上で、次のようにまとめている[20]。

さて、彼が斯の如き物のあはれ主義は、さらにその基くところ、また趣くところ、深きものがあつて、単に文学上の原則たるにとゞまらずして、一方には、人生観上の人情主義となり、一方には、一種の中古文明主義となつてゐる。（中略）而して、彼は単に之を人情の自然となすに止らずして、よくこれらの物語を読み、歌を作ることをもつて、古人が雅びなる性情を知り、かつ学ぶすべとなし、俗情を去り、中古文明の真髄をとらへて、わが物とするを得べしとしてゐる。即ち曰く、「さて、此物語を常に読みて、心を物語の中の人々の世の中になして、歌よむときは、おのづから古への雅かなる情のうつりて、俗の人の情とははるかに勝りて、同じき月花を見たる趣も、こよなくあはれ深かるべし。さるを、近き世の人は、古への歌を学ぶとはすれど、古へ人の世の中を知らず、その情にうとくして、只おのが今の心にまかせてよむ故に、古へに違ひてあやしげなる事のみ多く出でくるぞかし。」と。即ちこれ、中古文明の風雅主義を説けるものと言ふべきである。

村岡は宣長の「物のあはれを知る」説の本質を、「人生観上の人情主義」と「中古文明主義」の二つに要約している。後者について、『紫文要領』の該当箇所を引用しながら、「古へ人の世の中」を知ることが肝要であるとし、それを「わが物とする」ことが大事だというのである。「中古文明主義」は「中古文明の風雅主義」と言い換えられるが、その意味するところは、「物のあはれを知る」説は源氏物語から抽出された美意識であるから、源氏物語の舞台である平安朝にこそ適用されるべきであるという主張である。この認識は重要で、「物のあはれを知る」説が一度文学一般にまで押し広げられた射程を「中古文明の真髄」に引き戻すことを意図しているからである。つまり、宣長が文学全体に演繹した論を、その基づくところに従って適正に収めたわけである。ここには学説の意義については十分に評価した上で、それを拡大解釈することに関しては禁欲的な姿勢がうかがえる。

次に、津田左右吉『文学に現はれたる我が国民思想の研究』（洛陽堂、一九一六～二一）は日本の歴史を「貴族文学の時代」・「武士文学の時代」・「平民文学の時代」というカテゴリーに分類するユニークな書物である。その中で第四巻「平民文学の時代　中」第二篇「平民文学の停滞時代」第十八章「文学観」があり、そこに宣長の源氏評論が置かれている。(21)

さて情は本来女々しいものであるから、歌も自然に女々しかるべきものであるとして、男々しさを尚んだ真淵とは正反対の意見を立て、情の極致は恋に現はれるものであるから、歌や物語の主なる主題は恋であるとし、更に進んで情は我ながら我が心にまかせぬものであるから、道ならぬ恋の歌はれ写されるのも当然であるとした。漢詩に恋愛詩の無いのを難じたのも此の故である（玉勝間）。今日から見れば、詩歌や小説の全体を「物のあはれ」の一言で蔽ひ尽さうとするのは、固より妥当では無いが、和歌と平安朝の物語とについての観察としては大過なきものであつて、残口などの神道者に多少の先蹤はあるけれども、これほどに徹底した解釈をそれに与へたものは、未だ曾て無かつたといつてよい。これによつて始めて知識から情が、外面的の道義から文学が解放せられたのである。宣長の一大功績はこゝにあるといはねばならぬ。

宣長の文学観について、真淵の「男々しさ」に対する「女々しさ」、恋愛を歌わない漢詩に対する歌や物語における「恋」、とりわけ「道ならぬ恋」を主題とすることの意義を論じるところから始めている。「物のあはれ」が「詩歌や小説の全体」にあてはまるわけではないが、「和歌と平安朝の物語」に関しては意義深いとしている。津田が「宣長の一大功績」と称賛するのは、宣長が「知識」や「外面的の道義」から文学の情意を解き放ったということが理由である。ここで津田が「詩歌や小説の全体」と「和歌と平安朝の物語」とを峻別していることに我々は気づくべきであろう。「物のあはれを知る」説は時代を超越して文学一般にあてはまるわけではない、とりわけ平安朝の文学において該当するというのである。この見通しは、津田が文学を通して、日本思想史を通史的に追究してきた結果として獲得されたものであろう。まさに「貴族文学の時代」に限定的に該当する文学観なのである。ここからは津田の透徹した眼差しが読み取れる。

津田と同様に、国文学の専門家ではない和辻哲郎もまた、文化論の一環として宣長の「物のあはれを知る」説を論じている。和辻は「「もののあはれ」について」(『思想』一九二二年九月号、後に『日本精神史研究』(岩波書店、一九二六年一〇月)にも所収)と題する論文を発表した。その冒頭に次のように述べている。(22)

「もののあはれ」を文学の本意として力説したのは、本居宣長の功績の一つである。彼は平安朝の文学、特に源氏物語の理解によつて、この思想に到達した。文学は道徳的教誡を目的とするものでない、また深遠なる哲理を説くものでもない、功利的な手段としてはそれは何の役にも立たぬ、たゞ「もののあはれ」をうつせばその能事は終るのである、しかしそこに文学の独立があり価値がある。このことを儒教全盛の時代に、即ち文学を道徳と政治の手段として以上に価値づけなかつた時代に、力強く彼が主張したことは、日本思想史上の劃期的な出来事と云はなくてはならぬ。

和辻は宣長の「もののあはれ」の本質について単刀直入な表現でまとめている。文学は「道徳的教誡」や「深遠なる哲理」を伝えるために書かれたものではなく、単に「もののあはれ」を写すことにあると述べ、そこに文学の自律性がある。文学を「道徳と政治の手段」とだけ考えた「儒教全盛の時代」にそのように主張できたことは、「日本思想史上の劃期的な出来事」と評価している。これ以上短くしようがないくらい簡潔なまとめである。しかしながら、これは当該論文の冒頭であって、和辻の意図はまた別のところにあった。和辻は宣長が用いた用例を丹念にたどりつつ、「物のあはれ」の正体を「感情」の意であるとしながらも、「結局は紫式部の人生観である」というのである。そして、それは「平安朝文芸に見らるゝ永遠の思慕」と述べている。決して「宣長のいふ如き理想的な「みやび心」」ではないというのである。ここには宣長が見誤った「物のあはれ」の実像をとらえ直そうとする意思がうかがえる。和辻は最終的に「物のあはれ」とは「女の心に咲いた花」であるとし、「男性的なるものの欠乏」であると結論づけている。このような観点は国学をルーツに持つ国文学者からは到底出てこない発想であろう。桐壺巻から帚木巻への非連続性に着目して、源氏物語の成立事情を浮き彫りにした、読み巧者和辻ならではの指摘といってよかろう。[23]

時代は下るが、国文学者でも思想史家でもない者の見方を最後に見ておきたい。小林秀雄である。小林は大著『本居宣長』に結実する連載を始める五年前、「本居宣長——「物のあはれ」の説について」(『日本文化研究』八巻、一九六〇年七月)と題する評論を発表している。宣長の著作を慎重にたどりながら、時に大胆に評している。その中で、『紫文要領』大意之事・上の次の部分を引用している。

世中にありとしある事のさま〲を、目に見るにつけ耳に聞くにつけ、身にふるゝにつけて、其よろづの事を心にあぢはへて、そのよろづの事の心をわが心にわきまへしる、是事の心をしる也、物の心をしる也、物の哀をしる也。其中にも猶くはしくわけていはば、わきまへしる所は、物の心事の心をしるといふもの也。わきまへしりて、其しなにしたがひて感ずる所が物のあはれ也。

本章の冒頭に引用した『玉の小櫛』の一節と同様に、「物のあはれを知る」説を簡潔に説明した箇所である。これをパラフレーズして、小林は次のように述べている。[24]

宣長の考へでは、「あはれをしる」と「事の心、物の心をしる」とは同じ事だ。単に、あはれと見、聞き、思ふ事でもなければ、普通の意味で事や物を見、聞き、思ふ事でもない。さういふ、心の働きの他に、事や物と共感するといふ働き、事にあたり、物にふれて、これらのあるがまゝの姿を、言はば内部から直観するといふ働きがあるとしてゐるのだ。事物の直観的な理解といふものがあるのだが、これには、時にふれ、所に従ひ、その道々によつて変る事物の味を、そのまゝ共感によつて肯定する全的な態度を要する。従つて、この直観が感動を孕むのは、当然な事であり、宣長が、事の心、物の心をしるといふ事を、情の動きの純化から説かうとするのも当然なのである。

小林は「宣長の考へ」として、「あはれをしる」と「事の心、物の心をしる」(事物の本質を理解する)とが「同じ事だ」と断言している。宣長の文章表現に即して考えると、この判断には微妙に留保が必要と思われるが、この大胆さが小林の醍醐味でもある。その結果、いかなる読みが導き出されたか。「事や物と共感するといふ働き」や「事物の直観的な理解」という表現からもわかるように、「感動」という心の動きを理知的側面からとらえる姿勢が読み取れる。小林はそのことについて、「宣長の「あはれ」論」が「感情論であるよりも一種の認識論である」と明確に言い当てているのである。このような「物のあはれを知る」説における知的側面や「共感」の働きに関する考察は、国文学者の当該文学論の考察に大きなヒントを与えたと考えて間違いない。現代の「物のあはれを知る」説の研究は、おおむね小林の見解を実証する方向で行われているのである。[25]

五、結語

「物のあはれを知る」説は宣長が確立した文学論であり、和歌や物語を読んで心が動く仕組みとその原理を解き明かした、画期的な学説である。だが、宣長はこれを全くの無から創造したわけではない。すでに当時において「物のあはれを知る」という表現、およびこれと恋との密接な関係を詠み込んだ俊成歌が溢れていたのである。つまり、宣長の学説は当代文化と共鳴していたわけである。その後、幕末までの間は主に宣長の門弟たちによってさまざまに応用され、受容された。近代に入ってからは、国文学者や思想史家によって多種多様に解釈され、現代に至っている。宣長が提唱して以来、「物のあはれを知る」説はこの国の文化水準を計る試金石となったのである。

注

（1）「宣長と当代文化」（『宣長と秋成――近世中期文学の研究』、筑摩書房、一九八四年一〇月）参照。
（2）中田薫・久保田淳『典拠検索 新名歌辞典』（明治書院、二〇〇七年七月）参照。
（3）森銑三「雲萍雑志についての疑」（『雲萍雑志』（岩波書店、一九三六年四月）解説）参照。
（4）引用文の典拠は不明であるが、同章段末尾の「請ふ、この語を事とせん」を受けると思われる。
（5）引用は『新日本古典文学大系』九十九巻（岩波書店、二〇〇〇年三月）によった。
（6）漢字仮名の別を除いて、異同はない。『本居宣長随筆』第二巻参照。
（7）『不尽言』は「人の思慕深切の実情」を論じた箇所においても、当該歌を「尊仰すべき歌」としている。
（8）『本居宣長全集』第十四巻。
（9）『源氏物語玉の小櫛』巻二「なほおほむね」。

(10)『紫文要領』巻上「大意之事上」。
(11)日野龍夫「「物のあはれを知る」の説の来歴」(『本居宣長集』「解説」、新潮日本古典集成、後に『宣長と秋成――近世中期文学の研究』、筑摩書房、更に『宣長・秋成・蕪村――日野龍夫著作集第二巻』、ぺりかん社、にも収録)参照。
(12)杉田昌彦『宣長の源氏学』(新典社、二〇一一年一一月)第一部「評論的源氏研究とその周辺」第二章「「物のあはれを知る」ことの意義――『紫文要領』について」参照。
(13)文政元年版本より引用。
(14)『新日本古典文学大系』十七巻(岩波書店、一九九七年一月)より引用。
(15)『日本随筆大成』三期一巻(吉川弘文館、一九七六年一〇月)。
(16)版本より引用。
(17)『中島広足全集』一篇(大岡山書店、一九三三年四月)より引用。
(18)『国文学全史 平安朝篇』第九章「源氏物語(二)――注釈批評の書」。なお、引用は初版本によった。
(19)引用は初版本によった。
(20)『本居宣長』第二編「宣長学の研究」第三章「文学説及び語学説」。なお、引用は初版本によった。
(21)引用は『文学に現はれたる我が国民思想の研究 平民文学の時代中』初版本(洛陽堂、一九二二年一二月)によった。
(22)引用は『日本精神史研究』初版本によった。
(23)和辻哲郎「源氏物語について」も前掲『日本精神史研究』に収録されている。
(24)引用は、『白鳥・宣長・言葉』(文藝春秋、一九八三年九月)によった。
(25)日野龍夫『宣長と秋成』(筑摩書房、一九八四年一〇月)・百川敬仁『内なる宣長』(東京大学出版会、一九八七年六月)・杉田昌彦前掲著作。

第五章　係り結びの法則成立史

一、係り結びとは何か

係り結びといえば、日本で中等教育を受けた者なら誰でも知っている。たとえば、中学二年生の国語教科書の中で、次のように説明される[1]。

古典の文章には、係り結びという表現がある。これは、ある事象や行為などに対する、作者や登場人物の感動や疑問の気持ちなどを、より強調するときに用いられる。

係り結びは、左に挙げたように、「ぞ」や「こそ」（係りの助詞という）の語によって事象や行為が強調され、文末（結びの部分）が――線部のように変化するという特徴をもつ。

・「尊い」ということが「こそ」によって強調されている。

尊くこそおはしけれ。（引用場所省略）

尊くおはしけり。（↓「こそ」が入らない形）

・仁和寺の法師の言葉が「ぞ」によって強調されている。

「山までは見ず。」とぞ言ひける。（引用場所省略）

「山までは見ず。」と言ひけり。（↓「ぞ」が入らない形）

他に「や」「か」「なむ」などの語が用いられる場合もある。

係り結びは、その表現を用いることによって、作者や登場人物のどんな思いが強調されているのかに着目するとよい。

教育を受けた時期や使用した教科書によって若干の違いはあるかもしれないが、このような説明が標準的である。古文に特有の表現であること、係りの助詞と結びが対応すること、「強調」という表現効果があること、などである。ここから活用形を学習する段階を経て、次のような説明に変容する。(2)

係結びは、ある種の語が来た時に結びに特有の活用形の来る表現（「ぞ」「なむ」「や」「か」の時に連体形、「こそ」の時に已然形）で、現代語にはなく、古語特有のものである。

係助詞と文末表現との呼応関係を係り結びと称しているごとくである。おそらくこれが標準的な係り結びの理解であり、中等教育における国語科の古典文法としてはこれがすべてであると言ってよい。

しかしながら、このような形態的呼応関係は係り結びという文法表現の一部に過ぎず、その根幹には日本語文法に関わる最も重要な機能が潜んでいると主張する向きもある。本章では、係り結びという現象が文法表現として認識され、ある種の法則として構築される過程を本居宣長の著作を通して見てみたい。

二、本居宣長以前の研究状況

日本語が記述されはじめた上代には、すでに係り結びは存在していたとされる。ところが中世に入り、連体形終止法が一般化するに従って、いわゆる終止形が消滅することとなった。そういった経緯の中で、係り結びも崩壊し、やがては消滅することになったのである。そのような状況の中で、係り結び現象が意識されることになる。つまり、喪失してはじめて存在したことに気づいたということである。最初に係り結びに言及したものが何であるか未詳とせざるをえないが、『手尓葉大概抄』に次のように記されている。

古曾《コソ》者兄計世手《エケセテ》之通音、志々加《シシカ》之手尓葉《ニテ》、尤《トガメ》之《ノ》詞受《テ》レ下《ニ》留《ル》レ之《ヲ》。
曾《ソ》者宇具須津奴《ウクスツヌ》之通音、禰于幾志遠波志于志加羅無《ネニキシヲハシニシカラム》、以二此字一拘《ユ》レ之《ヲ》。

「こそ」と「そ（ぞ）」について、それらが特定の言葉と照応して用いられることを指摘しているのである。それらからおぼろげながら係り結びの萌芽を読み取ることができる。(3)『手尓葉大概抄』は鎌倉時代末期、あるいは室町時代初期には成立していたとされる。このような係り結び現象に対する意識は、たとえば次のような歌に詠み込まれることによって顕在化する。

ぞるこそれ思ひきやとははりやらんこれぞ五つのとまりなりける

この歌は「姉小路式」の一系統とされる『歌道秘蔵録』に掲載される。この歌は、「ぞ」とあれば「る」と受け、「こそ」とあれば「れ」と受け、「は」に対しては「り」と受け、「や」に対しては「らん」と受けるという単純な指摘であるが、「思ひきや」に対して「とは」という対応関係を交えているということが注目される。これはたとえば、「忘れては夢かとぞ思ふ思ひきや雪踏み分けて君を見むとは」（古今集、伊勢物語）をはじめとして、多くの用例がある。つまり、この「五つのとまり」というのは、必ずしも係り結びの法則のことではなく、和歌の中で頻繁に出る呼応関係を抽出したものということになる。要するに、詠歌の作法の一つに過ぎなかったのである。

近世期に入ると、こういった「てにをは」に対する言及は、堂上歌壇の聞書の中に散見される。たとえば烏丸光広『てにをは口伝』の中に、次のような一連の記述がある。

○此そといふ字に、あまたのとまりあり。五音第三の音にてをさへたり。第三の音とは、うくすつぬふむゆるう。口伝なり。

○とまりをもちひ侍らぬその字あり。これを下知のそといふ。人なとがめそ、かくなせそ、此たぐひ也。

○凡こそといへるとまり五音第四の音にてとまるべし。五音第四の音とはゑけせてねへめえれゑ、是等にてとまるなり。物をこそ思へ、人をこそまて、ありとこそきけ、玉をこそなせ、それをこそみめ、月をこそ見れ。如此五句の内、のべてもつゞめてもとまるなり。

ここでは「そ（ぞ）」と「こそ」の用法についての解説が見られる。「そ」と「こそ」には「とまり」があり、それぞれ「五音第三の音」（ウ列音）と「五音第四の音」（エ列音）で「をさへ」るという。ここでいう「とまり」とは文末を意味し、「をさへ」とは結びを意味すると思われる。興味深いのは「そ」には「下知」（禁止）の「そ」があり、「人なとがめそ、かくなせそ」という用例とともに列記していることである。仮名の清濁の問題もあるが、係助詞の「ぞ」と「な〜そ」の「そ」を同列にするところは、中世以来の歌学書に見られる用法研究に多く見えるところである。宣長はこの『てにをは口伝』を書写して所持していたので、これらの内容を吟味した上で、自らの研究に活かしたと思われる[4]。

さらに宣長は栂井道敏『てには網引綱』（明和七年九月刊）も購入し、所持していた。ここでは「ぞ」の項目を見てみたい。

○ぞ

ぞは強くおしていふ字也。治定の心有。近代諸注に、そは五音第三音【ウクスツヌフムユルウ】にておさゆべし云々。〽鶯ぞなく、〽涙ぞ袖に玉はなす、〽けふよりぞまつ、〽袖ぞかはかぬ、〽ものぞおもふ、〽人をぞたのむ、〽花にぞありける、等也。かくのごとくおさゆる事、常の事也。又〽庭をぞ見まし、〽君ぞつかへむ、〽ふもとを見てぞかへりにし、〽春ぞすくなき、等その様定がたし。私云、ぞは強くをすてにはなるが故に、おさへの字も治定の字ならでは義理相叶はざる也。しかるに五音第三音を以ておさゆるを秘説などいふ事は癖事《ひがこと》なるべし。ぞといひはなしておさへのなき歌、又あげてかぞふべからず。所詮一首の体《てい》によるべし。

古今
大かたは月をもめでじこれぞ此つもれば人の老と成もの

続後撰
今こんといはぬばかりぞ郭公有明の月のむら雨のそら

右等にて知べし。

私云、はとぞと大体同じ。しかれども、はの字は強く物をかぎり、ぞの字は強く物をしていふ心有。よりてあつかひ聊《いさゝか》意味たがふべし。

古今
おく山にもみぢふみ分なく鹿の声きく時ぞ秋はかなしき

新古
山里に葛はひかゝる松がきのひまなく物は秋ぞかなしき

右二首のはとぞとを以て深く翫《ぐわん》味《み》すべし。

中世の歌学書を踏襲しながら、かなり詳細な説明を行っている。「ぞ」には「治定」の機能があるという。「治定」とは文を終わらせる作用のことと考えてよい。ゥ列音で終止するとして用例を列挙しながらも、他の形での結びも例示している。その後、ゥ列音で終止することが「秘説」であるということを「僻事」として、証歌まで掲げている。また、「ぞ」と「は」について、両者がともに用いられる歌を二首例示して、その働きの違いを指摘している。このように、それまでの歌学書とは違って、原則と例外をともに論じるという姿勢を貫き、豊富で適切な用例を添えている。このような『てには網引綱』におけるレベルと精度は宣長の「てにをは」研究の水準には及ばないながら、用例や論理展開には似たところが多い。

もちろん、ここで宣長が『てには網引綱』を参照して『てにをは紐鏡』や『詞の玉緒』を作成したというわけではない。影響を受けたというにしては『てには網引綱』の刊行年次と『てにをは紐鏡』の成立年次が近接しすぎているからである。しかしながら、宣長が語学研究を行う時点で、このように進展した「てにをは」研究が存在したという事実は大きい。つまり、中世に始まった「てにをは」研究が徐々に熱を帯び、近世中期に至って沸点に達したということである。言い換えれば、『てには網引綱』と『てにをは紐鏡』は「てにをは」研究の同時代現象という観点でとらえることができる。

宣長の「てにをは」研究は、遠く中世にルーツを持つ歌学書の蓄積の上に築かれた業績であり、出るべくして出た研究ということができよう。

三、本居宣長の係り結び研究

宣長が通俗歌書により、係り結びという現象を知ったのはいつの頃か不明とせざるを得ないが、日本語における最も重要な機能の一つと認識し、これを解明しようと志したのは『てにをは紐鏡』を刊行した明和八年頃であろうと推定される。それは今でいう活用表であるが、その冒頭に次のような歌が記されている。

てらし見よ本末むすぶひも鏡三くさにうつるちゞの言葉を

三種類の形に移りかわる数多の言葉を鏡に映して照らし合わせて見ると、上の言葉と下の言葉が紐のように結ばれていることだ、といったところであろう。「三くさ」（三種類）とは現在の活用形を意味するが、これについて宣長は次のように記している。

此書は上のてにをはに従ひて、けりけるけれ、あるはらんらめなどやうに、留《トマ》りもうごくかぎりをあげて其定れる格をさとさんと也。そは留りのみならず、詞のきるゝ所はいづくにてもみな同じ格ぞ。

「上のてにをは」に応じて「留り」が「けり」「ける」「けれ」と「うごく」という。ここでの「てにをは」は助詞、「留り」は文末、「うごく」は活用する、とひとまずは言い換えることが可能であろう。そうすると、これは現在の係り結びを一覧表にしたものと考えることができる。それは三系列に分割された規則正しい表で、四十三段に分割されている。右の行は、は・も・徒であり、中の行は、ぞ・の・や・何であり、左の行は、こそである。

この表には注記があって、次のような説明がなされている。

も　こそ ぞ や にくらぶれば、は も は軽き故に重なるときはこそ ぞ や の格にしたがふ也。

徒　上にこそ ぞ の や 何 は も などいふ辞のなきを今かりに徒《タヾ》といふ。

の　此のは〽春の日〽秋の夜などいふ常ののとはこと也。〽鶯のなく〽花のちるらん〽月のかくるゝ〽人のつれなき〽袖のかはかぬなど、下の用語迄意の及ぶのにて、句をへだてゝも下へかゝるなり。又〽君が来まさぬなどいふがも此のに同じ。◯のは軽き故にこそとかさなる時はこその格にしたがふ也。

や　いはゆるうたがひのやなり。

何　なに など なぞ いかに いかで いかゞ いつ いづく いづれ いく たれ たが の類皆同じ。

これらの語に関する説明およびそこから派生する問題は、一覧表の単純な原則とは比較にならないほど込み入っている。それは係り結びの法則の本質に関わる問題である。ここに内在する問題を整理すれば、次のようになる。

（1）「は」と「も」を「かかり」としてよいか。

（2）「徒」とは何を意味するのか。

（3）「の」を「かかり」としてよいか。

（4）「何」を「てにをは」としてよいか。

ここにあげた四つの問題は、いわゆる係り結びの法則が係助詞とそれに対応する結びの形態的変化（曲調終止）という特徴を有することに限定されると考えた場合、ほぼ黙殺してもよいものとなる。つまり、宣長が『てにをは紐鏡』で提起したものは、一目瞭然の単純な法則とそこから派生する極めて複雑な日本語の特徴の両方を指し示していたのである。この単純さと例外を含む複雑な内実が宣長の「てにをは」研究の本質であると言ってよい。いずれにせよ、『てにをは紐鏡』によってうち立てられた「本末むすぶ」三種の照応は、それまでの歌学書においてすでに断片的に指摘されていたことを、極めて体系的にまとめ上げた意味があると言ってよかろう。

このような三種類の活用に関して、主に和歌を用例として具体的にこの法則を実証したものが『詞の玉緒』（天明五年五月刊）である。『詞の玉緒』は『てにをは紐鏡』を実証した用例集であるが、単に用例を集成しただけのものではない。そこにはこの法則について言葉の原理にまで掘り下げた考察が記されている。

○てにをはは、神代よりおのづから万のことばにそなはりて、その本末をかなへあはするさだまりなん有て、あがれる世はさらにもいはず、中昔のほどまでも、おのづからよくとゝのひて、たがへるふしはをさ〳〵なかりけるを、世くだりては、歌にもさらぬ詞にも、このとゝのへをあやまりて、本末もてひがむるたぐひのみおほかるゆゑに、おのれ今此書をかきあらはせるは、そのさだまりをつぶさにをしへさとさんとてなり。

神代から続く言葉の法則を宣長は「本末をかなへあはするさだまり」と言っている。(5) それは中昔あたりまでは整っていたが、時代が下って乱れてしまったので、その「さだまり」を教示することを目的とするという。ここでの「本末」とは和歌だけでなく、文章における照応も含むので、「てにをは」と「留り」（文末）の結びつきを意味すると考えて間違いない。もっとも、歌の用例に比べて文章の用例は圧倒的に少なく、「文章の部《あやことば》」は『詞の玉緒』全七巻のうちの七之巻の後半の一部、全巻の三パーセント程度に過ぎない。しかも、そこで扱われている作品は、古今集仮名序・古今集歌詞書・土佐日記・伊勢物語・源氏物語だけである。だが、宣長には和歌と文章とを区別する意図はなく、いずれにもこの「さだまり」が適用されていることを実証しようとしているのである。たとえば、「文章の部」のはじめに次のようなことを述べている。

> ○てにをははたゞ歌のうへの事とのみ心得て、さらぬ詞には、さだまれるとゝのへなどもなき物とや思ふらん。後世人のかける物を見るに、皆かなはぬことのみぞおほかる。そも〳〵此とゝのへは、歌のみにはあらず、たゞのことばにも、もとよりみなさだまりあることにて、いにしへ人のは、なほざりにたゞ一くだり書すてたる物までも、たがへるふしはさらになし。おのづからのことなるがゆゑなり。さてそのさだまりは、もはら歌のてにをはとひとつにて、あひだのことばの長きみじかきけぢめこそあれ、上下のとゝのへは、いさゝかもことなることなし。いづくにまれ語の切るゝところは、かならず上のてにをはのかゝりをまもりて、りとると、るとるゝと、つとつると、ぬとぬるとのたぐひなど、ことごとく歌のさだまりと同じごと、結びに心をつくべきものなり。

「てにをはのさだまり」は歌だけでなく、「たゞのことば」（文章）にもあるということを宣長は主張しているのである。このことは国語学史の上で画期的なことである。それまでの「てにをは」の研究は、歌人や歌学者が和歌における用法に言及したものや、連歌師や俳諧師が連歌や俳諧の語法を論じたものが圧倒的に多く、文章における「てにをは」の法則を追究したものはなかったと言って間違いない。その理由は、単純に考えて和歌や連歌や俳諧における語法の研究は、それを伝授する師弟の間で交わされる問答の中で展開してきたのであって、いまだかつて文章の綴り方の伝授がおこなわれたことがなかったからである。宣長は、ある程度研究の進んだ和歌を例に取りながら、日本語に内在する法則を定式化したが、それを文章にまで押し広げて適用した。要するに、宣長は和歌を詠む作法としての「てにをはのさだまり」を、日本語の本質的規則としての係り結びの法則へと昇華させたのである。このことはいくら強調しても強調しすぎることはない。またここで、「係り」と「結び」の用語に関して、引用文の最後の一文に「てにをはのかゝり」と「結び」（あるいは「結び辞」）と記していることも確認しておきたい。

さて、再び『詞の玉緒』「凡例」に戻ることにしよう。『詞の玉緒』の執筆理由および使用用途について、『てにをは紐鏡』との関係で次のように述べている。

○てにをはのとゝのへは、その本末をかなへあはせて、いにしへのさだまりをあやまたぬをなんむねとはすめれば、おのれさきに紐鏡といふものを作り出て、三条の大綱を張わたして、此さだまりのかぎりをあらはしたりき。そはやがて此書の目録のやうにて、てにをはの大むねにしあれば、此ふみを考へんには、つねにかのひも鏡をかたはらにひろげおきて、あひてらし見べきなり。この三条《みすぢ》の大づなをだにとり得てば、むすぼゝれたらんちゞのてにをはも、すぢ〳〵おのづからさはらかにとけわかれて、つゆのみだれもなからむかし。

『てにをは紐鏡』は『詞の玉緒』の「目録」であるというのである。とりわけ「三条の大綱」を実証するために『詞の玉緒』を執筆したのであって、『てにをは紐鏡』をそばに置いて照らし合わせて見ることを提唱する。つまり、『てにをは紐鏡』と『詞の玉緒』は相補う形で公表された著作というわけである。実際のところ、『詞の玉緒』には「紐鏡」に言及し、これを参照するよう指示している箇所が多く存在する。法則を単純化した表とそれを実証した著述は相補的であって、どちらがなくても不都合が生じる。『てにをは紐鏡』がなければ係り結びが端的に理解されることは難しいし、『詞の玉緒』がなければさまざまな実例における問題点が解決されることもない。

ここで『詞の玉緒』の中身を『てにをは紐鏡』との関係で見ていくことにしよう。一之巻は「三転証歌」を掲載する。「三転」とは「上のてにをはにひかれて、一ツ言の、三くさにうつりかはるをいふ也。‖けり ける けれ ‖なり なる なれ などの如し」と説明しており、今でいう三種類の活用形のことと見なしてよい。右の行（は・

も・徒)、中の行（ぞ・の・や・何)、左の行（こそ）のそれぞれに対応する結びの形について、『紐鏡』の第一段から第四十三段までの用例に該当する活用語を含む証歌を例示している。このように豊富な用例を例示することによって、『紐鏡』の規則としての妥当性が担保されることになる。また、一之巻の末尾には「三転の外」として、まし・らし・つゝ・かなを置き、『紐鏡』の四十三段には現れない「はたらかぬ辞」を含む証歌を例示している。現代から見れば、無活用の助動詞と助詞が混在する憾みもあるが、変形しない語という点では同じ範疇であるともいえる。それは『紐鏡』を補足する意味がある。

次に、二之巻は係り結びの例外や誤写の説明である。それは次の六つの項目より構成される。便宜上、通し番号を付すこととする。

（1）留りより上へかへるてにをは

（2）重なるてにをはの格

（3）変格

（4）本歌にゆづる格

（5）てにをは不調歌

（6）一本にてにをはを写し誤れる歌

（1）は倒置型の和歌の末尾の助詞が上句に返って読むべきことを例示する。（2）は係助詞同士が重なった時に重い方の助詞が優先されることを述べたもの。（3）は係助詞がないにもかかわらず、末尾を連体形で結ぶ歌を例示する。また、疑問詞があるにもかかわらず、末尾を終止形で結ぶ歌を例示する。（4）は本歌取りの歌の中に、本歌から引用された係助詞があるにもかかわらず、歌の続けがらによって結び辞を省いた歌を列挙する。（5）は係り結びの法則に外れる歌を列挙する。（6）は係り結びの法則に外れる異文がある場合、これを誤写として改変することを決めた歌を例示する。

また、三之巻から五之巻までは「かかり」を含む二十三種の「てにをは」について詳述し、六之巻では「結び辞」に関して解説し、七之巻は「古風の部」で万葉集における係り結びの実態を追究し、「文章の部」では古今集仮名序や詞書、源氏物語等の仮名文にも係り結びが適用されていることを実証する。

四、門弟・後進による再生産

『てにをは紐鏡』によって提示された係り結びの原理と、『詞の玉緒』による豊富な用例によって実証された法則は、それまでの歌学における「てにをは」研究の域を遥かに凌ぐ精度と有無を言わせぬ圧倒的な説得力によって、同時代の国語研究に多大な影響を与えた。宣長の門弟は言うに及ばず、全く関係のない者をも巻き込んで、一つの流派を作り出した。たとえば、年長の門弟田中道麿が次のようなことを記している。(6)

　此をり本、十ヶ年以前に出し給へるを、それより此かたも、よりより見ざりしにあらず、見は見ながらとくと得られざりしを、此春、玉の緒をあら〳〵見奉りてより、大かた得られて、大にあきらけくなりぬ。此ごろは、夜のねざめも専《ラ》古歌にあてて見るに、悉違ふ事なし。神代より今に及びて、かくてにをはは違はぬ物なるをと、いといたうたふとくなん。

『紐鏡』（をり本）は以前から所有していたが、『詞の玉緒』を入手して照らし合わせると、てにをはの規則に間違いがないことに気づいたという。とりわけ道麿が感銘をおぼえたことは二点ある。一つ目は「てにをは」が重なる場合である。

　○もし十一年以前に勅ありて、道丸へおほせ事あらんにのたまはく、万葉幷廿一代集等の古歌をよく見て、

> てにはの約束《トヂメ》を見出せとのたまはん事あらば、まずぞのとぢめは、ける、ぬる、はの留りは、けり、なりなど分類してわけもてゆかんに、〽声きく時ぞ秋はかなしき、〽うしと見し世ぞ今は恋しきなどの歌に当りて、〽秋は、〽今は、などのはが邪魔になりて、〽悲しき、〽恋しきのとぢめ定難からん。こは道丸のみならず、外《ホカ》の歴《レキ》々に仰事ありとも、しかならん。然るを先生、軽中重を立てて、はよりもぞの重き事を示し給へるにて、天の八重棚雲を朝風夕風に打払ひて、天の戸渡らす月日を見るごとく明らかにし給へるかも。

道麿は自身の経験を踏まえて、いわゆる係助詞が重なった時の結びについて、宣長が唱えた「軽重」説の妥当性を称賛する。風が雲を吹き払って月日を見渡すことができるという比喩によって、宣長説がいかに優れているかということを力説している。同じ事柄に取り組み続けたものにのみ、その解決の見事さは共感されるのであろう。

そのことは二つ目についても言える。

> はも只の只、ぞのや何の何、是らの事いかにしてよのつねの人心つかんや。是憚りながら先生の御心より思ひ給へるにあらじ。言玉の神のしか思はしめ給へるならんとこそおもほゆれ。あなかしこ。

「只」と「何」について、これに気付いた先見性を絶賛している。それは言霊の神の仕業であるとまで言っている。たしかに「只」と「何」はそれ以前の「てにをは」研究書においては指摘されたことがないものであって、それらを「てにをは」の範疇に入れて考えたことは前代未聞の発想と言ってよいかもしれない。このような宣長の学識に触れて、道麿は「てにをは」に開眼する。引き続き、次のように宣長の学恩を記している。

> もし人ありて問ん、てにをはをしれりやと、道丸答てしれりといはん日もあらん、又しらずと答ん日もやあらん。されど心の底には、不知としも思はじ。然るを、今日と成て、去年を思へば、実には其事しらずてくらし来りし也。然るを、此春、松阪より帰りて後は、誠に〱其事しれる道丸と生れ替りたり。

このような道麿に対して、宣長も我が意を得たりの思いを抱き、次のように書き送っている。

テニヲハノ事ノ玉ヘル条々、コト〲ク当レリ。己多年此事ニ心ヲツクシ、自然ノテニヲハノ妙処ヲ見出タルニ、誠ニ然リト信ズル人、天下ニアリヤナシヤ。ヨシ知ル人ナクトモ、道麻呂主一人己ガ功ヲ知リ玉ヘバ、己ガ功ムナシカラズト、悦《ビ》ニタヘズナン。

宣長は百年の知己を得た思いを抱いた。歌や物語と違って語学研究は抽象的で理解されにくい。そういった意味で、宣長にとって道麿は生前の数少ない理解者の一人であったと言ってよかろう。

このように宣長の「てにをは」研究に対する追随の姿勢は、当然のことながら宣長没後も続くことになる。本節では主に『てにをは紐鏡』の受容という観点から見ていきたい。

まず、市岡猛彦『紐鏡うつし辞』である。猛彦は尾張地域における鈴門の有力門弟であるが、享和四年正月の識語を有する当該書は、次のような序文を付している。

千早振神の御代より此てにをはてふものはおのづからにさだまりありて、本末のとゝのひいさゝかもたがへるふしはなかりつるを、こちたきとつ国ぶみの渡り来て世にひろまれるまに〳〵、御国詞の妙にくはしきことをわすれてやゝたがひ初て、世をふるまゝにいとみだりになりぬるを、吾師の大人の深くなげき給ひて、其定りをつばらに考へ、ねもごろにをしへ給はんとて、上のてにをはに従ひてけりけるけれ、或はらんらめなどの留りもうごくかぎりをあらはし給へる、てにをはひもかゞみてふ書の三すぢの大綱をこたみ綴本《トヂマキ》にひき直して下に俗語《サトビゴト》をそへてかくなん。

神代から続く日本語における「本末のとゝのひ」の正しさを証明するために、宣長は『てにをは紐鏡』を著したという。猛彦はそれを「綴本」にして「俗語」を添えるという工夫を施したのである。「綴本」とは冊子本のことで、『てにをは紐鏡』が一覧表を折り込んだものを綴じ直したものである。情報量が多いからであろう。また、「俗語」を添える点が本書の独自のものであって、「俗語」とは口語を意味する。宣長は『古今集遠鏡』において、詞書から歌本文に至るまですべて口語に訳すという試みをおこなっている。宣長はそれを「訳《うつ》す」と記している。本書の「うつし辞」とは、「てにをは」を俗語に訳したものという意味を表す。つまり、『紐鏡うつし辞』は『てにをは紐鏡』の表に『古今集遠鏡』の口語訳を添えたものということである。

俗語訳の具体例は一覧表の中に組み込まれているが、訳例は必ずしも一定ではないから、それらにどういった訳を付すかということが問題になる。このことについて、凡例で次のように述べている。

○らんは上のてにをはのはたらきに随ひて訳語くさ〴〵あり。アラウ　ヤラ　カシラヌ　などの類ひあれども、らんをのみはなちて訳す時にはアラウといふぞよくあたれる。其余は上のてにをはと合せて考へ見ずは聞とりがたからんのみにはかぎらず。猶余の辞にもかゝる類ひある也。そをこと〴〵くあげては中々にくだ〳〵しくいとわづらはしければ、さる類ひははぶきてたゞおほよそにかくなん。此書を見ん人ことのあらきをなとがめ給ひそ。

「らん」の訳例を「アラウ」に統一するというのである。このような訳語の統一は、ニュアンスを無視した粗雑な措置に見えるかもしれないが、それらを逐一配慮していてはかえって煩雑になってしまうので、そのような処置をしたという。初学者の理解を進めるためには、枝葉末節を剪ってある程度単純化する必要があるということなのであろう。つまり、俗語訳を付すこと自体、古典文学が普及するために必要な手法であるが、さらに訳語を統一することによって無用な混乱を未然に防ぐという判断は、古典文学の流布と啓蒙にとって避けて通ることができないものであった。学問の裾野を拡げ、古典が通俗化する際に起きる現象をこのような姿で垣間見ることができるのである。

さて、次に義門『友鏡』（文政六年春刊）を見てみよう。義門は若狭国妙玄寺の住職の家に生まれたが、宣長や春庭の著作に導かれて、国語研究を始めた。とりわけ『詞八衢』に啓発され、活用研究において成果を上げた。

義門には、天保十五年に刊行された『活語指南』があり、体言・用言の別や活用形の用法を説いて、近代の活用研究への道を拓いた。これに先立って上梓された『友鏡』は、『てにをは紐鏡』の表に基づいて、これに活用形を増補することによって、より詳細な活用表を構成することになった。凡例に次のようにある。

おほよそことばのはたらきはさま〴〵あれど、其大むねまづいつゝにわかれたり。それを今ひとめにみ明めんためにとて、図を五にさかひして示したれば、此いつゝのわかるゝやうをばひとつ〳〵の詞のうへにて考んには、左なる図［　］のうちなる字《モジ》どもをばこと〴〵く［く］［し］［き］［けれ］【中略】［まし］［まし］［ましか］とやうにしてみるべし。詞の活ざまをさとさんには、もとよりしか図すべう覚ゆれど、さては此書はしも、もとてにをはのもとすゑをあはする為にと物するほいあらはしがたければなん。そも〳〵五転の説こゝにはつくしがたし。此事は詞の道しるべと名けたるものにくはしくいへるをみてさとるべし。たゞしその大かたは此図のはじめにしるせるところの将然言などいへる漢字《カラモジ》どもを考てもわきまへてよかし。

言葉の働きが五つあるという。義門はそれを「五転の説」とも称している。それは宣長が「三転」と称したものを増補したものである。「三転」とは、今の文法でいえば終止形・連体形・已然形の三つであるが、これに二つを加えて「五転」としたわけである。最後に「将然言」と記しているのがその一つである。このような活用に対する意識は、本居春庭『詞八衢』（文化五年刊）において先鋭化するが、春庭が目指したものは主に活用の種類を整理し、分類することであった。活用形については義門の研究が先行したことを付言しておこう。『活語指南』によって「五転」を説明すれば、次のとおりである。

将《シヤウ》然《ゼン》言《ゲン》《マサニシカラントスルコトバ》●コレカラドリヤト初メカケル、コレカラユクサキノヿヲ云。但シコレハ一端ニツキシバラク名ヅケタル名目也。未然言ナドヤウニ云テモ可ナリ。コレハマヅ挙《テ》二一隅《ヲ》一示《ス》二三隅《ヲ》一トイヘル風情ナリトシレ。花サカバト云ヘバサカヌサキニ云ルニテ、カノサケバト云ルハチヤントサイテスンダヲ云【ソレハ已然言】ニ対スル名目ナリ。

連《レン》用《ヨウ》言《ヨウカラ用ヘツヾクコトバ》●動《ウゴ》キ活《ハタラ》ク語カラ動キ用《ハタラ》ク言バヘツヾク。

截《セツ》断《ダン》言《キレル》●キレテスワレルヲ云。言ノトマリ所ナリ。

連《レン》体《タイ》言《タイニツヾク》●活《ラ》キ動ク用ノ言カラ動《カ》ヌ語ヘ連《ツヾ》ク。ウゴカヌトハ体ノ語ノ「也。但シ体用コ、ニイヘルハ、カノ儒者ニテモ仏者ニテモ体相用ナド、スベテノ事物ノウヘニ云体用ニテハアナガチニコ、ロウベカラズ。物体アラヌモノニテモ、ソノモノソノ「ソノワザノ名デ、其語ノスヱノモジノトモカクモウゴカヌ分ヲ今ハコトゞ〳〵ク体言ト云ヒオケルノゾト意エヨ。コレニ有形无形アリ。下ニ云。

已《イ》然《ゼン》言《スデニシカル》●然アッテスンダ処ナリ。将然未然ニ対シ考フベシ。已《イ》ハチャントスンダノナリ。花開《サ》ケバト云ヲ花開《サ》カバト云ニ対シテ考フベシ。咲《サ》カババハ未《イマダ》也。咲ケババハチャント也。


「将然言」は「未然言」と言い換えられているが、これらはいわゆる活用形である。「截断言」を終止形と言い換えれば、現在の古典文法の枠組みと言ってよい。『活語指南』には命令形に相当する「希《ケ》求《ク》言」もあり、これにより六つの活用形が完備することになる。この活用形の名称および用法は近代以降の文法研究に受け継がれていることは言うまでもない。係り結びの研究は、その当然の帰結として「結び辞」の変化（活用）の研究を誘発したわけである。もちろん義門はそのことを意識していた。『友鏡』は次のように記している。

そも〳〵おのれ聊ながらも此みちをたどりそめしは、もと紐鏡といへる書のひかりを蒙てなり。さてそれより詞《ノ》玉《ノ》緒などをくりかへし見しかば、つひにははやくまどひてあやしうむすぼゝれたるすぢにおもひをりしいにしへの歌ぶみどもの、もといとうるはしきものなるよしをも、やう〳〵にときうるやうになんなりにたるは、思へば〳〵故鈴屋翁のめぐみになんあるを、かの翁はすべて何事も世のなみ〳〵にたちこえてあげつらはれし中に、そのみづからの説とてかたく執しなせそといはれしなども、やがて大かた人にすぐれたるかしこさなりしよと、ふかく感ぜらるゝにつきて、かのあらはされしひもかゞみといふものにも、今見ればなほいかにぞやおぼゆるところ〴〵はたなきにしもあらぬを、こゝろにのみやはこめてあるべき、それいひいでんこそ、やがてかの翁のほいにもかなひて、すなはちさるこゝろのつくやうにみちびかれてしよろこびきこゆるひとはしともなるべけれと思ひさだめたるになん。

義門の活用研究の出発点に『てにをは紐鏡』があったごとくであり、その誤謬を指摘することも学恩に報いることであると記しているのである。このように『紐鏡』は係り結びを実体化した表であったが、それは本居春庭『詞八衢』を経由して義門の活用研究にまで影響を及ぼす力を持っていた。活用研究は『紐鏡』における係り結び研究が向かう道筋の一つであることは間違いない。なお、春庭の係り結び研究については次節で検証する。

第三として、太田豊年『紐鏡中の心』を検討したい。豊年は大平門なので、宣長直系の国学者ということになる。文政十年十一月の自跋があるが、鈴木重胤による嘉永三年三月の序文があるので、刊行はそれ以後ということになる。なお、豊年は天保五年に死没している。上下巻の二冊本で、上巻は『紐鏡』の段別の解説で、『下巻』は『紐鏡』を三転証歌によって実証した『詞の玉緒』一之巻の、特に第一段から第五段までの証歌の解説に費やしている。豊年の本書執筆の経緯と意図は、跋文で次のように記されている(7)。

去年の冬ばかりにや、はじめて此ときごとの　おほせをうけたまはりてやがて其大むねを云つゞり見つるに、猶はやく人々のつくり出せしちうさくの詞のやちぐさ、あるはうつし詞、あるは友かゞみなどいふたぐひの、うひまなびの見明らめがたきすぢにおちて、いふかひなきものにのみなれりければ、今一きだねちかくて詞のすぢをうまく　しろしめさせてしがなと思う給へて、とかく思ひめぐらすほどに、例のやまひのいたつかはしさにまぎらはされて、よろづにうち捨たるやうにてありしを、又いかにやとうながし給へるかしこさにおもひおこして、からうじて此ころまでにかばかりのことをものし出し侍りし。

これによれば、『詞のやちぐさ』や『紐鏡うつし辞』、あるいは『友鏡』などが初学者には難解すぎるから、『紐鏡』の解説書が必要であると一念発起して執筆したというのである。[8]要するに、『中の心』は基本的に『紐鏡』および『詞の玉緒』をわかりやすく解説することを目指しているのである。実際のところ、両書を詳細に、しかも明快に注釈している。たとえば、「照らし見よ」の歌について、次のように解説している（割注は省略した）。

　此歌は宣長みづからよみてこれが名としたるなり。紐鏡といふは裏面に紐《ヒモ》をつけて鏡台に懸るやうにしたる鏡にて、昔のは皆かくの如し。今も上つかたの御物《オモノ》は是也とぞ承《ウケタマハ》る。てらす うつる等と云は鏡のよせ、結ぶと云は紐のよせ也。本末《モトスヱ》は はも徒 ぞのや何 こそ のテニヲハを本《モト》といひ、此三《ミ》条《クダリ》に属《ゾク》する四十三段の結び詞をさして末《スヱ》といへるなり。三くさにうつるとは一ツの詞、右の三《ミ》条《クダリ》に随《シタガ》ひて三種《ミクサ》に転《ウツ》りはたらくを云。 はも徒 の条にてはけりと結ぶが、 ぞのや何 の条にてはけると結び、 こそ の条にてはけれと結ぶが如し。これけりといへる、一ツの詞上のテニヲハにひかれてける けれと転《ウツ》り働《ハタラ》く。これを三くさにうつると云。千々《チヾ》の詞をと云は、かくいづれの詞も三種《ミクサ》にうつり働《ハタ》らく。其うつりはたらくに、又それぐの差別《ケヂメ》あり。格《サダマリ》あり。これをちゞのことばといふなり。

当該歌に関する詳細な注釈を記している。特に「紐」と「鏡」の縁語と「三くさにうつる」が表す意味について、宣長の意図を忖度しながら、執拗に詳しく解説するのである。また、末尾に「豊年こたび此歌のはてに千々の詞をとあるを、中の心とあらためかへて此書《フミ》の名とせり」と記して、タイトル命名の理由を明らかにしている。先行研究よりもさらに詳しい宣長著作の解説を目指したわけである。

『紐鏡中の心』下巻は『紐鏡』の裏付けとなる証歌（第一段から第五段まで）の解説である。最初の「有明のつれなく見えし」の歌について見てみよう。

　古十三 あり明のつれなくみえしわかれより暁ばかりうきものはなし

有明は十七八日比より後の月の夜明ても猶空に残りあるを云。つれなくはいかなる事のありても猶もとのまゝにて、ふつにけしきのかはらぬを云。俗言にシラヌ顔シテ居る又シレ〴〵シテ居ると云にあたれり。○歌の意は、有明の月が空に残りて夜が明てもヤツハリしらぬ顔《シレ〴〵トシテ》して空に見えた其暁、君に別れて我帰りし時より、其後けしきのあはれの忘らるゝ時なければ、昼夜十二時中に暁ばかり心《うき》やましい時《き》刻もない。△歌につれなしと云事をつらしとも云はツレナのレナの約《ツヾメ》ラなればなり。雅言にうきと云は俗言に云つらきの義也。雅言につらし　つれなしと云は俗言にシラヌ顔して居る　シレ〴〵シテ居るなど云にあたる也。此雅言と俗言とのたがひめを、ゆめなおもほしまどひそ。△此歌の上の句のつれなく見えしのしは、俗言に見えたと云たにあたりて過去なり。又とぢめのうき物はなしのしは俗言に物はないと云いにあたりて現在なり。かやうに過去と現在とにて同じしノ字、うら《裏》うへ《表》にかはるは、これテニヲハの妙也。

まず、語句の注釈を記した後、通釈を俗語を交えて行っている。そして、「つれなし」の語意を雅俗の相違にわたって説明している。また、最後に「見えし」の「し」と「なし」の「し」の違いについて、過去と現在の相違であると記している。現代では過去の助動詞と形容詞の語尾という説明をするが、この言い方は従来の歌学における分類名称で、宣長も『詞の玉緒』六之巻でこの分類に従っている。豊年はこれを踏襲して、和歌の注釈に用いているのである。このように懇切丁寧に解釈を施すのは、『詞の玉緒』に掲載された歌を単なる用例としてではなく、その歌の中身にまで踏み込んで理解することを目指しているからである。そのことは豊年が宣長の祖述を目論んでいたことを意味すると言ってよかろう。

この他にも『詞の玉緒』の補遺や増補を目指した書物は多く、宣長の門弟や孫弟子がその執筆に関わっている。玉緒学派と称するグループを形成したのである。それは宣長がうち立てた業績の再生産であり、必ずしもこれを発展させるものではなかった。偉大な業績を継承するためには、これを批判し乗り越えるような気概がなければならないのである。

五、本居春庭の「係り結び」継承

前節で少し触れたように、本居春庭は宣長の一連の「係り結び」研究を踏まえて活用研究の荒野を開拓した。春庭は『詞八衢』の巻頭で、「詞のはたらき」（活用）が言語の根幹であるとした上で、次のように記している。

さるは神代よりおのづからさだまりありて、今の世にいたるまでうつりかはることなく、いさゝかもたがひあやまるときは其ことわからず、そのこゝろきこえがたきものにしあれば、一文字《ヒトモジ》といへどもみだりにはぶき、みだりにくはへなど、すべておほろかにおもひなすべきわざにはあらずなん。

「詞のはたらき」は「神代」から伝わる「さだまり」であって、少しでもそこからはずれると意味を成さないという。これは宣長が「本末をかなへあはするさだまり」を神代から受け継がれたものであると考えたものを「結び辞」に限定し、これを発展させたものととらえることができる。要するに、「係り結び」研究を「活用」研究にシフトさせたわけである。「詞八衢」という書名は「おなじ言の葉もその活ざまによりていづかたへもおもむきゆくものにしあれば、道になぞらへてかくはものしつるになむ」と、命名の由来を説明している。このように春庭は「三転」から「八衢」へと研究対象を拡大させたのである。

ただし、春庭の関心は活用形よりはむしろ活用の種類であった。春庭は活用には四つの種類があるという。それは「四段の活、一段の活、中二段の活、下二段の活」である。そのほかにもこの四種に適合しないものを「変格」と名付けている。それらは現代の古典文法における九種類の活用にほぼ対応している。というよりも、むしろ春庭の提唱した活用の種類に基づいて古典文法が構築されたと言った方が正確である。それはともあれ、春庭が究明した活用研究は、『てにをは紐鏡』における四十三段にわたる活用について、その対象が動詞に限定されるとはいえ、その種類を四つ（および変格）にまとめ上げたという功績がある。活用形については義門が六つに分割したことを前節で検討した。いずれにせよ、『てにをは紐鏡』からは「係り結び」現象の研究のみならず、活用研究が分派したことが確認できたと思われる。

さて、春庭には『詞八衢』のほかに『詞通路』（文政十一年秋序）という著作があり、春庭における『紐鏡』の受容は『詞通路』にも表れている。いやむしろ、係り結びに関する考え方は『詞通路』にこそ明確に表れていると言ってよい。そもそも『詞通路』は言葉の用法に関する論考を集成したもので、上巻には「詞の自他の事」、中巻には「詞の兼用の事」「詞の延約の事」、下巻には「詞てにをはのかゝる所の事」が置かれている。その中で「詞てにをはのかゝる所の事」が宣長の係り結びを踏まえた項目である。そこで次のように述べている。

すべて詞にもてにをはにもこと〴〵く其かゝる所あることなり。歌よみふみかくともがら、是をよくしらではあるべからず。いにしへよりてにをはの事はこれかれをしへさとしたる書どもさま〴〵多く、又人も常にとかくいふ事なれば、人々おのづから見きゝて、てにをははかならずしらではえあるまじき物としりて、いかでよく明らめばやと、たれも〳〵思ふべかめるを、このかゝるところのさまはむかしよりたれもことゝしていへることなければ、物よくかむがふるともがらもおのづからこゝろづかざりければ、なほざりにのみなりもてゆきて、近代にはこのあやまり多く出来にけるなりけり。

「詞」と「てにをは」には「かゝる所」があるという。そしてその「かゝる所」の極意は重要であり、これを明らかにしたいところであるが、昔から特にこれを追究する者もなく、思慮深い学者もこのことに気付かなかったので、近年はこの手の過誤が頻発するようになったというのである。それでは、この「かゝる」とはどのようなことなのか。春庭はそれを次のように記している。

そは次の詞へのみかゝるもあり、あるは一首のうへにこと〴〵くかゝるもあり、あるは句をこれかれへだてゝかゝるもありて、其かゝりざまもさま〴〵なれど、おのづから其定りある事なり。是にたがふ時は詞とゝのはず、或は自他いりまじりけぢめわからず。下にかゝるべき所あるべきに其詞なく、あるはたゞ一もじのつかひざまにて上にかけあはすなりなどする事なれば、歌学せむともがらはかならずしらではえあるまじき事なり。

「次の詞」「一首のうへ」「句を〜へだてゝ」とは、すべて歌に関することである。「歌学せむともがら」がこのことを心得る必要があるというのは、それが歌における機能だからである。要するに、ここにおける「かゝる」の説明は、ほぼ歌に限定されると考えてよいわけである。実際のところ、春庭が出す「かゝる」の用例はすべて和歌である。それらに次のような符号を付して、和歌を理解するための便宜としている。

） 此しるしは次の詞へのみかゝるをしらせたるなり。
］ 此印はその詞てにをはの句をへだてゝむねとかゝるところをしらせたるなり。
［ 此印は下より上へかへりてかゝる所をしらせたるなり。
▭ 此印は歌のなからにてきるゝをしらせたるなり。
▯▯ 此印は紐鏡にいへる結ぶてにをはをしらせたるなり。
□ かくかこみたるは枕詞なり。

これらの印は、次の言葉に掛かるもの、言葉を隔てて掛かるもの、倒置、句切れ、係り結び、枕詞を表している。これらの印を駆使して和歌の係り受けを説明するのである。[9] できるだけ多くの符号を含んだ歌（古今集・春上・読人不知）を例にして、印の機能を見てみたい。

あだなりと名にこそたてれ□桜花としにまれなる人もまちけり

）と］は当該箇所が主にどの言葉に掛かっていくかという違いで、［は上下逆転する倒置表現を表している。区切れを表す□を挟んだ倒置について、春庭は「桜花は名にこそたてれといふこゝろなり」と注記している。このような和歌における意味上の切れ続き、あるいは係り受けを指摘する文脈で、「紐鏡にいへる結ぶてにをは」を問題にしているのである。具体的には「こそ〜れ」と「も〜けり」を二重傍線の符号で関係づけている。このことをどう考えればよいだろうか。

第三節でも見たように、係り結びは中世以来の歌学書で盛んに指摘され、論究されたが、これを膨大な用例によって裏付けを取り、極めて単純な表にしたのが、宣長の『てにをは紐鏡』であった。用例の検証作業は『詞の玉緒』で実践される。そこには規則に反する例外も含めて、後世の研究者による追試にも堪える質と量を誇るデータが掲載されている。しかも、宣長は係り結びを和歌だけでなく、文章にも適用される規則として考えていた。したがって、宣長にとって係り結びとは日本語、とりわけ古代日本語を司る規則の最も特徴的なものだったのである。その規則にいささかの乱れもないことが日本語の卓越した特性を保証している。宣長はそのように考えたのである。

しかしながら、宣長が係り結びを「その本と末とをあひてらして、かなへあはするさだまり」（詞の玉緒）と表現する時、それを適用する典型例は和歌に他ならないと考えるのが妥当であろう。ここでそのように結論づける根拠を検討することにしたい。まず一つ目は、第三節でも検討したように、圧倒的な用例数の問題である。『詞の玉緒』全七巻のうち、七之巻の終わりに「文章の部」を設けて文章の用例を置いているに過ぎず、それ以外はすべて和歌を用例としている。もちろん、文章よりも和歌の方が音数律などの形態的側面から誤写が少ないといったことも理由に挙げられるが、それでもやはり用例数の多さは宣長が何を典型として考えていたかということの指標にはなるだろう。二つ目として、「本末」という表現である。「本末」とは本来は物事のはじめと終わりや、根本と末梢といったことを表すが、歌学においては歌の上句と下句を意味する。圧倒的な数の歌の用例を前にして「本末」という語が意味するのは上句と下句と見て間違いない。少なくとも宣長は上句・下句を念頭に置いていたと考えることができよう。三つ目として、宣長が和歌の「本末」の「かけ合」ということを重視していたということである。宣長は古歌を注釈したり、自ら歌を詠んだりする時に、言葉の「かけ合」（よせ・縁）を非常に重要なものと考えた。たとえばそれは新古今集の注釈書『美濃の家づと』における注釈態度にも如実に表れている。[10]ここでいう「かけ合」とは、歌の上句と下句に意味的に響き合う言葉（縁語）が適切に配置されていることをいう。そのような「かけ合」が存在することが新古今集の真骨頂であると考えたのである。そのような「かけ合」重視の態度は、後に石原正明『尾張廼家苞』によって完膚なきまでに批判されることになるが、宣長自身は終生「かけ合」に対するこだわりを捨てることはなかった。そのような歌の本末の「かけ合」と「本末をかなへあはするさだまり」（係り結び）とは、宣長にとって不可分のものだったと考えることができる。つまり、歌においては「詞」の「かけ合」としての縁語と、「てにをは」の「かけ合」としての係り結びが共存し、共にあることによって形態的にも、意味内容の上でも麗しい姿を見せるということである。

そのように考えることが許されるのであれば、宣長における「係り結び」とは、古代日本語における言語法則であると同時に、宣長の志向する和歌観に合致する和歌表現の一つということになる。現代において係り結びとは、日本語が書記される以前から従い、和歌はもちろんのこと、和文を記す際にも規制された文法法則という認識である。[11]もちろん、それは宣長の解明した係り結び研究の延長線上に位置する理解であり、基本的に正しい。

だが、宣長にとって係り結びとは、和歌表現の重要なファクターである「かけ合」の一つであった。つまり、係り結びは文法法則であると同時に、和歌表現の作法でもあったと考えることができる。

宣長の「係り結び」がそのような二面性を有するとすれば、それが春庭に継承される際に、ある種の二極分化を起こしたと考えることができる。一つは、現代の定説となっている文法法則としての係り結びであって、それはより尖鋭化して『詞八衢』における精緻な活用研究に進化していった。[12] もう一つは、和歌の表現技巧としての「かけ合」の一つとしての係り結びであって、それは『詞通路』下巻「詞てにをはのかゝる所の事」に継承されたと考えることができる。現代から見れば、春庭の『詞通路』における「係り結び」の扱いは、国学以前の歌学の「てにをは」研究の域に後退したと映るかもしれないが、宣長が提示した一つの方向性を発展させたという面もある。つまり、係り結びは和歌表現の技法の一つとして確立したのである。その後も歌人が門弟への詠歌添削指導をする際に、係り結びは有力な手法の一つとして受け継がれていった。

六、宣長説修正の歴史

『てにをは紐鏡』と『詞の玉緒』は同時代と後の時代に大きな影響を与えたが、その多くは追従や盲信といった体のもので、真正面からこれを批判する者はなかなか現れなかった。学説は祖述されると堕落し、批判されると鍛えられて輝きを増すものである。そういった意味で、門弟が宣長の学説を鵜呑みにしたことは、宣長の著書には従っているが、宣長の学説にとってはむしろ背信行為であったといえるかもしれない。本節では、宣長の学説が近代の国文法研究に発展していく際に、適切な修正を受けながら継承される過程を、（1）「係り結び」という名称、（2）「徒」の正体、（3）「の」を「かかり」とするか、（4）「何」を「かかり」とするか、の四項目にわたって観察していくことにしたい。なお、本節をまとめるにあたって、船城俊太郎氏による『てにをは係辞弁』「解説」（勉誠社文庫八十二、一九八一年一月）を参照した。

（1）「係り結び」という名称

係り結びは宣長が体系化したとされているが、宣長自身は「係り結び」という用語を用いたことはなかった。「結び辞（結び）」という語は用いたが、「かかり」については「上のてにをはのかゝり」と称している。それは厳密に言えば、「かかり」の「てにをは」を意味するわけではない。これを「係り」という語で表現したのは、富樫広蔭『詞玉橋』（弘化三年成）が最初であるという。(13)

加々理牟須毗ノ事

係《カヽリ》トハ静辞ノも に を は ば の が ぞ や か こそ 等言詞動辞ニ繋ゲ静辞ニ合セ等シテ上ノ意ヲ下ヘ云係テ下ナル結《ムスビ》ニ打合フヲ号フ。

ここで「加々理牟須毗」（かかりむすび）という連語が始めて出る。また、それが「係《カヽリ》」が「上ノ意ヲ下ヘ云係テ」「結《ムスビ》」に照応することを意味するという。「係《カヽリ》」を「静辞（すわりてにをは）」（助詞）に限定するところは宣長説から推移しているが、「に・ば」などが混入しているので必ずしも洗練されているわけではない。いずれにせよ、係り結びという文法現象を対象化していることは確かである。広蔭が「係」と呼んだものを、鈴木重胤『詞のちかみち』巻上（弘化二年十月刊）は「係辞」（かかりてにをは）と称している。(14)

係辞

かゝりてにをはとは、紐鏡なる結辞を三条にたてゝ、其かしらの右行《ノ》は、はも徒、中行《ノ》はぞや疑、左《ノ》行はこその辞どもこれなり。此は上より言ひ下したる物事の中よりすぐれて重く止事《ヤゴト》なきを撰分《エリワケ》、其専要《ムネ》と有るもの一つを取出て、下なる結辞にうちあはせんためになん有ける。是によりて微細《コマカ》なるこゝろ用ひも何もうまく知らるゝわざなれば、よく古より用《ツカ》ひ来れる例《アト》を尋《タヅ》ねて、深《フカ》く考へものすべくなん。

「結び辞（結辞）」に対応して「係辞」（かかりてにをは）と称するのは必然であろう。また、重胤は「係辞」の機能について、重要な構成要素を指示して、それを「結辞」に照応させるという説明を施しているところは注目すべきであろう。「係辞」については、萩原広道『てにをは係辞弁』（弘化三年二月十二日付西田直養序）が次のように述べている。(15)

係辞とは、先師本居翁《ノ》の考へ著《アラハ》されたる詞《コトバノ》瓊《タマノ》綸《ヲ》、またてにをは紐《ヒモ》鏡《カヾミ》の図《カタ》などに、上より係《カヽ》りゆくてにをはを、三条《ミスヂ》に分《ワカ》ちて、右行《ノクダリ》はも徒、中行《ノクダリ》ぞのや何、左行《ノクダリ》こそ、と挙《アゲ》られたる類《タグヒ》を、今かりにかく名付《ク》るなり。さるは係辞とつゞきたる文字《モジ》は、漢籍《カラブミ》どもにありやなしや、大かたは有《ル》まじけれども、これらの辞《コトバ》どもを概《オシクル》めて、何といふべきやうもおぼえねば、たゞかゝりことばといふ意までに、書出《カキ》たるのみなり。

広道は「係辞」を「かゝりことば」と読んでいる。『詞のちかみち』との影響関係は必ずしも定かではないが、これを自らの発明であるかのように記している。いずれにせよ、近代の国文法研究において「係助詞」と称するもののルーツが「係辞」であることを考慮すれば、『てにをは係辞弁』は宣長説の正統的受容の道筋に乗っていると考えることができよう。

（2）「徒」の正体

「徒」については、その内実と宣長が意図したことが等身大に理解されることが困難であった。牛尾養庵『てにをはしづのをだまき』は、「は・も・ぞ・の・や・こそ」とは根本的に性質が異なることを悟って、次のように述べている。

その類のてにをはなきを徒と名付て一例とせる事いと〳〵心得られず。およそ歌はもとより徒なるものなり。

其よみ出るうちには ぞ こそ 等のてにをは入来りて、おのづからそれにうちあふべきむすびの辞を得て一《ひと》首《うた》のとゝのへをなせり。しかるに徒の詠格といふものあらんや。

養庵は係り結びを和歌の表現法の一つと考えて、特別な「てにをは」がなく、結びを取らない「徒」は、和歌の用法（詠格）として意味を成さないと批判している。つまり、言語法則としてではなく、和歌の表現として認識しているのである。前節で見たように、和歌の表現法の一つとする解釈は春庭もしているので、必ずしもそれが方向性として間違っているとはいえないであろう。

富樫広蔭は、養庵とは別の意味で「徒」の存在を批判し、次のような修正案を提示する。

結《ムスビ》トハ詞ニテモ辞ニテモ上ノ係ニ打合テソノ意ヲ結テ断テ止ルヲ号フ。然《サ》ルカラニ紐鏡ニ出サレタル徒《タヾ》ノ結トイフハ有マジキ道理ナレバ、徒《タヾ》トアル中ヨリに を ば ノ三ツヲ取出テ上ニ係ナキハ断テ止ルトイフニ納《コメ》テは も 徒 ヲ も に を は ば ト改革《アラタメ》ツルナリ。

広蔭は「係」と「結」が必ず対応するという見地から、「係」の不在を表す「徒」というのはこの法則に反すると考えた。そこで広蔭は「徒」に代えて「に・を・ば」という三つを立項するという。これは宣長が提唱した「本末結ぶ」対応関係には忠実であるけれども、宣長が思慮深く置いた「徒」を軽視する所業と言えるかもしれない。つまり、ゼロ記号である「徒」は、あくまでも「かかり」が不在であることに意味があるのである。

萩原広道もまた「徒」に関する見解が宣長とは異なっている。これに関して次のように述べている。

彼《カノ》三《ミ》転《ウツリ》の右行《ノクダリ》を、徒とて挙《アゲ》られたる中より、はもの二つを別《コト》にぬき出《ダ》されたるは、徒の中に、はもは殊《コト》に多《オホ》くて著《シル》き辞《コトバ》なればなるべし。然《シカ》はあれども、其余《ノホカ》てにをのばどでよりまでへなども、またおの〳〵応《ヒヾ》きて結《ムス》ぶ処へかゝれば、はもばかりを、とり出《ヅ》べきにはあらざるが如し。されば今は右行《ノ》をば、おしなべて徒としたり。そのうへ徒とは、ぞのや何こその外なる辞どもを、名《ナツ》くるよし、瓊綸《タマノヲ》にいはれて、なべては平語《タヾコト》なるを、切《キ》るゝと続《ツヾ》くとの差《ケヂメ》によりて、彼《ノ》ぞ のや何 こそ 等《ドモ》に対《ムカ》へ見る時《トキ》にのみ、其格《ソノサダマリ》あるがごとくにて、さして紛《マギラ》はしきふしもなければ、強《シヒ》ては其格《ノ》なくともありぬべし。

広道は「は・も」を、特に多用されるために「徒」から抜き出して立項したものと理解した。それは『詞の玉緒』が「徒とは、ぞ のや何 こその外なる辞どもを名《ナツ》くる」としていることに基づいている。要するに「徒」とは「ぞ・の・や・何・こそ」以外の「辞」(てにをは)だというのである。それゆえ、「に・を・の・ば・ど・で・より・まで・へ」が「徒」には含まれているから、あえて「徒」を立項するには及ばないというわけである。しかしながら、そもそも『詞の玉緒』は「徒」を「辞」(てにをは)とは認定していない。『係辞弁』が「徒とは、ぞ のや何 こそ の外なる辞どもを名《ナツ》くる」として引用した箇所は、『詞の玉緒』では「徒とはは も ぞ のや何 こそ などいふ辞のなきを今かりにかくいふ也」となっているのである。この違いは大きい。つまり、掲出の「辞」の不在記号としての「徒」を、掲出の「辞」以外の「辞」と誤解して論を進めているわけである。[16] このような誤解に基づく議論は、第一義的には宣長の真意をつかみきれない後世の学者の責任であるが、「てにをは」のゼロ記号という「徒」に込められた意味がわかりづらかったということも事実である。見えないものに命名するという、極めて抽象度の高い営為であると言ってよい。

(3)「の」を「かかり」とするか

『紐鏡』中の行に「ぞ・の・や・何」とある「の」について、その結び辞が「下へつゞく辞」(連体形)である理由が、他の「てにをは」とは働きが異なるという批判が続出することになる。まず、牛尾養庵は次のように記している。

の といふは彼の体につけるのすぢとす。それのこれのといふが如し。月の光、花の匂ひ、又は風のふく、人のとふなどいふ類、みな向ふの体につきあるのすぢにさしいふ詞なり。故にのといひて切るゝといふ事なし。ぞ や など〻一例に心得べからず。の〻下は必含蓄《はぶけること》ありて、よ 事よ かななどいふ字をそへて見るべし。こゝろをあましたるものなり。上にかへりて切るゝ歌は、下にはの字をそへて見るこゝろなり。

「の」は「体」（体言）に接続する種類の言葉であるという。それゆえ、「の」によって文が切れるということはなく、「の」は「ぞ・や」とは異なるという。また、「の」の下には「含蓄《はぶけること》」があって、「よ・事よ・かな」という言葉を添えることを提唱している。つまり余情的表現というのである。また、倒置の歌は末尾に「は」字を添えるという趣向を披露している。このように「の」が他のかかりの言葉とは違って結びを要求するものではないことを述べている。それは宣長説に対する補正であった。

このことについて、鈴木重胤は次のように記している。

さてこゝには も 徒 ぞ や 疑 こそ の七つを出して、のをはぶけるは、のは係辞にあらず。此《コレ》と彼《カレ》と離《ハナレ》〻《ぐ》なるものを連ね接くる辞なり。この故につねにぞ や 疑 こそ と重《カサ》なりてあれども、そのむすびはぞ や 疑 こそ にて結ぶにても炳焉《シル》かり。然ればのにて結べるはいかにと考《フ》るに、詞《ノ》玉《ノ》緒にいだされたる、変格といふ類《タグヒ》にて、終りの句に嘆‐息の意ありて、留りの下にかなまたよやなどいふ辞を加《クハ》へてきくべきぞ多かりける。これによりてしばらくこゝには省《ハブ》きつ。

重胤は「の」が「係辞」ではないときっぱりと断言している。「の」の機能を接続としている。それではなぜ「の」が結びを要求するのか。重胤は「の」によって結ぶ表現を『詞の玉緒』二之巻の「変格」に準じて考えることを主張する。つまり、末尾に「嘆‐息」の意が込められていて「かな・よや」などを補うべき用例と同じであるというのである。その根拠は養庵とは異なるけれども、「の」の結びを余情表現であると説明するところは同じであると考えてよい。

一方、義門『玉緒繰分』（天保十二年刊）は少しスタンスが異なる。

△の‖は軽くては‖も‖に近き由は、友鏡には‖も‖の方へ近づけて図せるが如し。彼五十三段の活き詞どもへかゝることの、ぞ‖や‖何‖とは‖も‖との中間にある辞《テニヲハ》なるを考へて知べし。

義門は「の」を「かかり」と認めつつ、「は・も」に近いものと考えて、『友鏡』においても「ぞ・や・何」とは破線で区切って図示している。この考え方は他の批判書とは異なるが、「ぞ・や・何」とは明らかに違うという認識であることは確かであろう。

また、萩原広道は次のように述べている。

此の《ノ》‖の結びと見られたるは、いひさして意《コヽロ》を含《フク》め残《ノコ》したる略語の格（割注省略）にて、全《マタ》く結び終《ヲハ》りたるものとは見えず。おほよそ歌は句の限《カギリ》ありて、詞 義《コトバノコヽロ》の尽《ツク》る処までは、いひがたきこともあるものなれば、半《ナカバ》にていひさして、さて其残《ノノコ》りたる意の、聞ゆるやうによむこと、常《ツネ》なれば、此《ノ》外にも多きことにて、瓊綸《タマノヲ》に、動《ウゴ》かぬ言にて結ぶ格、また変格、などいはれたる類 皆《タグヒミナ》これなり。

広道は「の」の「結び」を「いひさして意《コヽロ》を含《フク》め残《ノコ》したる略語の格」と考える。つまり、余韻・余情である。これは養庵の言う「含蓄」や重胤の言う「嘆息」（もともとは宣長の用語）と類似の認識であり、類似の表現であると言ってよい。要するに、「の」の結びと見えるものは、省略を想起させる用法を取ることによって余情を表現するという効果があるというのである。広道は宣長が『詞の玉緒』一之巻「三転証歌」で「の」の結びの用例として示した歌をすべて引用し、その末尾に「コトヨ・コトカナ・コトハ」などの言葉を補っている。このことによって宣長が唱えた「の」の係り結びは見直しを余儀なくされることとなった。

（4）「何」を「かかり」とするか

宣長は「何」に代表される疑問語を「かかり」とするが、これについて批判が出された。養庵は次のように記している。

何などいかいく誰などいへるうたがひの詞は、大かた我心あたりの位にさしてかの字にて切る歟。んらんけんなん等にてむすべり。かのかゝへなきは下にぞの字をそへて云る心なり。

疑問語は「か」字の作用で切れる（「か」による係り結び）ことをはっきりと言い定めている。また、「か」字がない場合には、「ぞ」字が省略されたものとして解釈するというのである。「ぞ」字の省略説については、その場しのぎの対処法に過ぎず、到底認めることはできないが、疑問語の結びと見えるものが「か」字による係り結びであることを指摘したことは大きな進歩と言ってよいだろう。

広道もまた「何」の結びについて、宣長の導き出した結論に反対する。『てにをは紐鏡』や『詞の玉緒』四之巻において、「何」が中の行の結びを導くことを示していることに言及した上で、次のように反論している。

今案《イマオモフ》にこれさることのごとくなれども、悉《コト〲》くひがことにて、一の巻なる三転証歌の中に、挙《アゲ》られたるは、かの結びなると、いひさして意をふくませたる、略語の格なるとのみなり。さるは、何等とかと重《カサ》なる時は、かならずかを語《コトバ》の下におく例なれば、結びの脉《スヂ》は、下のかより受《ウク》べきこと、さしあたる理《コトワリ》なり。然るをいかにして考へ混《マガ》へられけん。悉《コト〲》く何等の結びとして、かの係辞をば、やに属《ツキ》たるごとく、傍《カタヘ》にせられたるより、此件《ノクダリ》のことゞもは、いみじくしひごとにはなれるなり。さてまた、何等と結辞との間《ダ》にかもじなきは、なほその結辞にても、意義《コヽロ》尽《ツキ》ずして、治定せざる歌どもなり。されば決《ウツナ》く何等の結びとは定めがたし。

宣長が「何」に対応する結びと考えたものについて、広道は「何」とともに用いられる「か」の結びであるか、もしくは余情を醸し出す略語の働きか、のどちらかであると推定している。「何」と「か」が重なる際に、「か」の作用によって結びが限定されるというのは、『てにをはしづのをだまき』と同様、慧眼といってよいが、「か」が存在しない場合の処置は恣意的という他はない。『てにをはしづのをだまき』が「ぞ」省略説を唱えたように、『係辞弁』は「の」と同様の余韻・余情説を唱えるわけである。このような処理は、角を矯めて牛を殺すまではいかないまでも、別の誤謬を発生させることになった。その後、「何」（疑問詞）の結びについては、近代になって宣長説の復権が図られることになる。(17)

七、近代国文法へ

てにをは研究史において宣長が拓いた地平は、それまでの歌学とは全く異なるものだった。『てにをは紐鏡』と『詞の玉緒』は厳密な国文法研究への扉を開いたのである。前節で検討したように、それらは一部修正されながらも、基本的にその精神は継承された。近代に入ってもその流れは変わらなかった。

物集高見『てにをは教科書』（明治十九年十月刊）は東京帝国大学における国文学の講義に用いられたものであるが、その例言に次のように記されている。

一、てにをはは、既に、本居翁の、詞の玉緒ありて、詳悉せりと雖ども、玉緒は、本居翁の、新たに、てにをはに、法則あるを、発見せられしをもて、其説を、証明せんが為めに、古書に徴して論弁せられたるものなれば、直ちに、其書をもて、教科の用に、充てんとする時は、啻に、巻帙の、浩瀚なるが為めに、多数の時間を、要するのみにもあらず、論説の高尚なるが為めにも、亦た、適当せざる所あり。殊には、其教科用に、作られたるにあらざれば、教授上に必用なる、順序と、方法とを、闕きたるをもて、前後同様なる講義も、時々、せざる可らざる、煩ひありて、とみに、其要領を、得せしむること能はざる、憾みあり。されば、余が、今、此書は、専ら、教授の用に、供せんの目的にて、勉めて、簡約を守り、てにをは上の、法則を網羅して、毎章に、一条の、法則を説きつゝ、易きより、難きに及ぼし、低きより、漸く、高きに至らしめたり。また、生徒の、記憶を易からしめんが為めに、毎章に、其要領を細書し、其生徒の、既に記憶せりや、如何を試みん料にと、種々の、誤り歌をも出だして、教員に便せり。

ここには本書が大学の講義で用いるテキストとして、いかにすぐれたものであるかということが述べられている。つまり、『詞の玉緒』は詳細であるが、部数が大部であるために使用に堪えず、説明が高尚すぎるために適切でないので、その代わりに『てにをは教科書』を編集したというわけである。しかも、それは単元ごとに初級から上級へと向かうようなシステムで構築されたのである。要するに、本書は大学の「生徒」に「てにをは」の極意を教授する「教員」のために編集されたものである。

このように宣長の学説は明治以降も国文学者の間で継承され、大学の教室でも教授された。もちろん宣長説はさらに深められ、文法研究に新天地を拓いた。とりわけ、山田孝雄の日本文法論は、その体系の中核に係り結びの法則を据えたのである。山田は文が成立する条件として「陳述」という機能を重視したが、その「陳述」とは取りも直さず、係り結びを意味するのである。山田は宣長が「かかり」と呼び、鈴木重胤や萩原広道が「係辞」と称したものを「係助詞」と名付けて、その機能を分析し、係り結びに関して、次のような働きを見出した。(18)

吾人の解釈によれば、係り詞と称するものは述素に影響を及ぼせる助詞といへる義にして結び詞と称するものは述語となれる詞なりとす。かくの如く解して始めて係結の真義は明にして外形に拘泥し、末に趨る弊を矯むることをうべし。

「係り詞」（係助詞）は「述素に影響を及ぼせる助詞」という定義をする。「述素に影響を及ぼせる」という機能を山田は別のところで「陳述」という語で表している。山田において「陳述」とは、「主位に立つ概念と賓位に立つ概念との異同を明かにしてこれを適当に結合する作用」（『日本文法学概論』第十章「用言概説」）と定義している。ただし、「陳述」については概念規定の曖昧さのゆえに論争に発展するという事態となった。(19) それはともあれ、係助詞の機能は古典文法の特質を表すだけでなく、日本語文法の根幹に関わる働きを有するものとして追究されることとなったのである。

また、山田は自らの研究を研究史上に位置づけて、次のように述べている。[20]

抑も係といふ語は本居宣長の唱へし術語にして、余がそれに基づきて係助詞といふ名を設けたるなり。その係といふ事の意義は本居は詳細に説明してはあらず。されど本居は係を「はも徒《タヾ》」「ぞのや何」「こそ」の三類に分けて説けるが、その「徒《タヾ》」については「上にこそ、ぞのや何はも、などいふ辞《テニヲハ》のなきを今かりに徒《タヾ》といふ」と説明してあるが故に、上にあげたる以外に係詞を認めぬものなる事は確かなり。このうち「の」が係にあらずといふ事と「何」（疑問と不定と汎称との意をあらはす語の総名）が係の如くに見ゆるはその下に「か」の来る時に限るものにして「何」の係といふは実は「か」の係にして「何」のみにては係になるものにあらず（これは不定又は汎称の意に用ゐる時なり）といふ事萩原広道の「てにをは係辞弁」によりて唱へられたり。この萩原の説はこの点に於いて正しきものにして本居説の不備を補ひ正したるものとして永く学界の定説となれり。然れども萩原はそれと同時に「徒《タヾ》」といふは「は」「も」の外「て」「に」「を」「の」「ば」「ど」「より」「まで」「へ」等をも含めていへるものとしたるなり。こゝに本居の云ひたる「徒《タヾ》」といふ術語の意味の誤解せられ、爾来百年許の間学界を惑したり。

ここには近代国文法の立場から宣長説の修正の歴史がまとめられている。宣長が『てにをは紐鏡』と『詞の玉緒』で提唱した説のうち、「の」と「何」については広道がこれを「係辞」でないことを立証したが、「徒《タヾ》」については広道がこれを誤って理解したために、「係辞」の拡張という事態を招いてしまったという。このことは前節で確認したところである。こういった経緯を踏まえた上で、山田は「係助詞」の機能をめぐって、「係助詞」（かかり）が要求する「陳述」（結び）の実体を明らかにした。とりわけ山田文法にとっては、「は」と「も」が重要となるのであり、その後の日本文法研究の新たな扉を開くことになった。そういった意味でも、宣長が『てにをは紐鏡』および『詞の玉緒』を著すにあたって、「は」と「も」を含めたことには大きな意味があったのである。

そして、山田孝雄『日本文法論』から百年を経た現在、研究はますます精緻になっている。[21] だが、本章冒頭に掲げたように、国語教育の現場では基本的に本居宣長が打ち立てた単純な法則が、はじめて教わる古典文法の特徴として立派に機能しているのである。

注

(1)『国語2』(光村図書、二〇一二年二月)「係り結び」。

(2) 山口明穂編『国文法講座』別巻〈学校文法――古文解釈と文法〉(明治書院、一九八八年四月)五、係結び」「1 表現形式」。

(3) 山田孝雄『日本文法論』(宝文館、一九〇八年九月)第二部「句論」第二章「句の性質」第三「係結法の論」参照。

(4) 宣長が『てにをは口伝』を書写したのは、宝暦六年十月十七日のことである。

(5) 凡例の別の箇所に「本と末とをあひてらして、かなへあはするさだまり」と記している。

(6)『万葉集問答十』。安永九年二月下旬成。

(7) 翻字は架蔵版本に基づくが、福田真久「ひも鏡中の心(翻刻)」(『国士館大学教養論集』十一号、一九八〇年九月)を参照した。

(8)『詞のやちぐさ』は元木網『詞のもとすゑ』(寛政十年刊)の改題本で、主に『詞の玉緒』を解説したものである。尾崎知光「国語学史上における『詞のもとすゑ』『詞のやちくさ』」(『愛知県立大学文学部論集 国文学科編』三十五号、一九八七年二月)参照。

(9) 尾崎知光「本居春庭の「詞、てにをはの係り受け」について」(『名古屋大学国語国文学』五十九号、一九八六年一二月、後に『国語学史の探求』(新典社、二〇一二年九月)に所収)参照。

(10) 本書第一部第三章「『新古今集美濃の家づと』受容史」参照。

(11) 金水敏『文法史』(シリーズ日本語史3、岩波書店、二〇一一年七月)第3章「統語論」参照。

(12) もちろん、春庭の活用研究は、直接には宣長『活用言の冊子』(『御国詞活用抄』)を発展させたものであるが、その芽が『てにをは紐鏡』および『詞の玉緒』にあることは言うまでもない。

(13) 以下、広蔭の著作の引用は『詞玉橋』による。なお、舩城俊太郎『かかりむすび考』(勉誠出版、二〇一三年一一月)第二部第一章「「は」「も」の〈かかり〉と『詞の玉緒』の活用研究史上の位置」、初出は一九七二年)参照。

(14) 以下、重胤の著作の引用は『詞のちかみち』による。

(15) 以下、広道の著作の引用は『弖尓乎波係辞弁』による。

(16) 舩城俊太郎前掲書第二部第二章「「徒」について」(初出は一九九二年)参照。

(17) 舩城俊太郎前掲書第二部第三章「「何」の〈かかり〉」(初出は一九七三年)参照。

(18) 『日本文法論』(宝文館、一九〇八年九月)本論第一部「語論」第三章「語の性質」第四「助詞」六「係助詞」。

(19) 大久保忠利『日本文法陳述論』(明治書院、一九六八年一月)参照。

(20) 『日本文法学概論』(宝文館、一九三六年五月)第二十章「係助詞」参照。

(21) 野村剛史「係り結びを考える」(『話し言葉の日本史』、吉川弘文館、二〇一一年一月)、金水敏前掲書参照。

初出一覧

序論　本居宣長の国文学
原題「宣長国学における歌——敷島の歌・うひ山ぶみ・著書名」（『日本思想史学』〈日本思想史学会〉四十六号、平成二十六年九月）に基づき、増補した。
第一部　本居宣長の著作の受容
第一章　『古事記伝』受容史
原題同じ。『神戸大学文学部紀要』〈神戸大学大学院人文学研究科〉四十号、平成二十五年三月。
第二章　『古今集遠鏡』受容史
原題同じ。『日本文藝研究』〈関西学院大学日本文学会〉六十四巻一号、平成二十四年十月。
第三章　『新古今集美濃の家づと』受容史
原題は「『美濃の家づと』受容史」（『日本文藝研究』〈関西学院大学日本文学会〉六十四巻二号、平成二十五年三月）。
第四章　『源氏物語玉の小櫛』受容史
原題同じ。『日本文藝研究』〈関西学院大学日本文学会〉六十六巻一号、平成二十六年十月。
第五章　『玉あられ』受容史
原題同じ。『渾沌』〈近畿大学大学院文芸学研究科〉十一号、平成二十六年三月。
第二部　本居宣長の研究法の継承
第一章　本文批判成立史

原題同じ。『神戸大学文学部紀要』〈神戸大学大学院人文学研究科〉四十一号、平成二十六年三月。

第二章　俗語訳成立史

原題同じ。ただし、(上)・(下) として『日本文藝研究』〈関西学院大学日本文学会〉六十五巻一号、平成二十五年十月および六十五巻二号、平成二十六年三月に分載。

第三章　文学史成立史

原題「本居宣長の文学史研究」(『鈴屋学会報』〈鈴屋学会〉三十号、平成二十五年十二月) に基づき、増補した。

第四章　「物のあはれを知る」説成立史

原題「宣長以後の物語研究」(鈴木健一編『源氏物語の変奏曲――江戸の調べ』(三弥井書店)、平成十五年九月) と「「物のあはれを知る」説の近代――文学史と思想史を架橋する」(『アナホリッシュ国文学』(響文社) 三号、平成二十五年六月) に基づき、増補した。

第五章　係り結びの法則成立史

原題同じ。『神戸大学文学部紀要』〈神戸大学大学院人文学研究科〉四十二号、平成二十七年三月。

跋文

宣長論三部作が完結した。ほかの二冊は『本居宣長の思考法』（ぺりかん社、二〇〇五年一二月）と『本居宣長の大東亜戦争』（ぺりかん社、二〇〇九年八月）である。前者は宣長の研究対象に向かう方法とそれを表現する手法が、文学書と思想書の別を問わず、いかにシステマティックでメカニックであるかということを追究した。また後者は、宣長が没後から近代にかけてどのように享受されてきたのかということ、とりわけ先の戦争の時期にいかに誤読され、曲解されたかということを実証した。このように私が神戸大学に着任して以来、五年に一冊のペースで宣長論を公刊してきたが、ひとまずこれで中仕切りとする。本書は宣長受容史という観点から村田春海研究を始めた二十五年前の修士論文の脚注でもある。知命の歳なので、ちょうど切りが良い。

三部作を貫くキー・コンセプトは、宣長が設定した国学の二領域「歌の学び」と「道の学び」を視野に収めた上で、二〇〇〇年代という現代の視点から宣長を位置づけるということである。一般に「歌の学び」は国文学研究、「道の学び」は思想史学に継承されて発展してきたと言われる。だが、各研究の専門化が進みすぎて、領域不可侵という暗黙の了解ができてしまったごとくである。国学だけでなく、ほかの近世思想にもそういう傾向があるということで、井上泰至氏のお声がけで『江戸の文学史と思想史』（ぺりかん社、二〇一一年一二月）という著書にも関わることができた。その後、日本思想史学会で話をする機会にも恵まれ、学生時代から常に気になっていた学会に入会することもできた。

そうしてはたと気がついた。たしかに文学史と思想史を横断する研究に着手することができたが、自身の専門領域である国文学研究の比重が相対的に軽くなっていたのである。当然と言えば当然であって、二つの領域を視界に入れれば、視野が広がる分、見え方は浅くなる。このことは以前から気になっていたことではあったが、気がつかないふりをしていたのかもしれない。だが、意識化に沈めたものは澱のように心の底に溜まり、ボディーブローのように効いてきた。この際、「歌の学び」から国文学へと至る道を明らかにすることが必要ではないか。宣長以前から宣長へ、宣長から幕末維新期を越えて国文学の成立へという道筋を明確にした研究書は寡聞にして知らない。隣のリングに出かけて異種格闘技に興じるのもいいが、わが家の土俵を改めて固めることも必要だろう。タイトルに「国文学」という名を付したのは、そのような思いからである。

タイトルといえば、前著『本居宣長の大東亜戦争』を公刊した際に、さまざまな意見をいただいた。「大東亜戦争」という名称をあえて用いた理由については、前著序論に書いたので釈明はしない。問題は「の」である。「と」ではないか、というのである。たしかに「本居宣長と大東亜戦争」の方がすわりが良い。だが、宣長と先の戦争との関わりは、「と」という助詞でつなげるようなヤワな関係ではない。結びつきはもっと強靭である。そういった認識の下に命名したわけであるが、たしかにすわりが悪い。このことは本書にもあてはまる。「本居宣長の国文学」というタイトルも変だ。「本居宣長の国学」であればOKであるが、「国文学」ではおかしい。本書でも述べたように、「国文学」は明治二十年頃に東京帝国大学で用いられた講座名が初出と目される。時代錯誤ではないか、というものである。

序論でも述べたように、「国文学」は宣長が描いたシナリオの上に成立し、展開していると言ってよい。つまり、「国文学」は宣長の没後に生まれたが、正しく宣長国学の遺伝子を受け継ぐ嫡出子である。むろん、これまでも国学が国文学の始祖であることは指摘されている。だが、それは言うなれば、ABO式の血液型による判定である。中国型ではなく、西洋型でもない、日本型の文学研究法であるといった、極めて大雑把なものだった。それに対して、本書が目指したものはＤＮＡ解析による鑑定であるということができよう。国文学の始祖は宣長国学にほかならないということを、単なるアナロジーではなく、デジタル的に明らかにしようという意気込みである。本書の書名にはそのようなコンセプトが込められている。

さて、本書を執筆することになった個人的な事情、経緯を記しておきたい。論文の初出一覧を見れば明らかなように、第二部第四章「「物のあはれを知る」説成立史」の元となった「宣長以後の物語研究」が飛び抜けて古い。これは鈴木健一氏が『源氏物語の変奏曲——江戸の調べ』（三弥井書店、二〇〇三年九月）を企画するにあたって、お声がけいただいて書いたものである。すでに研究の重心を宣長研究にシフトさせていたので、宣長と源氏物語というテーマで書くことにしたが、そこで大きな問題が発生した。畏友杉田昌彦氏が、後に『宣長の源氏学』（新典社、二〇一一年一一月、第一回池田亀鑑賞受賞）に集成される論考を陸続と発表していたからである。依頼枚数は原稿用紙にしてたかだか二十枚程度であったが、杉田論考を一ミリたりとも前に進める自信はない。そこで、宣長論の受容史という観点から近世後期の文芸思潮を概観するということを思いついたのだ。苦肉の策である。書き終えると、それまで掛かっていた靄が晴れ、視界がひらけた。知らないことも多いが面白そうなテーマなので、この構想を少し温めてみようと思った。いわば種が蒔かれたのである。

次に小澤達哉氏から掛けられたひと言である。すでに述べたように、ぺりかん社からはすでに二冊の単著を出している。その二冊目『本居宣長の大東亜戦争』が出来た時に、「あと一冊並ぶと三部作になりますね」と言われたのである。たしかに「本居宣長の〜」というタイトルの本が三冊、背表紙で並ぶと壮観であろう。日の光と水を得た思いであった。数年前に植えられた種が発芽する時が来たと感じた。

こうして今回の論文執筆および出版計画に着手することになった。ここで本書が成るにあたって、一つのささやかな実験を試みたことを書き留めておくことにしよう。それは研究と教育の両立、およびインプットとアウトプットの並行である。思い立ったのは二〇一〇年秋である。二〇一一年から五年計画で科学研究費補助金を申請するところから始まった。「本居宣長の国学の受容と国文学の成立に関する総合的研究」というテーマで基盤研究（C）に課題申請をした。運よく課題が採択され、二〇一一年春から研究費が支給された。課題の成果として五年後に著書を刊行することが最低限のタスクであるが、それはすでに前著『本居宣長の大東亜戦争』を出版した時にクリアーしていた。今回はさらにそれを大学の講義と連動させて進めていくことを思い立ったのである。幸いなことに、授業を受け持っている大学の教室には、最先端の成果について、あまりこなれない説明でも熱心に聞いてくれる学生が一定数いた。そういった意味で、本務校である神戸大学文学部および大学院人文学研究科の学生さん、非常勤先の関西学院大学大学院文学研究科の学生さん、同じく非常勤先の近畿大学大学院文芸学研究科の学生さんには感謝する。

次に、その講義が終わる時期に活字論文として公表するということを自らに課した。講義の最終回におこなった論述形式の試験の設問は、ほぼ雑誌に発表した論文のテーマでもあった。学生が三ヶ月講義を受けて九十分で書く答案と、教員が半年を掛けて書く論文との競い合いである。ひそかな対戦は快感でもあった。もちろん、そのためには論文発表の場が必要であったが、その点で、神戸大学文学部の『紀要』、関西学院大学日本文学会の『日本文藝研究』、近畿大学大学院文芸学研究科の『渾沌』には、標準枚数を超過する論文をそのまま掲載していただいたことに感謝する。また、関係する研究者にお送りして意見を請うことも怠らなかった。つねに丁寧かつ適切な意見を下さった方々には深甚の謝意を表する次第である。著書になってからまとめて読むよという返事をいただくこともあったが、それもまた完成を促す励ましと受け取ることができた。

このように、テーマ設定↓科研費獲得↓調査研究↓大学講義↓論文執筆↓著書刊行というサイクルを五年でやり遂げることができた。このうち、どこかで計画が狂うと最後までたどり着けなかったであろう。運も味方してくれたのだと思う。

最後に本書の編集を担当していただいた小澤達哉氏への感謝を記させていただきたい。先述したように、小澤さんの呟きがなければ本書はなかった。なお、所蔵資料の掲載許可をいただいた天理大学附属天理図書館にお礼申し上げる。また、本書の校正と索引作成に協力してくれた門脇大君に感謝する。

なお、先述のように、本書は独立行政法人日本学術振興会より受けた、科学研究費助成事業（学術研究助成基金助成金）基盤研究（C）「本居宣長の国学の受容と国文学の成立に関する総合的研究」（二〇一一年〜二〇一五年）の成果である。

田中康二

二〇一五年一一月一〇日

著者紹介

田中 康二（たなか こうじ）

1965年、大阪市生まれ。神戸大学文学部卒業、同大学大学院文化学研究科博士課程単位取得退学。富士フェニックス短期大学専任講師、助教授を経て、2001年、神戸大学文学部助教授。同准教授を経て、2013年から神戸大学大学院人文学研究科教授。博士（文学）（神戸大学）。日本近世文学、国学。

〔著書〕『村田春海の研究』（汲古書院、2000年）

『本居宣長の思考法』（ぺりかん社、2005年）

『本居宣長の大東亜戦争』（ぺりかん社、2009年）

『江戸派の研究』（汲古書院、2010年）

『国学史再考——のぞきからくり本居宣長』（新典社選書、2012年）

『本居宣長——文学と思想の巨人』（中公新書、2014年）

以上、単著。

『和歌文学大系72 琴後集』（明治書院、2009年、編著）

『雨月物語』（三弥井古典文庫、2009年、編著）

『江戸の文学史と思想史』（ぺりかん社、2011年、編著）

『江戸文学を選び直す』（笠間書院、2014年、編著）など。

装訂　高麗 隆彦

本居宣長《もとおりのりなが》の国文学《こくぶんがく》

2015年12月25日　初版第1刷発行

著　者　田中 康二

発行者　廣嶋 武人

発行所　株式会社 ぺりかん社

〒113-0033 東京都文京区本郷1-28-36

TEL 03(3814)8515

URL http://www.perikansha.co.jp/

印刷・製本　モリモト印刷

Printed in Japan

ISBN 978-4-8315-1425-7

索引（人名・書名・事項）

【凡例】

1）この索引に取り上げたものは、本文中（論文題は含まない）に出る人名、書名、作品名、およびいくつかの重要な事項である。原則として現代仮名遣い五十音順に配列した。

2）人名は本文中の表記に関わらず、一般的な呼称（姓名）で統一し、文中に記された別称・異称は（　）を付して列挙した。ただし、本居宣長ほか頻出の語彙については、これを除外した。

3）書名・作品名は一般的な呼称に統一し、文中に記された別称・異称は（　）を付して列挙した。また、掲出にあたって、書名・作品名には適宜『　』「　」を付した。

4）叢書・シリーズの一冊として刊行されたものは、おおむね当該の叢書・シリーズ名を付した形で掲出した。

5）人名・書名・事項ともに同一頁に重出する場合は、これを省略した。

【あ】

【い】

【う】

【え】

【お】

【か】

【き】

【く】

【け】

【こ】

【さ】

【し】

【す】

【せ】

【そ】

【た】

【ち】

【つ】

【て】

【と】

【な】

【に】

【ね】

【の】

【は】

【ひ】

【ふ】

【へ】

【む】

【め】

【も】

【や】

【ゆ】

【よ】

【り】

【る】

【れ】

【ろ】

【わ】